沿着古丝绸之路旅行

褚嘉祐·著

上海科学技术出版社

图书在版编目（CIP）数据

沿着古丝绸之路旅行 / 褚嘉祐著. -- 上海 : 上海科学技术出版社，2023.1
（科学之旅）
ISBN 978-7-5478-5907-0

Ⅰ．①沿⋯ Ⅱ．①褚⋯ Ⅲ．①游记－作品集－中国－当代 Ⅳ．①I267.4

中国版本图书馆CIP数据核字(2022)第182688号

责任编辑　季英明
特约编辑　戴　薇
装帧设计　戚永昌
电脑制作　吴　琴

封面照片摄影　席保平

沿着古丝绸之路旅行
褚嘉祐　著

上海世纪出版（集团）有限公司　出版、发行
上海科学技术出版社
(上海市闵行区号景路159弄A座9F-10F)
邮政编码201101　www.sstp.cn
上海光扬印务有限公司印刷
开本 787×1092　1/16　印张 14.5
字数：220千字
2023年1月第1版　2023年1月第1次印刷
ISBN 978-7-5478-5907-0/N·250
定价：78.00元

本书如有缺页、错装或坏损等严重质量问题，
请向承印厂联系调换

序一

  古丝绸之路在中国和世界的历史上曾经起过重要作用。今天,在国家提出"一带一路"倡议的背景下,古丝绸之路受到前所未有的重视。但丝绸之路道路漫长,涉及东亚、中亚、中东和欧洲,是一条环境条件非常艰苦的路。本书作者花了10多年的时间去亲身体验这一条路,涉足很多国家和地区,包括一些处于战乱的地区。作者的足迹涵盖中国西部、中亚地区的五个"斯坦"国,从阿富汗、巴基斯坦、孟加拉国、印度、伊朗、叙利亚、伊拉克一直到横跨欧亚大陆的土耳其、欧洲的意大利罗马、埃及的亚历山大。本书作者褚嘉祐教授是著名的遗传学家,也是一名资深摄影人和具有很深造诣的人文学者。除了学术著作外,也有不少获奖的科普著作出版。这本书呈现了艰苦的旅行经历、沿途的自然景色和人文环境,并将作者有关丝绸之路历史的思考贯穿在旅行之中。虽文笔轻松,但行文严谨、引人入胜。

  这本书很好地兼顾了科普的通俗性和游记的趣味性,因此,我非常愿意向青少年和对丝绸之路历史感兴趣的读者推荐这本书。

金力

中国科学院院士、复旦大学校长

2022 年 5 月

序二

古丝绸之路在世界商贸、文化、宗教交流中具有重要地位，对中国和世界有着重要的意义。

陆上丝绸之路神秘而令人向往，但道路漫长、异常艰险。以前的商旅是分段行走的。如果说历史上商旅通行的主要风险是恶劣的自然环境、艰难的生存条件、崎岖的道路、猖獗的盗匪的话，今天的陆上丝绸之路的部分地域的主要风险则是战乱和恐怖活动，还有的国家和地区长期处于封闭状态。本书作者褚嘉祐的本职是遗传学研究，出于对历史、民族、人文的兴趣，竟然花了10多年亲身行走古丝绸之路的主要路线，值得钦佩。作者足迹包括中国西部、中亚地区五个"斯坦"国，东南亚、中东，横跨欧亚大陆的土耳其，以及陆上丝绸之路终点的意大利罗马和威尼斯、埃及的亚历山大。行程中阿富汗的喀布尔和北部马扎里沙里夫、巴基斯坦的白沙瓦、叙利亚、伊拉克都是当前有战乱和恐怖袭击危险的地区。

本书作者褚嘉祐教授是我的挚友，我曾和他一起走过本书叙述的伊朗和叙利亚。作者以轻松的文笔与读者分享旅行经历，并融入对丝绸之路的历史思考。作者自己拍摄的200多幅人文和自然景观的照片，将会加深读者对丰富多彩的丝绸之路的认识。

中国科学院院士、遗传学教授
2022年6月

写在前面　魂牵梦萦的丝绸之路

　　从中学时代起，阅读世界历史、地理、文化类图书时，"丝绸之路"的概念常在不经意间出现，它神秘而令人向往，从此在我脑海中萦绕不去。

　　后来，我有了旅行条件，便下决心探索陆上丝绸之路。做计划时才发现，这条道路的艰辛远远超出我的想象，几乎没有人从头走过陆上丝绸之路的全程。如果说古代陆上丝绸之路的主要风险是道路崎岖、生存条件恶劣、盗匪猖獗，今天陆上丝绸之路的主要风险则是战乱和恐怖活动，加上中亚有的国家长期封闭，使我的旅行计划几乎难以实现。但我矢志不渝，终于艰苦地走完了陆上丝绸之路的主要路线，当然不是一次完成，而是断断续续地走了十几年。

　　本书向读者呈现我实地行走陆上丝绸之路的旅行经历，并将我关于丝绸之路相关的历史、文化、宗教的思考贯穿其中。我也是一名旅行摄影者，书中的彩色照片除注明之外，都是我自己拍摄的。希望通过这些照片，加深大家对丰富多彩的丝绸之路的认识。

　　本书没有涉及海上丝绸之路。关于海上丝绸之路，我会在另外一本书里呈现给读者。

2022 年 8 月

前　　言

《科学》(1915—1949)的创刊发行在近代中国科学传播历程中具有重要的作用。从1915年1月至1949年12月,35年间,《科学》共出版31卷,合计356期,留下了约3 000万字的宝贵思想财富。从20世纪90年代起,对《科学》的相关研究逐渐引起国内外学者的关注,并取得丰硕的成果。进入新时代,在科学普及与科技创新同等重要的论断之下,关于科学传播的研究日益走向更加中心的位置。相应地,对近代中国科学传播发展历程的回顾和总结,以及近代中国先进知识分子在救国、兴国、强国的不同历史时期发挥的重要作用,也越来越引起众多学者的再审视、再思考。对《科学》传播活动的研究和探索就成为一个重要的学术主题和实践议题。

中国近代科学不是由中国古代科学的内源演变而来的,而是主要靠外力不断引入、吸收和传播的结果,其在中国的发生、发展与社会地位确立的过程,也是近代中国走向现代化的探索历程。对中国近代科学传播过程的历史考察,可以使我们更加深入地了解近代科学对中国传统文化和社会的诠释、解构、重建和创新,以及近代中国社会对科学的接纳、认同和发展,对丰富当前的中国式现代化的内涵和发展路径具有一定的参考价值。在读硕士的时候,怀着对现代化道路源头的极大兴趣以及对近代科学无比崇敬的心情,我一直在思考,在世纪更替、新旧变革、社会巨变的晚清时代,面对西方科学文化的输入和传播,当时的先进知识分子是如何认识和思考科学传播带来的社会变革的? 又是如何定义和评估中国传统文化的价值的? 在陆续接触到了冯桂芬、郑观应、王韬、严复等清末思想家的著作之后,我不知不觉地走进了西学东渐、科学传播与启蒙的知识领域。在博士阶段学习中,如何选择一个既感兴趣又能够做得了的研究主题,成为我一直思考的问题。在众多前辈大咖的指导和帮助下,我选择了中国近代科学思想史和科学传播的研究,一步步将研究中心和主题聚焦到《科学》(1915—1949)的研究范畴中来。

一滴水可以反映太阳的光辉。带着这样的思考,我对《民国期刊全文数据库》中收录的《科学》刊发的全部文章进行浏览,摘抄了全部的目录,并完成了10多万字的阅读笔记,形成了一个相对感性的认知体验。随后,基于众多前辈学人对《科学》的传播历程、传播内容、主要特点及效果等海量的既有研究成果,带着思考进行有针对性的研读,力争实现传播实践(内容)与理论指导(成果)的相互融合。从内容到理论,又从理论回到内容,一幅相对清晰的近代中国科学传播活动的"百川入海"的鲜活画卷呈现在自己的眼前。原来近代科学传播可以这样有趣,它不仅仅是知识、文化和价值的单方面输入,而且是西方科学与中国传统文化、社会现实的一个互动交融。那个时代,中国先进知识分子的终极目标就是将"西方科学"创新性转化为"中国化科学",又将"中国化科学"创造性转化为"科学中国化"。正是在科学知识的不断交流和转化过程中,推进东西文化的交融成为一幅科学传播的历史画卷。对这个科学传播活动现象的社会学考察,就成为本书的一个缘起。让我更加惊喜的是,《科学》创始人之一任鸿隽先生的祖籍竟然在浙江湖州吴兴,这里也是我赖以生存的安身立命之地,或许学术研究也讲一种缘分吧。

中国本身究竟有没有科学,这是《科学》的传播主体面对的首要问题。1915年,在《科学》创刊号上,任鸿隽的《论中国无科学之原因》作为首篇论文推出,在逻辑上隐含的一个前提和预设就是中国无科学。从这个基本论断出发,传播主体"刊行杂志,传播科学,提倡研究"就显得自然而然,从而在理论和实践上开启了中国近代史上最为重要的一次科学传播活动。他们围绕"中国无科学"这个逻辑前提,沿着"中国如何有科学、如何发展科学"这个发展目标,以刊发《科学》为起点,逐步构建了一个由自然科学家为主体,关心科学发展的实业家、政治家为辅助,从民间层面、政府层面到社会层面的泛科学共同体,来推行其科学救国的伟大理想。在这个科学传播过程中,他们以科学知识传播作为基础，涵盖了科学基础理论知识、科学应用知识、科学通论、科学史等当时几乎所有的门类，不仅深化了国人对科学观念、科学精神、科学价值、科学方法等本质问题的认识，也促进了科学技术、科学教育、科学实践等应用问题的研究，同时开创了科学与大众、科学共同体之间、中国科学界与国际同行之间平等交流和探讨的先河，从而实现了对社会公众全方位、多层次的科学传播和启蒙，为近代中国科学事业的发展奠定了坚实的理论和实践基础。

从科学传播的必要性来看，《科学》的传播主体抛出所谓的《论中国无科学之原因》，从一开始扮演的角色就是一个"切入点"或"生题点"，这个论断恰恰是激励以任鸿隽为代表的一代先进知识分子在中国传播科学，推进科学事业的切入点，也是其传播合法性和必要性的一个基础。从这个论点出发，《科学》的传播范围不断拓展到中国传统文化、中国传统科学、科学体制、科学研究、科学教育、科学与社会等问题。毫不夸张地说，整个《科学》的全部科学传播活动，都可以看作对这个问题的延伸和回应。《科学》创始人之一的任鸿隽，在1929年第十四次北平年会记事中就明确提出："尤希各社友共同努力，不惟令中国科学化，且更进一步，使科学中国化。"并就传播宗旨和目标做进一步阐述道："中国科学化只是传播的第一层目标，就是要推进科学在思想、生活和各个方面的地位的确立；随后的科学中国化才是传播的最终目的，就是中国应该为世界科学发展做出自己应有的贡献。"

"民主与科学"作为近代中国社会启蒙的两大主题。从这个角度来看，任鸿隽提出的"中国科学化与科学中国化"不仅是《科学》传播的总体目标，还是近代中国无数先进分子以争取民族独立、自由解放和发展进步为主要目标，推进中国现代化的科学探索与实践之路。但不可否认的是，作为那个时代最先接受西方科学系统训练、最早接触西方科学思想的一代自然科学家群体，由于对科学理性至上、科学方法万能、科学价值无限的认同和尊崇，以致身上具有浓厚的"唯科学主义"色彩而受到某种程度的诟病。但是，我们不能用今天的时代条件、发展水平、认知结构去衡量和要求前人，更不能苛求前人做出只有后人才能做出的业绩来。可以比拟的是，与同时代的人文思想家和社会活动家群体对科学的认识和理解相比,他们则显得更加清醒、更具理性、更为科学。基于此,探究以《科学》传播主体的科学思想、方法选择、价值判断和社会实践,对于了解把握当代中国社会大众的科学观念与社会建构,对于实施教育、科技、人才一体化发展战略,以中国式现代化推进中华民族伟大复兴或许能够提供某些有益的启示。

本书在时间跨度和论述范围选择上,选取1915—1949年《科学》的发刊内容和活动作为研究对象,将其置于中国近代科学发展与时代变动及社会历史变迁的大背景之下,围绕《科学》的科学传播与社会互动这条主线,按照时间序列考察传播活动发生和发展的历史演化,从宏观到微观、从抽象到具体、从历史到实践,全方位展示《科学》的传播活动在科学本质观念在社会的确立和发展,以及推进中国科学化和科学中国化的实践历程。

本书共分8章:

第1章导论。主要介绍本书的选题背景、国内外的相关研究现状、理论概念、思路方法。

第2章《科学》传播活动的实践历程。重点梳理传播活动与社会互动的相互制约与双向互动关系,指出《科学》的传播实践与中国社会现实之间,经历了一个传播观念表达、传播范式形成、传播优先解密、传播危机反应和传播理念转型的发展过程。

第3章《科学》传播多元化主体的社会角色变迁。重点梳理传播主体在传播活动中的社会角色形成和变迁,指出多元化的传播主体在推进中国近代科学传播发展的同时,在共同具有的"精神特质"的指引下,自身科学家的社会角色得以确立,也普遍经历了一个从科学传播、科学研究、科学教育到科学管理的多重社会角色变迁历程。

第4章《科学》传播理念的形成与演进。重点梳理科学传播理念与社会互动的形成和实现路径,指出在"求真"理念指引下,推进了科学本质观念在近代中国社会的不断深化,在"致用"理念指引下,推进了中国科学化和科学中国化的具体实践。

第 5 章《科学》传播内容的主题变迁。重点梳理科学传播不同阶段与社会互动的内容变迁关系，指出在发刊内容的热点和重点的变迁过程中，体现出全面的科学知识普及、中国科学化和科学中国化下的科学文化建构、"抗战救国"下的科学实践与"科学建国"下的科学体制确立等不同特征。

第 6 章《科学》传播方式的策略选择。重点梳理传播方法与社会互动的关系，指出传播主体在传播活动社会行为的合法性建构、社会地位的权威性确立和社会实践的渐进性拓展方面展现的不同特征。

第 7 章《科学》传播活动的效果评析。重点从科学传播的"科学"角度对传播活动所产生的效果进行反思评析，指出当代科学传播既要遵循科学原则，更要遵循传播原则，应该走一条科学与人文发展的社会实践道路。

第 8 章《科学》传播活动的启示与研究展望。通过对《科学》传播活动的历程分析，指出当代科学传播主体、传播媒体和实践目标的启示，并对未来深入研究做出展望。

综上，《科学》的传播活动，并不只是简单诠释西方的科学知识和文化，而是在与社会的互动过程中建构了中国近代的科学知识和文化。《科学》从知识传播起步到学术建构再到中国科学化和科学中国化的发展历程，从留学生为主体到民间共同体为主体再到多种社会力量的结合推进科学成为国策的传播历程，是科学知识价值不断发挥和传播主体自身主动作为的结果，两者之间经历了一个互惠互动的变迁过程。《科学》的多元化传播主体，在推进科学本质观念在社会的确立以及中国科学化和科学中国化的实践过程中，在传播理念、传播内容、传播方式和策略上存在着一个与中国传统文化、社会思潮和精神价值的融合互动过程，最终导致在传播效果上产生了具有中国传统价值特征的"科学主义"。《科学》传播的最终目标是"求真致用"科学传播理念的全面发挥。只有当科学理念与传播理念相统一时，科学传播活动才可以正常地开展；当两者相矛盾或者分离时，科学传播活动就陷入停滞或者消亡。因此，当代科学传播活动必须秉持"真善美"多维统一的传播理念，走科学与人文相互统一和融合的科学传播道路。

本书主要的创新之处：一是在传播视角上，把《科学》的传播活动，看作传播主体的自身行为和具有情感价值特征的社会行动，这与以往将"传播"仅仅看作科学知识的单方面的传播与普及的观念存在着根本的不同。二是在传播理论运用上，通过采用传播学"5W"的研究模式和科学传播的"三种形态"理论，对《科学》的传播活动进行立体的、多角度的全面分析，这在以往的研究中还没有看到。三是在传播内容上，对《科学》的传播内容做全面梳理考察，细致统计各卷内容，认真梳理各个传播时期科学本质观念变迁与中国科学化和科学中国化的社会历程，并指出其不同阶段呈现的传播特征。特别是对大量传播内容的梳理、分类、简单评述，目前还未发现其他人做过，具有一定的开创性。四是在传播理念上，通过对《科学》的传播理念的具体分析，指出科学理念与传播理念的冲突和融合的必然性，体现在现实世界中就是科学传播中"传播"与"科学"二律背反的逻辑悖论。为此，提出科学传播活动应坚持科学理念和传播理念并重的原则，走科学与人文相互融合的传播道路。

本书主要的不足：在资料整理方面，虽然做了大量的史料搜集工作，但由于《科学》传播内容涉及面宽广且较分散，尽管付出了巨大的努力，总感觉对其进行的梳理研究相对比较粗浅，对其传播的科学思想和内容的研究可能还存在不足之处。在理论运用方面，本书涉及传播学、科学思想史、科学社会学、科学哲学、中国古代科学、中国近代思想史等多个学科领域，特别是在科学传播理论深度和科学社会学的方法运用上会有不足之处，期望各位读者指正，以待在日后的研究中弥补。

王　伟
2025年1月11日于浙江湖州西塞山下

目　　录

序
前　言

第1章　导论 ··· 1
1.1 传播与科学传播理论概述 ·· 1
　　1.1.1 传播与科学传播概念厘定 ··································· 1
　　1.1.2 传播学与科学传播理论概述 ································ 2
　　1.1.3 研究思路和方法 ··· 5
1.2 《科学》传播活动所处的历史背景 ································ 7
　　1.2.1 中国近代科学技术发展史视域下《科学》的传播 ······ 8
　　1.2.2 中国近代科学观念变迁视域下《科学》的传播 ········· 9
　　1.2.3 从中国科学化和科学中国化发展看《科学》的传播 ··· 10
1.3 《科学》传播活动国内外相关研究现状述评与意义 ··········· 11
　　1.3.1 中国科学社发展与影响的相关研究 ······················· 11
　　1.3.2 《科学》发展史及其影响的相关科学传播实践研究 ··· 14
　　1.3.3 研究评述与意义 ··· 16

参考文献 ··· 18

第2章　《科学》传播活动的实践历程 ································ 20
2.1 以"科学救国"为价值信念的缘起 ··································· 20
2.2 以"中国科学化和科学中国化"为解谜的实践 ···················· 22
　　2.2.1 传播观念表达阶段(1915—1918)：首倡"科学"和"民权" ···· 23
　　2.2.2 传播范式形成阶段(1919—1927)："科学家"与"革命家"联姻 ···· 26

2.2.3 传播优先解谜阶段(1928—1937)：中国科学化运动的社会实践 30
　　2.2.4 传播危机反应阶段(1938—1945)：科学为"抗战救国"服务 33
　　2.2.5 传播理念转型阶段(1946—1949)："科学建国"的观念表达 35
2.3 小结：有目的的社会行动，未预料到的结果 38
参考文献 40

第3章 《科学》传播多元化主体的社会角色变迁 42
3.1 《科学》的组织管理者群体评析 43
　　3.1.1 理事会会长(社长)群体社会角色评析 43
　　3.1.2 董事会会长群体代表评析 54
3.2 《科学》编辑部长(主编)群体社会角色评析 59
　　3.2.1 首任编辑部长杨铨在《科学》传播活动中的角色评析 60
　　3.2.2 任职最长编辑部长王琎在《科学》传播活动中的角色评析 63
　　3.2.3 首个专职编辑部长刘咸在《科学》传播活动中的角色评析 65
　　3.2.4 代理编辑部长卢于道在《科学》传播活动中的角色评析 68
　　3.2.5 "最后一任"编辑部长张孟闻在《科学》传播活动中的角色评析 70
3.3 《科学》撰稿科学家(编辑)群体代表评析 71
　　3.3.1 胡明复在《科学》传播活动中的角色评析 71
　　3.3.2 秉志在《科学》传播活动中的角色评析 72
　　3.3.3 李俨在《科学》传播活动中的角色评析 74
3.4 小结：多元化传播主体的形成与"精神特质" 75
　　3.4.1 职业自然科学家群体社会角色的形成 76
　　3.4.2 多元化传播主体的"精神特征" 79
参考文献 81

第4章 《科学》传播理念的形成与演进 ... 83
4.1 理念与科学传播理念 ... 83
4.1.1 理念 ... 83
4.1.2 科学传播理念 ... 85
4.2 《科学》"求真致用"的提出和演进 ... 86
4.2.1 《科学》"求真致用"的传统价值源泉 ... 86
4.2.2 《科学》"求真致用"的科学价值源泉 ... 88
4.3 《科学》"求真致用"的表现形式 ... 90
4.3.1 《科学》内容的编排：科学名词本质观念的变迁 ... 90
4.3.2 《科学》栏目的体裁：科学名词社会兴趣的变迁 ... 93
4.4 《科学》"求真致用"的演变与实现路径 ... 97
4.4.1 《科学》在"求真"理念下推进科学本质观念的演变 ... 97
4.4.2 《科学》在"致用"理念下推进中国科学化和科学中国化的演变 ... 103
4.5 小结：《科学》的科学传播理念与科学主义 ... 107
参考文献 ... 109

第5章 《科学》传播内容的主题变迁 ... 111
5.1 《科学》的发刊内容概述 ... 112
5.2 传播观念表达到范式形成转变的《科学》(第1～6卷) ... 115
5.2.1 出刊概况 ... 115
5.2.2 出刊内容 ... 116
5.2.3 传播特点：全面的科学普及思想 ... 120
5.3 传播范式形成到优先解谜转变的《科学》(第7～18卷) ... 126
5.3.1 出刊概况 ... 126
5.3.2 出刊内容 ... 128
5.3.3 传播特点：中国科学化和科学中国化的传播实践思想 ... 132
5.4 传播优先解谜到危机反应转变的《科学》(第19～25卷) ... 138
5.4.1 出刊概况 ... 139
5.4.2 出刊内容 ... 140

       5.4.3　传播特点:"抗战救国"下的传播实践思想 ········· 142
　5.5　传播危机反应到理念转换的《科学》(第26~31卷) ········· 148
       5.5.1　出刊概况 ········· 149
       5.5.2　出刊内容 ········· 150
       5.5.3　传播特点:"科学建国"思想的全面表达 ········· 152
　5.6　小结:"全方位"的科学普及与启蒙 ········· 157
　参考文献 ········· 159

第6章　《科学》传播方式的策略选择 ········· 160
　6.1　《科学》传播活动社会行为的合法性建构 ········· 160
       6.1.1　传播活动的必要性:对"中国有无科学"问题的多维度解答 ········· 161
       6.1.2　传播知识的全面性:对"整个科学"本质观念的全面传播 ········· 166
       6.1.3　传播理念的先进性:对科学的"科学"思想的传播 ········· 169
　6.2　《科学》传播活动社会地位的权威性确立 ········· 173
       6.2.1　积极回应社会热点,建构话语权威 ········· 173
       6.2.2　推进科学信息交流,建构知识权威 ········· 175
       6.2.3　创设科学传播机构,建构体制权威 ········· 178
　6.3　《科学》传播活动社会实践的渐进性拓展 ········· 180
       6.3.1　推进科学共同体内部的传播交流 ········· 180
       6.3.2　推进科学向共同体外部传播交流 ········· 182
       6.3.3　推进科学向国际社会的传播交流 ········· 184
　6.4　小结:科学传播的方法学派特征评价 ········· 185
　参考文献 ········· 187

第7章　《科学》传播活动的效果评析 ········· 188
　7.1　当代科学传播活动的双重危机 ········· 189
       7.1.1　"科学"在传播活动中的危机 ········· 189
       7.1.2　"传播"在传播活动中的危机 ········· 190

7.2 《科学》传播活动中对科学的重构 ································· 192
    7.2.1 从传统传播理论视角审视《科学》传播下的"科学" ······· 192
    7.2.2 从现代传播媒介视角审视《科学》传播下的"科学" ······· 194

7.3 《科学》传播活动的哲学反思：科学理念与传播理念的冲突与
融合 ·· 196
    7.3.1 科学理念与传播理念的冲突 ··························· 197
    7.3.2 科学理念与传播理念的融合 ··························· 199

7.4 小结：科学传播活动，回归"科学"与"人文" ······················ 201

参考文献 ·· 203

第 8 章 《科学》传播活动的启示与研究展望 ························· 204

8.1 《科学》传播活动的启示 ·· 204
    8.1.1 科学传播的媒体使命：推进科学与人文的反思性平衡 ····· 205
    8.1.2 科学传播的主体责任：建构对科学和科学共同体的
合理化信任 ··· 206
    8.1.3 科学传播的实践目标：形成科学发展与社会公众的
适应性互动 ··· 206

8.2 《科学》传播活动的研究展望 ·· 207
    8.2.1 传播内容的深度挖掘 ································· 207
    8.2.2 传播主体的全面梳理 ································· 207
    8.2.3 传播效果的比较研究 ································· 208

参考文献 ·· 208

参考书目 ·· 209

附录 《科学》第 10 卷索引详目（示例） ·························· 214

后记 ·· 220

第 1 章 导 论

中国的 20 世纪可以被称为"科学的世纪"。在"中国科学化"与"科学中国化"的推进下,中国完成了从传统社会到现代社会的转型,实现了从传统知识到科学知识的转化,社会内在结构和人们思维方式也发生了"范式"般转换。由此,第一代职业科学家群体开始登上历史的舞台,建立了与世界接轨的科学体制,形成与发展了现代科学体系。研究和梳理这一时期中国人的科学价值观演变和科学实践方式的变迁,有助于我们更好地认识中国从传统到现代的历史转变轨迹。以"传播整个科学为帜志"的《科学》杂志(1915—1949)的科学传播活动,不仅全面记载了这一时期的历史,也全景展示了科学传播活动的发展史,为科学传播研究提供了很好的范本。

1.1 传播与科学传播理论概述

1.1.1 传播与科学传播概念厘定

据考证,"传播"(communication)一词起源于拉丁语的 communicatio 和 communis,14 世纪在英语中写作 comynycacion,15 世纪以后逐渐演变成现代的概念,其含义不下十几种,包括"通信""会话""交流""交往""交通""参与"等。直到 19 世纪末,传播已经成了日常用语,主要指的是人类传递或交流信息、观点、感情或与此有关的交往活动。传播学中的帕罗阿尔托学派认为"人们不能不传播",[1] 以此表明传播是人类社会的普遍现象。从这个意义上理解传播,实质上是指人们在社会信息的传递或社会信息系统的运行中的一种社会互动行为,人们通过传播来保持着相互影响、相互作用的社会关系。

传播作为人的社会行为这一根本属性，决定了传播实践在某种程度上是作为传播主体的人的自身思想和社会行为的一种活动。因为传播主体的行为和活动造就传播过程、思想和观念，需要传播宗旨和理念的指导，传播内容的产生、传播目的和效果的实现需要一定的方式方法。科学传播作为传播的一种类型，其活动本质上是由传播主体所形成的。从传播属于人的社会行为的这一本质属性来看，科学传播作为一种社会交流共享活动，是人类传播实践的一个类型，只不过是限定到与科学有关的范围之内而已。从过程来分析，科学传播是把人的社会行为过程——"科学活动"作为研究对象并对其加以分析研究的学科，其理论基础涉及传播学、科学史、科学社会学、科学哲学、信息科学、行为科学等多个领域。从科学传播主体和范围来说，一般包括但不限于下面这些范围：

- 在科学共同体内部的传播；
- 在科学共同体与媒体之间的传播；
- 在科学共同体与公众之间的传播；
- 在科学共同体与政府或其他权力机构、团体之间的传播；
- 在科学共同体与政府或其他影响科技政策的人士之间的传播；
- 在工业与公众之间的传播；
- 在媒体（包括博物馆和科学中心）与公众之间的传播；
- 在政府与公众之间的传播。[2]

吴国盛教授将当代中国的科学传播活动分为科学普及阶段、公众理解科学阶段和科学传播阶段。[3]这三个阶段又分别形成了三类科学传播的模型：中心广播模型、缺失模型和民主模型。其中，中心广播模型的主要倡导者是英国学者史蒂文·夏平(Steven Shapin)，强调以传播主体和传播内容为中心，主要采用自上而下、单向灌输的传播方式。缺失模型的主要倡导者以英国传播学者约翰·杜兰特(John Durant)为代表，认为科学技术在现代生活中是至高无上的，有科学技术才是"科学的"、有效的。因此，他认为公众缺少科学知识，需要提高他们对于科学知识的理解。这一模型隐含了科学知识是绝对正确的潜在假定。[4]民主模型亦被称为对话模型，主要倡导者是英国传播学者布赖恩·温(Brian Wynne)，强调科学传播受众与主体的多元化，以及公众的态度和公众的发言权。[5]

1.1.2 传播学与科学传播理论概述

科学传播理论作为传播学的一部分，离不开传播学基础理论的指导。下面选择传播学发展过程中具有代表性的事件加以简要论述。

(1) 1947年,美国社会心理学家、传播学奠基人之一的库尔特·卢因(Kurt Lewin)在《群体生活的渠道》一文中认为,传播媒介对"个体"施加影响时,必须考虑到背后的"社会群体"的强大制约机制,也就是存在着一些"把关人",强调只有符合群体规范或把关人价值标准的信息才能进入传播渠道。[6]在"把关人"理论框架下,传播媒介形成一道关口,大众通过媒体看到的科学,可能并不是科学的本来面目,而是"把关人"想让受众看到的科学而已。

(2) 1948年,美国政治学家、传播学理论奠基人之一的哈罗德·拉斯韦尔(Harold Lasswell)在《传播在社会中的结构和功能》中,提出传播的"5W"模式,即"谁?说些什么?通过什么渠道?对谁说?有什么效果?"[7]将社会结构与功能作用引入传播学的领域,从而引申出科学传播主体、传播客体、传播媒介、传播方式、传播效果等的分类研究,成为传播学研究的传统范式。

(3) 1948年,美国社会学家、实验心理学家、传播学奠基人之一的保罗·拉扎斯菲尔德(Paul Lazarsfeld)在《人民的选择》中,提出"二级传播理论",后发展成为"多级传播"学说,为传播效果和传播机制研究开辟了新的道路。拉扎斯菲尔德倡导并确立将"实地调查法""心理学控制实验方法"等引入传播学研究领域,推动传播学研究从关注书斋到走向现实的视角转变。[8]

(4) 1949年,被称为"传播学鼻祖""传播学之父"的美国传播学家威尔伯·施拉姆(Wilbur Schramm),编撰出版了第一本权威性传播学著作《大众传播》,标志着传播学的最终诞生。施拉姆把美国的新闻学与社会学、心理学、政治学等其他学科综合起来进行研究,在前人传播研究的基础上,归纳、总结、修正并使之理论化、系统化、结构化,从而创立了一门新学科——传播学。[9]

(5) 1953年,美国社会心理学家卡尔·霍夫兰(Carl Hovland)在《传播与劝服》中,推动将心理实验方法引入传播学领域,从微观入手,对传播的具体技巧进行深入细致的研究。其主要观点认为人的态度的改变主要取决于说服者的条件、信息本身的说服力及问题的排列技巧。随后的研究重点关注说服者的"声誉"问题,认为声誉的最主要成分是专门知识(或专家身份)和超然的态度。如介绍中的"意见领袖"必须是一个身份明确的权威,超然的态度也是劝服者的声誉之一。[10]

从20世纪80年代开始,伴随着国外传播学理论的扩展,国内科学传播的研究开始起步。首批科学传播研究者以新闻学、传播学的学者为主,主要在哈罗德·拉斯韦尔的"5W"模式等经典传播学理论框架下开展研究工作。其中，以1995年10月在清华大学召开的首届科技传播研讨会为肇始，以孙宝寅教授为主编出版的反映当时科学传播研究成果的《科技传播研究》论文集为主要代表。随后，国内关于科学传播的相关研究走向一个新的阶段，一批科学史、科学哲学、科学社会学者开始关注这一领域。2002年，刘华杰教授在《整合两大传统：兼谈我们理解的科学传播》一文中，对早期科学传播研究进行了详细的论述。刘兵教授对国内科学传播研究的概念、理论和问题进行分析后认为，"科学"和"传播"是科学传播的两条腿，既要重视科学传播的内容，又要了解科学传播的机制，并把两者结合起来，应当是我们科学传播研究的方向口。[11]

近年来，关于科学传播哲学的研究也开始出现。尹兆鹏在其博士论文《科学传播的哲学研究》中，对科学传播的定义、传播层次、传播事业发展过程、传播模式进行分析之后，分别从哲学、历史、社会、文化的视角对科学传播的发展进行了研究。[12]罗红在博士论文《科学传播的叙述转向及其哲学思考》中，从当前科学传播面对的问题入手，从认识论的角度，推进让科学具有人文属性的内涵，并以回归生活世界为基础，实现科学解释与公众理解之间的融合，进而在科学话语中实现叙述转向的思考。[13]贾鹤鹏等在《科学传播的科学——科学传播研究的新阶段》一文中认为，传统的科学传播研究主要依托科学社会学、科学技术与社会等学术背景，侧重于考察和反思科学传播过程中的权力关系。在科学传播研究经历了30年发展后，原来忽略这一领域的传播学研究者，正在以社会科学（如心理学）的理论、方法和成果为基础，推动科学传播的科学化。[14]姜照君在《媒介变迁视角下我国科学传播的理念转向及其路径选择》一文中，通过媒介变迁视角对我国科学传播过程进行了回溯分析，认为科学传播的对象、内容和范围都发生了变化，而传播目的及动机则始终没能脱离以"善"而非"真"的传播理念，进而提出科学传播路径上应该由"从善"转向"求真"的路径。[15]

2016年，吴国盛教授对当代中国科学传播研究状况进行了评述，指出当代科学传播表现为三种形态：科学普及、科技传播和科学传播。[16]三种形态体现出不同的特征：首先是科学普及形态。他认为科学普及是科学上升为科学主义后的一种代表国家意志的意识形态。在1950年以前，科学普及主要体现为传播科学、科学化人、科学化事、科学下嫁运动等，其代表性思潮是科学救国运动和中国科学化运动。1950年以后，科学上升为国家意志，并在法律层面上得到保障，主要由中国最大的科学家、工程师组织"中国科学技术协会"来实施。

其次是科技传播形态。20世纪80年代,随着国外传播学理论在中国的传播,科技传播在中国出现并发展起来。主要的研究者是新闻理论家和传播学家,主要关注传播手段、传播技巧和传播效果等,重点关注如何传播的问题,特别是如何运用现代科技的手段进行高效传播。最后是科学传播形态。科学传播代表一种新的观念,应该看作是把传播的理念引入到对科学的理解之中,用传播的态度来看待科学、对待科学,用多元、平等、开放、互动的传播观念来理解科学、对待科学。[17]科学传播形态的研究主要是科学史家和科学哲学家。

吴国盛教授对中国科学传播研究作了基本判断后,认为科学普及形态将科学提升为科学主义层面,注重科学的权威和价值,称为科学传播的实践学派;科技传播形态从传播学实践角度,去研究传播方法、态度和有效性,称为科学传播的方法学派;科学传播形态是从公众理解科学角度,探寻科学传播的科学,注重科学观念更新和价值重构,称为科学传播的批判学派。

1.1.3　研究思路和方法

本书在前人关于《科学》发展史、科学传播、科学哲学和科学社会学研究的基础上,把《科学》放在中国科学本质观念变迁与中国科学化和科学中国化推进的大背景下,从《科学》的发刊内容为第一手资料入手,从传播主体有意识、有目的的社会建构出发,通过文本分析、数理分析、内容分析、个案研究等方法,对《科学》的自身科学传播过程、传播主体的社会角色形成和转换、传播理念的形成与实现路径、传播内容与传播活动的互动变迁、传播方式和发展策略社会选择、传播效果的再评析6个方面开展全景式分析研究,着力探究传播活动与社会之间的互动关系(图1-1)。

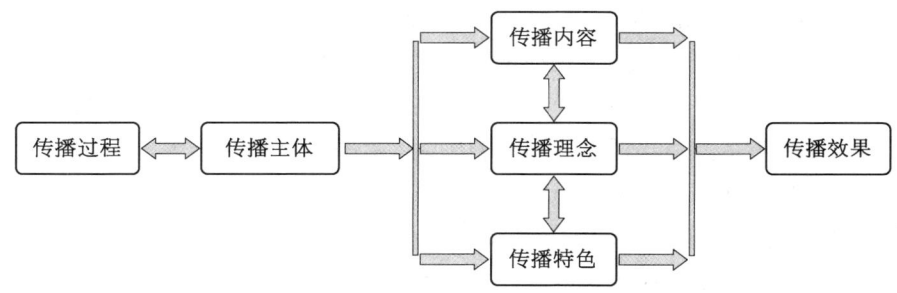

图1-1　传播主体有意识、有目的地推进传播活动

本书的研究具体分为六个方面：一是《科学》的科学传播活动在实现科学知识与内容的共享、交流和扩散的社会目的下，存在着与中国经济、政治、社会之间调整和互动的联系。二是《科学》的传播主体在推进科学社会价值和功能的实现过程中，完成了自身社会角色的形成和转换。三是《科学》的科学传播理念作为传播主体的先验的价值选择是科学传播活动推进的思想基础和价值源泉，在具体的传播实践中体现出不同的方式和特征。四是《科学》的传播内容作为传播活动的最具体的体现，与传播活动的不同阶段之间存在着一定的互动变迁关系。五是《科学》在推进科学社会功能实现的过程中，必须采用一定的传播策略和方法。六是《科学》的科学传播活动研究中，在传播活动与传播内容之间，存在"效果是什么"和"效果应该是什么"的区别。

本书采用了五种研究方法：一是文献检索法，通过大量查阅图书馆有关《科学》的研究资料，充分利用《民国期刊全文数据库》和《大成老旧书刊数据库》等网络图书资源，对《科学》传播的内容进行全面系统地梳理，将其科学传播的实践过程，放在文化、经济、政治和社会发展的背景下加以研究。二是内容分析法，通过对《科学》不同时期的传播重点和内容进行专门的分类梳理，并进行具体的量化分析，着力挖掘出不同时期的传播特点和特色，力图展示其科学传播过程的一些规律性特征。三是个案研究法，通过将《科学》的科学传播历程作为一个个案进行分析，按照时间顺序分别归纳梳理其不同阶段的传播特点和规律，总结出科学传播的价值及其对社会、文化的影响。四是交叉研究法，通过对《科学》的传播研究涉及的传播学、科学思想史、科学哲学、科学社会学等多个学科，运用各个学科的理论，采用多重视角对科学的传播过程进行综合研究。五是互动研究法，科学传播作为传播主体的社会行为，在科学本质观念变迁，以及中国科学化和科学中国化历程中，经历了一个与社会相互交流的互动关系，存在着与社会思潮、文化传统和价值理念的冲突、吸收、融合的过程，对这种互动关系的研究，可以更加清楚地表明科学传播的社会学本质特征。

本书从传播主体与社会互动依存关系的角度出发，分析确定《科学》的传播活动和内容之间的互动变迁关系及效果评析。对《科学》的科学传播与社会互动的发展关系，不能简单地理解为传播活动和内容受社会因素的制约或者决定。因为这种互动变化既是科学传播内在逻辑的结果，也是科学社会发展阶段的外在需求，本质上是传播活动与中国社会结构之间的一种双向互惠关系。对《科学》传播活动的这种互惠关系的研究，以前更多的是关注科学对中国社会的影响和价值，很少关注传播对中国近代科学发展的影响层面，以及传播对科学知识和文化的某种重构研究。2016 年,学者张剑在《中国科学社研究的历史、现状与展望》中指出:"如何将中国科学社乃至中国近代科学的发展与时代变动及社会历史变迁结合起来,说起来似乎很容易,如何找到其中切入点和结合点值得学界共同努力。"[18] 并对下一步研究提出两点建议:一是史料的进一步挖掘与整理。二是研究方法、角度的调整与研究视野的扩展。本书就是从传播学角度所做的一个尝试,但如何坚持客观中立、多元辩证的研究视角和方法,对《科学》的传播活动做出经得起历史检验和社会评议的分析,可能是最大的难点之处。

英国科学史家约翰·齐曼(John Ziman),对近百年世界范围的科学传播评价后指出:似乎没有人在学术上付出过巨大努力要把科学的这种传播恰如其分地描述为一种社会现象。[19] 考察一下《科学》的相关传播研究,齐曼教授的这一评论也是适用的,似乎没有研究者把《科学》的传播作为一种社会现象来研究。科学传播在社会学意义上具有的不同层面的多样化特征,以及各种不同的科学传播和科学社会学理论只能部分应用于《科学》的传播活动,这使得本书的研究工作成为一项非常具有挑战性的任务。

1.2 《科学》传播活动所处的历史背景

《科学》(1915—1949)是中国近代科学传播时间最长、成效特别突出、影响最为深远的综合性科学期刊之一。它一度作为中国科学社的社刊(月刊,32 开)。从 1915 年 1 月至 1949 年 12 月,35 年间共出版 31 卷,合计 356 期,每期平均 75 页,平均发行量 3 000 份,共汇聚约 1 300 名作者的 12 221 篇文章(含社论、论文、专著、调查、新闻、消息、通讯、杂俎等),留下了约 3 000 万字的思想财富。[①] 可以说,它全面记载了中国近代知识分子为推进科学发展的探索和尝试,全景展示了中国近代最早的科学共同体追求科学真理的曲折道路,创造了中国近代科学思想史、科学传播史和科学社会学史的一系列标志性成就,为我们研究近代科学传播提供了很好的范本。

在中国近代社会发展的大视野之下,《科学》(1915—1949) 35 年的科学传

---

① 统计数据系笔者根据《民国期刊全文数据库》计算所得。该数据库中未收录《科学》第 26 卷第 1—2 期,第 28 卷第 1 期内容,第 26 卷第 1 期、第 28 卷第 1 期是笔者比照上海图书馆《科学》影印版以及国家图书馆整理所得,第 26 卷第 2 期据目录预告按照杂志自身"刊发上期预告下期"的出版惯例分析整理所得。特此说明。

播活动,贯穿了新文化运动、科学与人生观运动、中国科学化运动、抗战救国运动、科学建国运动等近代中国波澜起伏的社会变革过程。可以说,这些科学思想和社会潮流都或多或少、或明或暗地在《科学》的科学传播活动中有所体现。这种特殊的社会情况,不仅为《科学》的产生和发展创造了独特的社会、历史、文化条件,也决定了对其科学传播活动与内容很难用一种单一的、静态的、机械的思想理论和视角加以概括和分析。

为此,本书采用了动态多元视角。首先,从科学史维度来分析,《科学》的科学传播活动和内容为研究的开展奠定了基础、提供了素材,它是理解中国近代科学传播发生、发展的一把钥匙。其次,从科学哲学维度来分析,《科学》的科学传播首先要搞清楚科学的本质观念及其界定,以及科学究竟是什么和科学是否向真理逼近等底层逻辑问题,进而梳理分析科学本质观念随着科学进步和社会发展的变迁历程。再次,从科学社会学维度来分析,《科学》的科学传播活动离不开一定的社会文化水平制约,这是科学传播活动赖以生存的社会环境和基础,而科学共同体在推进中国科学化和科学中国化的具体实践则是研究的重点。综上,本书主要目的是以解剖麻雀的精神和实证分析的态度,力图展示中国近代科学发展和科学传播活动的一个具体侧面和微观图景。

1.2.1　中国近代科学技术发展史视域下《科学》的传播

日本学者汤浅光朝认为:"中国科学的发展是在第一次世界大战后出现萌芽的,是以1913年丁文江的国内地质调查所、1914年任鸿隽的中国科学社、1928年蔡元培的国立中央研究院和李石曾的国立北平科学院为它的重要据点的。"[20]与汤浅光朝对明末清初时期中国科学发展处于萌芽时期的论断有所不同,张岂之等著名历史学家认为到20世纪初,晚清政府开始制定了相应的科技发展和科学教育政策。一大批从欧美、日本回来的留学生给中国科技界带来了最新的研究成果,他们的工作填补了国内很多空白,成就为国际所公认,这标志着近代科技在中国的最终确立。"[21]王扬宗等科学史家则指出:"在第二个50年,废除了科举制。建立了近代教育制度,将科学纳入国民教育体系,一批留学生在欧美科学发达国家跟随著名科学家学习深造后归国,将现代大学制度和现代科研体制移植到中国,奠定了中国现代科学事业的基础。"[22]

综上,不管是科学史的专业研究者,还是社会学家,抑或是外国学者,对中国科学发展存在的基本共识是:一大批归国回来的留学生推进科学在中国的传播,推进科学社会功能的发挥和社会结构的建构,进而实现了科学在近代中国社会的确立,其确立的一个基本标志就是专业的中国科学社团或者说科学共同体的成立。追溯中国学术社团的历史,肇始于1908年清政府颁布的《钦定宪法大纲》中明确规定臣民有结社自由。据统计,晚清最后的16年间,全国共成立了600多个学会和团体。[23] 除了一些政治性团体以外,其余学术性的学会组织和各地的改良促进会,都或多或少地跟科学传播有关。主要代表性的团体有1900年成立的亚泉学馆、1903年成立的科学仪器馆、中国医学会、中国药学会、中国地学会等学术团体,以及1912年由留英学生丁绪贤、王星拱等成立的中国科学社,后并入以任鸿隽为代表的留美学生的中国科学社。在科学团体成立的同时,中国最早的科研机构也开始出现,主要有1903年的扬州知新算所、1906年的天津技术训练所和1912年在北京成立的中国观象台等。

当时,科学共同体传播推广科学的一个重要手段就是创办刊物,推行自己的主张。中国科技期刊的历史,最早可追溯到1876年傅兰雅、徐寿创办的我国第一种科技期刊《格致期刊》(月刊,后改为季刊)。随后,以传播和普及科学知识为任务的大量科技期刊也纷纷诞生。据不完全统计,在1900—1919年的20年间,共诞生各类科技期刊100多种。其中,自然科学类期刊24种(综合类9种、数理科学9种、地学2种、生物学2种、气象学2种);技术科学类期刊73种(综合类13种、工业12种、交通运输14种、农业29种、水利5种);医学类期刊29种。[24] 1915年诞生的《科学》便是其中最具代表性和影响力的期刊之一。

一个值得注意的社会现象是:在原创性研究成果取得突破的民国初年,在如此众多的专业科学社团和科学技术类的期刊中,作为一个由海外留学生为主体创办的《科学》,在当时的社会环境下,科学传播活动如何得以在社会上顺利开展?如何实现自身的传播目标并取得一定的社会地位?在后世者看来,其对科学知识普及、科学名词审定、科学研究开展、科学教育推进、科学体制机制创立等方面的全面传播和社会影响力,以及这种影响究竟是科学知识社会价值的发挥还是传播主体的主动作为,都是一个非常有意思的话题。因此,从传播作为人的自身行为和社会行为的角度对这些社会现象进行讨论和研究,有助于我们更加清楚地认清中国近代科学传播的社会属性,或许能够为当前的科学传播活动提供有益借鉴和思考。

1.2.2 中国近代科学观念变迁视域下《科学》的传播

学者段治文从科学观念发展的逻辑视角指出:中国近代科学观经历了一个从早期的"器物科学观"到戊戌时期的"方法论科学观"再到新文化运动时期

的"启蒙科学观"的逐步深入过程。[25]杨国荣教授则从科学价值体系转换角度指出：中国近代的科学观经历了一个由形而下的"技"进步到形而上的"道"的转变过程。[26]总的来看，随着新文化运动的深入开展、中西文化论争以及中国本位运动等社会思潮的推进，中国近代科学本质观念呈现出古典科学观、近代科学观、西方进化论科学观、方法论科学观以及传统儒学的"格物致知"科学观等多种观念并立的复杂局面。

其中，西方进化论科学观以生物进化论为基础，对中国的社会思想产生了决定性影响。当时及后来的许多思想家、政治家，如康有为、梁启超、孙中山、胡适、陈独秀、鲁迅、毛泽东等都不同程度地接受了这种进化论的科学观。而方法论科学观则以探索"中国有无科学"这个问题展开，当时从海外留学归国的大批青年学者，以近代西方科学方法或哲学思维方式为标准，认为科学方法和科学精神的缺失是导致中国古代无科学的根本原因。但到20世纪三四十年代，在中国本位文化兴起的社会背景下，以现代新儒家为代表的学者提出"格物致知"的科学观念，并最终成为当时官方认可的科学观念。其主要观点是以"格致"取代科学，以"格物"取代讲求逻辑归纳和经验实证的现代科学方法，以"智、仁、勇"三达德取代近代科学知识。

1915年，《科学》在"创刊号"中把《论中国无科学之原因》作为首篇论文推出，隐含的一个前提和预设就是中国无近代科学。从这个逻辑"原点"出发，他们刊行杂志、传播科学，开启了对科学本质观念的探讨和研究的先河。从科学传播策略和方法来看，对中国近代无科学的探讨，从一开始扮演的角色就是一个传播的"主题点"，是激励以任鸿隽为代表的一代学人在中国传播科学、推进科学事业的切入点。毫不夸张地说，整个《科学》的传播活动，某种程度上都可以看作对科学本质观念的延伸和回应。因此，从传播主体秉持的先验科学观念角度，对《科学》传播中科学观念变迁和演变的逻辑进行探讨，对于我们更加客观、辩证地看待科学以及科学主义在中国的形成和发展演变，具有一定的指导性意义。

1.2.3 从中国科学化和科学中国化发展看《科学》的传播

实践证明，"中国近几十年来的文化运动，虽然在方式上有许多不同，其唯一目标，不外要使中国科学化而已。"[27]中国科学化作为一种社会建构行为，本质上是推进"科学是一种由社会共享并在社会中被证实的知识体系"[28]的社会价值进行运用和发挥，因为只有那些能及时被其他科学家有效认同和利用的研究成果才有意义。因此，科学传播中的理论和知识不仅是客观性、准确性、发展性、统一性的,而且还是社会性的。这里的社会性指的是任何科学理论和科学实践都是具有社会属性的,都不是超越社会的。从科学作为人的一种有效的精神活动来看社会的意义,其中"社会"二字是指具体现实的社会,不是抽象的公式化的纸面上的社会。[29]

关于科学社会功能的研究,以 J•D•贝尔纳(J.D. Bernal)的研究为代表,他将科学的社会功能分为科学现在所具有的社会功能和未来可能应有的社会功能。但科学社会功能的实现需要相匹配的社会文化结构,也就是取决于科学自身机构的建立和发展,包括科学研究机构和科学传播机构等。对于科学制度在社会确立的重要作用,R•K•默顿(R.K. Merton)指出:"无论周围的环境如何影响科学知识的发展,或者,考虑一下我们更熟悉的问题,无论科学知识最终如何影响文化和社会,这些影响都是以科学本身变化着的制度结构和组织结构为中介的。"[30] 从科学社会功能实现需要变革社会文化结构的角度来看,小莫里斯•N•李克特(Maurice N. Richter Jr.)认为:"科学相对来说是个新的现象,它唯一产生于西方,它在世界各地的传播并不是通常所理解的那样是通过'扩散'进入其他文化的,而是作为摧毁其他文化传播形式的一种力量进入的,而且反过来也同样破坏性的作用于西方的传统制度之上。"[31]

在近代西方,科学对社会的广泛影响,也曾一度发展成为文化的、意识形态的决定力量,但它始终以具体的科学本身的发展和实践为前提和基础的。然而,中国的情况却与西方科学的发展路径相反,中国近代的科学是在中国科学实践还远远谈不上有什么实际发展时,以及近代科学研究机构和社会制度还没有完全确立之时,以归国留学生为主的传播主体在思想上和理念上接受和推崇科学,赋予科学巨大的社会价值以至于人生价值的普遍概念和意义,进而在社会实践中不断推进中国科学化和科学中国化。因此,从科学传播主体的自身行为和社会行为角度,对中国科学化和科学中国化等实践过程中传播内容与特色的梳理,可以清楚地认识到《科学》对中国近代科学发展的具体实践和影响,并具有一定的学术价值和意义。

1.3 《科学》传播活动国内外相关研究现状述评与意义

1.3.1 中国科学社发展与影响的相关研究

《科学》由中国科学社主办,并负责编辑出版。作为中国近代首个具有"科学共同体"色彩的民间科学社团,其对科学传播开创性的地位和影响一直是学者关注的焦点。对传播主体——中国科学社的相关研究可以说是成果丰硕,这些研究主要围绕以下三个方面展开。

一是关于中国科学社的社史和社团活动的研究。代表性的有:学者范铁权的《民国科学社团发展变迁的多元透析——以中国科学社为中心》《民国科学社团发展变迁——中国科学社社员的时空分布透析》,以及《中国科学社研究概述》《中国科学社研究的回顾和展望》等,分别论述了前人对中国科学社研究的整体情况,并分析了其不足和有待进一步研究之处。学者张剑的两本著作《中国近代科学与科学体制化》和《科学社团在近代中国的命运——以中国科学社为中心》,探讨了中国科学发展与社会变迁之间的内在关系。张剑还撰写了《中国科学社组织机构变迁与中国科学组织机构体制化》《传统与现代之间——中国科学社领导群体分析》《民国科学社团与社会变迁——以中国科学社为中心的考察》《民国科学社团发展研究——以中国科学社为中心》等文章,是研究中国科学社的代表性人物。再加上任鸿隽、张孟闻等早期创始人、主编、编辑撰写的有关中国科学社的相关回忆文章,可以说关于中国科学社发展史的研究已经相当充分。

二是关于中国科学社对中国科学文化建构的研究。台湾学者最早对这个问题表示了关注,代表性的有郭正昭的《中国科学社与中国近代科学化运动(1914—1935)——民国学会个案探讨之一》。[32]随后,大陆学者开展了大量的研究,代表性的有:学者范铁权的《中国科学社与中国科学的文化》一书,以及《中国科学社与中国科学的近代化》和《中国科学社对科学方法与科学精神的传播》等数十篇文章。学者张剑的《中国科学社的科学宣传及其影响(1914—1937)》《从科学宣传到科学研究——中国科学社科学救国方略的转变》《从"科学救国"到"科学不能救国"——近代中国"科学救国"思潮演进》《传播科学、提升民族素质以抗战建国——中国科学社主编"科学与人生"周刊分析》等多篇文章。学者樊洪业在《中国科学社和新文化运动》中指出,《科学》作为中国最早的纯学术刊物,首次提出"民权"与"科学"并举的口号。学者冒荣在《中国科学社与科玄论战》中,对中国科学社在"科玄论战"中的角色定位进行了研究,他在《科学的播火者——中国科学社评述》一书中,将中国科学社置于特定的社会系统中,从它与社会各方面的联系中来分析和评价其在中国科学事业的发展和整个社会进步中的作用和地位。学者朱华在《近代中国科学救国思潮研究》中指出,中国科学社及其《科学》成为提倡和宣传科学救国思潮的主要机构和媒介,并有意识、有计划地开展了科学救国思潮的宣传和各种实践,推动了中国近代化的社会进程。与此同时,围绕中国科学社在中国近代科学发展某一时期的阶段性作用,众多学者也撰写了大量研究论文,如学者林文照的《中国科学社的建立及其对我国现代科学发展的作用》等。[33]反映出中国科学社对中国近代科学文化发展和建构所起到的巨大作用。

三是关于中国科学社主要人物的活动及其思想研究。关于中国科学社的社员和编辑群体的研究成果可谓不胜枚举。代表性的有:学者樊洪业的《任鸿隽:中国现代科学事业的拓荒者》《感悟任鸿隽》,以及与潘涛、王勇忠编著的《中国近代思想家文库·任鸿隽卷》,全面摘录了任鸿隽在各个时期发表的各类文章,介绍了任鸿隽及其科学思想,阐述了任鸿隽在宣传科学和科学研究方面做出的贡献,为深入研究提供原始的文献,以及学者张剑的《从"革命救国"到"科学救国"——任鸿隽尽瘁于推展科学的一生》《学术与名利之间:近代中国对科学的态度检讨》《任鸿隽的科学发展战略及其对近代中国科学的影响》等。李醒民教授的《中国现代科学思潮》则详细梳理了任鸿隽的科学文化观、科学观和教育思想。黄翠红的博士论文《近代中国科学事业的拓荒者——任鸿隽生平研究》(扬州大学,2014),通过对任鸿隽的生平事迹的考察,论述了他对近代中国科学救国思潮形成所起的关键作用及其科学救国思想体系,并对其科学救国事业进行了评价。何莉萍的硕士论文《任鸿隽科学观初探》(山东大学,2004)、侯家选的硕士论文《任鸿隽——中国近代科学教育事业的推进者》(华东师范大学,2006)等都以中国科学社的创始人为研究对象,探讨其对中国科学思想和科学事业的特定贡献。类似的文章还有,如卢立建的《近代科学与任鸿隽科学思想》、施展旦的《任鸿隽论的科学精神及其意义》等。对中国科学社其他代表人物的研究有:冒荣的《蔡元培与中国科学社》《胡适与中国科学社》,许为民的《新文化运动中的科学社社友们》等。另外,对于张骞、丁文江、竺可桢、胡明复、赵元任等中国科学社早期核心社员,也有相关研究论文。

美国学者夏绿蒂·弗思(Charlotte Furth)的著作《丁文江:科学与中国新文化》,对丁文江在现代中国的地位予以客观分析。美国学者郭颖颐所著《中国现代思想中的唯科学主义(1900—1950)》一书,论述了吴稚晖、陈独秀、胡适、丁文江、任鸿隽、唐钺身上的唯科学主义思想,并指出这些人提出的诸多观点带有"彻头彻尾的唯科学论"。书中指出:"《科学》直到20年代末,它每期的首篇文章都为采取科学世界观辩护……这样,此类出版物便成为把科学作为一种价值取向的宣传者。"[34]美国学者彼德·巴克(Peter Buck)在《美国科学与现代中国(1876—1936)》中,对中国科学社进行考察,并对部分中国科学社社员进行专门分析,研究了社员组成的地域、教育及文化特征。

2016年,学者张剑发表了《中国科学社研究的历史、现状和展望》,他在文中指出:"关于中国科学社的研究,专门的博士论文,中文已经有6篇,英文也有2篇。硕士论文仅任鸿隽研究就有6篇,其他专门的研究论文与相关书籍论文更多,似乎相关中国科学社的各个方面都有成果。"[35]但在对中国科学社的研究状况做了系统全面的评述后,他认为:"作为近代中国延续时间最长、影响最为广泛的综合性社团,中国科学社相较其他科学团体,无论是研究成果还是研究深度与广度,都已达到一定高度。但无论是研究资料的进一步挖掘,还是研究角度与视野的进一步扩展,都还有待学界同仁的共同努力。"[36]

1.3.2 《科学》发展史及其影响的相关科学传播实践研究

随着现代科学传播理论的发展,《科学》作为记载中国近代科学传播内容的媒介、载体和平台,其自身发展和影响的相关研究,越来越引起学者的注意。相关研究主要围绕以下四个方面展开。

一是传播内容分析。主要是以《科学》文本分析为主体的专门论著,代表性的有:刘敏的博士论文《民国时期〈科学〉杂志研究》(内蒙古师范大学,2013),文章对民国时期《科学》的办刊历程、栏目设置和主编办刊思想的变化进行梳理,注重分析《科学》对科学发展的推动以及对当前的影响。吴志娟的硕士论文《科学本土化:民国时期科学发展必由之路——以〈科学〉杂志为中心的研究》(华中师范大学,2003),以《科学》为研究对象,抓住"科学本土化"这一个方面,将《科学》称为"科学本土化进程之史册"。任媛媛的硕士论文《民国时期科学启蒙背景下的中国科学史研究——以〈科学〉杂志为中心》(东华大学,2014),指出《科学》不仅是民国时期科学启蒙工作的主力军,也是我国科学史研究事业的先驱和阵地。唐坤的硕士论文《〈科学〉〈科学画报〉和中国近代天文学(1915—1949)》(东华大学,2015),探讨了《科学》与中国近代天文学发展的关系。此外还有田希波、石春让《中国科学社〈科学〉译介文本简评》等研究文章。

二是传播历程分析。主要是关于《科学》发展史的研究。代表性的有《科学》原主编和编辑人员的回忆文章:如章元善的《回忆〈科学〉的创刊》,以自身为视角叙述了《科学》创刊的经过。刘咸的《我前后的几任〈科学〉主编》,简单介绍了《科学》几任主编的情况,以及自己担任主编时对《科学》的探索和改进情况。张孟闻的《〈科学〉的前三十年》,对杂志的办刊宗旨、栏目设置的变化及相关原因做了详细的描述。周培源的《从华罗庚成才说起》,指出"像《科学》这样的刊物对教育我们广大青年和人民群众是很有作用的"。茅以升的《科学社为什么能把〈科学〉办得这么好》,认为中国科学社之所以可以把《科学》办得好,原因在于其把"科学"介绍到中国并参加了新文化运动,为后人的研究提供了基本资料。严济慈的《〈科学〉杂志与中国科学社》,叙述了自身与《科学》的渊源,并分析了《科学》停刊的原因。其他的研究文章有:柯遵科、李斌的《中国科学社的兴亡——以〈科学〉杂志为线索的考察》,通过对中国科学社发展历程的重新描述,阐明中国科学社在推动中国科学职业化和专门化的进程中,其发展历程与国内的政治变迁和社会环境有着紧密的联系,同时也受到了国际因素,特别是来自英美两国的影响。李晓红的《杨杏佛对中国科学事业的贡献》,探讨了杨铨作为《科学》的主编和主要作者之一,对该杂志发展和中国科学社事业的贡献。颜燕的《张孟闻时期的〈科学〉杂志》,全面介绍了张孟闻时期《科学》的出刊及栏目设置情况、内容和特点。另外,樊洪业的《〈科学〉杂志的历史功绩》、许康和黄伯尧的《〈科学〉杂志:中国科学刊物的一个里程碑》,从不同角度阐述了《科学》的贡献和在近现代中国科学发展史上所起到的重要作用。

三是传播理念分析。 主要是关于《科学》科学本质观念思想传播的研究。学者刘为民的《〈科学〉杂志与新文学革命》《"科学"概念与科学杂志》等文章,论述了杂志对科学本质观念的形成所起到的重要作用。学者陈首、任元彪的《〈科学〉的科学——对〈科学〉的科学启蒙含义的考察》,从科学社会应用层面、科学理论知识层面、科学价值层面和科学体制层面等叙述了科学的启蒙和普及过程。唐东堰、李欣仪的《〈科学〉杂志与五四现代白话文的形成——重新审视五四现代白话文的产生及其现代性意义》,指出《科学》最先采用横排书写方式和西式的标点,标志着晚清白话文运动向五四现代白话文运动的转变。李继高、姚远的《〈科学〉与其主办者中国科学社》一文指出:"如其首创者任鸿隽(1886—1961)所说,'是国内出版最早的科学刊物的一种',它与《新青年》一起,构成了'五四运动'前夕一文一理、文理互补,且共同竖起科学与民主大旗的标志性刊物。"[37] 段韬的《从整个根本入手 求真致用并重——试论〈科学〉的科学传播理念》等文章,阐述了杂志"求真致用"传播理念的发展过程。

四是传播效果分析。 主要是关于《科学》的中国科学化和科学中国化实践成效的相关研究。代表性的有:学者邱若宏的《传播和启蒙——中国近代科学思潮研究》将《科学》的科学传播效果总结为四个方面：《科学》的知识传播价值，使读者由浅入深，渐得科学上智识；《科学》第一次在近代意义上对"科学"概念作了完整的阐述；《科学》认为提倡科学、讲求科学应特别注重科学精神；《科学》积极倡导科学研究，呼吁创建中国的科学事业，促成了中国现代科学研究事业的开创和最早一批现代科学家的诞生。[38]王秀良的博士论文《中国近代数学知识的传播：以科学杂志和数学杂志为载体》（中国科学院，2006），论述了《科学》在近代数学传播上的内容和贡献。亢小玉的博士论文《中国近代数学的早期发展——经由期刊的传播与演进》中（西北大学，2015），对《科学》的编辑特色，以及对近代数学知识的传播做了论述。此外还有曲铁华、袁媛的《〈科学〉杂志的创办及对科学教育的弘扬》、陶贤都、郭媛、王子立的《〈科学〉与近代科学家形象的构建》等文章。

1.3.3 研究评述与意义

各位学者和同仁关于中国科学社和《科学》的相关研究，可谓是举不胜举，这些都是本书研究的基础。众所周知，传播学是20世纪出现的一门新兴社会科学，直到20世纪中叶，传播学才成为大学的正规课程。[39]美国传播学家斯蒂文·小约翰（S.W. Littlejohn）认为："传播学的核心理论应该包括研究信息的形成与发展、意义的生成和解读、信息文本的结构与组织、传播中的社会互动关系、传播的社会动力学（传播与宏观社会结构的关系、传播与权力和资源的社会分配关系、文化生产方式和社会各部门的相互作用）等。"[40]从当代传播学的发展形成史来看，《科学》（1915—1949）的传播发展历程与传播学的诞生与发展几乎同步。作为一本专门探索"传播科学"的杂志，从传播学的理论来分析，在现有的研究中，要么科学观和传播观的运用具有历史局限性，要么科学传播的实践与内容研究不够完整和严密，至今尚缺乏从传播学角度对其进行系统研究的成果。特别是还没有以《科学》的传播活动和发刊内容作为研究对象，探究其科学传播思想与实践演变的专门系统研究。具体表现为：

一是从研究重点来看，已有的研究成果主要将中国科学社作为研究对象，认为《科学》只是其从事科学传播活动的"喉舌"和"渠道"，忽略了作为传播平台和媒介的《科学》在传播实践中有意识和有组织的能动作用，以及对中国近代科学和科学共同体的形成和发展的推动作用。有关《科学》的1篇博士论文也只是分阶段的静态的论述，对《科学》本身的发展演变过程至今尚缺乏系统研究。特别是对《科学》传播活动与发刊内容的比较研究还不够深入。

二是从研究视角来看,大多采用一种静态的、注释性的视角,将《科学》的传播活动和内容看作一种历史文献,而不是作为一种人的传播的社会现象来开展研究,缺乏采用发展的、动态的、比较性的、批判性的视角,对《科学》在中国近代科学发展过程中传播理念的形成和演变、传播内容的互动变迁进行比较研究。特别是缺乏从科学传播的"科学"角度,去探讨《科学》传播活动中与中国传统价值理念结合,对近代科学本质观念重构现象的研究。

三是从研究内容来看,对《科学》记载的第一手资料的整理、提炼工作有待加强。总量约 3 000 万字的《科学》的基础文献,以及数千万字的前辈学者的研究材料,几乎让初尝此领域的研究者望而却步。因为只有掌握详备的第一手资料,再加上后人的比较研究,才能全面理解《科学》的传播历程、内容、价值和意义。

四是从研究理论来看,已有的研究大多采用单一的、直线性的、机械的传播观。这种观点认为作为传播内容中的科学是纯粹客观的、专业化的知识体系,传播只是秉持客观公正的立场和态度进行转载而已。这种将传播仅仅当作是一个形式化、客观化的东西,没有人的实质内容和情感价值的理念,与当代科学传播理论的最新发展不相适应。显然,《科学》作为近代最具代表性的科学传播载体,如不从最新科学传播理论的视角,对科学传播活动和内容于展全方位的研究,那么与其本身的定位、目标、宗旨和理念是不相符合的。

1989 年 6 月,担任过英国《自然》总编辑的约翰·马克多斯(John Maddox)写了一篇题为《期刊能影响科学吗?》的社论,认为期刊不能声称自己是被动的科学交流手段,因为它们对科学家的职业生涯和科学研究的发展有着巨大的影响力。[41]本书首先从科学史的角度,主要探讨《科学》的传播活动史、传播内容的思想变迁史等,通过全面的统计、归类,重点分析传播活动和内容在中国社会的发生、发展和生成的政治、经济、社会因素等的社会条件及其互动关系。其次从科学哲学的角度,主要探讨《科学》的科学传播理念的形成与演化路径、传播效果的反思评析等问题,重点分析《科学》传播的科学理论、科学方法和科学精神,以及对近代中国"科学主义"形成过程中所起的媒介和平台作用等。再次从科学社会学角度,主要探讨《科学》的传播主体的社会角色转换、传播发展策略和方法选择、科学文化建构等问题,重点分析传播主体在推进中国科学化和科学中国化实践过程中所起的作用和效果等。

必须要说明的是,本书从传播主体出发探究《科学》的传播活动,初衷并不是罗列《科学》刊发的重要论文和代表人物,也不在于提供关于《科学》传播活动的新观点、新事实、新理论体系,而是要分析《科学》的传播活动随着时间的变迁和科学的发展,在不同的历史时期存在着一个与社会的互动关系以及对社会的调整和回应,即科学传播与社会互动关系的真实历程是什么。

参 考 文 献

[1] E·M·罗杰斯.传播学史:一种传记式的写法.殷晓蓉,译.上海:上海译文出版社,2002:134.
[2] 刘兵.多视角下的科学传播研究.北京:金城出版社,2015:35.
[3] 吴国盛.从科学普及到科学传播//中国公众理解科学2000中国国际科普论坛.合肥:中国科学技术大学出版社,2001:30-34.
[4] 刘兵.多视角下的科学传播研究.北京:金城出版社,2015:13.
[5] 刘华杰.科学传播的三种模型与三个阶段.科普研究,2009(2):13.
[6] 周以欣.新媒体时代的"把关"问题.传媒观察,2013(12):20.
[7] 邵培仁.传播学.北京:高等教育出版社,2000:47.
[8] 唐英.拉扎斯菲尔德对传播学的贡献.西南民族大学学报(人文社科版),2004,25(2):433.
[9] 熊澄宇.传播学十大经典解读.清华大学学报(哲学社会科学版),2003,18(5):33.
[10] 熊澄宇.传播学十大经典解读.清华大学学报(哲学社会科学版),2003,18(5):30.
[11] 刘兵.多视角下的科学传播研究.北京:金城出版社,2015:53.
[12] 尹兆鹏.科学传播的哲学研究.上海:复旦大学,2004:1-2.
[13] 罗红.科学传播的叙述转向及其哲学思考.天津:南开大学,2014:1-2.
[14] 贾鹤鹏,刘立,王大鹏,等.科学传播的科学——科学传播研究的新阶段.科学学研究,2015,33(3):330.
[15] 姜照君.媒介变迁视角下我国科学传播的理念转向及其路径选择.文化产业研究,2013(增刊):217.
[16] 吴国盛.当代中国的科学传播.自然辩证法通讯,2016,38(2):1.
[17] 吴国盛.科学传播与科学文化再思考.中华读书报.2003.
[18] 张剑.中国科学社研究的历史、现状和展望.中国科技史杂志,2016,37(2):235.
[19] 约翰·齐曼.知识的力量:科学的社会范畴.许立达,李令遐,许立功,等译.上海:上海科学技术出版社,1985:239.
[20] 汤浅光朝.中国近代科技史(解说与年表).中国科技史料,1982,4:88.
[21] 张岂之.中国历史:晚清民国卷.北京:高等教育出版社,2001:177-180.
[22] 王扬宗.从历史审视中国科学发展的文化缺失.中国科学院院刊,2012(27),1:87.
[23] 董光璧.中国近现代科学技术史.长沙:湖南教育出版社,1995:485.
[24] 丁守和.辛亥革命的期刊介绍(四).北京:人民出版社,1981:694.
[25] 段治文.近代中国科学观发展三形态.历史研究,1990(6):111-115.
[26] 杨国荣.技与道之间——近代科学观念的早期变迁.中国哲学史,1998(3):18.

[27] 陈高傭.中国文化运动研究.上海：商务印书馆,1937：182.
[28] R·K·默顿.科学社会学.鲁旭东,译.北京：商务印书馆,2003：620.
[29] 卢于道.科学概论.序.上海：中国文化服务社,1946：3.
[30] R·K·默顿.科学社会学.鲁晓东,林聚任译.北京：商务印书馆,2003：vi.
[31] 小莫里斯·N·李克特.科学是一种文化过程.顾昕,张小天,译.北京：三联书店,1999：13.
[32] 郭正昭.中国科学社与中国近代科学化运动(1914—1935)——民国学会个案探讨之一 [A].中国近代史专题研究报告·第一辑.台北：《中华民国史料研究中心》,1986：267.
[33] 林文照.中国科学社的建立及其对我国现代科学发展的作用.近代史研究,1982(3)：216-233.
[34] 郭颖颐.中国现代思想中的唯科学主义(1900—1950).雷颐,译.南京：江苏人民出版社,1989：11.
[35] 张剑.中国科学社研究的历史、现状和展望.中国科技史杂志,2016,37(2)：234.
[36] 张剑.中国科学社研究的历史、现状和展望.中国科技史杂志,2016,37(2)：226.
[37] 李继高,姚远.《科学》与其主办者中国科学社.西北大学学报(自然科学版),2010,40(5)：918.
[38] 邱若宏.传播和启蒙：中国近代科学思潮研究.长沙：湖南人民出版社,2004：236-242.
[39] 郭庆光.传播学教程.北京：中国人民大学出版社,1999：1.
[40] 斯蒂文·W·小约翰.传播理论.陈德民,叶呫辉译.北京：中国社会科学出版社,1999：28-29.
[41] 梅琳达·鲍德温.铸造《自然》：顶级科学杂志的演进历程.黎雪清,译.重庆：重庆大学出版社,2018：310.

第2章
《科学》传播活动的实践历程

对于科学传播的研究,不仅要把科学传播的事实记录整理下来,还要在浩如烟海的史料中探寻科学传播的一些基本逻辑和规律,以及逻辑之后的非科学的社会基础。1948年6月,在巴黎召开的科学联盟国际评议会之科学与其社会关系委员会发布建议:"科学史家工作,不仅仅为记录事迹,抑且予以解释,觉起所由发生之因原,此等因原大约有二:一为逻辑的效果及科学内在的联系;其次仅是逻辑之效果,不足以解释科学发展之原因……非科学的社会基础导致;其他虽有科学本身有其内在因素,亦不能废其外在之因素也。"[1]

《科学》的科学传播活动,作为一种具有明确价值和信念的推进中国近代科学进步和发展的社会活动,在长达35年的科学传播历程中,传播活动从美国到中国,传播主体从在美留学生到取得中国社会中心地位的科学家,在中国社会现实和文化之间,存在着一个从先验的观念传播到基于中国现实的共同体构建,再到与中国社会的紧密结合,以及被全面抗日战争打断,再到科学建国的曲折发展历程。基于以上的判断,本章将《科学》置于中国近代科学发展与时代进步和社会历史的背景之中,以科学传播活动背后的经济、政治和社会文化等因素为线索,考察传播主体在推进科学传播活动过程中与政府、社会、大众之间的互动互惠关系。

2.1 以"科学救国"为价值信念的缘起

从社会交换模型理论来看,传播在获得社会力量支持的同时,在某种程度上,可以看作是社会对传播的一种特殊分配,在这种支持中蕴含着一种交换模型。《科学》的科学传播回报中国社会的最大价值就是为国家治弱治穷、救国图存,也就是科学救国。

"科学救国"是随着科学在中国的传播而发展形成的一种爱国主义进步思潮,其根本目的是实现中华民族的富强振兴。有研究指出,《科学》的创刊发行和中国科学社的成立,标志着科学救国思潮的最终形成。[2]《科学》作为"科学救国"的具体产物,其早期创办者们普遍以中国传统知识分子所具有的修身治国平天下的社会责任感来传播科学,实现科学救国的理想。1915年,《科学》在上海正式发行出刊。在《发刊词》中,可以明确地感受到他们爱国救国的心声。

> 抑欧人学术之门类亦众矣,而吾人独有取于科学。科学者,缕析以见理,会归以立例,有觕理可寻,可应用以正德利用厚生者也。百年以来,欧美两洲声明文物之盛,震烁前古。翔厥来原,受科学之赐为多。科学之为物,未可以一言尽也。科学之效用,请得略而陈之……
>
> 呜呼,临渊羡鱼不如退而结网。过屠门而大嚼,不如归而割烹。国人失学之日久矣……然使无精密深远之学,为国人所服习,将社会失其中坚,人心无所附丽,亦岂可久之道。继兹以往,代兴于神州学术之林,而为芸芸众生所托命者,其唯科学乎,其唯科学乎!
>
> 同人不佞,赖父兄伯叔之力,得负笈远西,亲睹异邦文物之盛。日知所亡,坎然其不足也。引领东顾,睠然若有怀也。诚不自知其力之不副,则相与攫讲习之暇,抽日月所得,著为是报。将以激扬求是之心,引发致用之理,令海内外好学之士,欲有所教于同人者,得所藉焉。是则同人所私愿而社稷尸祝之者也。[3]

全文通篇充满了强烈的爱国热忱和把科学作为救国之道的坚定信心。在《科学》的传播者看来,科学具有的功利主义和经验主义价值受到高度的承认和赏识,科学不仅具有"正德、利用、厚生"多种社会功能,而且具有"国人服习""社会中坚"和"人心附丽"的文化思想基础,而实现救国、建国、富国、强国的根本方略就是推进中国科学的发展。对科学这种先验价值的推崇预示着科学传播理念向人生、社会和文化的全面拓展。正是对这种先验的科学价值无比坚信和科学理性无限扩展的信念,《科学》的传播者将"中国无科学"作为传播的社会逻辑前提,进而沿着推进"中国科学化和科学中国化"这个发展路径,以发行《科学》为起点,逐步构建一个由自然科学家为主体,关心科学发展的实业家和政治家为辅助,从民间层面、政府层面到社会层面的泛科学共同体,来推行其科学救国的社会理念。也正是沿着科学救国的价值理路，将本来作为研究自然、社会和人生知识体系的科学，逐渐演变成为社会、文化发展状况的晴雨表，成为"判断一个社会是前进或后退，是在'文化'或在'野化'，是在发达过程中或在衰落过程中"的十分准确的衡量标准。[4]

关于《科学》的创刊缘由，主要创始人之一的任鸿隽在《〈科学〉三十五的回顾》中回忆到：当看到世界科学对各国生存竞争的重要性后，回头发现国内的科学非常幼稚，许多人甚至不知道科学是什么，更别提一个专门讲述科学的杂志。正是在这种基于对中国科学发展现状的思考之下，《科学》的传播者"以激荡求是之心，引发致用之理"[5]为目标，来激发国人和社会对科学的热情，唤起国人对救国真理的渴望。冯契先生指出：中国近代知识分子要解决的中心问题是"中国向何处去"。在《科学》的传播者心中，如果提倡科学知识、科学方法和科学精神而不与挽救国家和民族危亡直接挂钩，那么其推崇的科学和科学传播活动，将显得毫无价值和意义。

2.2 以"中国科学化和科学中国化"为解谜的实践

1929年，任鸿隽在第十四次北平年会记事中，明确指出《科学》的传播目的："尤希各社友共同努力，不惟令中国科学化，且更进一步，使科学中国化。"[6]并做了进一步阐述指出，中国科学化只是传播的第一层目标，首先就是要推进科学在思想、生活和社会各个方面地位的确立；随后的科学中国化才是传播的最终目的，也就是说，中国应该为世界科学发展做出自己应有的贡献。

马克斯·舍勒（Max Scheler）指出："观念与存在因素之间的主要关系是互动。观念与作为选择媒介的存在因素之间的彼此互动，从而可以放宽或者限制潜在观念得到实际表达的程度。存在因素并不创造或者决定观念的内容，它们仅仅说明可能性与现实性之间的差异，它们阻碍、延缓或者加速潜在观念的现实化。"[7]中国科学化和科学中国化作为科学知识价值在中国近代社会的应用和发展，在科学文化建构与社会现实存在之间，必须经历一个与互动和对话的过程。在这个互动和对话的社会过程中，《科学》的传播者不断推进科学逐步融入中国社会，成为需要、成为制度、成为文化。

范铁权以民国时期民间社团的发展变迁为视角，采用实证主义编年史的手法，以中国科学社各个历史时期的社会经济背景为依托，将其发展历程分为六个阶段，分别是草创（1914.6—1915.10）、萌芽时期（1915—1918）、生长与成熟时期(1919—1937)、抗战中的曲折(1937—1945)、恢复时期(1946—1949)、完成历史使命(1949—1960)。[8]可以说,作为《科学》主办方的中国科学社的发展历程是研究《科学》的基础材料。

本书将《科学》置于中国近代社会发展的大背景下,以不同历史时期的传播重点和主要任务为研究对象,着重分析科学传播发展的时代背景,以及背后的经济、政治和社会文化等因素。一个基本的判断是:在科学本质观念在中国社会的确立过程中,经历了观念表达、冲突融合到权威确立,以及变化和创新的互动交流过程;在中国科学化和科学中国化的社会实践中,经历了一个科学宣传发动、科学研究机构形成、科学体制机制完善和科学文化建构的探索过程。

与此对应,本书将《科学》的传播发展史分为五个时期,分别是:创刊形成期(1915—1918)的"观念表达"阶段,以留美学生为传播主体,以科学的"功利主义和实用主义"价值为主要传播特征;发展期(1919—1927)的"传播范式形成"阶段,以归国留学生、高校青年教师、关心科学的企业家、社会活动家为传播主体,以具有中国传统价值的"科学主义"形成为主要传播特征;兴盛期(1928—1937)的"传播优先解谜"阶段,以走向社会中心的自然科学家和革命家、政治家结合为主,以"中国科学化和科学中国化"的社会实践为主要传播特征;抗战维持期(1938—1945)的"传播危机反应"阶段,以自然科学家、政治家为传播主体,以体现"抗战救国"思想为主要传播特征;终结期(1945—1949)的"传播理念转型"阶段,以自然科学家社团为主体,以"科学建国"思想为主要传播特征。

2.2.1 传播观念表达阶段(1915—1918):首倡"科学"和"民权"

1915—1918年的《科学》主要在美国编辑完成。其编辑和作者主要依托留美学生团体,某种程度上其传播活动与中国近代社会现实之间处于一种"先验的、理想的状态",故称为传播的观念表达阶段。

1915年1月,《科学》作为中国科学社机关刊物在上海创刊出版。在推进中国近代科学文化的传播实践上,在时间上比新文化运动时期的代表刊物《新青年》还要早半年之久,两者共同倡导新的科学观念、科学思想和科学文化,竖起了以"科学"和"民主"为主体的新文化运动两面旗帜。有学者充分肯定了《科学》在新文化运动中的突出贡献,指出,《科学》首倡"民权"与"科学",在美国时期就已孕育文学革命,新文化运动主将陈独秀或许受到过《科学》的启发。[9]将科学观念与民主、民权的社会价值实现相联系起来的观点,不仅仅是对当时社会潮流的反映,更多的是体现了对科学的一种看法,即科学不仅是知识、方法、精神、态度,而且还是政治、社会、文化等的基础因素。这比新文化运动之前的科学传播者仅仅把科学当作知识、技术、思想等层面的认识要更加深入。

晚清民国时期,各种期刊和社团的相继创办和成立,以及对社会产生的重大影响,是《科学》诞生的直接现实基础。据考察,《科学》早期的创始人大多都具有报刊发行的经历。其中,主要创始人任鸿隽和杨铨分别在1912年6月出任天津《民意报》主编和驻北京的记者,担任发行经理的朱少屏则在1912年当选中华民国全国报馆俱进会的会长,他们都是传播活动得以开展的最直接的人才基础,深知报刊在社会发展中的巨大影响和作用。有研究表明,在"五四"时期有79种以"科学"命名的杂志,而以宣传科学为主体的刊物则有400种以上。[10]《科学》如何在众多的科技期刊中表明自己的地位和价值,确保长久的生存和发展应该是《科学》创办者们首先考虑的问题。

1914年6月10日,任鸿隽等创办《科学》最初是参照公司的运作模式来进行筹划安排的,是"把这件事当作一件生意去做的",[11]最初想走一条企业化、职业化、专业化的报刊宣传发行道路,目的是避免类似于其他期刊虎头蛇尾情况的发生。于是,他们用招股的方式,组建科学社来发行《科学》。在早期颁布的《科学社招股章程》中,对科学社的名称、宗旨、资金、人员、社址、营业期限、通信地址等做了明确的规定。在完成基本的人才储备和发行准备后,围绕《科学》的具体编辑和出版,奠定必备的组织保障便成为这一时期的中心工作。

1914年8月11日,科学社召开了第一次股东会议,选举成立以任鸿隽为会长的五人董事会,又选举产生以杨铨为编辑部部长的编委会。同年10月25日,通过新的《中国科学社总章》,将8条内容增加到11章60条,其核心是对发行者的名称、传播宗旨及目标进行修订。其中,名称由"科学社"改为"中国科学社",宗旨和目标由"提倡科学,鼓吹实业,审定名词,传播知识"改为"联络同志,共图中国科学之发达"。从传播最新的科学知识到推进中国科学事业发展的目标和宗旨的转变,标志着传播理念从科学宣传普及为主要目标到科学社会建构的全面转型。相比第一次的《科学社招股章程》来说,此次修改对社员类型、权利及义务进行了细化,同时还计划设立分股委员会、办事机构等事宜,并对会费、年会、选举等方面明确了细则。至此,一个具有明确目标和价值追求,具备完善的组织和发行网络的科学共同体在美国宣告诞生。

1915年1月,《科学》创刊号在上海发行时,封三明确注明编辑者为"科学社"(从第 2 卷起,编辑者改为"中国科学社")。作为"科学社"领导群体的董事会成员有五人,分别是会长任鸿隽、书记赵元任、会计秉志、胡明复、周仁;下辖三个职能部门为编辑部、营业部、推广部,同时任命在上海的朱少屏为发行总经理(图 2-1)。《科学》创刊号在编辑部配发的启事中,表明来稿可以分别寄往国内、国外两个通信地址,体现出杂志传播沟通中西、搭建桥梁和平台的最初定位。在"发刊词"和"例言"中,对创刊宗旨和目的予以全面阐述。其中,"例言"对办刊的必要性予以强调后认为:"文明之国,学必有会,会必有报,发表其学术研究之进步与新理之发明。故各国学界期报实最近之学

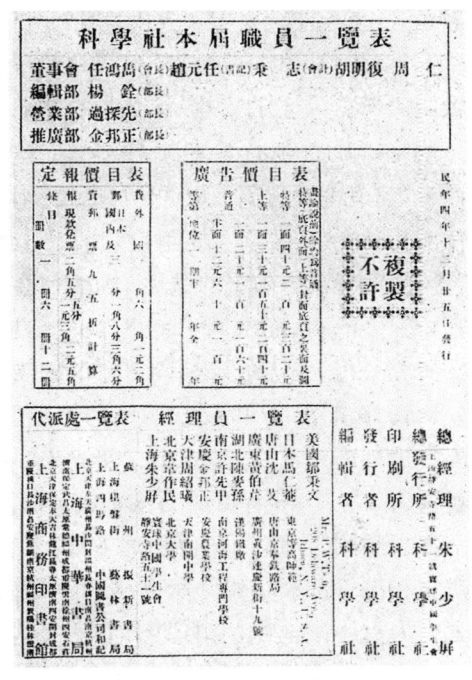

图 2-1 《科学》创刊号封三

术发达史,而当世学者所赖斗交通智识者也……他日学问进步,蔚为发表新知创作机关,是同人所希望者也。"[12]

从传播作为人的社会行为的正当性和权威性来看,《科学》创刊后便注重吸引中外政治家以及科学界、教育界的知名人物,为传播活动的社会拓展奠定基础。1916 年 1 月,在第 2 卷 1 期杂志中,前政府总理唐绍仪,社会名流伍廷芳、黄炎培、沈恩孚,以及美国大发明家爱迪生等纷纷题词,为杂志的发展寄予厚望。1917 年 1 月,在第 3 卷 1 期"中国科学社年会"专辑中,时任民国大总统黎元洪,前农商部总长、实业家张謇,北京大学校长蔡元培,教育总长范源濂等社会名流,更是表达了对杂志的发展和推进中国科学发展的坚定信心。1918 年,在康奈尔大学召开的中国科学社第三次年会中,前教育总长范源濂、康奈尔大学代理校长金博尔等到会发表演讲或致辞。任鸿隽社长则在报告中指出:"救国当从昌明科学开始,并呼吁为发展中国科学努力。"在"科学救国"的旗帜下,作为传播主体的核心——中国科学社社员从最初发起时的 35 人,到 1916 年首次年会即达到 180 余人,1918 年更是达到 363 人,人员数量增长了十多倍。这些人大部分在归国后成为《科学》和中国科学社后期发展的核心

力量。

但是,《科学》在国内的传播之路最初并不一帆风顺。刚刚出版不久,便招致国内部分人士的责难,认为"盖谓国人此时未尝需求科学也。不求而给之,其值将不显而存不可久"。任鸿隽对这种议论进行了针锋相对的反驳,认为批评者"言者为小己计、为便利计则得矣,顾未知为大体计、为学术计何耳"。[13]任鸿隽从"大"和"小"的角度,指出创办《科学》的目标,是从"学术发展"建立"学界"的角度来刊行杂志的,因为"凡一国之学界,必有其专门杂志,以发表学者研究之心得,而求同学者之印证",其最终目的是将《科学》作为服务学界、刊发研究心得、发表成果和同行评议交流的平台和载体。

1916年9月,以最初回国的18名中国科学社社员为主体,在南京成立中国科学社南京支社,随后南京便成为中国科学社社员回国后的第一个大本营。1916年10月,随着留美的核心成员逐渐从康奈尔大学聚集到马萨诸塞州剑桥市各大学附近,编辑部也随之转移到麻省理工学院。1918年10月,以社长任鸿隽和编辑部长杨铨归国为标志,中国科学社本部和《科学》编辑部也随之以国内为重心。至此,《科学》以国外留学生为主体进行编辑的历史宣告结束。经过近五年的传播观念表达和探索,在经历了思想准备、组织准备和人才储备后,《科学》和中国科学社开启了融入中国社会现实开展传播实践的崭新历程。

2.2.2 传播范式形成阶段(1919—1927):"科学家"与"革命家"联姻

随着中国科学社核心成员的陆续回国,以刊发《科学》为主要目的的"科学共同体"开始直接面对中国的社会现实开展传播活动。从1919年至1927年南京国民政府的成立,在"科学共同体"的共同努力下,《科学》所主张的科学传播活动成为当时政府、学界和社会大众等所有参与主体的思想共识和社会基础,故称为传播的范式形成阶段。

1919年,《科学》编辑部刚迁回国内时,最初暂时设立在上海大同学院胡明复处。根据杂志记载,从第4卷第6期开始,《科学》正式开启以国内编辑出版发行为主体的历程,这段时期一直存在着美国和上海两个编辑部。1923年,以南京东南大学(原南京高等师范学校)为基础集聚的中国科学社社员已达30多人,包括任鸿隽、周仁、王琎、胡先骕、邹秉文和过探先等早期的发起人群体、董事会成员和杂志编辑群体,《科学》国内编辑部也随即转移到东南大学。但考虑到上海作为当时中国最大的经济中心、贸易中心和出版中心,故此仍然将杂志的出版、发行职责留在上海。

回国安顿后不久,中国科学社将《科学》前期刊发的有关科学本质观念的文章编辑在一起发行《科学通论》,作为在中国推行科学传播活动的宣言书。这一时期,随着新文化运动的深入开展和科学本质观念的广泛传播,特别是以进化论科学观和方法论科学观为核心的科学观念的传播,在自然科学家、社会活动家和职业革命家的共同推动下,"几乎在一夜间,科学便在社会上获得了至高无上的权威"。特别在社会政治方面,一大批具有科学实用价值思想的实业家跻身政坛,与孙中山为代表的职业革命家积极推行的"实业救国"思想遥相呼应,在举国上下形成了一股实业热潮。伴随着各类工厂的大量建立,以及铁路、水运、建筑等社会事业的普遍开展,社会上催生了学习科学技术的浪潮。一时间,社会科学化、教育科学化、史学科学化、哲学科学化等浪潮一浪高过一浪,迅速在国内各阶层得到传播和发展,主要表现在:一方面科学已经在自然、人文和社会学科的各项研究中扮演着重要角色并日益发挥出指导作用;另一方面科学又逐步开始与政治结缘,逐步演变为一种意识形态化倾向,在社会上形成了融合中国传统价值特征的"科学主义"文化。

在科学传播者的大力推进下,中国人对科学社会功能的认识,已逐步从经济领域向政治和文化领域扩展。在经济领域,人们对科学在促进生产力发展和改善人民生活方面的功能和功绩的认识,几乎没有任何疑义。对科学功能的认识分歧主要集中于社会、人生和文化领域。特别是科学在为社会带来巨大价值的同时也引起了世界大战和经济危机,说明科学不仅有维护社会的功能,而且还有破坏和浪费的功能。这种双重的社会价值,要求科学界必须考虑科学发展与它们自身赖以生存的社会和经济现象等问题。特别是伴随着第一次世界大战引发的"科学破产"的论点逐渐传入国内,由此爆发了中国思想史上著名的以科学与人生观为主题的论战,当时几乎所有的知名思想家、活动家都参与进来发表对科学的看法,为科学的广泛传播和社会地位的确立奠定了基础。一个值得重视的现象是,经过笔者查阅1918—1930年间"科玄论战"期间《科学》刊发的所有文章,有关直接参与这次论战的文章并不多。但是,这并不代表《科学》对这个问题不够关注,事实上,《科学》在创刊之初就关注了科学与人生观问题,在下文中将作专门的论述。

按理说在社会上浓厚的科学氛围以及科学思想和实践方面都已经具备了一定社会基础的条件下,以传播科学实现救国理想的《科学》本该有一个大的发展环境和成长空间,但现实情况却不尽如人意。1917年2月,《科学》在第3卷第2期发表紧要公告指出:"本社纯为讲求学问之团体,学问以外事无大小

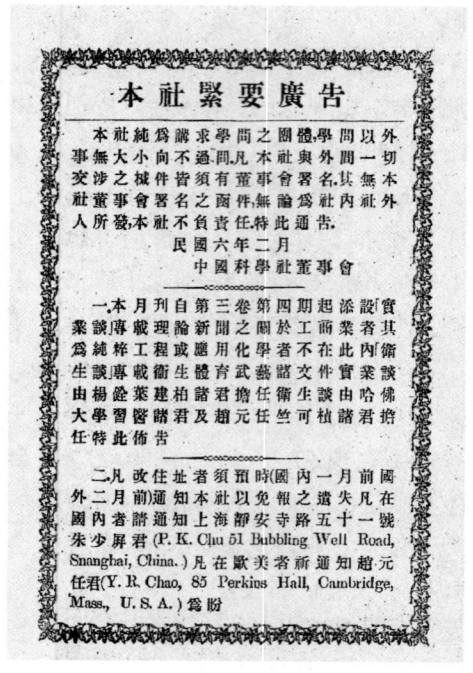

图 2-2 《科学》扉页"本社紧要广告"

向不过问。"(图 2-2)从传播学角度分析,将中国科学社自身定位为学术团体、纯粹代表学界的杂志,本意是为了表明自身专业学问团体的立场,塑造纯粹、中立、客观的科学传播者形象,以更好地发展中国的科学事业。但是,传播作为人的社会行为,从社会动力的作用来分析,传播的观念越纯粹,实际的效果则越无力。如果观念不以内在的现实因素发展为基础,注定要成为没有结果的乌托邦。这种"先验传播观念表达"的纯粹定位,让中国科学社在当时军阀混战的社会动荡环境中,找不到合适的支持者和稳定的经济来源,几有倒闭关门之虞。以传播主体——中国科学社社员发展为例,1920—1922 年的三年时间仅增加了 19 人。在这种际遇下,解决传播在国内发展中面临的社员编辑后继无人、无固定社所、无定期稿源和经费筹措等现实难题,成为这个时期杂志发展的重点任务。

1918 年 12 月,《科学》发起"五万元基金"的募集活动,并邀请社会名流蔡元培、范源濂分别撰写了募集启事,试图解决经济来源问题。1919 年,又发表"特别启事",鼓励广大社员树立信心,努力推进各项社务,但现实的情况似乎并没有太大的好转。为此,《科学》的创办者顺应中国的社会现实做出了一定的改变,他们开始寻求政治家、实业家等多方面的支持,以维持科学传播活动的开展。创始人之一的任鸿隽先后去广州和北京筹款,但也只得到了有限的帮助。在这紧急关头,中国科学社的热心支持者蔡元培答应每月拨出 200 元大洋用于补助《科学》的编辑出版。他说:"《科学》为吾国今日唯一之科学杂志,绝不能坐视其中辍。"[14]这样,《科学》方才得以继续出版和勉强维持。后期虽然经过广大社员的多方努力,获得了赵凤昌、张謇、梁启超等社会贤达人物的资助,但也只是部分解决了发展急需的社址和经费问题。

1922 年 7 月,在江苏南通召开的年会上,中国科学社决定解散原董事会,重新选举蔡元培、张謇、梁启超等 9 位热心科学发展的人士组成新一届董事会,主要负责资金募集工作。1923 年,在新的董事会的努力下,江苏国库决定每月拨付 2 000 元补助给中国科学社,用于支持《科学》出版和科学发展事业。在积极争取国内相关资金支持的同时,中国科学社还利用其留美学生为主体的有利条件,积极争取美国退还的庚子赔款,用于资助中国的科学文化事业。1924 年 9 月,范源濂担任董事长、任鸿隽担任专职秘书的中华教育文化基金董事会(简称中基会)成立后,决定从 1926 年起,开始专项资助《科学》和中国科学社的科学传播活动。自此以后,《科学》开始获得了一个相对充足的经费来源和生存发展空间。

要保证《科学》的正常出刊,除了必备的场地和经费,还必须有充足的稿源和编辑作者群体。早在 1917 年第三次年会编辑部报告中,时任编辑部长杨铨通过分析稿件的来源后指出:"科学是不能靠运气的,但《科学》的稿源偏偏要靠运气,长此以往,恐怕编辑部离开美国的时候就是杂志关门的时候。"1918 年 12 月,杨铨给科学社早期社员胡适写信讲述《科学》的编辑状况,认为几乎没有人负责这个事情,大有民穷财尽之象。1919 年 4 月,他再次向胡适陈述《科学》没有稿源的窘境:"不知从何处得文章,兄能以讲义帮忙否? 此事极重要,吾辈能在国外办报,不能再国内维持之,岂非笑话。"[15]《科学》所面临的稿件匮乏状况,从表面看是稿源的缺乏,但其根源在于国内从事科学研究工作的人数较少和中国科学事业的不发达。直面中国科学发展的现实情况和深入思考后,中国科学在江苏南通年会上,将自身宗旨改为"联络同志,研究学术,共图中国科学之发达"。从传播科学到推进中国科学发展,再到加入学术研究这一重要环节,体现出传播主体对中国科学现状深入思考后形成的一条实践道路。要使科学真正在中国扎根,要实现中国科学化和科学中国化的宏伟社会目标,就必须有原创性的学术研究成果,就必须推行科学教育、培育科学人才、开展科学研究,在全社会形成科学至上的风气和发挥科学研究的价值。

科学持续运转所必需的基本条件或许可以归结为两个词:自由和支持。[16]科学传播活动要实现持续运转,也必须同塑造它的社会力量紧密结合起来,获得他们的支持才能快速成长。为此,回国后不久,创始人之一的任鸿隽就在上海多次拜访孙中山,表达自己科学救国的理想和决心。随后,又前往广州寻求政治力量和社会各界的支持。1926 年,中国科学社在广州中山大学召开第十一次年会。在年会中,当时广州国民政府的最高领导层几乎全部成为科学社特社员或赞助社员,如国民党大佬吴稚晖、孙科、谭延闿、蒋介石、张静江和宋子文等赫然在列。[17]在会后发布的年会报告中,更是提出了"科学家要革命化,革命家要科学化"[18]的社会主张。1927年11月,杂志在第12卷第11期中,更是直接地提出"科学家与革命家联姻"的口号。至此,在传播科学、建立学界、走向救国的具体实践道路上,以《科学》为平台的自然科学家群体与职业政治家、革命家实现了紧密合作,建立了一个有明确目标、信念和价值的科学传播"范式",为随后《科学》和中国科学社传播所谓的黄金十年期打下了坚实的社会基础。

2.2.3 传播优先解谜阶段(1928—1937):中国科学化运动的社会实践

当一个团体接受了一个单一的范式以后,其最终的本质就是"解谜"。在科学与社会取得紧密结合的南京国民政府时期,当整个社会接受科学的价值和方法后,《科学》的传播随即转入优先解谜阶段。自然科学家、热心科学的政治家和科学教育家一道在中国社会开启一场轰轰烈烈的中国科学化运动,其目的就是推进中国科学化和科学中国化在中华大地的最终呈现。

1927年,南京国民政府成立后,随即筹建成立国立最高科学技术机构——中央研究院,标志着科学体制在中国社会的最终形成和确立。作为曾一度代表中国科学机构参与国际科学界活动的民间团体——中国科学社,该如何在新的社会条件下生存发展,成为科学传播主体面对的首要问题。为了体现自主的独立学术机构定位,1928年起,中国科学社陆续将总社、办事处、图书馆和《科学》编辑部等迁到上海。

针对中国科学发展的实际情况和外部社会环境变化,中国科学社理事会针对《科学》的发展推出以下三项改革举措:一是改组编辑部,按学科门类不同,将科学编辑分为4大类,分别是物质组严济慈、社会组董时、生物组蔡堡和工程组汪胡桢等,并在发刊内容上适当增加科学普及类、书报介绍类等方面的篇幅。二是收回杂志发行权,以杨铨、竺可桢、朱少屏等组成经理委员会,对杂志实行自办。三是自办杂志印刷所,并培训能够排印科学知识书籍的人员。1929年7月,中国科学图书仪器公司印刷所开始试运行,每月可印十种杂志左右。

关于《科学》传播内容的改革也在不断推进。1928年3月,第13卷第3期刊发《科学》投稿简章,要求读者来稿文字"以能通俗有趣者为佳",并对投稿内容、文体、引用、标点符号、图片、薪酬等做了详细的说明和要求。同年5月,第13卷第5期刊发的《编辑部》报告指出,杂志十余年来保持原状,根据国内科学期刊发展的具体形势,建议对杂志进行改良扩充,朝着通俗研究的方向努力;同时提议大幅度压缩"论文"栏目的篇幅,增加"科学新闻"和"社会记事"内容。根据第 13 卷 9 期刊发的理事会记录,在杂志内容选择上,理事会决定转以通俗为原则,并对稿件实行稿酬制。[19]从创办初期的无偿供稿到实行有偿选稿,体现出科学传播大环境的巨大变化。这既是中国科学自身发展的结果的体现,也是科学传播主体不断努力推进科学社会地位确立的重要标志。

在传播方式方法上,根据第 13 卷 10 期刊发的理事会记录,探索出台三项针对性的举措,用以提升传播范围和效果:一是赠送全国中学以上科学教员每人 3 份《科学》,请其订阅,并先从江浙两省开始试点。二是经社员介绍订阅全年《科学》的可以享受 9 折优惠,随后印制了优惠券,分送全国各地社友用以推广。三是同国内外杂志建立联系,扩大交换范围。[20]同时,在针对社会大众传播上也进行新的探索和尝试,通过设立"高女士纪念奖金""中国科学社奖章"等,不断推进科学共同体和社会大众对《科学》传播的广泛关注。在这些改革举措的实施之下,《科学》的传播范围和效果虽然有所扩大和增强,但结果似乎仍然不尽如人意。一个特别的现象是,在 1930 年 12 月,第 15 卷第 2 期《科学》更是第一次刊发了自身的宣传广告,表明"国内灌输科学知识的最大定期刊物"的历史定位,侧面反映了当时社会上科学传播读物的竞争程度。

1929 年 8 月,中国科学社第 14 次年会在北京燕京大学召开,这是中国科学社的再一次转型发展大会。在会上,外籍社员、美国地质学家葛利普（Amadeus William Grabau）发表"中国科学的前途"的演讲,他认为,推进中国科学发展,当前最应该关注的是科学传播与大众的问题,他指出,中国科学社的最大义务,即在传播科学知识的重要性于民众,并且引起他们的兴趣。随后,葛利普站在国际科学发展的前瞻角度,给中国科学社定下了一个宏伟的发展目标,即"将中国科学社称为 Chinese Association for the Advancement of Science,简写为：C.A.A.S,与美国的科学促进协会简写为：A.A.A.S,英国的科学促进协会简写为：B.A.A.S,共同形成了一个科学运动的 A.B.C"。在这样的定位下,《科学》和中国科学社随后的许多改革举措都围绕这个目标而展开。

1932 年开始,以任鸿隽、杨铨、顾毓琇、秉志、胡先骕、竺可桢等中国科学社核心人物为代表,在全国各地掀起了一场以普及科学、推广科学的中国科学化运动,这可以看作是科学改造中国社会的第一次尝试。这场运动以"科学社化、社会科学化"为目标,其实质是将科学推广到社会、大众中去。《科学》作为当时中国科学界的代表刊物,也积极顺应社会变化,积极刊载相关新闻和文章,大力促进中国科学化和科学中国化的实施。在外部社会环境的变化和自身发展的推动下,1930年7月,第14卷第11期刊发美国分社重新组建的相关消息,力图推进中美科学之间的联络和交流。1933年8月,中国科学社发行了综合性的通俗科学刊物《科学画报》;同年9月,理事会通过了杨孝述提议的改革《科学》内容的方案,又将目标定位于为"介绍精深之科学"。并在1934年,聘请首位专职编辑部长刘咸,目的是将《科学》办成类似于美国《科学》

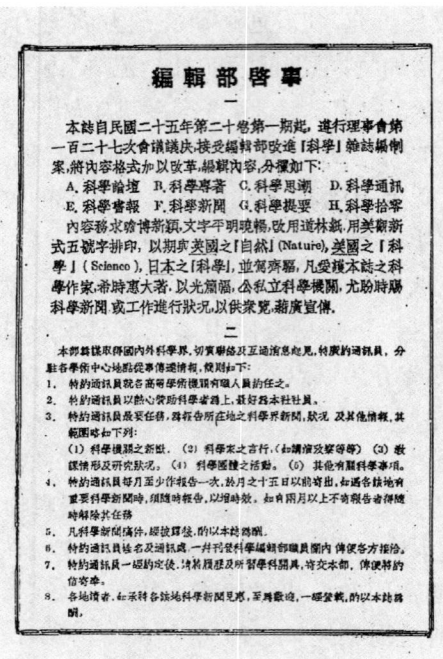

图 2-3 《科学》扉页"编辑部启事"

(Science)和英国《自然》(Nature)的刊物,并发布了编辑部启事(图 2-3)。通过一系列的改革举措,《科学》朝着职业化和专门化的科学道路迈进,这一进程直到 1937 年被全面抗战所打断。

刘咸到任后,将《科学》的传播内容和特色定位于"既能通俗,又存高深"。[21]在其编辑的首期,即刊发社论予以说明道:"鉴于时代之需求谨将本杂志贡献于国家社会,作为科学舆论之喉舌,广播科学知识,提倡科学建设,自兹以往,本杂志以力求通俗,而同时能除去当下言科学者粗陋浅薄弊病为目的,取材务求适宜。"并对《科学》的稿件选取定位为能使读者产生科学兴趣、能记述科学进步、能传播科学消息。《科学》在继续保持原有特色的基础上,根据中国科学化运动的发展要求,在传播策略和方式上也针对性地做了一些改变。

最具代表性的是,1935 年 10 月,《科学》刊发纪念专号全面展示中国科学化运动的成果。随着中国科学化运动的蓬勃发展,以科学的各个学科为基础,各种各样的专业科学学会也相继成立,同时催生了各种专业科技类期刊的出现。众多科技类期刊的出现,在推动科学发展取得进步的同时,也给《科学》的传播和发展带来了一定的压力和挑战。1937年1月,《科学》在第21卷第1期发布"编辑部启事"(图2-4),指出部分国内杂志不重视版权,未经允许即刊登转载《科学》中的文章,且不注明"转载",又未征得编辑部同意,希望有关刊物予以反省。被关注和转载也从侧面表明《科学》在当时全国众多科学期刊的引领地位。

在所谓的科学传播黄金十年时期,《科学》和中国科学社努力将西方近代的科学知识、科学体制移植到中国社会,推进科学传播向服务中国科学化和科学中国化的实践转变。学者彭国兴认为,这一路径得到了当时南京国民政府一定程度的支持,在自然科学的具体研究上,也取得了较大成就,[22]具体表现为在科学、教育、政治、历史、哲学等领域的科学化探索及其成果等。这是社会对科学传播优先解密阶段取得成果的充分肯定。

图2-4 《科学》扉页"编辑部启事"

2.2.4 传播危机反应阶段(1938—1945):科学为"抗战救国"服务

1937年,随着全面抗日战争的爆发,中国社会进入全面危机状态,中国科学化和科学中国化的正常进程被打断,由此进入了八年的艰难维持时期。《科学》的传播活动也随即进入危机反应阶段,进入科学传播为"抗战救国"服务的时期。具体表现为科学共同体自觉地将学术研究与抗战结合,为抗战服务,促使科学研究的主要兴趣从促进社会全面变革和发展转移到时代迫切需要解决的科学重大问题上来,进行实际的有针对性的科学研究,以提高应对战争的能力和水平,在发刊上的具体体现为科学与工业、科学与国防、科学教育实践等内容篇幅的大幅提升。

关于这段艰难的历史,刘咸在事后回忆道,当战争发生后,各类大学、研究所和图书馆,以及各种文化机关都因为战争原因被迫迁移到大后方,余下者"十之七八均被毁于敌人之飞机大炮,其幸而孑遗者,则又迁流转徙,损失綦重,科学刊物,则大多因人力、财力支绌,被迫停刊"。[23]位于上海的中国科学社总部和《科学》编辑部也一度处于"孤岛"的境地,也被迫停刊两个月之久。待社会局势稍微稳定后,《科学》留守上海的编辑和社员们,一方面主动向国内社员征稿约稿,还发函向留学海外的社友们征求稿件;另一方面以极大的使命感自觉承担起杂志编辑的责任,以维持《科学》的正常出版发行。在社会各界的共同努力下,重庆、成都、昆明、西安等西迁社员纷纷寄来稿件。《科学》得以在困境中恢复出刊,但恢复出刊的第 21 卷第 9~10 期、11~12 期分别以合集形式出版。1938 年 2 月,在第 22 卷第 1~2 期中刊登编辑部启事,指出因为战争的原因和交通的不便,暂时决定每两月出版一次(图 2-5)。到 1940 年,第 23 卷第 1 期《科学》又短暂恢复到按月出刊,但每期印数则减少到1 500 册。

图 2-5 《科学》扉页"编辑部启事"

据 1939 年《科学》编后记记载,当年收到的稿件数量超过上一年的 51%,且篇幅较上一年增加 33%。据 1940 年《科学》编后记记载,一年来,收稿 150 篇左右,比去年增加 70%。[24]可见在艰难困苦的社会危机时期,科学界和社会大众对《科学》的传播事业寄予的厚望和支持。然而,随着 1941 年 12 月上海租界为日军占领,《科学》在完成 25 卷后被迫再次停刊。刘咸在卷首发表《二十五卷完成感言》一文,无奈地表示,虽然苦苦挣扎,但不得不停止传播活动。

随着印刷费用的不断上涨,《科学》在出版发行上也不得不进行必要的调整。从第 23 卷第 10 期起,《科学》开始采用印报纸印刷。1940 年,又不得不提高了销售价格,随后又减少篇幅。自第 24 卷第 7 期起,将每期定为 64 页。在用稿选择标准上,也倾向于时间性及地域性较强的应用类文章,以起到对抗战救国的实际性支持。在内容上则朝着实用性、研究性的专业科技期刊转向。在栏目的编排上,如论坛、书报等栏,则不必每期都全备。[25]在传播渠道上,由于道路受阻不能寄至内地,在四川、云南、广西、江西等地筹设代理分销处。即使在如此困难的情况下,《科学》还始终不忘同国外学术机关进行交换交流事宜,在国际科学舞台上发出中国社会界的最强音。据1939年初的统计,国外学术机关与《科学》交换刊物者共有71处,[26]这实属难能可贵。

1942年3月,中国科学社总部和《科学》编辑部西迁到重庆。但因为人员、经费和印刷条件等各种困难一度未能正常出刊。在经过一年的停顿之后,经社长任鸿隽提议,由中国科学社总干事卢于道任主编,聘任各地编辑14人,组建了15人的临时编委会。1943年3月,第26卷第1～2期出版发行,但也只是仅仅发行了两期后,便再度陷入停刊的状态。一直到1944年1月第27卷第1期起才开始正常出版发行。

1944年11月,在成都华西大学举行了中国科学社30周年纪念大会。时任国民政府主席蒋介石致电祝贺并指出:"无科学即无国防,无科学亦无民生。"并发布"贵社诸君子咸能坚贞宏毅各就其职分所在,埋头苦干,为科学而奋斗,尤堪嘉尚"的祝词。在随后发布的《中国科学社成立三十周年宣言》中,与会的全体科学家一致认为:吾人承认科学为智能权力之源泉,为建设现代国家,必须全力以赴;吾人承认科学在我国特别落后,为求与先进国家并驾齐驱,必须以人一己百,人十己千之精神进行;吾人承认凡世界文明人类皆有增加人类知识之义务。因此,吾人对于科学必须有独立之贡献;吾人坚信科学系为人类谋福利快乐而非为侵略残杀之工具。因此,对于科学之应用,必须认定善恶之标准。

同年12月,在重庆召开的中国科学社理事会上,决定组成《科学》新的临时编纂委员会,聘请张孟闻任《科学》总编辑,并着手恢复原《科学》的通信网络和编辑组织。1945年3月,理事会又决定成立编辑委员会和业务委员会,并将原董事会改为"监事会"。同年10月,随着日本侵略者的投降,中国科学社总部与《科学》编辑部重新迁回上海。随后,在上海召开的中国科学社理事会上,将中国科学社的英文名称正式确定为"Chinese Association for the Advancement of Science,简写为 C.A.A.S"。从1929年,葛利普提出中国科学发展促进会的设想,到1945年中国科学社英文名称正式改变,这一过程整整经历了近17年的时间。

2.2.5 传播理念转型阶段(1946—1949):"科学建国"的观念表达

1945年,随着全面抗战的胜利,《科学》传播主体更加深刻地认识到科学社会功能和价值的实现对科学传播活动的重要意义，认识到推进科学发展同政治、经济、社会因素之间的紧密关系。他们普遍认为，科学不能仅仅只是在实验室中进行，科学家也不应当只关注自身的工作条件，更应该关注这种工作条件可以继续下去的社会状态和特定类型的社会结构。在总结数十年的中国科学化的探索成败得失的基础上，他们深刻地认识到仅仅靠科学家对科学的提倡是不能实现科学救国目标的，必须团结起来将科学发展推进成为国家战略，这样才能成为国家富强兴盛之根本。因此，他们积极建议将发展科学立为国策，倡导科学与中国社会的再次深度融合，这在某种程度上开创了新中国成立以来"向科学进军"的滥觞。

早在1943年，卢于道在第26卷第1期《编后记》就指出："科学家欲闭关自守于象牙塔内，势不可能；科学事业欲离社会而独立，亦绝无此事"的论断，进而提出应效法英国自然月刊，每期必刊发通论，担当唤起科学与社会关系觉醒的责任。

对科学社会价值认识的深入，也必然导致科学传播理念的转型。《科学》传播主体开始更多地关注科学传播活动和社会功能与结构的紧密结合，逐渐推进科学传播活动从重点关注科学本身发展向建构科学发展的社会基础转变。经笔者初步梳理，从1946年第28卷起直到1949年第31卷止，《科学》发刊内容都将关注科学传播活动在社会的实践作为办刊的一个逻辑基础，努力推进科学与中国近代社会结构的深度融合，由此推进科学传播理念实现一个新的转型，即以"科学建国"为主导的社会观念表达时期。

1946年1月，《科学》将前期集中编排的所有文章集结为28卷整体出版。1947年，中国科学社和《科学》的各项事务得以相继恢复，再次进入一个常规性的科学传播阶段。1948年1月，中国科学社发布《中国科学社征求团体赞助社员启事》，其目的是吸引科学相关的学术团体和实业机构，用以支持本社的科学传播活动。同年，中国科学社编辑出版了论述科学与社会关系的"中国科学社小丛书"，这套丛书对科学与社会的关系做了全面论述，可以看作是对"科学建国"观念表达的集中呈现。在"原子能"研制的成功经验和对战争胜负的关键作用的启发之下，《科学》传播主体意识到，科学发展的个人时代或许已经结束了，新时代的科学发展必须有赖于国际合作和团体合作，在这个观念下，必须推进科学传播活动从"小科学"到"大科学"的理念转换。

在"大科学"时代，《科学》传播主体充分认识到，中国近代科学传播事业必须从一个个体的行为转化为整个科学界的共同努力。具体到杂志自身的发展上,1947年7月,在上海的《科学》和《科学画报》编辑部,针对当时传播活动中的现实生存困难状况,联合科学界其他16家期刊一起成立中国科学期刊协会,将科学期刊和科学传播活动从中国近代科学发展的大背景下分离出来,形成代表科学传播自己的社会力量,为科学传播事业争取社会地位,这在近代科学期刊发展史上具有开创性的意义。这一联合几乎涵盖了当时上海所有著名的科学技术类期刊,包括《学艺》《科学大众》《科学世界》《科学时代》等综合类科技期刊,也包括了工程类的期刊,如《工程界》《纺织染工程》和《现代铁路》等,化学医药类的期刊《化学工业》《化学世界》《中华医学杂志》和《医药学》等,以及农林类的《水产月刊》《世界农村》和《纤维工业》等,以及技术类的期刊《电工》和《电世界》等。在协会成立的会议上发表了《中国科学期刊协会成立宣言》,呼吁各科学期刊紧密地团结起来,共同推进科学研究的振兴和中国建设的发展,并为中国科学在世界科学界具有一定的地位而努力。同时提出具体的方向举措:"一方面要求科学期刊工作更进一步的推进,一方面以共同一致的力量谋当前困难的解除。"[27]

当时的国民政府为了控制新闻舆论的导向,对杂志使用的印刷纸实行统一配给供应。此时,《科学》由于过多地关注科学与社会发展的现实问题,经常发表一些进步性的言论和主张,逐渐引起当局的担忧,因而分配给的印刷纸就相对较少。针对这一问题,《科学》通过"上海科学期刊联合会"的团体名义进行合理合法的争取,试图解决这一实际困难,但最终未能根本解决纸张缺乏问题。

在推进各个科学期刊之间团结与合作的同时,《科学》传播主体也自觉地担负起科学传播主体的社会责任。针对第二次世界大战中原子能带来的科学技术伦理问题,1945年12月31日,中国科学社理事会在《科学》发文表达中国科学团体对原子能使用的意见书,主张将原子弹的发展和使用交由联合国安全理事会管制。1947年,编辑部又将汇集各方意见的15篇要求科学家负起发展道义责任的重要文章,在《科学》特辟"文献集萃"专栏发表,要求科学发展的成果必须用于人类文明与和平。

这一时期《科学》传播主体的自觉责任担当,还体现在面对国民党当局对科学界进步人士进行迫害时,敢于毫不畏惧地发表揭露国民党政府发动内战的文章,来争取科学发展上的民主和自由,捍卫其自身一直所秉持的自由公正的传播立场和价值。1948年4月,中国科学社理事袁翰青因参加北平学生组织的爱国民主运动集会,国民党北平当局公然对其进行恐吓,《科学》则及时发表《为本会理事袁翰青教授对北平党政当局的抗议》一文,表达了科学共同体捍卫自身价值和观念的强烈社会责任感。1949 年 4 月,《科学》刊载上海社友会与中国科学工作者协会联合举行的"科学与社会"座谈会,总编辑张孟闻在发言中,对科学期刊应当担负的社会责任给予说明后认为,首先应该明确科学期刊的定位、责任和意义,然后思考原子能时代的科学期刊,如何为人类谋取福利和尊严等严肃的科学发展问题。

随着南京、上海即将解放,针对国民党军队妄图在逃跑时炸毁工厂的阴谋,中国科学社上海社友会联合中国科学工作者协会上海分会,于 1949 年 4 月 17 日紧急召开"急应救济的当前工业"座谈会,表达对这一社会问题的充分关注。随后,在《科学》第 31 卷第 5 期发表《急应救济的当前工业》宣言,揭露了国民党政府企图炸毁工厂的罪恶阴谋,发出了为中国科学技术事业发展保留必备的社会基础和条件的最强音。《科学》这一系列主动参与社会活动的举措,表明中国近代的科学工作者群体已经开始逐渐成熟,并成为一股社会的主导力量来主动承担自身的社会责任。1949 年 4 月,中国科学社作为科学界联合群体的代表之一,与中华自然科学社、中国科学工作者协会共同组织发起全国性科学会议,为新中国成立后的科学发展事业献计献策。

针对这段为科学发展和科学传播活动争取地位的历史,任鸿隽在《中国科学社 35 周年纪念启事》中写道:"科学社向来主张科学应为争取和平、增进人类福利而努力,即如最近保卫世界和平运动而言,历次各种大会宣言,以及对科工迫害的抗议书只有在《科学》里找得到相当齐全的文献与消息,而一切为正义号召的公开集会,在解放以前也只有科学社的厅堂是唯一可以聚集的殿堂和壁垒。"[28]这一主张与《科学》传播主体从早期提出并忠于和捍卫的从"五四"以来所坚持的"科学"和"民主"相关联的科学传播理念,可谓一脉相承。

2.3 小结:有目的的社会行动,未预料到的结果

科学救国作为一种社会思潮,有其鲜明的时代性和历史性,其产生、发展和演变与中国近代的社会变革和发展密切相关,更与国人对科学本质观念的理解和科学社会化建构有关。随着近代国人对科学本质观念理解的深化,促使他们对救国的路径展开更深入的思考,其结果是推进了科学自身的发展;反过来,中国近代科学自身的不断发展,又促进了对科学救国实践的不断深化。救国是《科学》传播主体的目的,《科学》的传播活动则是救国的具体形式之一。通过对《科学》传播活动的具体分析,从一个侧面展示了科学共同体在对科学

本质观念理解深化的基础上推进科学发展的实践历程。

1915年1月,放眼观世界的近代中国知识分子,正是在对科学本质观念的认识和救国之路的关联思考下,通过《科学》"创刊号"发出科学救国的最强音。1918年初,《科学》编辑部在迁回国内以后,面对国内科学发展的实际情况和军阀混战的社会局面,传播者不得不广泛争取多方力量的支持;并在1922年8月,在江苏南通举行的中国科学社第七次年会中做出了"联络同志,研究学术,共图中国科学之发达"的宗旨转换。1927年,随着南京国民政府的成立,《科学》通过"科学家"与"革命家"的"联姻",获得时任政府和社会的大力支持,得以充分的发展。1929年8月,在北平举行的中国科学社第14次年会中,葛利普对中国科学社提出"中国科学促进会,Chinese Association for the Advancement of Science,简写为C.A.A.S"的发展定位。1933年,伴随着通俗性和大众性的《科学画报》的出版发行,《科学》开始向专业化和职业化的科学研究和交流期刊的定位转型。随着1937年全面抗日战争的爆发,《科学》的救国之路不得不被社会的危机状态所打断。随后杂志以"抗战救国"为宗旨,开始更加注重服务于抗战和社会现实的迫切需要。1945年以后,在科学发展内部要求和外部环境的双重影响下,在"科学建国"的总体目标下,《科学》开始推进向具有国家意识形态特征的科学知识普及和传播转变。

回顾这一科学传播实践历程,《科学》传播主体因为看到科学的巨大社会价值而选择传播科学作为救国之路的社会理想,伴随着中国科学化和科学中国化实践的深入推进,中国近代科学发展的不平衡和社会现实的实际情况,决定了《科学》传播的重点和内容在不同时期也随之发生不同的变化。在美国创刊早期,《科学》主要是以科学宣传和普及、呼吁国人认识科学的重要性和社会价值为主,其创刊目的是建构中国科学社社员之间的科学交流和沟通的平台。在传播活动回归国内发展后,随着科学本质观念在中国社会地位的不断确立,科学开始与中国社会第一次结合,由此催生了中国科学化运动的实施。随着科学社会地位的不断确立,《科学》开始探索专业化和职业化的科学传播道路。但是,全面抗日战争的爆发打断了这种专业化和职业化发展的可能性,也打断了中国科学化和科学中国化的历史进程。抗战胜利后,随着对科学与社会关系认识的深入,《科学》传播主体开始更多地关注科学发展的社会环境,有针对性地关注科学的社会发展问题,进而推进科学界和科学传播界的大联合,为将科学发展转化为国家战略而不断努力。这种科学传播目标与内容的转换和变迁,既是中国科学发展进程中科学本质观念和思想变化的生动体现,也是中国科学化和科学中国化的演进过程的生动体现。在这个不断演进过程中,《科学》传播主体最终将科学和科学文化带入中国的知识界、文化界和普通大众,进而实现了对国人的科学知识、科学思想和科学文化的全方位启蒙。

可以看出,《科学》的传播活动从科学知识传播起步,在实践层面上为实现其科学救国的理想,不断探索中国科学化和科学中国化的具体实施路径。这个过程经历了与中国现实社会的分离、结合、被战争打断和再度结合的曲折过程。传播主体追求的纯粹的"科学救国"的原初目标最后并没有实现,甚至在后来的具体推进中,在与社会环境的发展中出现了多重的演化,某些科学发展的目标完全与原初的设想背道而驰,这充分体现出推进科学知识发展对社会影响产生效果的不确定性和开放性。套用科学社会学家默顿所说的,这是一个"有目的社会行动,未预料到的结果"的典型科学传播案例。

参 考 文 献

[1] 茅祖本.科学与社会关系委员会建议.科学,1948,30(9):277.
[2] 朱华.近代科学思潮研究.北京:北京师范大学,2006:3.
[3] 任鸿隽.发刊词.科学.1915,1(1):3-7.
[4] 王亚南.社会科学新论.福州:东南出版社,1946:25.
[5] 任鸿隽.《科学》三十五年回顾.樊洪业,张久春编.科学救国之梦——任鸿隽文存.上海:上海科技教育出版社,2002:720.
[6] 任鸿隽.记事.科学,1929,14(3):446.
[7] R·K·默顿.科学社会学(上册).鲁晓东等译.北京:商务印书馆,2003:43.
[8] 范铁权.体制与观念的现代转型——中国科学社与中国的科学文化.北京:人民出版社,2005:1.
[9] 樊洪业.中国科学社和新文化运动.科学,1989,41(2):83.
[10] 董光璧.中国近代科学技术史.长沙:湖南教育出版社,1995:465.
[11] 樊洪业,张久春.科学救国之梦——任鸿隽文存.上海:上海科技教育出版社,2002:103.
[12] 编辑部.例言.科学,1915,1(1):1-2.
[13] 任鸿隽.解惑.科学,1915,1(6):607.
[14] 樊洪业.北大校长蔡元培与中国科学社.科学,1998,50(3):3-7.
[15] 中国社会科学院近代史研究所.胡适来往书信选(上).北京:中华书局,1979:39.
[16] 小莫里斯·N·李克特.科学是一种文化过程.顾昕,张小天译.北京:三联书店,1999:120.
[17] 中国科学社第十一次年会记事.科学,1926,11(10):1471-1475.
[18] 中国科学社第十二次年会记事.科学,1927,12(11):1616-1654.
[19] 社闻.理事会记录.科学,1929,13(9):1283.
[20] 社闻.理事会记录.科学,1929,13(10):1442.

[21] 社论.科学今后之动向.科学,1935,19(1):4.
[22] 彭国兴.20世纪前半期中国关于科学社会功能的认识研究.兰州:西北大学,2004:65.
[23] 刘咸.一年挣扎.科学,1938,22(11-12):491.
[24] 编者.卷末赘言.科学,1940,24(12):915.
[25] 编者.卷末赘言.科学,1940,24(12):916.
[26] 重熙.本社出版物直接与外国交换.科学,1939,23(2):102.
[27] 编者.中国科学期刊协会成立宣言.科学,1947,29(8):5.
[28] 任鸿隽.中国科学社35周年纪念启事.科学,1949,31(11):322.

第3章
《科学》传播多元化主体的社会角色变迁

传播主体作为一种能动的社会力量,在推进传播目标的实现中,存在着传播的组织者、管理者和具体实施者等角色的区分。不同的角色采用不同的方式对传播施加作用和影响,使传播活动得以正常开展。随着传播活动的不断开展,由于传播主体自身的社会地位、性格特征、教育背景、职业背景、工作环境以及传播目的等的不同,其社会角色也呈现出不同的特征。

《科学》的科学传播活动最初由一群留美青年学生发起,随后由国内热心科学发展的政治家、实业家、教育家等多元化的传播主体来共同推动。多元化的传播主体虽然在推进中国科学发展的视角上是趋同的,但在推进传播活动中所扮演的社会角色则是不同的,特别是不同的身份地位、社会角色的差异,导致在推进《科学》具体的传播活动中存在组织管理者与具体实践者的区分。其中,对传播活动起核心作用的是两个群体:一是组织管理者群体,主要是中国科学社理事会和董事会成员等。他们主要为谋求《科学》的生存与发展摇旗呐喊,同时也为杂志撰写文章,并运用自身的社会地位对传播施加一定的影响。二是编辑部长、编辑和撰稿科学家群体,他们是推动科学传播活动由思想到实践的具体操作者。他们多以传播科学和推进科学具体发展为目的,大多数人在推进传播活动中完成了自身社会角色的实现和转换。

众所周知,社会角色和地位不能只靠自我确认和自我归属。从留学归来到走向中国社会舞台的中心,《科学》传播主体通过开展科学传播、推进科学研究和教育、建立科学体制,不断获得社会确认,找到社会归属,最终推进并确立了近代第一批自然科学家的社会角色。由于《科学》传播主体基本都是那个时代的科学大家和权威人物,每一个人都值得大书特书。但限于篇幅和笔者精力,本章采用个案研究的方法,选取传播活动中起核心作用的《科学》组织管理者以及实践操作层的编辑部长群体和撰稿科学家(编辑)群体的重点代表人物,分析其科学传播思想的脉络变化和社会角色的确认和演化过程。

3.1 《科学》的组织管理者群体评析

《科学》一度作为中国科学社的社刊而创设。中国科学社的组织管理层主要有两个:一是理事会,即1922年前的"董事会",是实际的领导层和办事机构,成员由社长(会长)、书记、会计和若干名理事组成。1915—1949年,进入理事会者达63人之多。担任社长职务的有5人,分别是任鸿隽、丁文江、翁文灏、竺可桢、王琎。二是董事会,1944年后称为监事会,主要目的是"主持本社政策方针并进行募集与保管基金工作"[1],主要由对《科学》发展提供过精神或财力方面支持的政治家、实业界、教育文化界的社会贤达等组成。1922—1949年,共有22人入选董事会,分别是:张謇、马良(相伯)、蔡元培、汪兆铭、熊希龄、梁启超、严修、范源濂、胡敦复、孟森、孙科、吴稚晖、宋汉章、翁文灏、卢作孚、金绍基、叶揆初、钱永铭、刘鸿生、侯德榜、吴蕴初、葛敬中等。[2]

笔者从科学传播社会角色形成和变迁的角度,选取在《科学》发表文章且对科学发展有较大影响、在理事会群体中担任过社长职务的任鸿隽、丁文江、翁文灏、竺可桢作为代表进行评析。在1922年以后的董事会成员群体中,考虑到范铁权在《体制与观念的现代转型——中国科学社与中国的科学文化》一文中,已经对张謇、蔡元培、卢作孚等人从中国科学社发展角度进行了专门论述,这里不再赘述。笔者选取在科学传播活动中对当时社会具有一定影响,且在《科学》发表文章的马相伯、梁启超、侯德榜三人作为代表进行评析。

3.1.1 理事会会长(社长)群体社会角色评析

3.1.1.1 任鸿隽在《科学》传播活动中的角色评析

任鸿隽,字叔永,祖籍浙江湖州菱湖,生于四川省垫江县(今属重庆)。早期作为一名革命青年,为了制造革命所需的火药而留学日本学习化学,后参与辛亥革命,革命胜利后转去美国继续学习科学,进而走上"科学救国"的道路。在美留学期间,主持创办《科学》和中国科学社,成为中国近代科学传播和科学事业发展的主要奠基人。任鸿隽在传播科学的道路上,经历了科学的崇拜者、研究者到鼓吹科学的传播者的社会变迁,个人的社会角色也实现了从科学家、科学教育家到社会活动家的转换。中华人民共和国成立后,任鸿隽(图3-1)担任上海市科协副主席、上海科技图书馆(原明复图书馆)馆长、上海图书馆馆长等职务。[3]可以说,任鸿隽的一生跌宕起伏,社会角色和地位变迁多样,但追求科学救国的初心和理想则始终未变。

图3-1 任鸿隽
(1886—1961)

1904年,在坚实的中国传统教育的根基之下,任鸿隽赴重庆应试并考取秀才。后进入重庆府学堂学习新学,毕业后曾短暂在此担任老师。1907年,任鸿隽进入上海中国公学学习新学,与杨铨、胡适等同学好友一起加入同盟会,从而开始转向革命救国的道路。1908年,他留学日本学习应用化学,业余期间师从国学大师章太炎学习国学。1911年,当辛亥革命爆发的消息传到日本后,他立马选择回到祖国,后担任临时大总统府秘书。随着革命果实被袁世凯所窃取,他转而请求政府出资赴美留学,在等待留美期间曾短暂担任天津《民意报》主编。

1912—1918年,任鸿隽在美留学期间创办《科学》,发起成立具有现代"科学共同体"特征的中国科学社。此后,他长期担任中国科学社理事会理事和社长之职,并于1925年11月—1926年8月短暂出任《科学》编辑部长。作为《科学》主要的创办者和发起人,有关他的研究近年来可谓不胜枚举。综合来看,这些研究主要从两个视角开展:一是对其生平的业绩研究,如任鸿隽传记、评述等;二是任鸿隽科学思想研究:如科学观念、科学教育、科学文化思想等。本文依据其在《科学》上的发文情况,对其在《科学》的传播活动中所具有的社会角色和地位作一简要的评析。

据笔者依据《民国全文期刊数据库》粗略统计(以下文章统计数据均来源于此,不再做专门说明),以"任鸿隽、鸿隽"为关键词检索,个人或者与他人署名发表文章87篇,以"永、叔永或任叔永"为关键词检索发表文章计15篇,加之不署名经后人考证的《科学》"发刊词",任鸿隽总计在《科学》发刊约为103篇。以刊发时间划分分为三个时期:

1915—1918年,任鸿隽共发表署名文章56篇,占其总发文量的一半以上。这段时期,任鸿隽先后在康奈尔大学、哥伦比亚大学学习,人生发展"开始了一个新的阶段",从一个"革命青年"转变为"科学救国"的留美学生,正在为寻求救国、富国、强国的科学知识而努力。这段时期是其科学传播观念表达最为丰硕的时期,也是科学传播活动的"立论"时期。主要表现在:**一是后期广为传颂的反映任鸿隽科学观念和思想、推进中国科学化和科学中国化的核心文章都是在这一时期完成的。**代表性的有:《说中国无科学之原因》(第1卷第1期)、《战事上之财政观及战争于工商业上之影响》(第1卷第4期)、《科学家人数与一国文化之关系》(第1卷第5期)、《解惑》(第1卷第6期)、《化学于二业上之价值》[培根(R.F. Bacon)著,任鸿隽译,第1卷第7期]、《科学与工业》(第1卷第10期)、《科学与教育》(第1卷第12期)、《论学》(第2卷第5期)、《科学精神论》(第2卷第1期)、《吾国学术思想之未来》(第2卷第12期)、《实业教育观》(第3卷第6期)、《发明与研究》(第4卷第1期、第2期)、《科学与近世文明》[梅加夫(M.M. Metcalf)著,任鸿隽译,第4卷第4期]等文章。这些文章包含了他对科学观念、科学精神、科学教育、科学技术(工业、实业)、科学价值和功能等的全部理解,几乎囊括了科学的各个方面。**二是关于科学知识和思想的普及和介绍的文章也大多在这一时期完成。**代表性的有:《化学元素命名说》(第1卷第2期)、《照相术》(第1卷2期、3期、6期、8期、10期、11期)、《硝矿原始》[罗斯(W.H. Ross)著,任鸿隽译,第1卷第3期]、《世界构造沦》[霍德(W.H. Ward)著,任鸿隽译,第1卷第6期]、《欧洲制糖工业发达略史》[柏琅(C.A.Browne)著,任鸿隽译,第1卷第11期]、《新鲜空气之研究》[李(F.S. Lee)著,任鸿隽译,第2卷第3期]、《说铝》(第2卷第7期)、《近世化学家列传》(第2卷第4期、6期、8期、11期、第3卷第2期、第5期、第4卷第4期)、《1917年万国通行原子量委员报告及原子量表(元素周期表)》(第3卷第2期)、《实业学生与实业》(第3卷第4期)、《介绍韦斯特研究所》(第3卷第7期)等文章。传播内容主要围绕其学习的化学专业、化学家等领域。**三是对《科学》和中国科学社后期发展起关键作用的文章。**如《发刊词》《外国科学社与本社历史》《社长报告》(第3卷第1期、第4卷第1期)等,主要是有关中国科学社自身发展的相关文章。

1919—1927年,任鸿隽共发表署名文章27篇,占其总发文量的四分之一以上。回到国内发展后,1920年8月,任鸿隽在南京主持中国科学社第五次年会;同年9月,应蔡元培之邀出任北京大学化学系教授,后受范源濂之邀兼任教育部专门教育司司长。1923年8月,任鸿隽出席在杭州举行的科学社第八次年会。1924年1月,任鸿隽到南京任东南大学副校长。7月1日,任鸿隽在《申报》发表《中国科学社对美款用途意见》,后修改为《中国科学社对庚款用途之宣言》并在《科学》上发表。1925年3月,任鸿隽辞任东南大学副校长后专心著述《科学概论》一书。这一时期,任鸿隽自身的社会地位和角色发生了很大的变化,从早期科学传播的发起者到科学教育的具体实践者——大学教授,再到科学事业的管理者——行政官员和大学校长的转变。在科学传播与中国近代社会的互动中,任鸿隽逐步确立了他近代中国科学传播的领袖地位。1925年9月,任鸿隽担任中华教育文化基金会专门秘书,后任副干事长,并于1929—1935年、1942—1949年两度出任干事长,逐渐为实现其"科学救国"之梦想,开展科学传播活动找到一个重要的支持和舞台,并为具体实现其中国科学化和科学中国化的理想打下现实基础。这一时期,对科学观念和思想的阐述仍是其关注的中心议题。其代表性的文章有:《尽物利论》(第4卷第5期)、《科学之应用》[杜兰德(W.F. Durand)著,任鸿隽译,第4卷第6期]、《何为科学家》(第4卷第10期)、《科学方法讲义》(第4卷第11期)、《说合理的意思》(第5卷第1期)、《科学与实业之关系》(第5卷第6期)、《科学与近世文化》(第7卷第7期)、《科学教育与科学》(第9卷第1期)。**传播最新的科学知识也是其关注的重心所在。**代表性的文章有:《无机化学命名商榷》(第5卷第4期)、《北极发现者裴列少将之讣音(附图)》(第5卷第7期)、《爱因斯坦之重力新说》(第5卷第11期)、《沃斯发的颜色算定法》(第7卷第3期)、《物之分析》(罗素著,任鸿隽译,第6卷第2期、第4期)、《绍介"科学大纲"》(第8卷第1期)、《原子的构造》[波尔(N. Bohr)著,任鸿隽译,第9卷第1期]、《泛太平洋学术会议的回顾(附表)》(第12卷第4期)。**同时有关中国科学社自身发展和社员情况,以及针对中国现实开展的具体调查类的文章开始出现。**代表性的文章有:《中国科学社第六次年会开会词》(第6卷第10期)、《中国科学社之过去与将来》(第8卷第1期)、《故社友陈藩传略》(第4卷第6期)、《社友何君运煌事略(附照片、歌曲)》(第5卷第7期)。《中国之机器市场》《中国钨矿之输出》(第4卷第8期)、《世界之质(能量)供给问题》(第7卷第4期)等。

1928—1949年的22年间,任鸿隽仅在《科学》发表20篇文章,主要原因可能在于1932年起,任鸿隽参与由胡适、丁文江主导的《独立评论》的筹办活动,作为该刊物的主要撰稿人,其科学传播的关注点和兴奋点发生了转换,逐步转变为科学的社会活动家角色。1935年8月—1937年6月,任鸿隽又担任四川大学校长。1938年9月,他先后担任中央研究院总干事,兼化学研究所所长等职,直到中华人民共和国成立,一直以中国近代科学事业的领导者身份来推进科学传播活动的发展。**这一时期关于科学本质观念的阐述,兴**

趣点主要转移到科学与社会的关系上,开始更多地关注中国科学化和科学中国化的实践问题。代表性的文章有:《吾国科学研究状况之一斑》(第13卷第8期)、《中国科学的前途》(葛利普著,任鸿隽译,第14卷第6期)、《美国天然历史博物馆中亚细亚采集事业之交涉》(第14卷第7期)、《一个关于理科教科书的调查》(第17卷12期)、《国际科学合作的先决条件》(第27卷第1期)、《科学与工业(为纪念范旭东先生作)》(第28卷第5期)、《关于发展科学计划的我见》(第28卷第6期)、《前无止境的科学》(第28卷第6期)、《工业与科学:座谈会记录》(第30卷第7期)、《欧洲研究组织的新动向(本社座谈会记录,1937年7月25日下午3—5时在本社演讲室)》(第30卷第10期)、《科学与社会》(第30卷第11期)。以及**有关中国科学社发展、社员情况和中基会发展的文章**:《北京社友会消息》(第13卷第1期)、《悼胡明复》(第13卷第6期)、《静生生物调查所开幕记》(第13卷第9期)、《中基会与中国科学》(第17卷第9期)、《中国科学社二十周年回顾》(第19卷第10期)、《七科学团体联合年会的意义》(第29卷第9期)、《七科学团体联合年会开会词》(第29卷第10期)。与此形成鲜明对比的是,对科学知识普及和传播的文章则只有两篇而已。分别是《原子能量论》[哈斯(P. A. Haas)著,任鸿隽译,第13卷第5期]、《科学史纪年(新书介绍)》(第13卷第7期),且都是在1928年的13卷发表。这表明随着科学传播范式的形成并确立,由任鸿隽所创办的《科学》的科学传播活动,一些直接的具体的科学知识普及和传播工作,随着其自身社会角色的转变和中国科学事业的发展,开始慢慢地在他的行动中淡化了。

任鸿隽一生为"以明科学之入神州,为知识革命上不可少之事"[4]而呕心沥血。当早期的政治革命取得成功之后,任鸿隽毅然选择了继续求学的道路,这在"官本位"的传统中国是何等的魄力与勇气。从另一方面来说,这可以看作是其救国思想和实践的延伸与发展,即从革命救国之初步成功,到向救国之基础的传播科学转变。基于其在《科学》的发刊文本统计分析来看,其科学传播活动经历了一个从宣传发动到具体实践、从科学观念表达到推进科学共同体确立,再到中国科学化和科学中国化的具体实践过程。从科学家社会角色的角度去解读,任鸿隽没有多少原创性的科学成果,似乎不算是一个纯正意义的科学家,某种程度上更像是一位科学传播家或者科学社会活动家,但创建科学共同体模式推进科学在近代中国的传播,就足以奠定其在中国近代科学史和科学传播史的领袖地位。正如学者江晓原指出的那样:"任鸿隽本人虽然没有在科学前沿上做出多少贡献和成绩,但创办《科学》,创建中国科学社,传播科学,梦想以科学救国,追此一梦,就可以不朽。"[5]

3.1.1.2 丁文江在《科学》传播活动中的角色评析

丁文江,字在君,江苏泰兴人(图3-2)。早年去日本留学,后赴英国格拉斯哥大学学习动物学和地质学。归国后创办北平地质调查所,是中国地质学的奠基人之一。他作为近代中国科学史上的大事件——"科玄论战"中科学派的代表人物之一,也是美籍学者郭颖颐指出的三位具有唯科学主义代表的中国科学家之一,更是被著名哲学家罗素誉为"见过的最有才干的中国人"。

图 3-2 丁文江
(1887—1936)

从1921年起,丁文江开始作为《科学》的编辑参与科学传播活动,后长期担任中国科学社理事会的理事,并在1923年10月—1925年8月担任理事会会长之职。关于丁文江与中国科学社的情况,学者张剑在《丁文江和中国科学社》一文中,以"科学社归国、寻求生存之道""丁文江被推举为社长""社长任上的丁文江""与科学社的摩擦"[6]四部分,论述了丁文江在社长任上的主张和举措。笔者从《科学》具体发表文章来看,作为负责具体事务的社长,与首任社长任鸿隽在《科学》上的大量文章相比,丁文江在《科学》刊发的文章只有 **2 篇**,一篇是1923年的《历史人物与地理的关系》(第8卷第1期),这也是他作为科学家角色生涯中的名篇,文中以中国古代24史中的代表人物为研究对象,通过分列图表的方式,分析历史人物与文化变迁之间的逻辑关系,开创近代人文地理学研究的先河。另一篇是1929年的《广西猺语的研究》(第14卷第1期)。《科学》再出现与其相关的文章时,已经是7年之后的1936年,丁文江因煤气中毒逝世后,《科学》刊发《悼丁文江先生》(第20卷第2期),以及其他8篇关于各团体机构悼念的文章,并在"提要栏目"刊发《丁在君先生对中国地理学之贡献》文章,讲述他对中国地质学发展的贡献,算是对这个曾经的"老东家"最后的纪念吧!

丁文江在《科学》传播活动中的角色变迁,以担任理事会会长为界可以分为三个时期。**一是担任理事会会长职务之前,即1923年之前。**1911年,丁文江回国致力于开创中国地质学事业。1913年起,丁文江创建近代中国最早、首个,也是后世最著名、影响最大的地质科研机构——地质调查所;经过十年的努力,北平地质调查所到 1922 年已成为"中国最有光彩的学术机构",在国际学术界为中国赢得了荣誉。胡适曾评价道:"中国学科学的人,只有地质学者,在中国的科学史上可算是有了有价值的贡献。"[7] 同时期的《科学》,面临归国后亟须科学界的领袖人物来开创新的局面,丁文江便成为中国科学社理事会最为理想的人选之一。

二是担任理事会会长职务,即 1923—1925 年。最大的影响是回应张君劢的有关"人生观"的演讲,掀起中国近代思想史上最有名的"科玄论战"。但难以想象的是,这一时期的丁文江,竟然还担任着北票煤矿的总经理,他是以一个"实业家"的身份对中国科学发展来发表评价。朱家骅曾对丁文江这样评价,认为他"不仅是一位地道的科学家,而且极有行政能力,是学者中少有的奇才"。虽然丁文江对具体的中国科学社的社务和《科学》的具体编辑参与不多,但在其任内充分利用自身在科学家、政界和学界的社会影响力,为中国科学社和《科学》的发展赢得了一个相对宽松的发展空间。

三是卸任理事会会长职务后,即 1926 年之后。丁文江虽然在 1926 年卸任社长,但仍然关心中国科学社的具体发展。直到 1934 年 6 月,出任中央研究院总干事之后,成为当时中国学术界实际的最高领导者之一。他计划动用当时的行政力量对民办科研院所、包括中国科学社南京生物所进行整合,最终导致与中国科学社发生摩擦,后落选中国科学社理事会理事一职。由于对中国科学发展理念不同,抑或是科学之外的社会因素影响,最终造成这样的结果,这不得不说是中国近代科学发展上的一大损失。

丁文江在《科学》的科学传播活动中,随着科学家、实业家、思想家和科学管理者和组织者等社会角色和地位的变迁,经历了一个合作、主导到分离的过程。这种社会角色变迁,从科学自身发展的视野来看,是中国近代科学发展和科学体制不断确立带来的必然结果。从传播作为人的社会实践来看,某种程度上也是参与科学传播的各方力量对中国科学化和科学中国化的认识和实践路径的差异所致。

3.1.1.3 翁文灏在《科学》传播活动中的角色评析

翁文灏,字咏霓,浙江鄞县(今宁波市鄞州区)人(图 3-3)。早年通过乡试中秀才,后到上海读书,随后留学欧洲专攻地质学。1912 年,获得地质学博士学位。1913 年归国后与丁文江等人一同创办了北平地质调查所。后又继丁文

图 3-3 翁文灏
(1889—1971)

江任该所所长,同时,在北京大学、清华大学任教。1931 年,曾兼任清华大学代理校长,经历了从职业科学家到科学教育家和科学管理者的角色转变。1932 年,翁文灏开始"弃学从政",出任国民政府军事委员会国防计划委员会(即资源委员会的前身)秘书长。1934 年,翁文灏又担任河南焦作中福煤矿整理专员,并兼任原焦作工学院的常务校董一职。1935 年后,翁文灏分别任南京国民政府行政院秘书长、经济部长、南京国民政府行政院副院长、南京国民政府"行宪"后第一任行政院长等职务,经历了科学教育家到实业家、政治家的角色转变。

翁文灏作为中国地质学博士第一人,是第一位代表中国出席国际地质会议的中国学者,第一位撰写中国矿产志的中国学者,编写了中国第一本《地质学讲义》,编制了第一张着色全国地质图,领导组织开发了中国第一个油田,系统而科学地考查了中国山脉和地震灾害并出版了地震专著,首创了燕山运动及与之有关的岩浆活动和金属矿床形成理论。[8]虽然从 1932 年起,翁文灏已不再从事具体的科学研究与传播工作,但在 1948 年的首届中央研究院院士评选中,仍然凭借早期突出的科学成就被评选为中央研究院第一届院士。新中国成立后,经毛泽东、周恩来邀请,翁文灏 1951 年经香港回到新中国,后任全国政协委员等职务。翁文灏是近代中国知识分子中的一位传奇人物,也是"学而优则仕"的典型人物,更是中国科学化和科学中国化实践过程中的代表人物。

翁文灏分别于 1926—1927 年、1936—1937 两度出任中国科学社理事会会长职务,并于 1941—1949 担任董事会(监事会)会长一职,积极为《科学》发展和中国科学社事业提供必需的支持和帮助。以"翁文灏"为关键词检索,《科学》共刊登署名文章 31 篇。**按照发表时间划分,31 篇文章均发表在其担任中国科学社董事会会长,即 1941 年之前**。其中,1930 年之前,在担任行政职务之前发表 28 篇;1930 年以后,仅仅发表了 3 篇,内容分别是:《私立华西协和大学博物馆概况》(第 19 卷第 9 期)、《中国地理学会募集基金启事》(第 20 卷第 3 期),其中在《工业建设》(第 24 卷第 9 期)一文中,翁文灏呼吁采用苏联、德国发展工业的先进经验来发展中国的工业建设。另外,《科学》还刊发其所获荣誉和地理学会的相关消息。

1921—1930 年,作为职业科学家的翁文灏,采用科学方法进行科学研究,将自身所学的专业科学知识运用到中国的具体实践中去,这一时期是取得科学成果最为丰硕的时期：**一是奠定其在中国地质学科地位的主要文章均在这一时期发表。**代表性的文章分别是：1921 年发表的《中国矿产区域论》(第 6 卷第 6 期)、《甘肃地震考节要》(第 6 卷第 10 期)及《甘肃地震考表》(第 6 卷第 11 期、第 12 期)。1922 年发表的《民国九年十二月十六日甘肃的地震》(第 7 卷第 2 期)。1923 年发表的《驳龙解》(第 8 卷第 5 期)、《中国地震区分布简说》(第 8 卷第 8 期)、《地质时代译名考》(第 8 卷第 9 期)、《远东铁矿之供给》(第 8 卷第 10 期)等文章。1924 年发表的《近十年来中国地质学之进步》(第 9 卷第 4 期)、《一九二三年九月日本大地震述闻》(第 9 卷第 6 期)。1925 年发表《中国山脉考》(第 9 卷第 10 期)、《惠氏大陆漂移说》(第 10 卷第 3 期)、《民国十四年三四月云南洱海附近地震述要》(第 10 卷第 12 期)等。1926 年发表的《近十年来中国史前时代之新发现》(第 11 卷第 6 期)。1927 年发表的《第三次泛太平洋学术会议中地质学会议述要》(第 12 卷第 4 期)。1928 年发表《中国地质纲要》(第 13 卷第 2 期、第 7 期)、《中国第四纪人骨之发现》(第 13 卷第 1 期)、《中国地理学中之几个错误的原则》(第 13 卷第 1 期)、《中国东部中生代造山运动》(第 14 卷第 4 期)、《第四次太平洋科学会议纪略》(第 14 卷第 5 期)、《赵予仁先生略传》(第 14 卷第 7 期)、《太平洋科学会议之历史》(第 14 卷第 5 期)等文章。

二是推进传播科学观念和科学教育的文章。代表性的有：《为何研究科学如何研究科学》(第 10 卷第 11 期)、《如何发展中国科学》(第 11 卷第 10 期)、《与中小学教员谈中国地质》(第 11 卷第 1 期)等。在《为何研究科学如何研究科学》中，翁文灏认为，当前是中国科学研究的黄金时代，研究材料众多，发明成果也容易。针对当时中国社会对待科学的功利实用和轻视不信的两种极端倾向，翁文灏以一个科学研究者的感受和认识，指出科学的真正价值对于研究科学的人来说，不管也不知什么是有用与无用，但凡可以研究的东西拿来研究，研究的结果便是研究者最高之奖赏。翁文灏认为，莫说纯粹科学的精神是无用的，要知道天下最大的善，莫过于能信真理，天下最大的乐，莫过于能得真理。可以说，翁文灏的科学观与科学方法论思想体现出传统的古典科学观的特色，为精神而精神、为真理而真理的特征，但他并未像丁文江那样试图利用自己的社会地位，将科学发展观念理想化、纯粹化，并推延到社会政治领域口去指导复杂的中国近代社会政治改革，这是他科学观念中最为理性的价值所在。

翁文灏在科学传播活动中，从科学家的职业角色起步，最后选择走向行政领导职务，主要表现为前期在推进中国地质学科发展的具体研究中，积极为杂志撰稿，展示自己的最新成果，这是对一个科学家角色必备的要求；后期"文人从政"以后,为《科学》发展和中国科学社事业提供必需的物质支持等。通过《科学》的科学传播活动来看,近代一大批学有成就的学者大都有此经历,他们是中国近代化历程中必然出现的一个群体,也是推进近代中国科学化和科学中国化发展过程的实际需要。

3.1.1.4 竺可桢在《科学》传播活动中的角色评析

竺可桢,字藕舫,浙江上虞人,中国近代地理学和气象学的奠基人之一。竺可桢在浙江读完小学后,先后进入上海澄衷学堂、复旦公学(复旦大学前身)学习,后考入唐山路矿学堂(今西南交通大学)土木工程系学习。1910 年,竺可桢以优异的成绩公费留美学习,并在 1918 年取得哈佛大学博士学位。1920 年秋,竺可桢回国后先后担任武昌高等师范学校(现武汉大学)、南京高等师范学校(后改为东南大学、中央大学,现为南京大学)教授,开启了自身科学教育家的职业生涯。1927 年,筹建中央气象研究所,并担任所长。从 1936 年 4 月至 1949 年 5 月的 14 年间,竺可桢一直担任浙江大学校长。1948 年,当选中央研究院院士。中华人民共和国成立后,竺可桢被选聘为中国科学院学部委员,并担任中国科学技术协会副主席、中国气象学会理事长、名誉理事长和中国地理学会理事

图 3-4 竺可桢
(1890—1974)

长等职务,实现了从科学的研究者、传播者、管理者到评议者的社会角色转变。

1914 年夏,留学美国的竺可桢得知中国科学社成立的消息后,便立即申请加入,成为该社的早期社员,并参与创办《科学》工作,担任编辑员并一直肩负此责。1916 年秋,从中国科学社第一届常年会起,竺可桢即担任董事,并在 1927—1930 年担任科学社社长。作为中国科学社前期元老和后期的代表人物,竺可桢一直积极参与《科学》的各项事务,并把《科学》作为早期科学活动的最重要舞台。笔者以"竺可桢""竺藕舫"为关键词检索,其在《科学》发表署名文章 51 篇。内容主要有以下四类:

一是运用科学方法开展关于中国天文历法的研究。代表性的文章有:以全面视角论述的文章,如《中国之雨量与风暴说》(第 2 卷第 2 期)、《中国之煤矿》(第 3 卷第 5 期)、《中国气流之运行》(第 17 卷第 8 期)等;局部的研究文章,如《钱塘江怒潮》(第 2 卷第 10 期)、《四川自流井盐矿》(第 3 卷第 4 期)、

《杭州西湖生成的原因》(第6卷第4期)、《南京之气候》(第7卷第3期)、《日中黑子与世界之气候》(第10卷第6期)、《直隶地理的环境和水灾》(第12卷第12期);还有论述天文学社会运用的文章,如《地理与文化之关系》(第2卷第8期)、《气象与农业之关系》(第7卷第7期)、《天时对于战争之影响》(第16卷第6期);以及关于中国古代天文学史、气象学史的研究文章,如《改良阳历之商榷》(第7卷第6期)、《南宋时代我国气候之揣测》(第10卷第2期)、《北宋沈括对于地学之贡献与记述》(第11卷第6期)、《论以岁差定尚书尧典四仲中星之年代》(第11卷第12期)、《论新月令》(第15卷第10期)。这些科研成果的发表,初步奠定了竺可桢在中国地理学、天文学、气象学研究上的权威地位。

二是科学知识普及类的文章。 代表性的文章有:《朝鲜古代之测雨器》(第2卷第5期)、《微苏维火山之历史》(第3卷第2期、第5期)、《说风》(第3卷第3期)、《字赖施奈豆"中国植物学"短评(附表)》(第3卷第3期)、《中国人之体格论》(第3卷第5期)、《论早婚及姻属嫁娶之害》(第3卷第9期)、《食素与食荤之利害论(附表)》(第3卷第12期)、《学生之卫生》(第4卷第2期)、《空中航行之历史》(第4卷第8期、第12期,第5卷第2期)、《阴阳历优劣异同》(第5卷第1期)、《气象学发达之历史》(第5卷第3期)、《说飓风》(第7卷第9期)、《欧西地理学发达之历史》(第11卷第1期)、《风暴成因之新学说》(第11卷第4期)、《日本气象学发达之概况》(第12卷第4期)、《近年气象学进步概况》(第14卷第6期)、《航空与天气》(第14卷第7期)、《雾与航空》(第17卷第3期)等文章,对气象力学、气象光学、气象热学、气候学,以及国外天文学发展史等多个门类的知识和思想进行全面介绍。

三是关于中国科学化和科学中国化的具体建议和设想。 代表性的文章有:《我国地学家之责任》(第6卷第7期)、《地理教学法商榷》(第7卷第11期)、《庚子赔款与教育文化事业》(第9卷第9期)、《全国设立气象测候所计划书》(第13卷第7期)、《中国地理学会募集基金启事》(第20卷第3期)。此外还有介绍科学国际交流的文章,代表性的有:《泛太平洋学术会议之过去与将来》(第12卷第4期)、《第四次太平洋科学会议概况》(第14卷第5期)、《第七次国际气象台台长会议纪略:附国际气象管理会章程》(第14卷第8期)等。

四是关于科学本质观念和思想的文章。 代表性的有:《科学对于物质文明的三大贡献》(第15卷第1期)、《近代科学与发明》(第15卷第4期)、《从战争讲到科学的研究》(第16卷第6期)、《科学研究的精神》(第18卷第1期)、《厉害和是非》(第19卷第11期)、《为什么中国古代没有产生自然科学》(第28

卷第 3 期)、《科学与世界和平》(第 29 卷第 10 期)等。

按文章发表时间来看,1915—1921 年共发表文章 19 篇,1922—1934 年共发表文章 28 篇。1934 年,竺可桢与翁文灏、张其昀共同发起成立了中国地理学会。1935 年以后,特别是竺可桢担任浙江大学校长后,只在《科学》发表 4 篇文章。在科学观念的论述上,开始关注科学与政治、科学与社会的关系,以及科学家的社会责任等问题。通过在《科学》的发文可知,**竺可桢主要的科学研究工作大多在 1935 年以前完成**。随后,由于长期担任浙江大学校长,自身工作重点和中心发生了变化,在专门性的科学研究上鲜有成果见诸《科学》上,最初确定他科学家社会角色的原创性的气象学、地理学等标志性成果,随着传播的深入开展,被具有科学评议特征的管理者和评议者所取代。

竺可桢在科学传播的实践中,一直把《科学》作为自己发表文章的主要阵地,早期刊发的大量地质学专业论文,奠定了自己在地质学研究的开创性地位。1935 年以后,作为科学教育家的竺可桢更多地把自己的精力放在推进中国科学教育的具体发展上。但总的来看,作为科学家角色的竺可桢是其最本质的特征,因为其在中国地理学、气象学等方面取得了一定的原创性成就,不仅确立了他在近代中国科学家的职业角色定位,也在一定程度上提高了中国科学研究在国际科学上的地位。

3.1.2 董事会会长群体代表评析

3.1.2.1 马相伯在《科学》传播活动中的角色评析

马良,字相伯,江苏丹阳人,中国近代史上著名的爱国教育家、社会活动家(图 3-5)。马相伯早年在法国人办的天主教会学校徐家汇公学学习;1870 年,获神学博士学位,后成为耶稣会教士;1871 年,任上海徐汇公学校长;1885 年,先后担任清政府驻日公使馆参赞、神户领事等职;1902 年,与蔡元培共同创办震旦学院;1905 年,作为发起人筹建复旦公学并任校长兼法文教授;1912 年,辛亥革命胜利后,担任北京大学代理校长职务。在北京 4 年时间内,马相伯先后担任北洋政府政治会议、约法会议议员和参政员参政等职务。1925 年,参与筹办辅仁大学。全面抗战爆发前夕,马相伯以极大的爱国热

图 3-5 马相伯
(1840—1939)

忧，积极参与抗日救亡运动，号召实行对内团结和对外抗战，被后人誉为"爱国老人"。1932年，马相伯参加宋庆龄、鲁迅等组织的爱国民主政治团体——"中国民权保障同盟"。马相伯还培养了许多杰出的人才，近代著名的教育家蔡元培、民国政要于右任、邵力子等均为其弟子，后人将其文章辑录著有《马相伯先生文集》。

考察马相伯的生平，他不是一个科学家，没有从事具体的科学研究，而是作为一名热爱科学、关心中国科学事业发展的教育家、社会活动家，参与到《科学》和中国科学社的传播活动中来。与西方传教士对科学传播的出发点不同，作为耶稣会教士的马相伯对近代中国科学发展的支持源自其一颗爱国之心。其弟子于右任曾说："当民国前九年癸卯之岁，海上志士云集，革命救国之声，风发泉涌，清吏为之侧目，先生（马相伯）则曰：'欲革命救国，必自研究近代科学始，欲研究近代科学，必自通其语言文字始。有欲通其外国语言文字，以研究近代科学，而为革命救国之准备者，谓归我'，于是遂有震旦学院之创设。"[9] 在早期"政治救国""革命救国"风起云涌的晚清时代，马相伯能够充分认识到科学教育、科学研究在救国理想中的基础作用，并以实际行动推进其思想的实现。在这一点上，与作为革命青年的任鸿隽在"革命救国"成功后，并在西方接受科学思想的教育和熏陶下，认识到科学在现代文明中的基础作用，在思想转化上经历了一个相同的发展路径。

但在晚清时代，马相伯提出研究科学的主张在"革命救国"的滚滚浪潮下，并没有引起太多的社会反响，加之本身并不是一个真正的科学家，似乎有点曲高和寡。直到1915年，《科学》和中国科学社的出现，其传播宗旨和理念与马相伯所推崇的中国科学发展的共同理想和信念不谋而合。正是在共同的科学救国理想的召唤下，马相伯于1922年中国科学社南通年会设立新一届董事会起到去世，一直担任董事之首，为《科学》和中国科学社在早期归国发展中奠定了社会基础。为此，在马相伯先生九十和百岁华诞时，《科学》专门刊发新闻以示祝贺，表达对其在中国科学传播活动中所做贡献的崇敬之情。

马相伯什么时候开始关注《科学》和中国科学社？是创刊伊始还是回国以后？限于笔者的学识和资料搜集有限，有待日后去进一步发现。但是，有一点是肯定的，作为胡敦复、胡明复、胡刚复三兄弟的江苏老乡，马相伯与他们之间的情谊不可谓不深。正是这种深情厚谊，当得知《科学》和中国科学社的创始人之一胡明复因意外溺水身亡后，马相伯在《科学》"胡明复博士纪念号"中发表了《哀明复》（第13卷第6期）一文，深情回顾了与胡氏三兄弟相识相知的经过，略述了胡明复在校勘《科学》时的辛苦和艰辛，表达自己深深的哀痛之情。1931年元旦，上海明复图书馆举行揭幕典礼，92岁高龄的马相伯仍然不顾风寒亲自参加，表达对这位《科学》早期创始人的惋惜之情。**1933 年，马相伯发表了《徐文定与中国科学》**(第 17 卷第 1 期)文章纪念徐光启逝世 300 年，文章介绍了自己因读明史而感慨徐光启督修历法，为科学在中国第一次大的贡献。随后，用耶稣会士裴司铎(R.P. Bernard)所撰的《近代中国文化前驱徐文定》一文，指出所修的历法并不是守旧的历法，而是与罗马李纳济(Lineci)学院、蒙特利尔大学，以及德奥两国大学等共同研习的结果，实际上是采用西洋新的科学发明后的成果。

马相伯认为，科学不仅可以促进物质文明，还可以改变人们的价值观念与思维方式。他认为在当今科学世界里，要想实现"科学救国"理想必然依赖于科学的发达。他批评中国人懒于思想，缺少创造力，缺乏自然科学方面的训练，并认为科学是破除迷信的最好武器。马相伯的科学观念最突出的体现是震旦学院"崇尚科学、注重文艺、不谈教理"[10]的立学宗旨，以及科学与文艺并举的大学发展理念，实质上就是科学思想与人文思想并重的价值追求。马相伯认为科学求真，而文艺求善、求美，两者没有轻重之别，只是研究领域不同而已。这种认识，对今天来说仍然难能可贵，更与当时在社会大众中普遍所推崇的"科学主义"理念在认识上存在着明显的不同。

综上，作为教育家、社会活动家的马相伯，在担任中国科学社董事会会长时，是以一个对科学价值和功能崇拜者的社会角色，以其自身的社会地位和影响力，面对《科学》和中国科学社回国后面临的困难局面，大力支持科学传播活动，对科学传播在国内最初的发展起到了引领和示范作用。

3.1.2.2 梁启超在《科学》传播活动中的角色评析

梁启超，字卓如，一字任甫，号任公，又号饮冰室主人、饮冰子、哀时客、中国之新民、自由斋主人等，广东省新会市人(图 3-6)。清朝光绪年间举人，是中国近代维新派、"新法家"代表人物，是中国近代最著名的思想家、政治家、教育家、史学家和文学家。自 1922 年中国科学社南通年会修改社章，设立新一届董事会任首任董事起，一直到 1928 年，4 次连任董事。梁启超被公认为清末最优秀的学者之一，是中国历史上一位百科全书式人物，由他担任中国科学社的董事，并为《科学》和中国科学社的传播活动摇旗呐喊，有其特定的社会历史背景因素。

图 3-6 梁启超 (1873—1929)

早年的梁启超,一方面大力宣传和译介西方人文社会科学著作,为其建立"新民"学说服务;另一方面又相当重视自然科学的教育,重视用进化论学说来解说时政,重视科学救国,推崇科学精神和科学文化,注重用科学方法进行学术研究,在史学界和思想界产生了巨大影响。1918年第一次世界大战结束后,科学技术的社会运用带来的巨大杀伤力和破坏力,让一部分守旧人士将科学定为战争的起源。随着这一思潮传入国内,梁启超等去欧洲实地考察,看到各国的萧条景象,作为思想家的他开始反思这一社会现象。1920年,他发表了著名的《欧游心影录》,文中在对"西方文明"破产和"中国文明"优越取得信心的同时,针对当时所谓的"科学万能"思想提出了自己的疑问,进而批判道:"当时讴歌科学万能的人,满望着科学成功,黄金世界便指日出现。如今功总算成了,一百年物质的进步,比从前三千年所得还加几倍;我们人类不惟没有得着幸福,反倒带来许多灾难。好像沙漠中失路的旅人,远远望见个大黑影,拼命往前赶,以为可以靠他向导,哪知赶上几程,影子却不见了,因此无限凄惶失望。影子是谁?就是这位'科学先生',欧洲人做了一场科学万能的大梦,到如今却叫起科学'破产'来。"[11]随后他在注释中,则提醒读者不要误会了他的意思,他之所以这样菲薄科学,绝不是承认科学'破产'了,只不过是针对当时流行的科学万能观点,提醒社会大众注意和反思科学的运用而已。梁启超对科学的批判,实质上是从科学文化的角度来批判科学在社会上的霸权地位,提醒国人应该准确地理解西方近代科学和科学文化,但以其自身巨大的社会影响力,对科学批判的观点给那些不懂科学的守旧势力看来,却是其反科学的证据。后胡适也撰文说道:"自从文章发表之后,科学在中国的尊严就远不如前了。一位不曾出国门的老先生很高兴地喊道,欧洲科学'破产'了!梁任公这样说的。"[12]

可能考虑到这篇文章对当时科学发展带来的巨大负面影响。**1922年,梁启超在《科学》连续发表两篇文章,也是仅有的两篇文章,进一步阐发其对科学思想和东西文化的看法,并担任中国科学社的董事为中国科学发展代言。**在《生物学在学术界之位置》(第7卷第7期)的文章中,梁启超从1859年11月达尔文《物种起源》出版开始谈起,指出生物学诞生的最初意义,然后指出生物学理论如何推广到社会学,进而得出科学可以征服哲学的论断。随后,在其名篇《科学精神与东西文化》(第7卷第9期)中,梁启超首先自称是科学的门外汉,指出中国人对科学的看法存在误解,其一就是"把科学看的太低、太粗",其二是"把科学看得太呆、太窄"。原因主要就是缺乏科学精神,缺乏具有科学素质的国民,这是中国传统文化的弱点所致。他还在文中解释了什么是科学精神?认为有系统之真知识,才可以称为科学;可以教人求得有系统之真知识的方法,方称为科学精神。为此,需要在中国传统文化内注入科学文化,培育科学基因,以达到培育新民的目的。梁启超最后还提醒人们,应该运用科学精神去开展研究,将科学方法运用到学术创作中去。

梁启超以思想多变而著称,因此他主要以"不是思想家,而只是宣传家"[13]的角度来关注近代中国科学发展的。从科学观念传播的视角来看,梁启超应该没能脱离"中学为体、西学为用"的传播思维逻辑范畴,呈现出方法论科学观的典型特征。

3.1.2.3 侯德榜在《科学》传播活动中的角色评析

侯德榜,名启荣,字致本,生于福建闽侯,中国近代化学工业的奠基人之一(图3-7)。1911年,侯德榜进入清华留美预备学堂学习;1913年,进入美国麻省理工学院化工科学习获学士学位,毕业后又进入普拉特专科学院获制革化学师文凭;1918年,在哥伦比亚大学研究院获得博士学位。回国后,侯德榜从学习科学的青年转变为实业发展的专家,长期在永利制碱公司从事实业救国工作,并先后担任中华化学工业会、中国化学工程学会、中国化学会、中国化学化工会、中国化工学会的理事长。中华人民共和国成立后,侯德榜从实业发展专家转型为推进中国科学发展

图3-7 侯德榜
(1890—1974)

的管理者和评议者,先后任中华全国自然科学联合会副主席、中央财经委员会委员、重工业部技术顾问、化学工业部副部长、中国科学技术协会副主席等职务。在推进中国科学发展的道路上,侯德榜经历了多重社会角色身份变迁。

侯德榜在中学读书期间,受到老师的影响,树立了"科学救国、工业救国"的志向。在美留学期间,他参加了中国科学社1917年年会,一直是《科学》的支持者和参与者。1921年以后,侯德榜任永利制碱公司工程师后,其兴趣主要在实业发展上,后期以其在"实业界"的突出贡献,于1948—1949年间短暂担任科学社监事会(前董事会)会长职务。

以"侯德榜"为关键词检索可知,他在《科学》发表署名文章5篇。**从发表时间上来看,这些文章大多在1921年之前,也就是在留美时期完成的。**1917

年,《科学》连载了他的《碳化烯之制造：理化的性质及实业上之运用》(第 3 卷第 11 期、第 12 期)一文,随后又刊发了其《中国油业之前途》(第 4 卷第 7 期)、《热能学详诠》(第 5 卷第 3 期)等化学化工类的专业性论文,是其进而运用科学方法开展科学研究成果的典范之作。1918 年,侯德榜发表《科学与工业科学》(第 4 卷第 1 期)一文,文中首先论述了科学与工业的定义,认为工业是科学学理运用的事业；随后分析了科学家与工业家的角色和关系,呼吁科学家将科学研究的方法运用到工业发展中,明确提出先有科学才有工业的论断,呼吁工业界更多关注如何推进将科学成果转化为实用的和有经济价值的工作。

1921 年以后,侯德榜没有在《科学》发表专门性的科学研究文章。一直到 1946 年《科学》组织"范旭东先生追悼专辑",侯德榜发表《追悼范旭东先生》(第 28 卷第 5 期)一文,追忆范旭东先生的业绩,指出范旭东先生对近代中国实业发展的贡献。但是,侯德榜作为早期杂志的积极参与者和杰出实业家的代表,《科学》一直保持对他的关注,在第 19 卷第 11 期、第 29 卷第 7 期、第 30 卷第 12 期分别刊发专门消息,介绍侯德榜博士演讲及获得奖项的相关内容。

3.2 《科学》编辑部长(主编)群体社会角色评析

笔者通过对 1915—1949 年《科学》进行相关检索发现,署名为《科学》编辑部长、编辑长、编辑部主任或者总编辑(以下统称编辑部长)的有 7 人,依次为杨铨、赵元任、王琎、任鸿隽、刘咸、卢于道和张孟闻。具体时间顺序为：1915 年 1 月—1921 年 9 月,杨铨任编辑部长(第 1 卷第 1 期～第 6 卷第 9 期),其间 1918 年 12 月,赵元任短暂担任编辑部长(第 4 卷第 4 期、第 6 期);1921 年 10 月—1925 年 10 月,王琎任编辑部长(第 6 卷第 10 期～第 10 卷第 7 期);1925 年 11 月—1926 年 8 月,任鸿隽任编辑部长(第 10 卷第 8 期～第 11 卷第 8 期);1926 年 9 月—1934 年 11 月,王琎再次担任编辑部长(第 11 卷第 9 期～第 18 卷第 11 期);1934 年 12 月—1941 年 11 月,刘咸任专职编辑部长(第 18 卷第 12 期～第 25 卷第 12 期);1943 年 1 月—1944 年 12 月,卢于道任代理编辑部长(第 26～27 卷,共 14 期);1945 年 1 月—1949 年 12 月,张孟闻任编辑部长(第 28 卷第 1 期～第 31 卷第 12 期)。鉴于任鸿隽作为组织者和管理者已经详细论述,赵元任编辑期刊只有两期,故选择杨铨、王琎、刘咸、卢于道和张孟闻作为编辑部长代表进行专门论述。

3.2.1　首任编辑部长杨铨在《科学》传播活动中的角色评析

杨铨,字杏佛,江西清江人,被誉为近代管理科学的先驱,社会活动家(图 3-8)。早期杨铨作为一名革命青年,于 1910 年加入同盟会,随后于 1911 年考入唐山路矿学堂学习。辛亥革命爆发后,杨铨任临时大总统府秘书。1912 年 10 月,19 岁的杨铨与任鸿隽等人一起赴美留学,先后获康奈尔大学机械工程硕士和哈佛大学商学硕士学位。在留美期间,杨铨参与创办《科学》和中国科学社,思想上经历了革命青年到科学青年的转换过程。1918 年,25 岁的杨铨学成回国,在汉冶萍公司任成本会计科科长,随后到南京高等师范学校任教,同时还兼任《科学》编辑部长,在科学传播、

图 3-8　杨铨
(1893—1933)

实业发展和科学教育上为中国近代科学发展尽力。1924 年,31 岁的杨铨再次投身社会革命,赴广州国民政府担任孙中山的秘书,在孙中山病逝后被推举为治丧筹备处总干事,开启后半生的革命救国历程。1927 年,国立中央研究院成立后,杨铨担任总干事兼社会科学研究所经济组主任,在蔡元培"无为而治"的思想下,成为推进中国近代科学发展的实际领导者。1932 年,杨铨与宋庆龄、蔡元培等发起成立中国民权保障同盟,并任执行委员兼总干事,为推进中国的民主民权而努力。不幸的是,1933 年 6 月 18 日,杨铨遭国民党特务暗杀,年仅 40 岁。

杨铨作为《科学》发起人之一和首任编辑部长,为《科学》的编辑、出版做出了许多开创性的贡献。一是制定我国第一个科学期刊编辑部章程。对编辑部的内部构成和编辑部长和编辑的任命形式、职责、任期及内部分工,进行了明确的职责分类。并首创编辑部审查委员会,对刊物发刊录用进行审查,在制度上保障了传播"把关人"的到位,保证了稿件质量和主编意图的实现。二是从《科学》创刊号起,不仅大胆采用从左到右横排的文字排列方式,而且为了更好地使用数学插图等,还开创使用了西式标点。这种大胆的创新和尝试,开创了新文化运动中文字改革的先河。三是积极组织、编排、撰写稿件,保证杂志的正常出版。杨铨的编辑部成员前期主要有胡适、何鲁、周仁、杨孝述、王毓祥、原颂周、钱崇澍、孙昌克、金邦正、秉志、李协、郑宗海 12 人。从第 4 卷第 5 期国内编辑开始,副编辑长为赵元任,后期编辑员有王琎、竺可桢、李宜之(原名:

李协)、徐乃仁、孙洪芬、胡刚复、胡明复、任鸿隽、黄昌穀、经利彬、曹梁夏、茅以升 12 人。在创刊初期,编辑部多次刊发启事,对《科学》的内容体裁、文章插图、科学名词等作专门的说明和要求。

杨铨担任编辑部长时期,是《科学》定位为中国科学社的社刊时期,杂志的独立性和专门性还处于摸索阶段。杨铨共编辑 69 期《科学》,即 1915 年第 1 卷第 1 期至 1921 年第 6 卷第 9 期。其中第 1 卷第 4 期是"战争号";第 4 卷第 1 期是"年会号";第 6 卷第 1 期为"年会论文号"。以"杨铨""杨杏佛"作为关键词检索,在《科学》上共发表文章 68 篇。从时间顺序上来看,57 篇文章大多发表在其担任编辑部长的 1915—1921 年;卸任后仅发表 11 篇文章。这或许与后期杨铨出任孙中山的秘书,兴趣又转回到社会革命有关。杨铨最后出现在《科学》上,是在"胡明复博士纪念号"上,发表《胡明复墓志铭》(第 13 卷第 6 期)一文。杨铨发文内容主要可分为三类。

一是介绍科学本质观念和思想的文章。首先是论述科学技术的本质观念思想。代表性的有《发现与发明》(第 1 卷第 5 期)、《发明家之奖报》(第 3 卷第 9 期、第 10 期)、《科学与研究》(第 5 卷第 7 期)、《科学的人生观》(第 6 卷第 11 期)、《工程学与近世文明》(第 8 卷第 2 期)等文章。在《科学与反科学》(第 9 卷第 1 期)一文中,杨铨分析了近代科学进入中国的历程,认为社会大众在前 60 年未识科学之真面目,直到民国后,方开始认识科学的真精神。他认为:为物质文明羡慕科学,为物质破灭则诘难科学,非真科学精神也。体现杨铨科学观念最为代表性的文章是《社会科学与近代文明》(第 8 卷第 6 期)一文,他从反思进化论传播入手,认为"这些问题和困难,国家的和世界的,无非是自然科学发展而社会科学迟进的结果。我们要解决这些问题,要去除这些困难,也非研究社会科学,发展社会科学不可",并指出"社会科学在科学发展中是一个后辈,而在现代人类中却占了一个极重要的地位。假使没有社会科学或不发展社会科学,我们人类中的问题,实在没有解决的方法和希望!"[14] 杨铨认为科学不仅要有自然科学,还应该包含社会科学,两者都应该引起重视,需要同步发展的观念,对科学如此昌明的今天来说也不过时。其次是关注科学的社会价值和建构的文章。如《学会与科学》(第 1 卷第 7 期)、《科学与共和》(第 2 卷第 2 期)、《科学与商业》(第 2 卷第 4 期)、《说时·实业时》(第 2 卷第 12 期)等文章,从多个方面论述科学与社会的多方面联系。再次是传播科学管理思想。代表性的有《人事之效率》(第 1 卷第 11 期)、《效率之分类》(第 3 卷第 12 期)、《科学管理法之要素》(第 7 卷第 4 期)、《工商业组织》(第 7 卷第 6 期)、《成本会计》(第 7 卷第 7 期)等。这一系列文章的发表与传播,为杨铨奠定了中国科学管理第一人的地位。最后是呼吁推进科学教育的文章。代表性的有《生计与教育》(第 2 卷第 6 期)、《最不注意之工业教育》(第 7 卷第 1 期)、《工程师与中国改造》(第 10 卷第 6 期)等。

二是关于中国科学化和科学中国化的论述。代表作是《资本主义与中国之将来》(第 8 卷第 7 期)一文,杨铨指出,国家不强,任何主义皆不能实行,更不配谈一切主义的观点,体现出典型的实用主义特征。在《贫乏与劳动》(第 8 卷第 12 期)中,杨铨提出"不求富,则可;不去贫,不可"的论断,认为一切主义如不考虑中国实际,皆是互欺也,反映出他对国家命运的深刻思考。关注中国实业和技术发展的文章,代表性的有《欧洲之水电业》(第 2 卷第 11 期)、《中国之实业》(第 3 卷第 3 期、4 期、5 期、6 期)、《中国实业之未来》(第 3 卷第 7 期)、《实业难》(第 4 卷第 5 期)等文章。特别要说明的是,针对俄国作家托尔斯泰对科学发展的诘难,杨铨发表《托尔斯泰与科学》(第 5 卷第 5 期)一文,指出我国科学尚未发达,说科学之弊尚早也。当前应该大力提倡科学、推进科学发展。杨铨还关注中国的体育发展等问题,撰写《东西奥林匹克运动会与中国体育之前途》(第 1 卷第 12 期)。当人们把第一次世界大战的灾难性后果指向科学的时候,杨铨专门编发"战争号",发表《战争与科学》(第 1 卷第 4 期)、《战后之科学研究》(第 5 卷第 9 期)等文章,指出科学与战争之间的关系,以及战后开展科学研究的必要性。

三是科学普及类文章,将最新的科学技术知识和思想传播到国内。代表性的文章有:《伽利略转》(第 1 卷第 1 期)、《牛顿传》(第 1 卷第 2 期)、《电学略史》(第 1 卷第 3 期)、《电灯》(第 1 卷第 8 期)、《瓦特传》(第 1 卷第 8 期)、《恺尔文男爵传》(第 2 卷第 1 期)、《佛兰克林传》(第 2 卷第 7 期)、《防火篇》(第 2 卷第 8 期)、《法拉第传》(第 2 卷第 9 期)、《汲水机(抽水机)》(第 3 卷第 2 期)等。1921 年,刊发由杨铨译,博尔顿著的《爱因斯坦相对说》(第 6 卷第 3 期),在刊发中特别标明是 5000 美金征文中选之作,目的是向科学界征集如何采用最通俗易懂、浅显明白的讲述爱因斯坦相对论。此外,杨铨还翻译《康奈尔大学书而门氏开学演说词》(第 1 卷第 2 期)、发表《中国科学社第二次常年会记述》(第 4 卷第 1 期)、撰写《发刊词》(第 6 卷第 1 期)等。

从《科学》传播实践的历程来看,杨铨经历了传播观念表达和范式形成的过渡时期。其间,杨铨为《科学》和中国科学社的发展可谓殚精竭虑。从前期的革命青年到留学国外的科学青年,再由科学青年回归到革命中年,杨铨社会身份和角色的变迁始终都围绕"救国"来展开,这种社会身份和角色的多重表现从本质上与其社会理想和追求密不可分。

3.2.2 任职最长编辑部长王琎在《科学》传播活动中的角色评析

王琎,字季梁,浙江黄岩宁溪人,中国化学史与分析化学研究的开拓者(图3-9)。王琎在追寻科学的道路上两度赴美留学。1909年,21岁的王琎入美国理海大学学习,获化学工程学士学位。1934年,46岁的王琎再次赴美留学,入美国明尼苏达大学研究院任访问研究员,并获硕士学位。在科学教育实践中,王琎先后在湖南工业专门学校、南京高等师范学校、东南大学和中央大学、四川大学、浙江大学任教。在科学社团的创立和发展中,先后任中国化学学会理事、浙江分会理事长。在科学传播的道路中,王琎曾任中国科学社理事、总干事、社长等多项职务,是中国科学社的核心成员之一,也是《科学》任职最长的编辑部长。

图3-9 王琎
(1888—1966)

1922年,伴随着中国科学社改组,《科学》编辑部也实现了改组,34岁的王琎担任编辑长,并成立由副编辑长赵元任、胡先骕,书记陈瀛章,编辑任鸿隽、杨铨、丁文江、黄昌穀、竺可桢、曹梁厦、董时、梅贻琦、金邦正、何鲁、胡明复15人组成的编委会,实现了新老编辑的变更。1925年,从第9卷第8期开始,根据需要在美国增设分社,并设立分编辑部,由曾昭抡担任首任主任,丁思贤、萨本栋、程耀椿等人相继担任编辑。由于这段时期,编辑部长、编辑都是兼职,大多白天在高校上课,晚上编辑《科学》稿件,完全是凭着对中国科学发展的一腔热忱来工作,加之主编王琎工作繁忙等客观原因,因此,对《科学》整个体裁和编排改变不大。

作为《科学》历史上任职最长的编辑部长,以"王琎"为关键词检索,在杂志上共发表文章26篇;以"琎"为关键词检索,共发表文章19篇。从发表时间上看,王琎最早在《科学》发表的文章是1915年的《照相术》(第1卷第5期)一文,最后一篇是1932年的《宜兴陶料之化学观》(第16卷第2期)一文。也就是说,当1934年王琎在卸任编辑部长去美国留学,回国后去四川大学、浙江大学担任教授后,基本就没有在《科学》发表文章了。王琎发表的文章主要分为以下三大类。

一是作为科学家角色的研究类的原创性文章。代表性的有《中国古代金属原质之化学》(第5卷第6期)、《中国古代金属化合物之化学》(第5卷第7期)、《中国古代酒精发酵业之一斑》(第6卷第3期)、《中国古代酒精发酵业之一斑》(第6卷第3期)、《中国古代陶业之科学观》(第6卷第9期)、《五铢钱的化学成分及古代应用铅锡锌铝考》(第8卷第8期)、《中国黄铜业全盛时代之一斑》(第10卷第4期)、《江苏凤凰山铁矿之化学成分》(第10卷第8期)、《南京之饮水问题》(第12卷第1期)、《中国制钱之定量分析》等,都是化学类的专业性研究成果,为王琎科学家角色的社会定位打下基础。

二是体现科学本质观念和思想的文章。代表性的有《中国之科学思想》(第7卷第10期)、《初级中学之混合自然科学教学问题》(第13卷第8期)、《训政时期与化学研究》(第14卷第10期)等。在《一年来之中国科学界》(第15卷第6期)一文中,王琎从科学的社会体制机制确立角度,认为民国19年的科学进步主要体现在:"新研究机关之设立及新研究场所之建成,各种科学调查团之成立与进行,各种科学团体之组织及集会之踊跃"等三个方面。王琎还撰文介绍西方科学教育的新思想,如《美国大学之化学教学法》(第7卷第11期)等。

三是科学知识普及类的文章。代表性的有《香料之论略》(第4卷第10期)、《说钨》(第5卷第1期)、《化学家潘经传》(第5卷第8期)、《化学家任默塞传》(第6卷第2期)等。翻译介绍最新科学知识和思想的文章主要有《微生物之化学作用》(第6卷第6期)、《物理学之历史》(第6卷第10期、第12期)、《美国科学家及居里夫人对于镭之言论》(第7卷第2期)、《法国之科学》(第7卷第3期)、《美国之化学研究》(第7卷第8期)、《人造丝》(第11卷第2期)、《烟幕》(第11卷第7期)、《美国标准局之组织与工作》(第12卷第11期)、《天体化学》(第13卷第9期)等。王琎还关注哲学与科学的区分问题,翻译了威尔斯教授《哲学与科学》(第6卷第4期),提出"不言研究而谈科学,科学已落空;不言科学而高谈哲学,则哲学更虚无"的论断。

从1921年10月第6卷第10期担任编辑部长起,王琎共编辑发行12卷、147期(含任鸿隽担任主编时期刊发的第10卷8~12期,第11卷1~8期)。在147期中有21期专号文章。其中,中国科学社的年会论文和社员纪念专号有6期:"南通年会专刊"(第7卷第9期)、"杭州年会专号"(第8卷第8期)、"泛太平洋学术会议专号"(第12卷第4期)、"胡明复博士纪念号"(第13卷第6期)、"第四次太平洋科学会议专号"(第14卷第5期)、"第十四次北平会议专号"(第14卷第6期)。以科学热点问题为主导的年号有15期:"科学教育专刊号"(第7卷第11期)、"通俗科学演讲号"(第8卷第6期)、"工程号"(第9卷第2期)、"理化号"(第9卷第9期)、"地质号"(第9卷第10期)、"经济专号"(第10卷第1期)、"无线电专号"(第10卷第7期)、"赫胥黎纪念号"(第10卷第10期)、"地学专号"(第11卷第1期)、"中国科学史料号"(第11卷第6期)、"食物化学专号"(第11卷第8期)、"有机化学百年进步号"(第13卷第10期)、"爱迪生逝世周年纪念专号"(第16卷第10期)、"气象专号"(第17卷第8期)和"国药专号"(第17卷第9期)。

如此众多的专号文章,特别是年会论文和纪念文集,一部分主要是体现《科学》作为中国科学社社刊的定位;另一部分则是围绕当时社会关注的科学热点学科和社会建构的需要,推出有针对性的专号文章,这是传播主体主动建构科学的针对性举措。这些专号中以"爱迪生专号"中的论述最具代表性。王琎认为:"早期伟大的政治家都是发明家,伏羲神农皇帝燧人氏、有巢氏等皆是。"但是,科学家和发明家要获得人们的敬仰,不能单单靠科学上的贡献,在人格上也应该同样伟大。他认为,伟大的科学家应该是具有"谦逊、直爽、简单、有目的的努力、诚实、富有同情心、高尚和对社会有责任心"等美德。这些优美品格和科学家的精神正是我们的社会应该提倡的,这也是我们纪念爱迪生的真正目的。在文中,他最后满含爱国激情地写道:"真正的学者,思想家,科学家,没有一个不希望中国急起直追,去利用文明新利器——科学,来解决她自身的困难的,不过直到现在,我们仍是落后,我们感到惭愧,所以我们要纪念爱迪生和发刊'爱迪生专号'。"[15]

王琎以青年学者的身份,从创刊之初就在《科学》发表文章,通过这个平台,发表了多篇具有开创性研究的成果,进而以科学家的身份推进科学传播。随着科学传播活动的开展,王琎在46岁时又赴美国进修学习。学成归国后又回到科学教育的本职工作上来,自身社会角色经历了科学研究、科学传播,再到回归科学研究的变迁。

3.2.3 首个专职编辑部长刘咸在《科学》传播活动中的角色评析

刘咸,字重熙,江西都昌人,中国近代著名的生物学家、人类学家(图3-10)。在追求科学的道路上,刘咸先于南京国立东南大学生物系学习,获理学学士学位,后赴英国牛津大学研究人类学,获硕士学位。先后当选英国皇家人类学会会员、巴黎国际人类学院院士等。在科学教育和研究历程中,先后在清华大学

图 3-10　刘咸
(1901—1987)

生物系、青岛大学、复旦大学任教。刘咸担任《科学》首位专职的编辑部长，为推进中国科学事业的发展做出了自己的贡献。

刘咸出任编辑部长时，正值《科学》由社刊走向专业化办刊的探索期。在办刊主旨和读者对象的重新定位上，考虑到已有《科学画报》《科学世界》和《科学的中国》等面向普通读者的科普杂志，科学界又有国内外的各种专业杂志，因此，他把刊物定位为"联络各门科学，互通消息"。在内容上"既能通俗，又存高深"。他又将读者定位为："使初学者读之不觉深，专门家对之不嫌浅，各得所需，则本志之使命达矣。故吾人对象中之读者，首为高中及大学学生，次为中等学校心理科教员，再次为专门学者，最后为一般爱好科学之读者。"刘咸对发刊文章的内容也提出了具体的要求，就是"能使读者产生科学兴趣、能记述科学进步、能传播科学消息"。[16]并在编辑部投稿须知中，提出文章以能通俗有趣、文笔生动、篇幅不长者为佳，希望科学作家来投稿。

为实现上述宗旨和目标，刘咸对编辑部进行了大的调整。一是重新改组了编委会。设立专职的编辑部长和助理，另外请国内各学科的专家担任编委，并实行每年改选。将编辑的产生由以往的年会推选，改为编辑部长直接聘请"专门编辑"，大大增加了编辑部长对刊物的话语权。随后，新的编委会共聘用范会国、严济慈、冯泽芳、陆志鸿、陈思义、倪尚达、张江树、李珩、张其昀、吕炯、杨钟健、伍献文、钱崇澍、吴定良、卢于道等18名编辑员。二是组建通讯员网络。在国内外各学术单位聘用通讯员，主要职责是报告该单位在科学方面的最新动态，诸如研究成果、科学家言行等，以增加科学的时效性。在刘咸的改革之下，《科学》开始走向职业化和专门化的编辑群体道路，基本达到了"作为科学舆论之喉舌，广播科学知识，提倡科学建设，自兹以往，本志以力求通俗，而同时能除去时下言科学者粗疏浅薄之弊病为目的"。[17]

从1934年12月出刊的第18卷第12期，到1941年12月出刊的第25卷第12期，刘咸担任编辑部长共刊发85期，约4116篇文章。其中专号两期，分别是"中国科学社20周年纪念号"(第19卷第10期)和"七科学团体年会号"(第20卷第10期)。这两期均是关于中国科学社年会刊发的专号，而没有关于各个学科的专门专号。一方面因为1937年全面抗战爆发后，《科学》和中国科学社的活动受到了严重的影响;另一方面随着中国科学的发展,各个专门学科的基础和权威都已经确立起来,专门性的针对某一学科的专号已经没有太多的必要。同时,作为编辑部长的刘咸还积极组稿,在科学思潮和新闻栏目组稿143篇,实时介绍科学发展的动态。总的来看,能够在经历战争等社会非常态下,《科学》7年间坚持出版7卷,实属不易。

以"刘咸""重熙"为关键词检索,刘咸在《科学》上共发表44篇文章。从发表时间上看,最早发表的文章是1922年的《菲律宾之科学局》(第7卷第11期)一文,最后一篇是1947年的《探险开发与科学研究》(第29卷第8期)一文。刘咸**在1935年担任编辑部长之前发表16篇文章**。这一时期,最具代表性的文章是刘咸参加两次国际会议的报告,分别是《第十五次国际人类学及史前考古学会议记》(第15卷第7期)、《国际人类学及史前考古学巴黎会议记》(第16卷第4期),以及在"赫胥黎纪念号"(第10卷第10期)中,一次性发表的《赫胥黎生平著作一览:科学论文》《赫胥黎纪念演讲及奖章》《赫胥黎生平著作一览:专论》《赫胥黎年谱:[表格]》四篇文章。其余的文章主要是翻译美国柏尔曼教授的《人类学与内分泌》(第12卷第5期),以及《霉菌学开山祖巴斯德传略》(第7卷第12期)、《林耐传略》(第10卷第2期)、《爱因斯坦茳牛津演讲》(第15卷第9期)等。总的来看,这一时期刘咸主要是以科学家的角色,将自己的最新研究成果在杂志上发表。**从1935担任专职编辑部长后**,刘咸共**发表论文27篇**,是刘咸科学思想和观念的集中表达期。这一时期,一是在"抗战救国"的指引下,刘咸连续发表了《科学与国难》(第19卷第2期)、《西南民族与国防建设》(第19卷第12期)、《科学战争与战争科学》(第20卷第7期)、《苏联科学院》(第20卷第8期)、《1937年科学界展望》(第21卷第2期)、《科学之厄运》(第22卷第7期、第8期)、《1939年科学之展望》(第23卷第1期)等文,表达了对中国科学发展的忧虑和推进中国科学化的建议和希望。二是在科学本质观念和思想上,刘咸撰写了《公开科学图书之利益》(第20卷第5期)、《科学与迷信》(第21卷第5期)、《科学研究与社会福利》(第21卷第11期、第12期)、《科学与大众》(第22卷第1期、第2期)、《科学与伦理》(第22卷第3期、第4期)、《科学探险之价值》(第22卷第5期、第6期)、《科学与社会之关系》(第22卷第11期、第12期、第23卷第3期、第4期)、《徐家汇天文台概况》(第21卷第1期)等大量的论述科学思想的文章。三是有关《科学》和中国科学社自身发展的论述。代表性的有《中国科学社第二十次年会记》(第19卷第10期)、《科学史上之最近二十年》(第20卷第1期)、《中国科学社第二十一次年会记事》(第 20 卷第 10 期),在《一年挣扎》(第 22 卷第 11 期、第 12 期)一文中,刘咸提出要辩证地看待当前的问题,保持积极的信心去战胜当前的困难。四是围绕自身人类学专业的研究论文。刘咸发表了《海南黎人刻木为信之研究》(第 19 卷第 2 期)、《海南黎人口琴之研究》(第 22 卷第 1 期、第 2 期)、《人类学及其研习法》(第 22 卷第 3 期、第 4 期)、《林奈与物种概念:伦敦林奈学会百五十年纪念》(第 22 卷第 7 期、第 8 期)等文章。另外他还撰写了《印度科学界领袖慈曼教授》(第 25 卷第 11 期、第 12 期),以及瓦特诞辰二百周年的纪念文章等。

在科学传播的理念上,刘咸在《科学与迷信》一文中,针对科学在中国发展中伴随着迷信的情况。他大声疾呼"今日之世界,乃科学世界,科学万能,已为时代之标语"[18]表达其对科学价值的信念和信仰。刘咸还在第一时间翻译英国前首相麦唐纳的《科学与大众》一文,指出科学研究应该让公众知晓科学的价值和特色,考虑到科学成果有误用之危险,应该建议民众民意知晓并对误用滥用行为开展抵制。在科学传播范围上,刘咸主张科学应该为普通大众所知晓,因此他提议在某种规限之内,研究所与大学的图书馆应一律公开,让社会上一切爱好科学的人士与研究专家"均可有充分利用之机会,达到以书籍为工具之目的"[19]这种将公众参与科学的理念引进到中国的思想认识,无疑领先于那个时代。

3.2.4 代理编辑部长卢于道在《科学》传播活动中的角色评析

卢于道,浙江鄞县(今宁波市鄞州区)人,中国近现代神经解剖学领域的开拓者(图 3-11)。在追求科学的道路上,卢于道先求学于东南大学,后赴美国芝加哥大学学习解剖学,获得哲学博士学位。在美留学期间,卢于道因成绩突出入选美国人类学会终身会员。在科学教育和研究的道路上,卢于道在 1930 年回国后,先后在上海医学院、中央研究院心理学研究所、湘雅医学院、复旦大学等任教。在科学社团的创立和组织上,卢于道于 1942—1943 年担任中国科学社代理总干事和《科学》编辑部长,1946 年参与并发起九三学社,当选九三学社监事。

图 3-11 卢于道
(1906—1985)

卢于道在代理《科学》编辑部长的两年期间,因为人员、经费和印刷条件等问题,《科学》只出版 14 期,分别是 1943 年出版的第 26 卷第 1 期、第 2 期,第 27 卷第 1~12 期。作为编辑部长的卢于道可以说是临危受命。以"卢于道"为关键词进行检索,卢于道在《科学》共发表文章 19 篇。最早的一篇是在 1925 年"赫胥黎纪念号"上发表的《赫胥黎与不可知论》(第 10 卷第 10 期)一文,文章探讨了科学与哲学的关系,并对休谟批判经验主义和孔德的实证主义作了介绍说明。

在 1943 年担任代理编辑部长之前,卢于道在《科学》发表文章 8 篇,主要是自身专业方面的研究成果,代表性的有《神经激素作用》(第 17 卷第 4 期)、《脑与行为》(第 18 卷第 8 期)、《纪念神经生理学家巴甫洛夫》(第 20 卷第 4 期)、《脊椎动物的脑》(第 21 卷第 5 期)、《关于研究试验用之白鼠问题》(第 25 卷第 3 期、第 4 期)等,其内容涉及生物科学的多个方面。其次为推进中国科学发展的建议,如《科学的文化建设》(第 19 卷第 5 期)、《二十年来之中国动物学》(第 20 卷第 1 期),建议国内动物学各专家应该通力合作,为中国科学的发展而研究,并致力于推进动物学科学普及。

1943 年担任编辑部长之后,卢于道发表 11 篇文章,主要包括三个方面的内容。一是社论和科学通论类的文章,对中国科学发展提出的具体建议和主张。代表性的有《两种科学》(第 27 卷第 1 期)、《欢迎国宾》(第 27 卷第 5 期、第 6 期)、《一个任务、一个领袖》(第 28 卷第 4 期)、《一种抗议》(第 30 卷第 4 期)等。其中,《欢迎国宾》一文是欢迎美国副总统访华所作,文章从科学与政治相互关系的角度,做出"政治求知识之用,科学求知识之理"的论断。从推进科学发展的具体实践角度,发表《工业建设与科学发明》(第 27 卷第 2 期)、《科学工作者急需社会意识》(第 29 卷第 5 期)等文章。二是关于科学组织建构和国际交流的文章。代表性的有《科学的国际组织》(第 27 卷第 4 期),论述了科学的国家性、国际性和政治性,对今天来讲无疑也有启发意义;此外还有《中国与国际科学合作事业》(第 28 卷第 2 期)、《研究组织的单位问题》(第 29 卷第 2 期)等文章。三是自身专业领域的研究文章。代表性的有《粮食与营养》(第 27 卷第 3 期)、《国内生理学》(第 30 卷第 1 期)等,在《科学》创刊 30 周年纪念文章中,发表了《三十年来国内的解剖学》(第 30 卷第 7 期),对中国解剖学的发展予以全面的回顾和总结。作为编辑部长,卢于道还积极组稿,共发表 25 篇科学通讯和新闻类文章,保障了困难时期《科学》的出版发行。

抗战时期,《科学》的发刊文章更多偏重于科学与抗战的主题,在传播上主动服务于抗战需要。在具体的科学传播和科学研究中,《科学》要求稿件必须做到理论与实践联系,应当关注社会现实,走现实性路线而摆脱学院性路线。《科学》传播的视角从注重科学内部转换到科学社会建构,标志着对推进科学发展的认识从科学本身走向与社会的结合,这似乎偏离了《科学》最初的创立者不问世事的传播初衷。但反过来看,这也是传播范式形成到传播危机反应后,在科学传播理念上认识的又一次深入。

3.2.5 "最后一任"编辑部长张孟闻在《科学》传播活动中的角色评析

张孟闻,浙江宁波人,中国近代著名的动物学家、教育家,中国生物科学史研究的奠基人(图 3-12)。在追求科学的学习道路上,张孟闻先在南京东南大学学习,后赴法国巴黎大学留学,获博士学位。在科学教学和研究中,张孟闻先后在浙江水产学校、北平大学农学院、南京中国科学社生物研究所、浙江大学、复旦大学任教或者工作。在科学传播活动中,张孟闻于1945—1949 年担任《科学》编辑部长,经历了抗战胜利、解放战争等多个阶段。

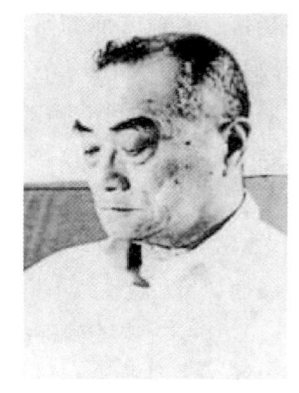

图 3-12 张孟闻
(1903—1993)

张孟闻任民国时期《科学》编辑部长期间,《科学》共计出版 42 期。关于张孟闻担任《科学》编辑部长的情况,在"科学消息"中的理事会消息中记载道:"本刊第二十八卷起,即由张先生负责编辑部长。"1945 年 1 月,张孟闻担任编辑部长后,重新建立《科学》的通信网络和编辑组织,并计划恢复按月出版的惯例。但是,实际情况是 1945 年仅出版 1 期(第 28 卷第 1 期),1946 年也仅仅出版了 5 期(第 28 卷第 2~6 期)。直到 1947—1949 年期间,《科学》才恢复正常出版,每年基本都出满 12 期。张孟闻时期的《科学》,文章选材上注重发表科学理论与应用类的专门研究文章,发刊内容更多地关注科学与政治领域,强调科学自由发展,提出反对政治干预科学的主张。为庆祝《科学》创刊 30 周年,也为了对中国近代科学发展做出阶段性的总结和回顾,张孟闻任内策划了 24 篇回顾中国各个学科发展回顾和未来建议的文章。

以"张孟闻"为关键词检索,张孟闻共在《科学》发表 13 篇文章。1945 担任编辑部长之前,张孟闻仅发表文章 5 篇。最早的是在 1927 年,《科学》连续发表《习得性之遗传》(第 12 卷第 5 期)和翻译文章《人类体质与智力之遗传》(第 12 卷第 5 期),以及《宜山蛇类记》(第 24 卷第 9 期)等专业性的研究成果。1945 年,张孟闻担任编辑部长后发表 8 篇文章。除了《青霉素述论》是其专业的研究论文外,其余 7 篇都侧重科学与社会的话题。代表性的有《原子能与科学界的责任》(第 29 卷第 1 期)、《科学社团的效能》(第 30 卷第 1 期)、《科学与政治》(第30卷第5期)、《科协团结起来》(第30卷第7期)、《欧洲研究组织的新动向》(第30卷第10期)[20]、《科学家的社会责任》(第31卷第1期)、《科学真理与政治教条》(第31卷第2期)等。其中,《科学与社会》(第31卷第5期)一文是为中国科学期刊协会年会作,张孟闻对中国近代科学期刊的定位、责任和意义进行了针对性的分析,指出在原子能时代的科学期刊,应该担负其为全人类谋福利的社会责任。

3.3 《科学》撰稿科学家(编辑)群体代表评析

据初步统计,《科学》(1915—1949)有作者大约有1 300人。随着科学传播活动的开展,这些人后来大多成长为中国近代最早的自然科学家群体。毫不夸张地说,近代中国几乎所有的老一辈科学家都与《科学》有过渊源。最著名的当数数学家华罗庚,因其在《科学》上发表《苏家驹之代数的五次方程解法不能成立之理由》等论文,最终成为中国近代最伟大的数学家之一,这段故事在社会上一度被传为佳话。笔者依据《科学》上发文数量和自身对传播活动的影响,综合考虑各学科的因素,选取胡明复、秉志、李俨等为代表加以研究评述。

3.3.1 胡明复在《科学》传播活动中的角色评析

胡明复,名达,字明复,江苏无锡县(今无锡市)人,《科学》和中国科学社的发起人之一(图3-13)。他1911年留学美国入康奈尔大学,1914年转入哈佛大学获得博士学位,是中国第一位数学博士。1917年回国后,胡明复先后在大同大学、南洋大学、东南大学等高校任教。1927年,胡明复在返回故里途中,不幸溺水,英年早逝。

图3-13 胡明复
(1891—1927)

胡明复作为《科学》和中国科学社的发起人之一,也是早期的主要撰稿人和编辑。据《科学》第13卷第6期"胡明复博士纪念专号"记载,胡明复共撰写论文47篇。从发表时间来看,文章大多是在1918年之前发表,也就说在留学期间撰写的。回国以后,胡明复基本忙于大同大学等高校的教职工作,以及《科学》文章校对等基础性工作,似乎已无暇再撰文。综合来看,这47篇文章主要分为以下三个方面。

一是探讨科学本质和观念类文章。代表性的有《科学方法论一：科学方法与精神之大概及其实用》（第 2 卷第 7 期）、《科学方法论二：科学之律例》（第 2 卷第 9 期）、《科学方法论三：几率论》（第 3 卷第 3 期）等，这些文章对科学精神、方法、定理等进行全面的阐述，特别是呼吁国人应该采用归纳、演绎等科学方法去探求获得知识，求得科学真理。在《近世科学的宇宙观》（第 1 卷第 3 期）中，胡明复把宇宙比作一个机器，提出要认识它应该先知其规则的论断。

二是关于科学基础理论知识和普及类的文章。如物理学方面有《万有引力之定律》（第 1 卷第 1 期）、《说伦得根射线（伦琴射线）》（第 1 卷第 7 期）、翻译《伦得根射线与结晶体之构造》（第 1 卷第 8 期）、《磁学上最近之学说》（第 2 卷第 10 期）；数学理论知识有《算学与科学中的地位》（第 1 卷第 2 期）、《近世纯粹几何学》（第 1 卷第 3 期、第 4 期）等。文章大多采用短小精悍形式，讲述科学的知识和道理。针对中国古人对天文、地理等自然现象存在的神话迷信观念，胡明复在《说虹》《潮汐》（第 2 卷第 1 期、第 2 期）、《彗星》（第 3 卷第 5 期、第 6 期）等文章中，运用西方科学理论讲述自然科学现象，注重将科学知识与社会大众的关切相结合。

三是科学的社会建构和科学教育文章。主要是翻译英国月报的《实业与欧战关系》（第 2 卷第 4 期）、翻译美国科学报的《教育之性质与本质》（第 1 卷第 6 期）等文章。

胡明复是早期《科学》和中国科学社的核心人物，不幸去世后，《科学》在第 13 卷第 6 期特辟"胡明复博士纪念专号"以示纪念。胡彬夏、马相伯、任鸿隽、胡适、杨铨、裘冲曼、胡卓等人，分别从不同的侧面，回忆了作为编辑、校对与出版为一身的胡明复为《科学》和中国科学发展做出的突出贡献。作为社长的任鸿隽在《悼胡明复》中写道："牛顿说过，我若是在学问知识上比别人略看得远一点，那是因为我站在长人肩膀上的缘故。倘若以明复的天才和训练，未能在科学上有显著的贡献，那是因为一般矮子带累的缘故。"[21] 对照科学家的社会角色来看，胡明复更多的是作为科学传播者的身份来参与《科学》的传播活动，其主要的目标是将西方近代科学知识和观念传入中国，为中国科学化的具体推进而努力，这与《科学》早期的传播宗旨和理念一脉相承。

3.3.2　秉志在《科学》传播活动中的角色评析

秉志，字农山，原名翟秉志，满族（图 3-14）。祖籍东北双城子，后迁河南开封，我国动物学科的主要奠基人。秉志于 1910 年在康奈尔大学学习，获哲学博士学位;1920年回国,先后在南京高等师范学校、东南大学、厦门大学、南京中央大学、复旦大学等高校任教;1922年,在南京创办我国第一个生物研究机构——中国科学社生物研究所并担任所长;1927年,创建北平静生生物调查所并任所长。中华人民共和国成立后,秉志先后担任复旦大学教授、中国科学院水生生物研究所和动物研究所研究员中国科学院学部委员等职务。

图 3-14 秉志
(1886—1965)

秉志作为《科学》和中国科学社的创始人之一,也是早期主要撰稿人和编辑。以"秉志"为关键词检索,在《科学》上共找到49篇文章。从发表时间上看,以1935年《科学》专业化办刊为界限,1915—1934年发表文章42篇,占比达到发刊量的八成以上;1935年以后仅发表7篇文章。综合来看,其文章的主要内容有以下几个方面。

一是科学知识普及类的文章。秉志从自己的专业理论知识入手,将生物学的各种最新科学知识传播到国内。主要有《达尔文动植畜养论》(第1卷第2期)、《昆虫发达论》(第2卷第2期)、《细胞分裂论》(第2卷第5期)、《说蚌》(第2卷第8期)、《虫害》(第2卷第6期)、翻译康奈尔农校《养马》(第3卷第2期)、《外斯曼事略》(第8卷第5期)、《赫胥黎传》(第10卷第10期)、《悼格林曼先生》(第21卷第8期)等。**二是科学思想类的文章。**秉志大力推进关于"天演论"思想的传播。代表性的有《动物与天演》(第6卷第7期)、《天演现象之窥测》(第9卷第12期)、《人类之天演》(第7卷第9期)、《人类天演之问题》(第15卷第4期)、《动物天演之一瞥》(第18卷第5期)、《动物之竞存》(第20卷第10期)、《生命之途径》(第29卷第11期)等。**三是科学研究成果类的文章。**关于生物学和中国生物学史的研究,主要有《古今生物学名人考》(第2卷第9期)、《辛西夏季采集动物标本记事》(第7卷第1期)、《倡设海滨生物实验所说》(第8卷第3期)、《长江下游动物之分布》(第18卷第2期)、《国内生物科学(分学类)近年来之进展》(第18卷第3期)、《关于药材蛀虫之研究》(第30卷第1期)。在《生物学发达史略》(第17卷第4期)中,秉志认为应将哲学家亚里士多德追认为现代生物学的始祖。**四是科学教育类思想的文章。**代表性的有《生物学与女子教育》(第7卷第11期)、《生物学与大学教育》(第11卷第2期)、《科学与女子教育》(第18卷第6期)、《理想之大学教育》(第30卷第9期)等。在《自然学之价值与方法》(第7卷第1期)中,秉志指出,自然学之利儿童如是也,则需研究方法,注重观测、比较、演绎、证实等环节,学习欧美科学教育方法,培养中国儿童之天性。**五是论述科学社会功能的文章。**秉志在对达尔文进化论的长期研究中,提出人类作为动物的一种,进化论思想可以作为一种科学方法应用到科学社会学领域的主张。其相关文章有《生物学与社会学之关系》(第 6 卷第 10 期)、《生物学与民生问题》(第 21 卷第 7 期)、《动物学与人生》(第 17 卷第 5 期)等。

1933—1935 年,面对国家和民族的危局,秉志连续撰写《科学与国力》(第 16 卷第 7 期)、《科学在中国的未来》(第 18 卷第 3 期)、《科学与民族复兴》(第 19 卷第 3 期)等文章,呼吁民众改变对科学冷淡的态度,大力提倡科学"正德利用厚生"之社会功能,为推进中国科学化和科学中国化的进程而呐喊。总的来看,秉志在《科学》的传播活动中,不论是生物学知识的传播和科学研究的开展,还是科学教育的提倡,都基本围绕其科学家角色的本质特征来开展。当科学家角色确立之后,秉志的科学传播理念开始以中国科学化和科学中国化的视角,开展专门和针对性的研究,着力实现其"科学救国"的最初理想。

3.3.3 李俨在《科学》传播活动中的角色评析

李俨,福建福州人,中国古代数学史研究专家,中国科学史事业的开拓者(图 3-15)。1912 年,李俨进入唐山路矿学堂(现西南交通大学)土木工程科学习,毕业后一直在陇海铁路从事具体工作。因对中国古代数学史研究具有突出贡献,1955 年,李俨担任中国科学院历史研究所一级研究员,同年,当选为中国科学院哲学社会科学部学部委员。1957 年,任中国科学院自然科学史研究室(自然科学史研究所前身)首任主任。

图 3-15 李俨
(1892—1963)

学者严敦杰将李俨对数学史的研究分为三个时期:"1915—1931 年为第一个时期,在《科学》上发表的中算史论文,奠定了中国数学史研究的基础。1931 年到中华人民共和国成立前,主要是整理数学教育制度史,收集印度历算与中国历算关系的史料以及关于数学书目的研究。1949—1962 年是第三个时期,主要撰写中国数学史普及类的文章并研究日本数学史。"[22] *严敦杰将李俨为代表的同时代的数学史家,对中国算学的研究和对中国数学历史发展所做的工作称为奠定基础的工作。*

以"李俨"为关键词检索可知,李俨在《科学》共发表文章 40 篇。按时间来划分,1915—1939 年发表 35 篇。代表性论文有《三角公式之几何证法》(第 4 卷第 7 期)、《对数之发明及其东来》(第 12 卷第 2 期)、《三角术及三角函数之东来》(第 12 卷第 10 期)、《明清算家之割圆术研究》(第 12 卷第 11 期)、《中算史之工作》(第 13 卷第 6 期)、《二十年来中算史料之发现》(第 17 卷第 1 期)、《唐宋元明数学教育制度》(第 17 卷第 10 期)、《中国算学略史》(第 18 卷第 9 期)等。其余文章大都是刊载其所藏《中国算学史目录》(第 5 卷第 4 期、第 5 期;第 10 卷第 4 期)的相关整理文章。1939 年以后,李俨发表《章用君修治中国算学史轶事》(第 24 卷第 11 期)、《上古中算史》(第 27 卷第 9～12 期)、《三十年来之中国算学史》(第 29 卷第 4 期)、《中算家之圆锥曲线说》(第 29 卷第 4 期)、《西北交通》(第 27 卷第 5 期、第 6 期)等 5 篇文章。现在看来,这 5 篇文章似乎只有《西北交通》一文体现了李俨作为一个"交通人"的本职工作,其余应该是作为业余爱好的"数学史家"的研究成果。

据捷克布拉格大学胡吉瑞研究表明:"经茅以升的推荐,李俨、钱宝琮将自己的研究成果在《科学》发表。1915—1939 年在《科学》发表的中国数学史文章,占全国这方面论文的 20%。"[23]在中国数学史的具体研究中,李俨通过《科学》的传播活动不仅改变了自己的职业生涯,也确立了自身科学家角色的社会地位和价值,同时也确立了《科学》本身引领的中国科学史研究的开创性地位。这是体现《科学》传播活动显著成效的另一个典型案例。

3.4　小结:多元化传播主体的形成与"精神特质"

《科学》的传播主体主要是中国科学社社员群体。在中国科学社发起之初,在"缘起"上签名的不过 9 人,1914 年底,中国科学社社员已经发展到 35 人,到 1949 年底更是达到了 3 776 人,35 年间增长了 108 倍之多。从中国科学社社员群体的社会角色来看,涵盖了科学家、革命家、政治家、实业家、教育家、思想家等社会方方面面的人士,同时还包括为数不多的外籍科学工作者。

通过上文对《科学》传播活动的组织管理层、编辑部长群体、撰稿科学家群体的社会角色形成与分析来看,《科学》的传播活动不仅仅是留美学生、自然科学家的事情,还是政治家、实业家、教育家,甚至普通民众等一切社会力量共同努力推进的结果。在推进科学传播的过程中,《科学》多元化的传播主体分别从不同的方面促进了不同阶段的传播宗旨和理念的实现。有学者从中国近代科学文化的角度指出："中国近代科学的中国化过程起变革性的作用的事件主要不是由自然科学家发动和完成的,而是由一些具有自然科学倾向的思想家、政治家、教育家和社会科学家起到了至关重要的作用,如严复、蔡元培、胡适、陈独秀、任鸿隽等人。甚至,我们可以说,中国近代科学发展的主要动力是来自中国社会内部一批以崇信、传播、实践科学为主要任务的知识分子完成的。"[24]

但我们也应该看到,在推进中国科学化和科学中国化的传播活动中,这些多元化传播主体的社会角色大多经历了一个转变过程。他们大多借助《科学》的传播平台,在早期通过对科学的传播和观念的表达,在社会上获得了科学家社会角色的认可和确立,随后则致力于科学教育和研究、科学社团和机构的创立等工作,这中间经历了一个新旧交替的传播过程。特别是伴随着科学权威的形成和社会地位的确立,以及《科学》在科学界和社会中的声名鹊起,早期传播主体的角色和地位也普遍经历了从科学传播、科学教育到科学研究、科学管理和评议者的社会角色变迁。

这种社会角色的变迁从《科学》发刊的时间来看,以 1927 年南京国民政府的成立为一个明显的分水岭。任鸿隽、杨铨、侯德榜、胡明复等早期组织管理者群体、编辑部长和撰稿者群体的大量的科学传播类文章大多在这之前发表。这个时期,正是《科学》传播观念表达、范式形成的关键阶段,由于《科学》的中国科学社社员、编辑和作者群体合一的传播特征,需要各社员群体积极撰稿和写作,来保证科学传播活动的正常开展。1927 年以后,随着中国科学化和科学中国化的深入开展,科学教育和科学研究体制日趋完善,科学社团与组织日渐增多,科学交流的渠道与平台不断开辟,科学名词术语的审定和科学评议与奖励系统等日渐形成。伴随着中国近代第一批科学家群体的真正形成,作为引领科学传播之先的《科学》,在具体的科学传播范围上也越来越多向大众、社会延伸,并以解决中国社会的实际问题为发刊目标,致力于推进中国科学事业的进一步发展。

3.4.1 职业自然科学家群体社会角色的形成

科学家应该是有社会职业的,他必然属于社会各个系统的一员,如果他想脱离社会系统以求超越社会的纯正的知识,那么他的生活即成为问题,换言之他必然成为无业的游民。[25]职业自然科学家群体在中国的形成和社会地位的确立,在近代中国经历了一个逐渐发展的过程。正是《科学》和中国科学社的科学传播活动,诞生了中国第一批科学家和科学家团体。

按照弗洛里安·兹纳涅茨基(Florian Znaniecki)的界定,科学家社会角色应包括社会结构的形成和社会地位的确立。只有在科学教育体系、科研机构、科学社团与科学交流体系等方面有了较为充分发展的基础上,科学家社会角色才会形成。具体内涵应包括四个方面:科学家共同体的形成;科学家社会角色自我意识的形成,包括遵守相应的行为规范,树立科学"求真"的价值观念等;以及科学家具有区别于其他角色的社会地位及职业特色;科学家须向科学共同体提交获取科学共同体认同的科研成果等。[26]

传统的中国社会士大夫阶层是一个高度一体化的社会机构,内部并没有明确的角色分工,"修身齐家治国平天下"的社会理想似乎也不需要太多专业性的约束。在科学刚刚传入中国之时,对这些研究"格致"之人在社会中的角色也是作为工匠技艺之人来划分。就是在清末推行的新政中,相关的科学技术人才最后也是授予"举人""进士"的头衔。一些今天被公认为的科学家,如詹天佑学成回国后取得重大成就被授予"五品顶戴",地质学家丁文江被授予"格致科进士"。直到1912年民国成立初期,也基本没有人认为他们是科学家,社会上也并没有觉得科学家与其他职业有何本质的不同。

据研究,最早将"科学家(scientist)"一词引入中国并逐渐诠释其含义的当属《科学》。1915年,《科学》发刊词中写道:"使非科学家如加里雷倭者(Galileo,今译伽利略),本其好真之心,行其求是之志。"这里将伽利略称为科学家,并以正面的社会价值意义来说明科学家在社会上具有开创性的意义。实际上,在同一时期的西方科学界似乎对"科学家"这个词语的运用还存在着不同的意见,某种程度上并不是一个特别受人尊重的词语。突出表现在1924年11月29日,物理学家诺曼·R·康贝尔(Norman R. Comber)给英国科学杂志《自然》的信中说道,恳请杂志放弃使用"科学人(man of science)"和"科学工作者(scientific worker)"的术语,转而采用"科学家(scientist)"一词。《自然》并不是当时唯一一家官方拒绝采用"科学家"一词的机构,英国伦敦皇家学会、英国科学促进协会、英国皇家协会和剑桥大学出版社都拒绝采用"科学家"一词。[27]一直到20世纪40年代以后,西方科学界才将专职从事自然科学职业的"科学家(scientist)"一词在欧洲传播开来,并将自然科学家定义为:"研究自然的人,他不研究上帝和人。他使用的智力工具是数学、测量和实验,而不依靠权威的解释和思辨与灵感。他认为当时的科学状况在将来会被不断改进,而不认为科学知识会止于过去黄金时代的标准之下。……在尊严方面他享有传统的哲学家、神学家和文学家的同等地位,在实用性方面他比这些传统角色优越。"[28]

从科学家的定义和社会角色来看,科学家是一批采用科学方法、创造科学知识、实现自身价值的人。因此,科学家在社会中的地位应该比其他职业较为优越,这应该是科学家的社会价值和内涵所在。但是,只引入科学家的名称还是不行的,还需要让国人知道科学家的内涵和作用。《科学》在创刊之初就非常重视传播科学家的重大社会作用。1915 年,任鸿隽发表《科学家人数与一国文化之关系》(第 1 卷第 5 期)一文,大力鼓吹科学家在社会文化发展中的作用和价值,得出"科学家人数之多寡,为其国文化之标识"的真知灼见,进而做出"欲富强其国,先制造科学家是也"的前瞻性论断。1919 年,任鸿隽在回国发展之初,在《何为科学家》(第 4 卷第 10 期)一文中,指出国人对科学家存在的三种误解:"第一是说科学这东西,是一种玩把戏,变戏法,无中可以生有,不可能的变为可能,讲起来是五花八门,但是于我们生活上面,是没有关系的。第二种是说科学这个东西,是一个文章上的特别题目,没有什么实际作用。第三种是说科学这个东西,就是物质主义,就是功利主义,所以要讲究兴实业的,不可不讲求科学。"最后,他指出:"他们看见的科学既错了,自然他们意想的科学家,也是没有不错的。"在分析之后,他将科学家定义为"是个讲事实学问,以发明未知之理为目的的人。"[29]

这里,任鸿隽将科学家定义为"讲求事实学问,以求真知"的人,将科学家对真理的追求价值作为根本,与普通大众认为的"做几篇文章论一下科学方法、科学价值、科学精神,再经一班朋友吹嘘吹嘘,便可成了科学家"[30]的认识,在观念上有着本质的不同。任鸿隽认为这种人最多不过是科学的宣传与鼓动者而已,根本不是真正的科学家。为了说明科学家的不同之处,任鸿隽还对科学家与实业家、发明家的关系进行了全面的阐述。他认为三者之间虽然不是一物,却实在有相依相靠的关系,并举例说明他们之间的区别,指出我们现在承认法拉第、瓦特等是科学家,也一样承认爱迪生、史荻芬生(今译斯蒂芬孙)等也是科学家。因为如果没有法拉第、瓦特两个科学家,是否有爱迪生、史荻芬生这两个科学家,这应该是一个问题。若每一个人都从应用上去看科学,科学自然就不会有发达的希望。所以,我们不要买椟还珠,因为崇拜实业家就把科学家搁在脑后了。在科学家的社会角色认知上,任鸿隽将科学家提到了与政治家、实业家并驾齐驱的社会地位,这在传统的中国社会中是不可想象的。这与现代对科学家社会角色的内涵、职业定位、社会角色几乎一致,体现了任鸿隽对科学家社会角色认识的前瞻性。

科学家作为中国社会的一个全新主体,仅仅在职业区分上不同于一般的社会角色,譬如有自己的工作场所(实验室、科研所或大自然)和工作目标(进行科学研究)还是远远不够的,更重要的是科学家应具有"理性"和"怀疑一切"的精神特质和思维内涵,他们应清醒意识到科学家是以追求和发现"科学真理"为唯一目标的人。伴随着科学家社会角色在中国社会的形成,后期《科学》的传播主体大多以"科学家"这一社会角色的角度在科学教育和研究中尽职尽责,并且主动担当社会责任,在抗战救国和科学建国期间发表文章,并开展有针对性的科学研究,为服务抗战和民族复兴做出应有的贡献。本着科学与民主并举的科学传播理念,后期《科学》传播主体也将争取民主、呼吁稳定的科研环境作为科学家社会角色的主要职责。

从科学家担当的社会角色视角来看,《科学》的组织管理者群体和编辑部长、撰稿者群体,在科学传播的推进过程中,由于社会角色和责任的不同,也决定了他们参与方式的不同。组织管理者群体关注的焦点主要在于推进科学本质观念的传播,在科研成果上则不多取得成就。在传播范式形成和确立后,他们开始推进具体的科学实践过程,主要为推进科学研究、科学教育、科学体制建构提供保障,发挥连接传播实践内部和外部的桥梁作用。特别是其中的仲社员、赞助社员、名誉社员和团体社员,他们出于赞助中国科学事业发展的考虑,并不具体参与传播活动,主要目的是为科学家群体争取权利和地位,为科学传播活动营造一个良好的生存空间,帮助社会更加清楚地认识和了解科学家工作的社会意义。编辑部长和撰稿者群体作为传播活动内部的实践者,通过传播科学的真谛,主张用科学的精神改造国人的素质,用科学的方法改造国人的思维,用科学的应用改造中国社会,最终实现救国目标。他们在推进《科学》传播活动的同时,以专门的科学传播、科学教育和研究为职业,致力于推进中国近代原创性的科学研究成果的发表。今天看来,《科学》刊发的这些原创性成果承载着他们对中国科学发展过程的诸多思考和解决方案,伴随着传播活动的深入开展,他们中的不少人最后成为中国现代科学各个领域的早期开拓者和奠基人,其传播活动也为近代科学在中国的确立打下了坚实的基础。

3.4.2 多元化传播主体的"精神特征"

价值观是根植于情感之中的,不可避免地与行动联系在一起的。[31]可以说,人类传播活动发生的过程也是价值观不断展现的过程。默顿认为,科学的精神特质是指约束科学家的有情感色彩的价值观和规范的综合体。[32]中国传统知识分子以"天下为己任"的历史责任感,使他们认定科学是救国的真理和良策。在他们心里,科学已经成为一种不言自明的信仰。他们是把传播科学、向民众普及科学、推进科学研究当作自己义不容辞的历史责任。这种先验的价值预设和追求使《科学》的传播活动呈现出最为鲜明的精神特质。《科学》传播活动正是在这种精神特质的主导下,多元化的传播主体逐渐把科学确立为一种在社会上受人尊重的事业,从而推动科学家成为一种受人尊重和敬仰的社会职业。

但科学和科学家精神特质的形成在中国社会也是逐步完成的。只有当科学得到充分发展以及科学的社会功能和价值得以充分发挥后,科学家所具有的精神特质才开始逐渐成为社会讨论的中心话题。最早从科学研究具有的精神角度,探讨科学家应该具有精神特质的是竺可桢。1934 年,他在《科学研究的精神》一文中,从中国传统价值观中挖掘资源,认为科学家首先应具有的科学精神是中国传统知识分子所具有的"富贵不能淫,贫贱不能移,威武不能屈"的高尚品格。[33]他指出科学家应该具有的科学态度是:一方面不要盲目跟风,另一方面也不能主观臆断,一无成见;而是要实事求是,求真务实,不能苟且平衡,应该坚持真理毫不动摇。随后,杨钟健则在《科学家是怎样养成的? 纪念葛利普先生逝世二周年》一文中,从培养出科学大师应当具备三个方面的素质入手,认为科学家应该具有三个方面的精神特质:"第一是在精神文化方面的要求。要具备高尚的人文素养,要有崇高的理想,勇于探索真理,以发展科学,造福人类为己任,不能有私心杂念,更不能有浮躁、独断和虚伪。对新进青年,能够毫不保留地教授,也能倾其所有地指导,鼓励新进青年勇于进取,创造更多的成就。一个伟大的科学家,不仅学问渊博,智慧过人,令人敬仰,更重要的是一个伟大的做人模范。第二是要重视科学的具体工作。科学工作要实事求是,反映实际。科学工作需要严谨,一丝不苟。不容许弄虚作假,主观臆断。第三要做到科学无国界的思想。科学大师是要具有世界性。科学是世界的,科学上的问题,是对真理的追求,科学上的交流,只有在世界范围内无障碍的交流,才能实现效率的最大化和科学成果的价值最大化。因此,对科学真理的追求,需要世界范围内的交流和研究。"[34]杨钟健从科学精神、科学研究和科学国际交流三个方面,论述科学家对于真理的追求过程中应该秉持的精神态度。

科学家除自身社会角色应具有的精神特质外,还应承担相应的伦理责任和社会义务。1944 年,在全面抗战胜利前夕,卢于道在《两种科学》一文中,呼吁在抗战建国过程中,中国 5 万科学家和技术家,应当尽他们的力量,发出为建立中华人民共和国而不断努力的呼声。随后,他在《科学工作者急需社会意识》中写道:"科学家应该有独立的人格,但不能独立的工作。现代科学的发展需要合作和政府来引导支持,才能找到科学家存在的意义。"张孟闻则在《科学家的社会责任》一文中,指出"现在应该是科学家个人和集团考虑'正常生活'的伦理问题时候了"。他认为一个科学家的研究成果,可以把权力更加集中在少数执政党手中,而且可能使军队有更强大的工具去摧毁生命。所以科学家是应该要有一定的社会责任感的。张孟闻认为面对原子武器战争之世界,科学界应该有伦理的观点和职业上的公约,科学工作者本身应有其社会伦理的道义责任,宣誓不助纣为虐以残杀人类,不做伤天害理之事,不应该为自己传统成见或教条主义所局限,而应推展到一切有关人类社会的祸福大端上去。最后他列出了科学家的三条基本道义:"第一,科学工作者必须为人类服务。科学工作者的任务在于运用科学的力量造福人类;第二,科学工作者必须反对使用科学成果缩减人类幸福,尤其是运用科学残害人类的黑暗势力;第三,科协不能只做普通的职业团体,应该与人民的关系更为亲切,责任也更重大。"[35]

综上,《科学》多元化传播主体的社会角色应该具有的"精神特质",首先表现为中国传统价值的爱国主义情怀,在爱国主义的大前提下,具体体现为"追求客观真理、承担社会责任、秉持公有性和无私利性"等精神特征。其中,追求客观真理对传播的科学知识来说,应该秉持知识客观性的标准;承担社会责任是对传播主体个人品质的伦理要求;秉持公有性和无私利性是指科学知识需要得到科学家和社会公众的最终确认,需要得到社会的承认并实现社会的价值。正是在这样的精神特质影响下,以自然科学家为主的《科学》传播主体深刻地影响着《科学》传播活动的理念形成和演进路径。在下一章将对此全面展开论述。

参 考 文 献

[1] 徐吉.中国科学社与江苏.盐城师范学院学报,2005,25(2):81.
[2] 范铁权.体制与观念的现代转型——中国科学社与中国的科学文化.北京:人民出版社,2005:109-110.
[3] 樊洪业,潘涛,王勇忠.任鸿隽卷.北京:中国人民大学出版社,2015:1-6.
[4] 任鸿隽.论学.科学,1916,2(5):490-491.
[5] 江晓原.重寻旧梦意如何?——读《任鸿隽文存》.科学时报·读书周刊,2002.
[6] 张剑.丁文江与中国科学社.科学,2015,67(3):8-12.

[7] 齐玉东."稀有人物"丁文江.钟山风雨,2015,2:28.
[8] 编者.翁文灏——中国第一个地质学博士.西部资源,2011,5:27.
[9] 张剑.中国近代科学和科学体制化.成都:四川人民出版社,2008:72.
[10] 朱维铮.马相伯集.上海:复旦大学出版社,1996:1107.
[11] 李华兴,吴嘉勋编.梁启超选集.上海:上海人民出版社,1984:24-25.
[12] 张君劢,丁文江等.科学与人生观.济南:山东人民出版社,1997:12.
[13] 李泽厚.中国近代思想史论.北京:人民出版社,1979:423.
[14] 杨铨.社会科学与近代文明.科学,1923,8(6):591.
[15] 王琎.发刊词.科学,1932,16(10):1-2.
[16] 刘咸.科学今后之动向.科学,1935,19(1):4.
[17] 刘咸.科学今后之动向.科学,1935,19(1):1-4.
[18] 刘咸.科学与迷信.科学,1937,21(5):350.
[19] 刘咸.公开科学图书之利益.科学,1936,20(5):339.
[20]《科协团结起来》一文是"工业与科学座谈会纪要"的发言记录;《欧洲研究组织的新动向》一文为钱三强讲演,张孟闻整理所得.
[21] 任鸿隽.悼胡明复.科学,1928,13(6):826.
[22] 严敦杰.李俨与数学史——纪念李俨先生诞辰九十周年[A].科学史集刊·第11集.北京:地质出版社,1948:1-5.
[23] 胡吉瑞.发扬国粹:中国科学社与早期中国数学史研究.自然辩证法通讯,2016,38(3):5.
[24] 谢清果.中国科学文化与科学传播研究.厦门:厦门大学出版社,2011:299.
[25] 卢于道.科学概论.上海:中国文化服务社,1946:290.
[26] 弗·兹纳涅茨基.知识人的社会角色.郑斌详译.北京:译林出版社,2000:8-16.
[27] 梅琳达·鲍德温.铸造《自然》:顶级科学杂志的演进历程.黎雪清译.重庆:重庆大学出版社,2018:7.
[28] 约瑟夫·本·戴维.科学家在社会中的角色.赵佳苓译.成都:四川人民出版社,1988:331.
[29] 任鸿隽.何为科学家.科学,1919,4(10):917-922.
[30] 汪敬熙.论中国今日之科学杂志.独立评论,19,1932.9.18.转引自张剑.中国近代科学和科学体制化.成都:四川人民出版社,2008:486.
[31] R·K·默顿.科学社会学(上册).鲁晓东,等译.北京:商务印书馆,2003:117.
[32] R·K·默顿.科学社会学(上册).鲁晓东,等译.北京:商务印书馆,2003:361.
[33] 竺可桢.科学研究的精神.科学,1934,18(1):3-4.
[34] 杨钟健.科学家是怎样养成的?纪念葛利普先生逝世二周年.科学,1948,30(3):67-69.
[35] 张孟闻.科学家的社会责任.科学,1949,31(1):1-2.

第4章
《科学》传播理念的形成与演进

科学传播活动在社会的出现和发展,不仅是科学本质结构——科学知识可检验性的要求,更是科学社会结构——科学需要得到社会认可和良好发展环境的要求。科学传播理念作为科学传播活动的核心和灵魂,是推进科学传播活动得以实现的思想基础和价值标准。《科学》从传播活动之初,就从中国传统"格物致知、利用厚生"的价值出发,把科学的"求真致用"价值与传播的"真善美"价值相统一起来,升华为"求真致用"这个科学传播的根本理念,目的是通过对科学"真理"的追求和传播,达到"止于至善"的价值标准。其中,"求真"是从科学的内涵和方法来讲,主要指科学精神、科学方法和科学态度的运用;"致用"是从科学的实践和运用范畴来讲,主要指科学在改造自然、人生和社会的巨大价值功能。

从《科学》传播活动本身来看,多元化传播主体在"求真致用"传播宗旨和理念的指引下,从议程设置的视角来分析,在具体的编辑形式上体现的是栏目体裁的创设、变更和探索;在文章内容上,体现的是内容编排、选取和组织。在传播理念的现实演进中,从社会大众传播视角来分析,"求真"理念推进了对科学本质结构和思想观念认识的深化;"致用"理念推进了科学社会建构的确立和形成,即中国科学化和科学中国化的实践深化。两种理念互为支撑,共同推进《科学》传播活动的有效开展。

4.1 理念与科学传播理念

4.1.1 理念

理念是柏拉图哲学思想的核心概念。柏拉图认为:"吾人目见事物之相同相等,如此片木等于彼片木,此块石之同于彼块石,及其他,而后加以抽象,另外成一种义理。"[1]这里的义理即理念。可见,理念来源于现实的具体万物之间,又与可见的、变化的具体万物不同,是从具体万物上升到抽象之后的一种真实的存在。柏拉图还认为,一切事物,包括抽象的真、善、美等,都应该有一个标准事物,每一个具体的事物都是根据这个标准事物产生出来的,这个标准事物就是"理念"。

从社会存在出发,柏拉图指出,理念世界的最高层级就是"善","善"是整个理念世界的内在本质。从认识论角度分析,"善"作为世界的内在本质,是其他一切事物存在的最后依据。从本体论角度分析,"善"是最大、最完美的永恒存在。从目的论角度分析,"善"是至大、至全、至美的存在,以至于任何灵魂都不能观照到整个的"善",灵魂之眼只能观照到被"善"的真理之光所普照的理念,亦即只能观照到"善"的部分,而不能观照到"善"的整体。[2]所以说,"善"作为理念本身就是存在的原因,它既是目的,也是手段,是本体论、认识论和价值论的相互统一体。

可见世界中的每一类事物都有一个理念,这许许多多的理念构成一个理念世界。理念世界可以看作是我们这个现实世界的根据、原型,可见世界则是理念世界的翻版、拷贝。理念世界是作为可见世界的一种参照、模范的目标和榜样而存在的,是评价可见世界中一个事物是否合理、是否优良、是否完善的价值标准,是属于纯粹的、抽象的、形而上的精神领域范畴。要认识理念世界,就需要通过人的思维活动,从可见世界中不断抽象出一种形而上的认识境界。同时人类对理念世界的认识存在着一定的层级,那些在可见世界里经过感官经验觉察的存在,并经过多次修正之后的知识,可以称为信念。比信念更高一层次的是理念,理念则是通过人的纯粹的思维活动,将可见世界的万事万物的一般性特征,剥离出来形成的"形而上"的认识境界。理念世界是各种形而上的认识所形成的境界,是人的认识的最高级形态,是所有思想及其有机联系的总纲领,是"真理存在"的世界。

但是,作为认识本体的理念在理性的思考下也存在着不可调和的矛盾。首先,作为人的理性的产物,既然每一类事物都有一个理念,那么这么多理念是否可以重叠或者融合?既然理念都是善的,那么两个不同的理念的善,在重合或者融合之后是否一定会产生一个更大的善?两个不同的理念的善之间是否会产生冲突?如果有了冲突,是不是违背了最初的理念善的本质?在持续的反思和诘问中,最后连"理念"的创造者柏拉图也不得不指出,两个理念或者多个理念之间是可以融合、重叠或者分离的。综上,这是本书讨论和使用的"理念"概念的基本内涵。

4.1.2 科学传播理念

"科学"和"传播"是科学传播的两条腿,既要重视科学传播的内容,又要了解科学传播的机制,并把两者结合起来,这应当是科学传播研究的方向。[3]从理念世界的构成来看,科学传播理念是把科学"理念"与传播"理念"相结合之后,从而形成的对科学传播活动认识的最高级形态,但其具体的形式仍要在科学传播活动中来体现。从科学与传播理念分离的角度来看,科学作为科学传播活动的内容和工具,传播作为科学传播活动的方式和载体,两者共同承担着将科学传播活动推向"真善美"这个最高价值标准的使命。可以说,科学传播理念是科学传播活动最本质的内涵、最根本的存在和最高的价值标准,是科学传播观念在可见世界的最具体的体现。

科学"理念",某种程度上可以看作是科学知识的理念,因为知识来源于人的纯粹的思维活动。其中,科学知识所能带来的最大的"善",是科学在可见世界中所具有的真理的表征。由这个论题出发,在理念世界中,科学知识本身就是善的,用来获取科学知识的方法和精神也应该是善的。在可见世界中,科学的社会功能和价值也应该是善的统一。照这样来看,科学知识理念是科学本体论、认识论和价值论的统一体。科学知识理念在现实世界的观照与反映,导致在可见世界中形成了对科学认识的多个维度。从科学知识视角来看,科学是一种系统化、理论化的知识体系,是确证的、客观的知识体系。从科学文化视角来看,科学是一种观念、方法和精神,是人类思想的具体产物。从科学社会实践视角来看,科学是作为科学发明、科学教育、科学研究和科学社会建构等社会力量和机构的真实存在。

传播归根结底是人的行为,其理念观照于人的传播实践活动之中,也就是说人的本身行为、目的和方式都应该是善的存在。科学传播作为社会实践活动的本质属性特征,实际上是将人的传播理念具有的最大的"善",与科学理念具有的"真善美"一体的价值一道,共同推进形成了科学传播理念"真善美"的价值选择。具体到可见世界来看,人们从事科学传播活动的目的是推进科学在社会上地位的确立和功能作用的发挥。一般来说,包括科学知识普及、科学观念确立、科学精神培育、科学方法训练、科学教育开展、科学研究推进、科学社会机构形成等多个方面。在中国近代科学传播活动中,传播主体需要推进科学从单一的知识和思想到科学社会文化的转变，从科学界本身要求到整个社会必需品的转变，从科学家个人的职责到科学共同体职责的转变。因此，在中国近代科学传播活动的过程中，存在着一个科学知识理念与人的传播理念之间的互动和调整的过程。

据此，从科学传播理念观照《科学》的科学传播活动，多元化的传播主体将科学知识作为理念世界的"真理"，挖掘"正德利用厚生"的社会价值，在传播活动中形成了"真善美"的价值需求，共同推进了科学传播活动的开展。这种科学传播理念的融合和统一，在理念世界中是作为一种观念而存在的，在具体的社会实践中则是通过对科学知识"真"的追求，达到"善"的价值，实现"美"的境界，即与《科学》提出的"正德利用厚生"的社会价值目标相一致的。从科学传播活动在可见世界的现实实现来看，当科学知识理念的"真善美"与人的传播理念的"善"相统一时，科学传播活动就可以正常地开展；当两者相矛盾或者分离时，科学传播活动就陷入停滞或者消亡。

4.2 《科学》"求真致用"的提出和演进

4.2.1 《科学》"求真致用"的传统价值源泉

科学传播理念取决于造就它存在的传播主体的社会文化等意识形态的影响，这是不容置疑的。《科学》"求真致用"科学传播理念同样也与传播主体所具有的思想背景密不可分。早期的中国科学社社员大多都有着相似的特征，大多是生在书香门第、接触过西学。[4] 在《科学》传播主体身上，中国传统文化的根基是科学传播理念的价值源泉之一。

早在1914年6月，在科学社创立之初发布的招股公告中就提出："本社发起《科学》（Science），以提倡科学，鼓吹实业，审定名词，传播知识为宗旨。"[5] 明确提出将传播科学知识作为自己的宗旨和目标。科学知识所具有的"救国"的价值目标与《科学》传播主体的理想实现了有机统一，并最终提炼为中国科学社社徽中"格物致知，利用厚生"的八个大字，精炼地概括了自己的科学传播理念。

当西方近代科学在明末开始传入中国时，传教士利玛窦首先将中国传统文化中的"格致"概念与近代西方科学联系起来，他使用"格致"来代指西方近代科学，其传播视角是以中国传统文化本位观照西方科学思想进行针对性的诠释。"格物致知"简称"格知",最早出自《礼记·大学》之中,认为"古之欲明明德于天下者,先治其国;欲治其国者,先齐其家;欲齐其家者,先修其身;欲修其身者,先正其心;欲正其心者,先诚其意;欲诚其意者,先致其知;致知在格物,物格而后知至"。[6]对"格物致知"的解释以朱熹的论述最具代表性,他认为格物致知是一个事物的两个方面,格物是指事物本身所具有的"理",致知是指达到事物"理"的"心",格物是向外而求,致知是向内而求,内外结合才可达到对社会万物的规律性认识,即"理"的认识。但朱熹这里指的"理"是"通古今之变,究天人之际"的社会大道,是修身齐家治国平天下的心性之理,与西方近代科学所具有的对自然现象、物质认识的规律之"理"有着本质的区别。

随后,国人一直将"Science"译为"格致",代指西方科学,包含科学、技术、工艺等多个概念。直到19世纪末20世纪初,清政府在学堂中设立"格致学"一科,并将其含义定为自然科学。甲午战争后,经过严复等思想家的大力传播,"科学"一词最先开始在知识界大力推广起来,后经过蔡元培等人的积极响应,又迅速在社会中传播开来。但在随后的一段时间内,社会上一直存在着"科学"与"格致"并存使用的概念。一直到民国成立前后,"科学"一词才逐渐取代了"格致",[7]在中国社会取得了一致的认可。在中国传统文化体系中,"格致"的第一层含义是指"穷理"的方法和态度,体现的是一种精神追求;第二层含义是指最终得到"理"的知识,体现的是一种结果。可以说,"格物致知"具有"知识、方法、精神、态度"等多方面特征。近年来有学者研究指出,相比"科学"在中国传统中只具有"知识"范畴,将"Science"译作"格致"可能更加准确地体现其本身所具有的内涵和特征。[8]从这个角度理解,诞生于"五四"时期的《科学》和中国科学社,在"科学"一词已大为广播的时期,仍将"格物致知"作为办刊宗旨和理念,某种程度上体现出对科学本质观念的全面认识。

"利用厚生"最早见于《古文尚书·大禹谟》一书,是从治理天下之要道的角度出发阐述的一种社会理想。大禹曾建言说:"德惟善政,政在养民。水、火、金、木、土、谷,惟修。正德、利用、厚生,惟和。九功惟叙,九叙惟歌。戒之用休,董之用威,劝之以九歌,俾勿坏。"在《左传·文公七年》中,则把"正德、利用、厚生"统称为"三事",但对于"三事"的内涵,孔安国认为"正德以率下,利用以阜财,厚生以养民"。[9]对于"正德、利用、厚生"是否有顺序,以及什么顺序,古人认识也各不相同。孔颖达认为有其顺序,是正德为先,利用、厚生为后。苏轼则认为应以利用、厚生为先,正德为后。关于做好"三事"的原则,南宋蔡沈认为:"正德"是以端正人们的德行,"利用"是以便于人民使用,"厚生"是以满足人们的生存需要。从人的社会需求角度出发,"利用厚生"本质就是"求用",就是通过科学的实践运用,达到社会发展,人民生活美满的目标,这是从科学社会功能方面阐释具有的价值理念。

4.2.2 《科学》"求真致用"的科学价值源泉

当《科学》的传播主体从中国传统的价值观中寻找到有力的理论支持,并在"救国"的社会视角上达到统一之后,其自身传播活动就具有天然的道德力量和价值。"求真求用"或者说"求真致用"成为中国科学社先驱们的传播理念,也是他们向国内传播西方科学、发展中国科学的内在动力所在。

《科学》创刊前夕,国内各种思潮可以说风起云涌,在政治上,袁世凯正准备复辟称帝,辛亥革命的成果正在逐步消亡;在文化上,中国传统的孔教被定为国教。这种政治和文化上的双重倒退,是直接导致任鸿隽、杨铨等孙中山的追随者在科学救国上采取行动的直接诱因之一。[10]身在异邦的《科学》创始人们,始终念念不忘的仍是伟大的祖国,他们目的就是早日学有所成,用以回报自己的祖国。任鸿隽曾说道:"吾等当日向往西洋,千回百转,有不到黄河心不甘之概,固不在博士硕士头衔资格间也。"[11]在留学美国期间,正是这种爱国情怀推动他们克服困难、刻苦学习各种知识,积极参加社会实践,谋求各种救国之策。他们被西方科学技术和物质文明的迅猛发展深深刺激,把西方各国社会进步、经济发展的根本原因锁定在重视科学、发展科学上,进而在从内心里认同科学,在行动上践行科学。

对科学价值的无限信仰和崇拜是推进《科学》传播活动的内部因素。任鸿隽在《中国科学社社史简述》中讲道:"今试执途人而问以欧、美各邦声名文物之盛何由致乎?答者不待再思,必曰此科学之赐也。"为此,他认为紧要的第一步是要传播科学,广泛传播现代科学技术,这样中国才能强大,才能免遭外辱。在他们看来,科学不仅能够有益于生产制造,提高物质生活水平,而且有助于转变人们的思维方式,提升人们的思想道德境界,进而创造科学的社会。任鸿隽在《〈科学〉三十五年的回顾》中回顾道:"当三十余年前一般人还不了解科学究竟是什么东西的时候,我们不撢烦言的指陈科学的性质是怎样,科学智识和其他智识的差别在什么地方,这些正是合乎实际的主张。"[11]可以说,《科学》的传播主体正是看到科学本身具有的"求真致用"的价值属性和社会作用,才在传播活动中一再地阐释自己的科学传播理念。

1915年,《科学》创刊号的"发刊词"中,对办刊缘由和创刊宗旨及理念做了进一步的说明,认为"亲睹异邦文物之盛,日知所亡,坎然其不足也。引领东顾,眷然若有怀也。诚不自知其力之不副,则相与攫讲习之余暇,抽日月所得,著为是报,将以激荡求是之心,引发致用之理,令海内外好学之士,欲有所教于同人者,得所藉焉。是则,同人所私愿而社稷尸祝之者也"。[12]将"激荡求是之心,引发致用之理"的缘起,从理念的顺序角度出发,科学传播首先以纯粹的科学知识"求真"获得社会认可,进而生发出"致用"的社会价值。

1916年,为了更好地说明"求真"与"致用"并行的传播理念,中国科学社在以团体名义发出的"致留美同学书"中指出:"同学诸君足下:其宗旨在输入世界新知,并图吾国科学之发达,其事业在发刊杂志,译著书籍,建设图书馆,编订词典。科学杂志之发行,迄今将及两载,颇蒙海内外达者称许。书籍词典图书馆等事,亦正依次进行。"[13]这里将宗旨与目标更加明确为传播世界的新知识,目的是推进中国科学事业的发达。将求真的成果——科学知识作为基础,最终实现中国科学事业的发达。

1920年8月,黄昌榖在中国科学社讲演中,对历年来的科学传播活动进行反思后指出,科学在中国传播已经有20多年了,但我们并没有享受到科学的好处,究其原因在于我们初次引进的科学只是皮毛,没有涉及科学的根本精神。他认为科学精神有两个特征:"一是需根据事实,以求真理,不取虚设妄想以求论据,不放言高论,以为美谈。二是认定求知求用的宗旨,力行无倦。""所以本社极力提倡科学,正是中国救贫救病唯一的办法。"[14]黄昌榖从科学知识所具有的真理属性,延伸到提倡科学方法和科学精神的角度,来支撑科学传播活动"求真致用"的总体特征。

在中国科学化运动蓬勃开展的后期,王新命等十学者从建构中国本位文化的角度,主张对于西方文化应该采用"根据中国本位,采取批评态度,应用科学方法来检讨过去,把握现在,创造将来"的建议,提出应在"科学"的名义下,从传统哲学中挖掘"格物致知"的科学方法,来实现对社会、人生的改造。这里将"格物致知"再次提升为一种科学的观念和思想,与《科学》的"求真致用"的理念在方法论上具有一定的相通之处。

刘咸作为首个专职主编,在《中国科学社成立三十周年宣言》也回忆道"不惟本社以格物之致,利用厚生为共同努力之目标,以联络同志,研究学术,为达到目的之途径",再一次明确指出《科学》和中国科学社的传播宗旨和理念。直到1985年,《科学》最后一任主编张孟闻仍撰文指出:"当时在美国的几十个青年人,以发展科学、科学救国为宗旨结为团体,创办了这个刊物。其口号是'格物致知,利用厚生'。"[15]"格物致知、利用厚生"正是《科学》和中国科学社孜孜追求的用以实现自身传播目标和理想的价值追求。在这个理想和目标的感召下,《科学》把传播"整个"科学作为实施路径,将传播主体找到的"真理"——即世界最新的全面的科学知识和内容引入中国,包括科学方法、科学精神、科学建构等,其目的是致力于发展中国的科学事业,以达到"致用"的社会效果。

任鸿隽则在《中国科学社二十年之回顾》中说道"以为欲图科学进步,与其载之空言,不如见诸行",[16]对科学传播理念的致用层面给予明确的阐述。那个时代先进的知识分子,他们不仅是思想者,更是行动者。正是对"求真致用"科学传播理念的不断追求和坚定信仰,他们创办《科学》这个传播载体和平台,创办中国科学社这个交流科学知识和发表新作的社会组织,以中国传统"知行合一"的信念,不遗余力地传播整个科学,宣扬科学的社会价值和功能,意图用科学来改造国人思想,开民智,新民德,实现救国救民之目的。可以说,在《科学》传播实践中,传播作为科学知识的一种承载方式,在推进科学"正德利用厚生"社会功能发挥的同时,也推进了传播主体自身价值和意义的实现。从中国传统的"知行合一"到"求真致用","求真"是"知"的结果,"致用"是"行"的结果,科学的社会价值与中国传统价值实现了有机的统一和融合。

4.3 《科学》"求真致用"的表现形式

从传播议程设置的视角出发,《科学》的科学传播理念是通过刊物的内容编排和栏目体裁来体现的。《科学》传播主体设置的栏目体裁与内容编排,应该是科学在近代中国社会发展某一时期内的"关键词"和"兴趣中心",是科学知识发展和科学在社会发展领域内的焦点和热点问题。他们体现着科学知识在社会传播中关注中心的转移和社会兴趣的转移,是科学知识自身发展和社会结构在社会变迁的一种外在表现形式。

4.3.1 《科学》内容的编排:科学名词本质观念的变迁

1915年,《科学》在创刊号的例言中对登载的内容做了说明,指出"科学门类繁赜,本无轻重轩轾可言。本杂志文字由同人分门担任,今为编辑便利起见,略分次第如下:一、通论;二、物质科学及其应用;三、自然科学及其应用;四、历史传记;五、杂俎。其余美术音乐之论虽不在科学范围以内,然以其关系国民性格之中,又为吾国人所最缺乏,未便割爱,附于篇末",[17]全面介绍了《科学》内容编排的取材标准。

为了给后来的研究者留下丰富的史料，《科学》的传播主体非常重视内容的编排，特别在每期《科学》的卷尾都刊发该卷的目录，并备有详细的说明。1915 年，在第 1 卷刊登索引详目时，专门予以指出，按学科对内容进行分门别类，目录以类区别，门类先后次序以性质决定，对"性质不纯一者，分列入各门"（见附录）。按照文章内容的性质给予"分门别类"，是科学作为分科之学的基本特征，也是将科学知识的本质内涵提升为科学概念，即传播理念的一种直观的表现。其中，第 1 卷将所载内容分为 28 类：分别为"社说、普通、名学、心理、教育、算学、天文、物理、化学、地质、地理、气象学、实业、土木工程、机械工程、电机工程、矿业、战争、生物、农林、卫生、建筑、音乐、历史、传记、调查、杂项、答问"。这是《科学》传播主体对这一时期科学名词概念最全面的展示，内容包含了科学基础理论知识、应用知识、工程技术知识等当时被社会大众优先关注的兴趣范围，同时将教育、历史、音乐等内容也纳入《科学》的传播范围，体现了当时科学共同体对科学总体概念认识的普遍性看法。

1919 年，《科学》在国内开始编辑后，第 5 卷刊登详目为 28 项：分别为"普通、汉学、心理、教育、历象、物理、气象学、化学、工业化学、地质、冶金、机械学、电机工程、铁路、水利、航空、战利品、实业、商业、生物、农林、医学、传记、名词讨论、杂项、插图、记事、附录"。与前 4 卷不同的是，专门增加了"汉学"这一分类，这是中国近代科学深入发展的一个侧面，也反映了科学共同体运用科学方法研究中国社会现实的最新进展状况。

1922 年，《科学》做出向"学术研究"转向后，在第 7 卷刊登内容详目为 25 项：分别为"通论、心理、教育、国音、算学、天文、物理、化学、地质、地理、气象学、实业、经济、铁道、水利、电机工程、矿冶、生物、农林、生理医学、传记、调查、杂项、来件、记事"。用"通论"代替了"社论"和"普通"，这是《科学》传播主体试图跳出传播者自身视角的局限，采用更加客观公正的视角开展传播的一次尝试。这里的"国音"只刊发一篇文章，即赵元任的《中国言语字调的实验研究法》，是采用近代科学方法开展中国社会研究的范例。

1925 年，任鸿隽担任编辑部长的第 10 卷刊登内容详目为 19 项：分别是"社论、算学、天文、物理、化学、工程、工业、飞行、无线电、地学、生物、农业、医学、经济、传记、琐闻、杂俎、附录、记事"。这里将"通论"又改为"社论"，表明传播作为一种人的社会行为，不可避免的印有传播主体自身的烙印。同时将"经济"也作为一个单独分类列出，并纳入《科学》传播的一个范畴。从科学名词分类的目录上,相比以前大大减少,伴随着科学传播活动在中国的发展,各门学科的发展在社会上的地位和作用也开始出现不平衡现象,存在着向某一个学科领域集中的趋势。

1926年,《科学》第11卷开始出现"科学史"栏目,重点刊登中外学者对中国科学史的最新研究成果,如竺可桢的《欧西地理学发达之历史》《北宋沈括对于地学之贡献与记述》《论以岁差定尚书尧典四仲中星之年代》、翁文灏的《近十年来中国史前时代之新发现》、王国维的《最近二三十年中国新发现之学问》、张其昀的《中国风俗论》、孙文郁的《中国度量衡制度之研究》、向达的《纸自中国传入欧洲考略》等研究,以及日本学者新城新藏的《东汉以前中国天文学史大纲》、饭岛中夫的《中国天文学之组织及其起源》、矢野仁一的《中国饮茶起源考》、英国学者湛约翰的《中国古代天文学考》,可见《科学》编辑的视野之宽广,也反映了《科学》影响之广大。此外,《科学》还刊发了大量关于技术发展史的文章,如黎智常的《电学进化简史》等。这些内容在第1卷中是作为"历史"门类而编排的,主要有《电话略史》《中国古代桥梁工程史》《最近四世纪科学之进步》《欧洲制糖工业发达史》《科学历史之时代》《几何学略史》等文章。在那个时期编辑的眼光来看,科学史还没有单独作为一个科目来对待,仍放在历史的范畴之内。据学者研究,在20世纪30年代初,科学史还刚刚开始成为一个学科。[18]在国外刚刚出现不久,便被运用到《科学》的内容编排中去,将原来的"历史"栏目变为"科学史",表明《科学》的科学传播主体在最新科学思想的传播上,能够保持与世界和时代的学术前沿思想同步。

1932年,中国科学社编辑部专门出版了《科学首十五卷总索引》,对每卷后面的索引进行了总结分类,并配发专门广告予以说明索引的重要作用。文章指出,由于内容众多,为方便阅览者查阅,特将各篇内容分为33类,分别是:"通论、科学史、算、理、化、天、地、生物、农、医、工、矿、电、航空、社会科学、教育、心理、科学名词、杂件、人学、哲学等三十三大类,每类下再分若干门,每篇之卷数、期数、面数均详细注明,条分缕析,一览无余,手此一编,省时无限"。该索引按照科目分类,每个索引采用"论文题目、卷、期、页数"的编排方式,使读者一目了然,为后期查找文章提供便利条件。经过20多年的科学传播实践,《科学》的传播范围在逐渐扩大,传播内容也越来越多,自身性质内涵也更加广泛,从自然科学到社会科学等都已纳入科学传播者的视野之内。

1935年,刘咸担任专职编辑部长后,从第19卷开始,索引的类型分为两种,一种是人名索引,即按照名字的笔画数来查找;一种是论题索引,分别是

"通论、科学史、传记、算学、天文学、物理学、无线电、航空、化学、地学、气象学、生物学、生理学、人类学、考古学、农林、医学、工程、机械工程、电机工程、土木工程、化学工程、矿业、科学教育、科学名词、杂俎、插图"27项内容。随后,由于受战争等多方面原因的影响,由卢于道担任编辑部长的第26卷、第27卷,以及张孟闻编辑部长的第28卷都没有刊发详细的目录。

1947年,从第29卷起,又在卷末刊发内容详目,共分为"通论、数学、地质、物理、化学、生物、天文、气象、工业、医药、农业、心理、书报评介、传记、文献集萃、宣言、特载、消息、编后记"19项内容。可以看出,在内容分类上,最具代表性的是用"数学"代替"算学"。关于将"Maths"的翻译,自晚清以来一直是"数学"与"算学"两词并用。直到1939年8月,当时教育主管部门通令全国各院校一律采用"数学",才解决了两者的争论。但是,直到1947年起,《科学》的传播主体才开始使用"数学"这个概念。其背后是否体现着在科学名词术语审定中存在的矛盾与利益冲突,需留待以后考证。但是,可以肯定的是,各专门学科名词术语的审定、统一和使用,在科学内部发展上取决于中国近代科学和各门学科的发展,在科学社会发展上取决于科学各个学会和社会机构的确立和社会功能的发挥。

《科学》的编辑凡例:首通论,次各专门科学,次各科学之应用。以志在宣播科学之大意,故普通论文尤多。[19]总的来看,《科学》每卷的索引分类反映了对科学名词和科学本质观念认识的变迁,也体现了一个时期社会关注的科学重点和领域的不同。这种传播内容和兴趣点的变迁,从传播主体上分析,与中国科学社社员群体的学术背景有关,从科学社会学分析,则与不同时期社会对科学的关注热点有关。如《科学》创刊初期处于第一次世界大战阶段,文章出现了"战争"的分类;1935年,全面抗日战争一触即发之时,又出现了"无线电"和"航空"等内容,充分体现了《科学》传播主体对现实社会热点问题的关切。

4.3.2 《科学》栏目的体裁:科学名词社会兴趣的变迁

栏目的策划与运用是传播主体为达到更好的科学传播效果,所做出的决策及决策的细化实施的一种形式,目的是强化科学传播的深度与广度,增强传播效果。从科学社会发展来看,这些栏目反映出科学名词在社会运用中的兴趣转换与变迁情况。

《科学》在创刊后很长时间没有栏目的划分。以创刊号为例,目录栏里只有"例言、发刊词、插图、调查、新闻、杂俎、附录"(图4-1),作为传播的重点内

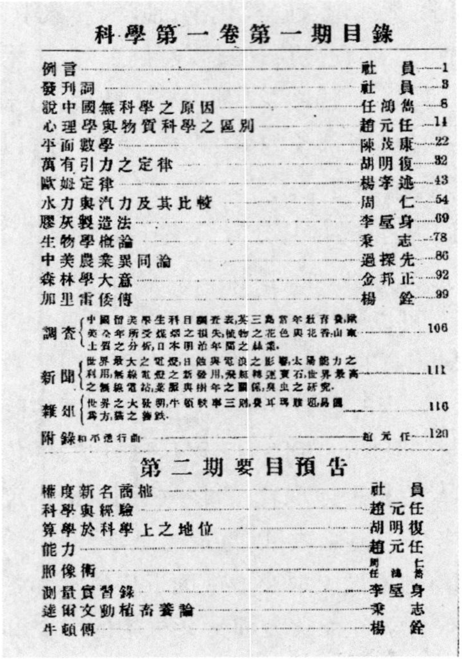

科學第一卷第一期目錄

第二期要目預告

图 4-1 《科学》第 1 卷第 1 期目录

容，“论文”却一直没有明确的栏目表述。也可能是考虑到这个时期论文涉及的内容非常广泛，所以干脆不分栏目，直接把名称写出来，起到醒目的传播效果。后来，《科学》栏目虽然经过多次调整，但每期基本保留的栏目为“论文、通论、调查、新闻、杂俎”五大类。其中，“论文”栏目包含的范围最为广泛，主要是科学基础理论类、科学应用类、科学史类、科学社会学等研究的内容，占比超过文章总量的 80%以上。“通论”栏目则刊登探讨科学本质、科学方法、科学精神和科学与社会类的文章，每期基本保持 1～2 篇。“调查”栏目主要刊登各国科学界或者有关科学界人士的见闻和介绍。“新闻”栏目刊登科学的最新事件，即“科学记事”等内容。其余不便归类的内容，均归为“杂俎”栏。

为了加大科学书籍的翻译和传播力度，在第 1 卷第 4 期特开辟“介绍新刊”一栏，后期则称为“书评”“新书介绍”；为了增加科学与社会公众之间的互动交流，在第 1 卷第 10 期开辟“问答”栏目，后来又增加了“科学咨询”栏，从社会需要出发，在大众传播的方式上做一些新的探索和尝试。基于中国科学社社刊的定位，从第 2 卷第 1 期开始，开辟“中国科学社记事”栏，登载中国科学社的各种人员、资金、年会、报告等动态情况，此栏目后来作为保留栏目一直存在，后期也被称为“记事”“纪事”“社闻”。为了增强传播信息交流的权威性，在第 2 卷第 7 期开辟“名词讨论”栏目，一直到第 10 卷，对科学名词审查会公布的科学名词在杂志中予以刊载，以达到科学信息在科学共同体和社会大众之间平等交流的目的。

1922 年，在第 7 卷中又开辟“科学常识”“来件”和“科学故事”三个新栏目，增加杂志的科学普及色彩；随后，将“新闻”进一步明确为“科学新闻”，突出杂志的科学属性；从第 9 卷起，开辟“社论”一栏，对社会上的热点问题及时发表观点，发出科学界的声音。1926 年，在任鸿隽担任编辑部长任内，第 11 卷第

10 期起开始正式将栏目分为"插图、论文、杂俎、记事"四大类,明确将大部分的发刊内容命名为"论文"(图4-2),标志着《科学》栏目体裁的正式出现。但栏目的刊登内容没有大的变化。此外,还根据社会需要,临时增加一些栏目,如从第 14 卷第 10 期开始出现"自修学程",介绍电工学原理与实用知识,并一直连载到第 16 卷第 4 期,共刊登了 18 期。为了对科学界一年的发展进步情况做一个总结,在每卷刊登一期"科学新闻"栏。为配合科学教育的开展,14 卷第 12 期出现"科学教育委员会",偶尔出现了"科学教育"专栏。从第 17 卷第 6 期起,增设了"国内科学""科学进步"栏目,介绍国内科学进展情况等。

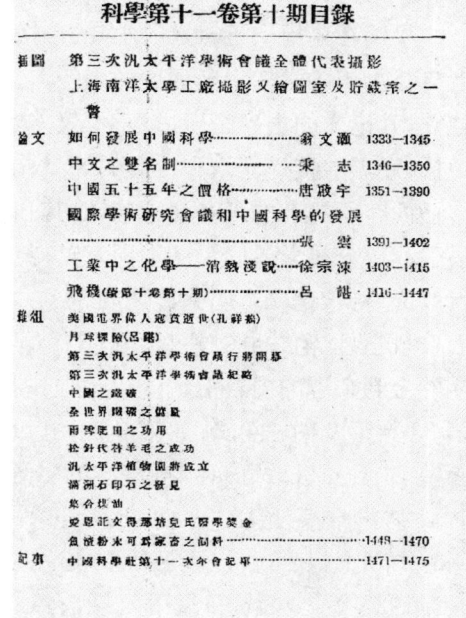

图 4-2 《科学》第 11 卷第 10 期目录

1935 年,在重新调整明确办刊宗旨和读者定位之下,刘咸认为:"本志除保有原有特色外,同时力求科学知识之普遍化,以浅入深出流顺畅达之文字论述各种科学问题,务使初学者读之不觉深,专门家对之不嫌浅,各得所需,则本志之使命达矣。故吾人对象中之读者,首为高中及大学学生,次为中等学校之理科教员,再次为专门学者,最后为一般爱好科学之读者。"[20]在重新定位后,《科学》栏目进行了大的改变,主要有"社论、专著、科学思潮、科学新闻、书报介绍、科学通讯、科学拾零"7 个栏目。刘咸还对各个栏目做了明确说明,指出"社论"每期刊登 1~2 篇文章,主要发表科学与生活、公众事业关系的文章,让国人明白科学对于社会生活各个领域的重要性,目的是"以期唤起科学界之舆论,指示建设吾国科学事业之途径,以及树立研究科学之风尚"。"专著"每期刊登 3~5 篇文章,主要刊登国内外科学家的研究成果和论文,并力求做到"通俗"。"科学思潮"主要刊登科学进步为主的短篇论著、科学演讲等内容。"科学新闻"刊登科学界各种活动和事件,目的是加强国内外科学界的联络和互通消息。"书报介绍"刊登国内外新出版的书报。"科学通讯"以英国《自然》周刊"通讯"一栏为参考,给科学研究者提供学术讨论的园地。其余的如来件、专载、附录、通告等，均归入"科学拾零"栏目。

早期在稿源缺乏时，《科学》的传播似乎仅仅是对相关文章进行印刷，由作者自行承担科学知识确证性的责任。但随着《科学》自身地位在社会大众中的建立，其论文的内容是否适当，不仅需要作者本人和科学共同体内部评议人的评价，还需要接受大众和社会的评议。这体现在栏目的体裁中，"社论"栏目的传播内容所具有的现实评论属性，其刊载的关注科学界的相关问题的文章，极易引起部分科学界同仁的不同意见，甚至责难。1936 年，第 20 卷起，"社论"栏目改为"科学论坛"，明确此栏目的文章采用作者署名并承担相应的责任。随后，《科学》取消"插图"栏目，开辟"科学提要"栏，主要刊登科学界其他学会团体的会刊杂志的内容汇编。以适应中国科学化运动的大众科学普及的需要，第 23 卷第 2 期～第 24 卷第 6 期，开设了"民族卫生"专栏，专门登载郑集、周同璧的"营养讲话"内容，将科学的生理、卫生、营养理论知识介绍给国人。同时减少"科学专著"文字，增加了新闻、图书介绍，目的是"俾一般读者之未能获阅外国新书报者，可以窥见所发表论文之一斑"。

1937 年，全面抗日战争时期，在艰难维持期的《科学》栏目主要有"通论""专著""研究简报""论文提要""书报介绍或书报评介""学术通讯""专载""科学消息"和"文献集萃"等。这个时期关注的热点已经与前期大不相同，"通论"主要以刊发短篇建设性的科学建议，"专著"刊载适合于一般读者需要的某种科学的研究成就和结果。其他各个栏目的内容基本与前面一样。抗日战争胜利后，栏目基本没有大的变化。在 1946 年，第 28 卷第 2 期中还特别标明"译载"栏目，似乎表明此时的《科学》传播内容已经彻底走向中国化了。在第 28 卷第 3 期、第 5 期，还分别设置"悼念专集"一栏，主要是为了纪念对《科学》和中国科学社发展有贡献的知名人士，同时偶尔会刊登"讨论""传记"等相关栏目。

综上，《科学》在栏目上的编排分类众多，但大体上内容布局基本沿袭了初创时期的编排，一是刊发的"通论、社论"，主要阐释科学与社会诸方面关系，用来弘扬科学精神，宣传科学方法，倡导科学价值，提倡科学在社会生活和人生中的巨大作用。二是"专著、论文"等，主要介绍各学科、各领域最新科学成果和知识，这与"传播世界最新科学知识"的宗旨和理念相一致，是《科学》传播的最主要内容。三是"杂俎、传记"等，主要刊发科学小品、科学家传记等科普类文章。四是"通讯、新闻"等，主要刊发中国科学社、中国近代科学发展和科学传播过程中重大事件和消息，历次年会报告等。五是刊登部分少量的人文科学类的相关内容，如哲学、教育、社会科学的内容等。

随着科学传播的不断深入,《科学》从初期的不注重栏目,到后期根据发展的需要,不断增设栏目;从栏目的内容广泛不一,到专门发布编辑部启事,对各个栏目的内容做出重点说明,表明《科学》传播的层次越来越高,自身的定位与目标也越来越明确,同时也表明《科学》在中国近代科学发展中的最真实的生存状态,不得不随着外部社会环境的变化而不断调整其具体办刊方针和策略,以达到"求真致用"的传播理念和目标。

4.4 《科学》"求真致用"的演变与实现路径

《科学》在科学传播活动过程中,随着科学发展环境的变化和对科学认识的深化,科学传播的表现形式也有所不同。在"求真致用"科学传播理念的指引下,随着传播活动的不断深入,《科学》都能够及时地对科学传播与中国现实社会发展过程面对的新问题、新情况做出应有的回应,不断推进科学与技术、科学与文化、科学与社会等热点问题的形成和解决。在这个形成与解决的过程中,也逐渐改变着社会大众对科学本质观念的整个看法,从而探索和开拓了中国科学化和科学中国化的实现路径。

4.4.1 《科学》在"求真"理念下推进科学本质观念的演变

一般来说,中国近代社会对科学的认识与日本有相似之处,都经历了四个阶段:第一阶段认识到西方的军事优势;第二阶段认识到作为军事优势基础的西方军事技术;第三阶段意识到应该学习西方军事技术;第四阶段认识到军事方面的技术只是西方科学技术的一部分,要发展军事技术还必须引进西方的纯科学和一般技术。[21]在"求真"理念下,《科学》的传播主体认识到科学已经成为独立的学问阶段,即最后一个阶段的认识,体现了可贵的前瞻性。

中国近代先进分子对科学本质观念和思想在中国的传播,存在着一个由表及里、由现象到本质的步步深入过程,存在着与中国社会的接纳、吸收、理解到权威形成的演变路径。在《科学》传播之前,一代一代的先进知识分子找寻救国救民的真理,由于缺乏科学思想的指导,而导致最终失败。在此基础之上,《科学》的传播者通过对近代以来各种维新自强理论的反省和对中国现实社会的一番深入调查思考后,找到了"科学"这个真理。从此,对真理的不懈追求和探索贯穿《科学》传播的始终。对真理的认识与中国传统的"格致"精神一样,它不是科学知识本身,而是追求科学知识过程中所秉持的原则和精神,这必定是一个动态发展的过程。考察《科学》的科学传播"求真"之路,对科学本质观念的认识也存在着一个不断渐进的过程。

把科学作为一种纯思维,以及科学精神和科学方法的产物,是柏拉图为代表的古典科学观的典型特征。古典科学观认为科学本身就是目的,为了认识而认识、为科学而科学才是第一功能。科学仅仅只是与发现真理有关,科学的主要功能就是发现自然社会的客观规律,如果兼具实用价值的话,则更好不过,科学的社会功能只是从属的功能。《科学》在传播中首先把古典科学观作为理念基础,认为"求真"精神也就是科学精神,也就是尊重客观事实、一切以事实为基础的客观精神。将科学精神作为科学根本的思想,充分体现在任鸿隽的《科学精神论》中,他指出:"科学精神,求真理是已。真理者,绝对名词也。""真理之为物,无不在也。科学家之所知者,以事实为基,以试验为稽,以推用为表,以证验为决,而无所容心于已成之教,前人之言。又不特无容心已也,苟已成之教,前人之言,有与吾所见之真理相背者,则虽艰难其身,赴汤蹈火以与之战,至死而不悔,若是者,吾谓之科学精神。"[22]在这里,任鸿隽所传播的科学精神,就是为科学而科学的精神,也就是为了追求真理、坚信真理,并不惜一切捍卫真理的精神。他还指出,科学的源泉,既非科学研究的物质成果,也非科学研究所运用的具体方法,而应该是科学精神。

随后,任鸿隽进一步阐述了科学精神的具体内涵进行,认为科学精神是"知之为知之,不知为不知"的客观精神,并将科学精神的内涵分为两个方面:"一是崇实,二是贵确,吾所谓崇实者,凡立一说,当根据事实,归纳群象,二不以称颂陈言,凭虚构造为能。……吾所谓贵确者,凡事当尽其详细底蕴,二不以模棱无畔岸之言,自了是也"。任鸿隽还指出,科学研究必须力争客观实际的观念,科学成果必须靠不断探求才可以得到;如果没有这种立足于实际的观念,只是坐在这里思考,就是思考一百年,科学研究终将一事无成。任鸿隽还在《发明与研究》一文中,在论述科学的具体作用时,将科学家分门别类,称为追求真理的三类人,并指出科学就是追求真理的学问,体现出传统科学观的特征。

胡明复则在《科学方法》中指出,科学不是指知识为真理,而是"求真"之理。科学知识只是真理的客观表述而已,即科学的定理和定义是感悟的自然之真理。那么,真理是自然界真实之感受,还是外界引入感官后的感受呢?胡明复认为,科学律例乃人感觉后的律例,是人主动追求后所得的成果。科学律例与外界真理之关系,亦为内外事理之互相对应而已。至于,人的感觉的确定性与否,他则没有明确的说明。何鲁在《科学与和平》一文中认为,科学能够带来和平所具备的两个条件:一个是科学为入德之门,二是科学可以使人幸福。他认为科学是真理的化身,科学应该是追求真理之学问。可见,追求真理成为那个时代的科学观念的本质特征。由于对科学精神和科学方法的极端重视,《科学》在推行"科学救国"的道路上,某种程度上等同于"科学精神救国"。秉志坚信"救国家者,必以提倡科学精神为先务",并认为"科学之精神,则人人皆所宜有。倘人人皆有科学之精神,其国家必日臻强盛,其民族必特被光荣焉"。[23]正是从相信科学(精神或方法)能够救国的强烈愿望出发,《科学》的传播主体们对科学功能的信赖逐步发展到"科学(方法)万能"论,以上所体现出的对科学的认识正是古典科学观的产物。

进入19世纪,以弗朗西斯·培根(Francis Bacon)为代表的近代科学观认为,科学是通过了解自然而支配自然的手段,是作为一种能动的支配的力量,是造福人类、服务人类的手段。近代科学观认为功利属性是科学发展最主要的特征,真理或者说知识似乎是有用的行动的手段,而且知识也只能根据这种有用的行动来加以证实或者证伪。《科学》的传播主体正是从科学功利主义的角度,认识到近代中国引进科学的必要性和急迫性,认识到科学对人类社会生活的重大作用,开始对科学的价值和贡献作了全方位的传播。特别是在《科学》本质观念表达时期的第1~3卷内容,大量刊发有关《科学与工业》《科学与农业》《科学与商业》《科学与教育》《科学与社会》《战争与科学》《科学与和平》《科学与德行》等内容,无不是对"科学就是力量"的近代科学观的集中体现。他们大量传播科学在西方已建立的历史功绩,就是希望科学能在中国发挥出比在西方更多、更神奇、更有用的功效。

这一时期,对"真理"的传播以宣传科学本质观念和价值效用为主,即"阐发科学精义及其效用为主"。在古典科学观和近代科学观的指引下,《科学》首先把科学真理的内容、方法、原则、效用和价值等阐述清楚,在传播内容上主要以科学本质、科学精神、科学方法等理论知识和科学发明、科学应用等实用知识,以及对科学功用的阐释为主体,并在思想层面上进行宣传与提倡。随着对科学观念的广泛深入传播,社会大众的科学观已经超越了之前简单的器物层次与学理层次,上升到思想的层面,即在科学方法、科学精神方面对科学的价值和功用有了较为明确的认识。

"科学昌明,奉为真理。"随着科学在思想、学术、社会领域的不断传播,对科学方法的提倡、科学精神的推崇开始影响到社会各个层面,科学与世界、科学与哲学、科学与人生观等问题日益受到社会的关注,科学甚至被视为解决一切问题的手段和工具,由此催生了"科学万能"的科学主义思想。1923年2月,中国近代思想史上最有名的"科玄论战"爆发,以胡适对科学的地位描述最为形象,他写道:"近三十年来,有一个名词在国内几乎做到了无上尊严的地位;无论懂与不懂的人,无论守旧和维新的人,都不敢公然对他表示轻视或戏侮的态度,那个名词就是'科学'。这样几乎全国一致的崇信,究竟有无价值,那是另一问题。我们至少可以说,自从中国讲变法维新以来,没有一个自命为新人物的人敢公然毁谤'科学'的。"[24]但《科学》在"求真"理念的指引下,对这个问题似乎却有着不一样的认识。如任鸿隽、杨铨等明确指出,科学知识本身并不是万能的,科学方法则是万能的,即作为追求"真理"的工具是万能的。任鸿隽指出,科学应该有他自身的一个界限,那些笼统混沌的思想和未经分析的事实,都不是科学所能支配的。但是科学的任务应该是去分析及弄清楚这些思想事实,并认同张君劢所说的人生观概念:"若就是一个笼统的概念,自然不在科学范围以内。"[25]任鸿隽明确地给科学知识划清了界限,认为对世界的认识有两种范畴,一种是科学的知识,一种是有待科学验证的知识。杨铨则很早就关注科学与人生观问题,指出科学的人生观是民主的、实事求是的、甘于淡泊的。科学的人生观,应该"颇具有德谟克拉西精神",无强弱之分,有是非见解,拥护真理不因宗教、阶级、国家而异。他还指出"科学家尊重真理,不怨天,不尤人,不以处境微贱而易其志",主张研究纯粹科学者应该"不为名、不为利,但求真理之愉乐而已"[26]。这种对纯粹科学的追求,也就是对真理的追求的过程是不应该以名和利来评判的,体现出"求真"的鲜明特征。

综上,《科学》的传播主体认为科学精神、方法是真理,因为科学本身就是一个追求真理的过程,科学知识不是真理,只是科学真理的外化表现而已。在"北平年会专号"中,葛利普在《中国科学的前途》(第14卷第6期)一文中指出:"新环境教我们新义务,过时的美物都成了古怪,拟若要和真理并驾,必须不断地前进。"可以看出,葛利普对科学观念的认识更加深入了一层,认为科学只有不断前进,才能取得和真理同样的价值。《科学》的传播主体推崇科学,追求科学进步,只是一种对"求真"的价值追求和信仰而已,并没有将科学看作是排除一切自由、绝对真理和永恒规律的万能。

但是,必须明确说明的是,科学知识和内容并不是在科学方法本身范围以内。科学方法仅仅是发现科学知识和内容的工具,并确定它的可靠性。不管是科学方法,还是科学知识和内容最终都是由人来使用的,是人的思维的产物。《科学》的传播主体通过对科学知识方法论的探讨,进入科学方法本身的真理问题中来。1932 年,《科学》刊发董任坚译、鲁滨孙著的《人化知识论》(第 16 卷第 3 期)一文,开篇就提出一般人对科学真理的漠视,随后介绍科学发展导致的非人化状态。作者认为近代科学的研究"不容以个人的情况破坏其中立严谨的态度。这种绝对的态度,在有意无意之间,当然不是绝对的没有通融,而且在哲学的观点来看,旁观的人,往往是观察记录的一个因素"。这里将科学知识的"真理"引入人的主观性因素,即人的存在,表明对于科学真理带来的知识的增长,某种程度上是一种信念,是个人知识的扩展。将主观因素纳入科学知识的增长之中,使科学真理具有人的理念和因素的属性,看起来似乎与库恩对科学真理确定性的消解具有同样的研究进路。1934 年,《科学》又刊登了严济慈、陆学善译的《美国物理学会的初年》(第 18 卷第 11 期)文章,明确指出,天下无绝对之真理,无绝对之错误,一真正之科学家,对于某种学说或者某种观察之容纳,绝不绝对信从,或绝对否认,又将科学知识的"真理"引入了辩证认识即相对真理的范畴。

随着科学应用范围的扩大,在社会各界的推进下,科学逐渐成为思想、生活和社会的普遍基础。为了使《科学》传播能够完成这个目标和任务,就需要科学接受社会的检验和改造,不断推进科学进入社会观念的领域。科学的社会观念,或者说科学的社会功能,首先将科学与社会文明联系起来,认为科学对社会极端重要,但科学需要接受社会的控制和影响。作为职业的科学家、科研机构和科学成果应该对社会做出贡献和负有伦理责任。这与《科学》的传播主体在经历了全面抗战胜利,特别是原子弹的巨大威力和对战争胜负的决定作用的基础上,开始反思科学的社会价值有一定的契合之处。早期的《科学》的传播主体只关心纯粹科学,认为科学家的职责仅限于进行本身的工作,工作成果适合并允许各种力量自由地发挥作用。随着科学在社会的扩张,他们逐渐认识到仅仅靠科学家对科学的提倡是不能实现科学救国的目标的,必须要在政府和社会的共同支持下,科学才能成为国家富强之根本。

1945 年,在抗战胜利后,任鸿隽即主张国家应该将发展科学立为国策,并在《关于发展科学计划的我见》一文明确提出了此观点。他在总结中国 30 余年发展科学的历程后,认识到仅靠少数人的热心倡导,而国家没有整个的科学发展计划,科学是不可能得到真正发展的。要实现科学的发展,必须要有一种非常有效的切实可行的计划,即将科学确立为国家的首要政策。唯其如此,科学才能在中国得以发展。他从科学对国家社会发展的作用的角度,提出"国家任何事业，非待科学发展，皆难有预期之成效"。[27]为此，他提出具体的实施计划，认为："科学研究必须成一个有效的组织；计划之产生宜由政府特别邀请专门学者，组织委员会，悉心厘定切实可行的计划；国家要有独立的科学事业预算，管理科学研究人员，必须为专门学者；聘请外国学者以及留学生到国外学习，以应人才及时之需。"[27]这种对国家科学发展的具体计划和建议，显现出任鸿隽在科学观念认识上的进一步深化。1949年2月，张孟闻发表《科学真理与政治教条》一文，指出科学真理之外，若带上政治的意义，则不够客观，在科学知识的产生中，应保持自身的独立性，不应该受到社会环境的影响。显然，《科学》的自然科学家主体与社会思想家主体对科学观念的认识是有一定区别的，这与他们对什么是真理的认识有很大关系。科学传播理念的"求真"，要做到求真，就要排除绝对性和唯一性，就必须创设公正、平等、交流的传播环境。1949年，《科学》第31卷第5期刊发"科学与社会"座谈会的相关论述，陆禹言指出，科学的含义，一种是理想主义的，主张科学就是追求真理，从复杂的现象中找出规则意义来，科学的目的就是科学本身；另一种就是科学的目的就是获取知识，征服自然，譬如培根认为"知识就是权力"。在对古典科学观和近代科学观的总结之后，他认为科学不能走得太快，不应该把社会远远甩在后面，应该认识到科学发展必须得到政府和社会的重视。相关的论述，客观上将《科学》的传播推引入到"科学社会学"的相关范畴。

综上，在"求真"传播理念的指引下，《科学》的传播主体推进"科学"真理的过程，包含着从古典的"为科学而科学"的科学观，到"科学就是力量"的近代科学观和科学知识具有社会伦理和价值的科学社会观的多个层面，促使社会大众对科学本质观念的认识更为理性、多元和全面。正是在这些不尽相同的"科学"观念指导下，《科学》的科学传播活动既存在着科学（方法）万能论，也存在着的科学功能有限论，更存在着科学社会建构论。在同一时期同一刊物，在相同的社会条件和环境下，如此多样化的科学观念同时并存，且都出现在《科学》的传播内容和思想之中，既反映了科学传播活动在近代中国文化建设过程中的重要性和多样性，又说明了一定的社会历史条件对科学文化建设的影响之大。

2015年，在《科学》创刊100周年纪念大会上，时任中国科学院院长白春礼指出："'求真'是'科学'和'科学精神'必须遵循的铁律，而在中国，对这一真谛的认知和昭示，始于《科学》创刊号。"[28]这是对《科学》的传播主体坚持求真理念精神给予的高度总结与评价。

4.4.2 《科学》在"致用"理念下推进中国科学化和科学中国化的演变

《科学》的传播理念决定了其不是就科学谈科学,传播主体更期望通过科学传播造就一种推行西方科学文化的社会结构,以自身的实践带动中国科学事业的全面发展。《科学》"科学救国"的社会目标,决定了其推进科学始终是立足中国现实需要,以达到让科学为我所用的目的,最终目标是实现中国科学化和科学中国化。为此,《科学》的传播主体鼓吹实业发展、推行科学教育、注重科学研究、解决现实问题,充分挖掘传统科学技术基因,推进科学与中国近代社会的结合。

在《科学》创刊号的"例言"中,"致用"理念被明确地表达出来:"为学之道,求真致用两方面当同时并用。本杂志专述科学,归以效实。玄谈虽佳不录,而科学原理之作必取,工械之小亦载。""效用"就是科学的运用,阐发精义不是目的,利用才是根本。随后的"发刊词"则对"致用"做了进一步的阐述,明确指出:"科学者,缕析以见理,会归以立例,有鳃理可寻,可应用以正德利用厚生者也。"具体说来就是科学对人、对事都有好处,从人的角度,就是将科学与人的实际生活发生作用,让人"能知科学之真精神",能"注重事实,执因求果而不为感情所蔽、私见所移",从而"以此心能求学,而学术乃有进步之望。以此心能处世,而社会乃立稳固之基"。从国家的角度,就是要求科学能够适应国家的需要,用科学的精神和方法来解决经济、政治和社会等方面的实际问题。

在创办之初,"致用"理念主要体现于大力宣传科学的效用和价值,在学理的层面上进行宣传。任鸿隽提出"中国无科学"这个实际问题就是着眼于致用的视角,为了解答中国近代贫穷落后的原因而撰写的。为充分论证科学是解决中国问题的良方,任鸿隽又分别撰文《解惑》《科学与工业》《科学与教育》等,这都是《科学》"引发致用之理"所做出的不懈努力。

1915年,任鸿隽在《解惑》一文中,特别指出:"国人应有科学之需求。何以故,以一切兴作改革,无论兵、商、工、农,乃至政治之大,日用之细,非科学无以经纬之故。"在其《科学与工业》中,他论述了科学对工业发展、国家富强的作用,指出:"吾作此篇,将以明近代国富之增进,由其工业之发达,而其工业之起源,无不出于学问。"同年,任鸿隽在《科学与教育》一文,指出科学对于教育的重要作用在于学习研究事物之方法,而最终实现学术进步,以稳定社会,促进社会发展之效。1918年,任鸿隽译美国斯坦福大学杜兰德教授所作的《科学之应用》一文,指出科学研究是发明的补充,有研究才有发明,研究是发明之根,为此应在中国做出推行科学研究的呼吁。

1917年,叶建柏在《科学应用论》中对致用的论述最具代表性,他指出,科学对人类有着巨大作用,对战争的胜负有着巨大的影响。他在将科学分为实用科学和理想科学两类的基础上,指出当前政府部门的科学知识缺失问题,鼓吹科学救国,首先应该从科学应用和实用科学做起、从工商界和实业界做起的建议,并提出解决问题的具体七大策,分别是:"人人应视科学为普通必要之品,勿以迂阔为深奥目之;其策一。不必尽人求为牛顿,亦不必尽人求为达尔文;现操何业,即忠于此业;用心既专,必有所得;其策二。力足者力之,财是者财之,智足者智之;故如有人自信有建学会之才而财不足,则财足而才不足者出其财,然后学会能成;但求尽我所有,慎勿探我所无,其策三。有志之士,振臂高呼,改良'众议',以去阻碍科学普及之大梗;其策四。人人求有普通知识,知时间之可贵,去无益之行事;其策五。竭力教授小儿以完全真正精确之普通科学智识,以为将来成事之基;其策六。人人怀纳言之诚,知贫弱之惧,悟凌削之耻,冷眼观人,细心察己,然后科学能进行;其策七。"[29]

这里,《科学》的传播已经不仅仅是致用的学理层面的呼吁,而是就发展中国科学提出切切实实的主张和建议,标志着致用传播理念从理论型到应用型传播思想的一次转变。任鸿隽对科学从学理到实践的传播转向总结道:"《科学》的目的,不但是传播新知以促进科学的研究,还要发表研究结果以建立学术的威权。这个目的虽然未必遽能达到,但《科学》编辑的内容则显然是从这条路径进展。我们试看《科学》首二三卷登载的文字,以鼓吹科学效用及解释科学原理的为多;到第三四卷以后,则逐渐登载国内科学家自己研究的结果。"由传播科学真理到推进科学研究的转变,说明《科学》在致用的传播理念上认识的深入。自此以后,越来越多的中国科学家开始采用科学方法,开展对中国问题的针对性研究,用于解决当时的实际和现实问题。如中国科学社创办生物研究所、开办图书馆等都是这方面的具体努力。同时,一批文化思想家也将其运用到社会科学的研究中去,如胡适在第 5 卷第 2 期发表的《清代汉学家的科学方法》就是这一研究的典范,他运用科学思维分析指出程朱、陆王治学的不科学之处在于:一是没有科学工具,二是缺乏科学的应用。

1932 年,科学与社会现实的第一次紧密结合,催生了轰轰烈烈的中国科学化运动,其目标就是把科学运用到社会生活的方方面面,不仅人的生活要科学,国家事务也要科学,社会建设也靠科学。在科学方法和精神扩展到社会实践的"致用"理念推动下,从科学知识本身的范围向科学的社会转向,为应用型的科学研究和实践提供服务。自第 19 卷开始,《科学》对传播内容做了相应的改变,要求"力求通俗,而同时能除存时下言科学者粗疏浅薄之弊病","力求通俗"的要求改变了以前"重科学轻社会政治"的传播受众定位,转而向科学所具有的社会功能传播努力。但需要说明的是《科学》这一次提出的"力求通俗",跟创刊时所提出的通俗,即科学知识的普及不同。创刊时的"通俗"主要是科学新知识、新原理的传播,主要是立足适应中国科学萌芽阶段之需要,解决科学"有"的问题。中国科学化运动时期的《科学》提出的"通俗",则是指应该推进科学的社会化、大众化,就是用通俗的语言让大众明白科学对社会的影响和作用,起到唤起民众理解科学、支持科学实践的作用,此时对科学的要求就是进入社会实践领域,发挥科学的致用功能来改造学术、改变国民、进而完善科学的社会结构。

要实现中国科学化和科学中国化的社会目标,培育具有科学素养的国民是关键环节。这就要求在提倡传播科学知识以外,还应该提倡科学的实践,培育形成科学的骨干力量。《科学》的传播主体提出"欲发展科学必先以研究,此如云求食必先耕获,务农必先纺织"的主张,而要进行科学研究,必须有科学研究之机关。为此,《科学》的传播主体提出了设立研究所对发展科学的重要性,认为"欲图科学之发达,当以设立研究所为第一义"。并且号召中国科学家积极行动起来,在从事科学研究的同时,应担当起使科学的作用显现出来为国人所认识,进而使国人对科学产生兴趣的重任。"希望普通人类身受科学之赐益而发生其热心前行,必使科学有展布其能事之机会。此事既非可望之于个人,则社会上明理达用之少数人,当暂负其责任"。在第 8 卷第 6 期中,赵承瑕在《科学之势力》指出,从科学的社会功能发挥来看,科学可以作为一种用来对抗专制的力量,进而呼吁吾国群起研究科学,重点是研究应用之科学,作为改造社会结构和推进社会发展的重要部分。

以更改后的《科学》发刊内容来看,在致用理念上实现了从精神上的呼吁到科学社会的实践转向。中国近代的科学家开始主动承担自身改造社会的责任,以实现"科学救国"的重任,推进"致用"理念由科学研究的点式应用,到改变中国社会的大规模改造和探索。1936 年,《科学史上之最近二十年》(第 20 卷第 1 期)一文回顾到这段历史指出:"前此世人多以为科学之唯一任务在发现及研究新事物,不必顾及其他因科学知识连带发生之一切哲学的或伦理的问题。此种观念,现今大有改变,渐知科学固不能离伦理及社会问题而独立……科学家对于各种社会甚至政治问题,均不容置身事外,……故科学家之义务,在襄助建立合理的政治机构及和谐的社会秩序。"[30]科学家在致用理念上认识的深化,直接导致科学实践行动的变化,随后一大批中国科学社社员纷纷去政府、高校担任职务,推进具体的科学事业走向深入。

科学与社会结构的紧密结合,最终目的是建构一个适宜科学发展的体系,促进科学社会功能的全面发挥和实现。为此,还必须在中国近代社会建立适宜的科学研究体制。中国科学社作为《科学》的主办方,在民间科学体制的发端上进行了有益的探索,任鸿隽曾说:"中国科学社作为一个私人组织的学术团体,开始组织时,是以英国的皇家学会为楷模的。"[31] 1926 年,作为民间的中国科学社作为代表参加泛太平洋科学会议,由于主办方认为中国缺乏代表全国的官方的机关和学术交流平台,参会代表被拒绝成为太平洋科学评议会的成员。这一事件深深刺激了参会代表的民族自尊心,促使他们决心在国家层面上建立一个领导中国科学发展的机构。1927 年,国民政府开始筹备中央研究院,并于 1928 年正式成立,这标志着中国国家科学体制化的最终形成和完善,某种程度上也标志着科学在中国的最终确立。

可以看出,在"致用"理念的指引下,《科学》和中国科学社的传播经历了一个从宣传发动到现实实践,从科学共同体内部扩展到科学与社会的传播历程。随着以科学同盟者为主体的革命家和政治家组建的南京国民政府成立后,在传播主体上实现了从科学共同体主导向政府主导的转换,科学家开始将自己的救国理想进行社会探索和实践尝试。以中国科学化运动为标志,前期主要从思想层面在科学界和相关知识分子范围内展开,不断凝聚思想共识和社会力量。随着对科学社会功能认识的深入,科学家群体认识到中国科学的发展仅靠几个科学家是远远不行的,必须推动科学走向社会,实现科学与社会各个力量的紧密结合,促使科学与中国现实社会的关系更加密切。这种"知行"结合的传播理念,不断推进科学家为全面抗战服务。随着战争的结束,又在"致用"理念的指引下,为将科学确立为国策而献言献计,某种程度上可以看作是对传播理念更深一层的理解。

总的来看,《科学》的科学传播活动记载了传播主体为传播和发展整个科学的各种探索和实践。《科学》全面系统地传播大量现代科学知识,及时报道当时国际科学界的最新发展动态,并以自身的科学实践带动中国科学事业的全面发展,鼓吹实业发展,推行科学教育,注重科学研究,解决现实问题,挖掘传统科学技术基因,推进科学与社会的紧密结合,对后世中国科学事业的发展产生了深远的影响。

4.5　小结：《科学》的科学传播理念与科学主义

在"求真致用"的传播理念指导下，《科学》传播主体坚信通过对科学内在真理和外在价值的推崇，在带动中国近代科学自身发展的同时，也必将推动科学事业的巨大进步，更可以实现其救国的理想。为此，从"求真"理念去传播科学，在本体论上，自然就推崇科学真理至上，其逻辑前提就是科学知识的确证性原则，使科学成为"正确知识之源"，[32]进而获得知识霸权和道义上的正当性。在方法论上，强调科学方法的有效性原则，为传播提供了交流的可能性，借助科学方法，中国近代的各种学科取得了长足的发展。在价值论上，推崇科学价值无限性原则，为传播活动提供了从自然到人生、社会传播的逻辑前提。从"致用"理念去传播科学，以科学的功利性、实用性原则为基础，大力推进科学研究、科学教育、科学传播等与社会的有机结合，其着眼点在于推进中国科学化和科学中国化的具体发展。

从科学传播理念视角分析，作为理念世界的科学传播与可见世界的社会实践，本身就包含着与社会各种因素之间的互动过程，其社会目的使科学传播的最终效果和价值更加有效、更加合理。因此，传播理念在与可见世界的互动过程中，不断促使科学传播理念自身具有"平等、公正、开放、互动"的传播特征。这种"平等公正"的传播观念在《科学》的发刊内容上体现地更加突出。最为典型的事例就是围绕"永动机"这个话题，《科学》的传播者分别在第1卷第3期、第2卷第6期、第4卷第6期、第5卷第10期刊发四篇文章进行专门讨论，并采用图表、数据、举例等方式，从多个视角反驳永动机不能成立之道理。在关于"宇宙与人生观"这个热点话题上，《科学》分别刊发了日本作者新城新藏的《宇宙观与人生观》(石岑译，第3卷第11期)一文，并专门配发编者按指出，对作者的结论和论断是否妥当，请各位读者以自辩之。随后又发表饭岛中夫的《中国古代天文学成立之研究——答新城博士驳论》(陈啸仙译，第11卷第12期)，特发编者记指出，饭岛中夫认定的中国古代天文学来自古巴比伦的论述，理由并不是很充分，但其批评之精神值得赞誉。同时提出建议参考顾颉刚著的《古史辨》互为参照。在"开放"理念上，由于英国《自然》杂志刊登了许多强烈批评德国纳粹政府学术政策的文章，1937年11月12日，德国科学教育部部长伯恩哈德·鲁斯特(Bernhard Rust)下达了一条行政命令，把《自然》杂志从德国大学和科研机构的图书馆中移除。1938年4月，《科学》在"科学新闻"

（第 22 卷第 3 期、第 4 期）一栏中，介绍了英国《自然》杂志因为报道了独裁德国而受到限制，但杂志仍然刊登德国科学进步事宜，体现《科学》本身具有的"开放"的特征。传播理念的互动变迁还体现在"公众参与科学的理念"在第一时间得以引起传播主体的重视，并在《科学》加以传播。1938 年，刘咸将英国前首相麦唐纳的《科学与大众》（第 22 卷第 1 期、第 2 期）一文翻译并发表，指出科学巨大的社会价值将科学带入了真理的境地，但科学研究是否应该让公众知晓、科学的价值和特色等问题都需要重新加以定义和分析，不然科学成果有误用之危险。为此，他呼吁将社会民众民意关注科学的声音纳入科学发展之中。这种将公众参与科学的理念研究引入中国传播，《科学》应该是第一家。《科学》在把科学知识作为理念世界的"真善美"的传播过程中，在与现实世界的互动交流中呈现了一个发展、形成和演变的传播路径，客观上形成了开放、平等、包容、互动的传播特征，与当代科学传播理念的追求具有一定的契合之处。

作为理念世界的《科学》传播活动，将科学视为一种包含自然、人生、社会的终极信仰来推向广大国民，广泛传播科学对社会、对人生、对文化的重大贡献，把科学当作推动现代文明前进的主要动力，并推崇为人类文化价值最高的部分，从而赢得了批判和规范中国传统文化价值的权威和力度。在这样的传播理念的指引下，科学的理性价值和工具属性，开始逐渐进入知识领域、社会领域、人的存在和人的价值等方方面面，并逐步渗透到中国社会的各个环节，使中国近代科学文化呈现出"科学主义"的典型特征。这里有必要将科学传播理念与科学主义做一个简单的区分和梳理。

"科学主义"译自英文"Scientism"。在西方，对科学主义概念的认识经历了一个从含义和立场的演变过程，承载的意义也经历了一个从正面价值、中性界定再到走向分析、反思、批判的过程。但不管概念和意义如何变幻，科学主义都有一个共同的特点："那就是科学主义是坚信科学真理的绝对性、科学方法的普适性、科学价值的无限扩张性的哲学观念。"[33]近代中国学界对"科学主义"的认识主要源于郭颖颐的《中国现代思想中的唯科学主义（1900—1950）》一书，认为"唯科学主义（形容词是'唯科学的'Scientistic）可定义为那种把所有的实在都置于自然秩序之内，并相信仅有科学方法才能认识这种秩序的所有方面（即生物的、社会的、物理的或心理的方面）的观点"，[34]并将"唯科学主义"分为经验论的科学主义和唯物论的科学主义两种类型。学者杨国荣则认为"科学主义可以看作是哲学观念、价值原则、文化立场的统一"，将其称为"科学的形上之维"。[35] 李丽认为:"当时人们认识到只有在文化的视域中,中西合炉,把科学作为一种方法、一种精神,才能真正地把西学融入中国文化之中,变成中华民族的一部分,实现'自强'的目的。正是在这个转变的完成下,世纪末本世纪初的维新思潮中,作为哲学思潮的科学主义才破土而出。"[36]

由于科学在东西方所处的文化环境不同,"科学主义"在东西方也表现为不同的形式。西方科学主义是近代科学在内源式发生过程中形成的对科学力量的崇拜。而中国近现代思想中的科学主义则是外源式输入形成的,是在尚未完全弄清"科学"是什么的情况下,对科学价值无限敬仰而激发出的对科学的想象与膜拜。"五四"前后,面对中国救亡图存的现实要求,科学主义作为各种"主义"传播的流派之一,以巨大的"经世致用"价值,迅速取代了中国传统儒学的权威地位,实现了新的社会认同。新的社会认同又推进科学进入社会文化的各种领域,最终将科学当成一种信仰对象,促使中国近代社会完成了从科学到科学主义的价值超越。

从科学传播理念上分析,《科学》的科学传播理念是把科学传播过程作为一种整体向"善"的价值追求,是科学知识理念与人的传播理念两者相统一和融合之后的价值选择,而"科学主义"则是科学传播理念在现实世界的一种表现而已。从科学传播理念形成角度来认识,"科学主义"是把作为科学传播活动的部分对象——科学知识和内容,也就是科学精神、科学原则和科学方法在传播活动中普遍化、教条化、绝对化的结果。科学知识作为人的理论实践的产物,反过来压制了作为人的本身能动的传播活动,即人化的知识反过来限制人的实践,进而产生了一个超越科学传播理念的整体的"善"。从科学传播的效果来分析,科学传播理念是科学传播的先验的价值观念,科学主义则是科学传播活动中对科学的重构所产生的结果。关于科学理念与传播理念的融合和分离,以及导致的对科学的重构的效果研究。在本书的第7章中将做专门论述。

参 考 文 献

[1] 郑明鲁.试论柏拉图"理念论"的形成与发展.厦门大学学报(哲学社会科学版),1987,3:59-61.
[2] 刘闻名."理念""善""正义"——对柏拉图"理念哲学"的思考.北方论丛,2017,6:109.
[3] 刘兵,等.多视角下的科学传播研究.北京:金城出版社,2015:53.
[4] 范铁权.民国科学社团发展变迁——中国科学社社员的时空分布透析.自然辩证法研究,2005,3:18.
[5] 胡适.回忆明复.科学,1928,13(6):829-830.

[6] 朱熹.朱子全书·大学章句.上海：上海古籍出版社,2002：16-17.
[7] 朱华.近代科学救国思潮研究.北京：北京师范大学,2006：26.
[8] 吴国盛.什么是科学.广州：广东人民出版社,2016：11.
[9] 董金裕.施政的法则——《古文尚书·大禹谟》"六府三事"之"三事"的内涵及其现代意义.吉林师范大学学报(人文社会科学版),2018(2)：1-2.
[10] 任定成.在科学与社会之间.武汉：武汉出版社,1997：22.
[11] 任鸿隽.《科学》三十五年回顾.樊洪业,张久春编.科学救国之梦——任鸿隽文存.上海：上海科技教育出版社,2002：682.
[12] 任鸿隽.发刊词.科学,1915,1(1)：3-7.
[13] 编者.本社致留美同学书.科学,1916,2(10)：1177-1178.
[14] 黄昌穀.科学与知行科学.科学,1920,5(10)：959-962.
[15] 张孟闻.《科学》的前三十年.科学,1985,37(1)：76.
[16] 任鸿隽.中国科学社二十年之回顾.科学.1935,19(10)：1483.
[17] 编者.例言.科学,1915,1(1)：1.
[18] R·K·默顿.科学社会学(上册).鲁晓东,等译.北京：商务印书馆,2003：ii.
[19] 任鸿隽.科学通论.初版弁言.上海：中国科学社,1934：Ⅰ.
[20] 刘咸.科学今后之动向.科学,1935,19(1)：3.
[21] 杉本勋.日本科学史.郑彭年译.北京：商务印书馆,1999：345.
[22] 任鸿隽.科学精神论.科学,1916,2(1)：2-4.
[23] 秉志.科学精神之影响.见中国科学文化运动协会编印：科学与中国,民国二十五年五月初版.
[24] 胡适.《科学与人生观》序.科学与人生观(上),上海：亚东图书馆,1932：2.
[25] 任叔永.人生观的科学或科学的人生观.科学与人生观(上),上海：亚东图书馆,1932：8.
[26] 杨铨.科学的人生观.科学,1921,6(11)：1112-1117.
[27] 任鸿隽.关于发展科学计划的我见.科学,1946,28(6)：247-248.
[28] 潘友星.上海隆重纪念中国科学社和《科学》一百周年.科学,2015,67(6)：10.
[29] 叶建柏.科学应用论.1917,3(2)：141-142.
[30] 刘咸.科学史上之最近二十年.科学,1936,20(1)：6-8.
[31] 任鸿隽.中国科学社社史简述.樊洪业,张久春编.科学救国之梦——任鸿隽文存.上海：上海科学技术出版社,2002：724.
[32] 任鸿隽.吾国学术思想之未来.科学,1916,2(12)：1294.
[33] 李丽.科学主义在中国的历史与现实之省思.上海：复旦大学,2006：26.
[34] 郭颖颐.中国现代思想中的唯科学主义(1900—1950).雷颐译.南京：江苏人民出版社,1989：17.
[35] 杨国荣.科学的形上之维——近代中国科学主义的形成和衍化.上海：上海人民出版社,1999：15.
[36] 李丽.科学主义在中国的历史与现实之省思.上海：复旦大学,2006：57-58.

第 5 章
《科学》传播内容的主题变迁

《科学》记载了传播主体推进科学传播活动的最新内容和成果。传播内容和成果则集中反映了科学传播与社会互动过程中,社会经济、政治、文化和民族心理等方面的状况和矛盾,以及各种问题的产生和解决、再产生和再解决的过程。通过传播内容的交流,传播主体与传播受众之间产生互动,最终推进传播效果预期目标的实现。

从传统传播学理论视角来看,《科学》的传播内容表面上似乎不涉及价值判断,也不采取一种先验的哲学观点,它可能只是传播主体发现的最新知识或者报告而已。但是,这些知识和发现毫无疑问对传播主体自身来说肯定是有价值的,这种价值需求是促使他们向社会大众推行传播的内在动因之一,从而在传播过程中试图对社会结构和功能产生一定的影响。因此,本质上科学传播的内容选择是以其不言而喻的价值观为前提的。

小莫里斯·N·李克特认为,社会价值观对于阐述哪些内容和放弃哪些内容有着影响,所以即便对自然的观察是科学的,但是最终的阐述中也要包含有某些"非科学"的成分。[1] 因此,《科学》的传播内容并不是孤立地存在于理念世界之中,对传播内容的选择有着深刻的社会根源和现实需求,取决于政治、经济、文化等多方面因素。一般来说,那些受到社会关注的热点话题总是能获得较多的传播机会,传播主体需要根据科学标准和社会标准,来设定一定的科学传播事项。对传播内容的思想分析研究以萨顿的内容定量分析法最为代表,他认为对发刊文章的思想进行分析是基于这样的假定:内容上的偏重预示着思想的重视;但思想完成是一个功能化的东西,对其解释也只是以假定的社会的经济的或心理的根源和功能为依据。[2]

本章就是对《科学》的传播内容采用经验的观察和检验与量化分析方

法,并加入逻辑分析和抽象推理的因素,以及传播主体自身社会角色和精神特质的价值因素,通过对传播内容的统计分类、梳理和归纳分类,指出科学传播在推进科学知识普及、科学兴趣改变和科学体制确立的过程中,在传播与社会之间、传播主体与传播内容之间、传播理念与传播内容之间,存在着一定的互动关系,最终在传播效果上体现出全面的科学普及思想、中国科学化和科学中国化的实践思想、抗战救国思想、科学建国思想等传播特征。

5.1 《科学》的发刊内容概述

1916年,在中国科学社第一次年会上,任鸿隽用比喻阐述自己在中国社会传播科学的诱因。他把科学比喻为外国的好花,中国要想实现科学的"开花结果",像以前那种只注重科学的某一方面是不科学的,认为"必得其花之种子及其种植之法"才是根本,必须组织科学团体来传播"整个科学",以欲永久不息地开出科学之花。这段论述形象地说明《科学》传播内容的最高目标,就是给中国引进"整个科学",为中国培育科学发展的根基和"种子"。

从传播"整个科学"的角度入手,《科学》的传播内容可谓包罗万象,从科学本质观念来看,最新的科学基础理论知识、科学应用知识、科学通论和科学史等内容,以及科学原则、科学精神、科学价值和科学方法等都有体现;从科学社会结构建构来看,科学与教育、科学与工业、科学与工程技术、科学研究等科学应用实践,到科学的社会建构、科学与大众、科学共同体和科学与国际交流、科学传播等都进行了探讨。可以说,几乎当时能够理解的科学观念和思想都在传播中有所体现,国内外科学机构和科学界最新的动态和变迁都有所记载。《科学》具体的出刊情况见表5-1。

表5-1 《科学》(1915—1949)年度出刊情况

年份	1915	1916	1917	1918	1919	1920	1921	1922	1923
卷数	第1卷	第2卷	第3卷	第4卷第1~4期	第4卷第5~12期;第5卷第1期	第5卷第2~12期	第6卷	第7卷	第8卷

续 表

年份	1924	1925	1926	1927	1928	1929	1930	1931	1932
卷数	第9卷第1~7期	第9卷第8~12期；第10卷	第11卷	第12卷	第13卷第1~7期	第13卷第8~12期；第14卷第1~4期	第14卷第5~12期；第15卷第1期、第2期	第15卷第3~12期	第16卷
年份	1933	1934	1935	1936	1937	1938	1939	1940	1941
卷数	第17卷	第18卷	第19卷	第20卷	第21卷	第22卷	第23卷	第24卷	第25卷
年份	1942	1943	1944	1945	1946	1947	1948	1949	
卷数		第26卷第1期、第2期	第27卷	第28卷第1期	第28卷第2~6期	第29卷	第30卷	第31卷	

注：图表根据民国全文期刊数据库《科学》标明的出刊时间整理所得，下同。

综上，1915—1949年，35年间《科学》共出版31卷356期，基本以每年1卷、每卷12期的形式出版。因为战争的原因，1942年没有出刊，1943年第26卷也仅仅发行了2期。因为编辑部自身调整和外部印刷机构调整的因素，1918—1919年、1924—1925年、1928—1931年存在着发刊延误或者相互交错的情况。

在356期的发刊中，根据中国科学发展的实际要求和科学外部发展的社会需要，《科学》分别刊行32期的专号、专集；从数量上来看，专号、专集发刊最多的是中国科学社相关年会的文章，共有11期，体现了作为中国科学社社刊的定位；其他专集、专号分别围绕工程、地质、无线电、经济等中国近代科学发展的某一热点和主题来开展，这些科学的关键词正是当时科学发展的兴趣中心所在。从发刊时间来看，专号、专集大多集中在第7卷、第8卷、第9卷、第10卷、第11卷、第12卷、第13卷、第14卷之中，"科学教育、地质、经济、无线电、地学、食物化学、有机化学"等专号是中国科学化运动时期中国近代科学某一学科在社会发展的集中体现。具体的"专号""专刊"发行情况见表5-2。

表 5-2 《科学》专号专刊情况

卷期	第1卷第4期	第3卷第1期	第4卷第1期	第6卷第1期	第7卷第9期
专号	战争号	年会号	年会号	年会论文号	南通年会专刊
卷期	第7卷第11期	第8卷第6期	第8卷第8期	第9卷第2期	第9卷第9期
专号	科学教育专刊号	通俗科学演讲号	杭州年会专号	工程号	理化号
卷期	第9卷第10期	第10卷第1期	第10卷第7期	第10卷第10期	第11卷第1期
专号	地质号	经济专号	无线电专号	赫胥黎纪念号	地学专号
卷期	第11卷第6期	第11卷第8期	第12卷第4期	第13卷第6期	第13卷第12期
专号	中国科学史料专号	食物化学专号	泛太平洋学术会议专号	胡明复博士纪念号	有机化学百年进步号
卷期	第14卷第5期	第14卷第6期	第16卷第10期	第17卷第8期	第17卷第9期
专号	第四次太平洋科学会议专号	第十四次北平会议专号	爱迪生逝世周年纪念专号	气象专号	国药专号
卷期	第19卷第10期	第20卷第10期	第27卷第9~12期	第28卷第1期	第28卷第2期
专号	中国科学社二十周年纪念号	七科学团体联合年会专号	本社三十周年纪念特大号	本社三十周年纪念会专号	青霉素专号
卷期	第29卷第10期	第30卷第3期			
专号	联合年会专号	葛利普教授纪念号			

关于1915—1949年《科学》的传播内容和特点,任鸿隽曾经对前几卷的内容进行了简单的说明:"我们试看《科学》首二三卷登载的文字,以鼓吹科学效用及解释科学原理的为多;到第三四卷以后,则渐渐登载国内科学家自己的研究结果;到最近几年来,则以英国的《自然》为模范,注重发表专门研究的著作。"[3]任鸿隽指出了传播内容从科学宣传到科学研究的转变思路。卢于道则按照编辑部长任职时间,对《科学》的传播内容进行分析后认为:杨铨担任编辑部长时期主要以介绍纯科学知识为主;刘咸担任编辑部长主要以倡导科学教育与研究为主;张孟闻担任编辑部长(作者亦编过二卷)主要使杂志具有反法西斯的特征及"科学的社会性自觉"。[4]张孟闻对刊物传播的内容和特色做了简单回顾后认为,最初《科学》是几个志同道合的留美学生发起的,只想对中国科学化发展尽些微力,早期文字以通俗为准,一直到民国二十年转到专研方

面,因而专著的内容就特别多。抗战以后,基于世事变化,转向到科学的社会功能上来,可是同时也没有放弃专研的内容。

就科学杂志和学术杂志来说,其重要地位鉴定者就是编辑和评议人。[5] 某种程度上,《科学》的编辑部长、编辑和评议人是决定科学事业发展的关键因素。可以说,发表在《科学》的内容并不仅仅是代表作者自身的观点,同时也要得到编辑部长、编辑和相关评议人员对有关科学知识可靠性和有效性的确认。因此,《科学》的传播内容、目的和意图主要是由编辑部长群体来把握的。本文按照编辑部长和编辑部成员的任职时间、传播理念的变迁时序,综合考虑《科学》出刊延误以及科学传播活动的完整性等因素,从科学传播与社会互动的角度,对《科学》的传播内容分为四个阶段:传播观念表达到范式形成转变的《科学》(第1~6卷)、传播范式形成到优先解谜转变的《科学》(第7~18卷)、传播优先解谜到危机反应转变的《科学》(第19~25卷)、传播危机反应到理念转换的《科学》(第26~31卷)。分别从科学本质观念思想传播、中国科学化和科学中国化实践两个角度,以发刊文本的统计分析为基础,分析《科学》传播内容在不同传播阶段和时期的具体表现与特征。

5.2 传播观念表达到范式形成转变的《科学》(第1~6卷)

《科学》(第1~6卷)主要在1915—1921年由杨铨担任编辑部长编辑并刊发。在创刊的1915年,正处于"科学"与"民主"观念的表达时期,各种科学思想在社会上竞相表达。随着西方"科学破产"的思想传入国内后,面临着科学究竟在社会发展中拥有何种地位及承担何种价值的困惑,科学的权威和价值在中国近代社会的地位得到部分的挑战。直到1922年,随着以自然科学家、政治家、企业家和教育家一体的"科学共同体"在近代中国的形成,标志着传播范式的最终确立。从科学传播与社会互动视角来看,《科学》的传播活动经历了一个从传播观念表达到范式形成的转变。

5.2.1 出刊概况

1915—1921年的7年时间,《科学》共发行6卷、72期内容;其中,第1卷第4期是"战争号"、第3卷第1期和第4卷第1期是"年会号"、第6卷第1期为"年会论文号"。从发刊内容的多寡来看,《科学》每卷页码基本在1 335页左右,每期平均为111页。第1~6卷具体的出刊统计情况见表5-3。

表 5-3 《科学》(第 1~6 卷)具体出刊情况

编辑部长	出刊时间	卷数	期数(期)	页数(页)
杨 铨	1915 年 1—12 月	第 1 卷	1~12	1 464
	1916 年 1—12 月	第 2 卷	1~12	1 402
	1917 年 1—12 月	第 3 卷	1~12	1 339
	1918 年 9—11 月	第 4 卷	1~3	1 244
赵元任	1918 年 12 月	第 4 卷	4	
杨 铨	1919 年 1 月	第 4 卷	5	
赵元任	1919 年 2 月	第 4 卷	6	
杨 铨	1919 年 3—12 月	第 4~5 卷	7~12,1	1 282
	1920 年 1—12 月	第 5 卷	2~12	
	1921 年 1—9 月	第 6 卷	1~9	1 284
王 琎	1921 年 10—12 月		10~12	
总 计	7 年	第 6 卷	72	8 015

注:编辑部长、出刊时间等数据均依据《民国期刊全文数据库整理》收录的《科学》封面所得;各卷页码数不含广告、目录索引等。下同。

由表 5-3 可知,1915—1917 年的 3 年时间是正常出刊。1918 年 1—8 月没有出刊,直到当年 9 月起,又重新出刊至 1919 年 6 月(第 4 卷第 1~10 期);在延误了近 4 个月后,于 1919 年的 10—12 月,方才出刊第 4 卷第 11 期、第 12 期,第 5 卷第 1 期。1920 年,除 2 月份没有出刊外,其他月份都能正常出刊。1921 年,正常出刊第 6 卷第 1~12 期。1918—1920 年,《科学》出刊时有延误,这与中国科学社和期刊编辑部主要成员由美国迁移到国内、主要人员调整、国内科学传播活动面临各种困境、有待全面展开有很大关系。

5.2.2 出刊内容

关于《科学》传播内容的编排和组织,第 4 章已经从科学名词的概念变迁和科学社会兴趣转换的角度做了论述。这里从传播内容的文本统计来看,《科学》(第 1~6 卷)基于国人对科学的了解还比较有限、科学知识比较缺乏、对科学的关注和热情也比较微弱的现实状况,首先定位为一个面向国人和普通科学研究者的传播科学知识的期刊,大力宣传科学的功能和价值,使更多的人懂得科学、关注科学、热爱科学。按照主编和编辑编排的索引目录,《科学》(第1~6卷)的内容统计情况见表5-4。

表 5-4 《科学》(1~6卷)目录索引统计情况

分类	卷数						总计
	第1卷	第2卷	第3卷	第4卷	第5卷	第6卷	
插图	67	35	16	16	13	4	151
社说	5	0	3	0	0	0	8
普通	14	12	16	17	13	24	96
名学、哲学	1	0	1	1	0	2	5
心理	4	2	3	0	1	0	10
教育	8	5	2	3	3	1	22
算学	8	3	9	11	9	4	44
天文、历象	11	4	10	0	2	0	27
物理	22	18	10	2	17	7	76
化学	13	10	11	15	16	12	77
工业化学	0	0	6	9	8	7	30
地质	1	0	5	0	2	9	17
地理	4	8	0	0	0	0	22
气象学	2	3	1	0	2	0	8
实业	10	8	16	9	7	10	60
土木工程(学)	16	6	5	9	0	4	40
机械工程、机械学	2	4	3	5	1	1	16
电机工程(学)	14	1	2	1	2	2	22
矿业、矿产	4	11	12	2	0	2	31
战争、战利品	26	0	4	6	4	0	40

续 表

分 类	卷 数						总计
	第1卷	第2卷	第3卷	第4卷	第5卷	第6卷	
生 物	42	29	12	11	11	17	122
农 林	27	25	11	19	19	22	123
卫生、医学	19	0	15	8	2	1	45
历 史	6	0	0	0	0	0	6
传 记	6	10	3	4	5	1	29
调 查	24	4	0	0	0	0	28
杂 项	40	34	30	31	24	21	180
答 问	3	0	0	0	0	0	3
生 理	4	0	0	0	0	0	4
记 事		13	6	5	3	4	31
名词讨论		1	5	2	3	0	11
生计、商业			6	3	5	0	14
统 计			13	5	0	0	18
附 录			3	0	3	0	6
航 空					2	0	2
冶 金					1	7	8
铁路、水利					2	3	5
总 计							1 437

注：此表依据《科学》第1~6卷刊发的目录索引统计所得。在同一编辑部长时期,根据现代科学分类标准,对部分分类作了调整,如战争和战利品等。另第1卷没有统计插图,为笔者统计后所得,特此说明。下同。

在传播主体看来,科学家的地位越重要,其贡献和成果越有可能及时进入科学传播的网络,从而促进相关科学的发展;越是具有重大现实和社会价值的科学问题,也越有可能及时进入科学传播网络,反过来也最终促进相关科学的发展。按照《科学》(第1~6卷)的传播内容,主编和编辑按照学科标准分为44个大类,内容上可以说是无所不包。从发刊数量上来看,排在前十位的分别是杂项、插图、农林、生物、普通（通论）、化学、物理、实业、卫生、医学和算学。对传播内容数量进行初步分析可知：一是科学基础理论知识，如"算学"（44）、"物理"（76）、"化学"（77）、"天文"（27）、"地理"（22）、"生物"（122）6个基础学科知识，共计368篇，占总文章数的25%以上。其中，生物类的文章发刊数量最多，应该与中国科学社早期社员大多具有生物学背景有很大关系，也与新文化运动时期对"进化论"思想的关注有一定关联，根源在于生物学科在近代中国的蓬勃发展。二是科学应用知识类的内容，主要有机械工程（16）、土木工程（40）、电机工程（22）、矿业矿产（31）、农林（123），以及实业、工业化学、生计、商业等内容，占比在45%以上。刊登大量的实业、卫生和医学的文章，应该与一定时期的办刊宗旨有很大关系，那就是"富国之本，首在实业；强国之本，首在卫生"。[6] 三是探讨科学本质观念和科学社会建制类的文章，如"普通"（96）、"社说"（8），以及"名学""哲学""历史""传记"类等内容，占比在15%左右。四是科学新闻和通讯类的"杂俎""统计""调查""记事""名词讨论"等文章，占比在15%左右。根据文章内容的归类方法，体现了《科学》编辑者对科学本质属性的多角度认识，也印证了"传播整个科学"的目标。

具体分析来看，"杂项"在体裁上属于新闻通讯类的内容，主要用于刊登科学新闻、科学知识、科学家故事、科学发明等，是当时立足中国近代科学发展实际情况推进科学普及的有益尝试，因此内容相当多。特别值得一提的是，《科学》在"杂俎"栏中，报道了"努培尔（今译诺贝尔）奖金与1914年世界努培尔之得奖者"（第2卷第4期）的消息，这应该是国人所办刊物中最早系统性和科学性地介绍诺贝尔奖者的。《科学》还关注到中国古代传说中的科学知识，对螟蛉和果蝇的真正关系进行了探讨说明，并给予其科学的答案。在第1卷内容索引中还单列了两个分类：一个是建筑类1篇，另一个是音乐类2篇（赵元任著《和平进行曲》《湘江浪和调》），并将其归类为"附录"，这种形式后期在目录索引中不再出现，这应该与早期传播主体的学科背景和稿件无固定来源有关。

"插图"一栏作为图文并茂的传播形式，从第1卷的67幅到第6卷的4幅，从发刊数量上看是大量地减少，表明《科学》由最初的直观的科学传播形式向多元化的传播形式转变，并逐渐开始关注科学研究和议题的纵深发展和议程设置。第1卷的67幅图片大致可以分为四类：一是外国科学家和发明家、工程师的图像，包括创刊号的伽利略，以及培根、爱因斯坦、法拉第、舍勒、爱迪生、天文学家白雷希、北极发现者裴列等。二是中国古代科学家及科学研究活动的照片，如张衡地动仪、清朝寒暑仪、清朝日晷、清朝天文学仪器图、星象图、刀牙虎图片等。三是刊登代表时代前沿的工程技术进展情况的照片，如世界最大的蒸汽机车、美国茂林公司的汽铲（挖掘机）机械运作图、世界最大的汽轮机等。四是一些科学技术最新进展和现象的图画，如美国斯坦福大学矿床学实验室、火山喷发、激光、伦琴射线等。

与栏目编排不同，编者把杂志发行的"例言""发刊词""战争号弁言""外国科学社与本社之历史"等列入"社说"一类，主要用来刊发与中国科学社和编辑部相关的内容。将"地理"和"地质"单独分为两类，并将《挪威之地震》与《地面之剥蚀》分别列出，表明编者对地学的发展和分类有了更深的认识。在"哲学"中，将任鸿隽译罗素著的《物之分析》、王琎译威尔逊博士著的《科学与哲学》放入，表明编辑对科学与哲学之间的清醒认识。其中，将钱天鹤著的《天演新论》（第4卷第12期）列入哲学范畴，并对天演论的4种说法做了总结，表明在编辑心中，似乎只有数理科学系统才是真正的科学知识。

根据每卷刊登内容的不同，编辑还设定一些临时性的分类，如"战争"和"战利品"在第5卷刊登4篇文章后没有出现；"商业"内容刊登5篇文章后，也不再单独分类。第3卷、第4卷中，分别刊登了中国科学社第一、二次年会情况，主要有年会报告、社长报告、书记报告、会计报告、期刊编辑部报告、经理部报告和常年会干事报告7篇文章，体现作为"社刊"的定位；第4卷内容出现河海工程的分类，分别是南运河叙略、直隶河工之讨论2篇文章，并将其单列出来；第5卷将胡适的《清代汉学家的科学方法》单独列出，分为汉学一栏；第5卷、第6卷，将机械工程改为机械工程学，电机工程改为电机工程学，土木工程改为土木工程学，"一字之差"，表明作者对科学技术由"应用科学"到"理论科学"的区分；第6卷第12期索引由王琎开始编辑，将"普通"改为"通论"，其分类内容没有变化，同时出现"化学分析"的内容，刊登《中国无机物类之分析》《茶之成分》《中国酒类之分析》《中国制钱之分析》《乌桕油之一二试验》《黄豆食物之化学研究》6篇文章，这些文章是运用化学方法分析中国传统科学技术的典范，也体现了作为化学家的王琎与科学传播之间的紧密关系。

5.2.3　传播特点：全面的科学普及思想

就科学传播与社会之间的互动关系而言，《科学》的传播观念表达就是充满热情和专注地阐明科学本质和内涵，为科学在社会上权威地位的确立奠定基础。表现在传播内容上，就是以科学技术知识传播为基本，以科学本质观念和思想传播为根本，以科学的社会建构传播为辅助，着力推崇科学的功利主义、实用主义等价值,呈现出鲜明的科学普及思想特征。

5.2.3.1 科学与技术知识的全面传播

《科学》最初的传播宗旨和目标就是传播最新的科学基础理论知识。从数学、物理、化学、天文、地理、生物等基础知识,到地质、气象、生理和医药卫生等应用知识,是这一时期科学传播的核心内容。具体从数量上来看:"数学(算学)"作为近代科学发展的基础在传播中得以全面体现,这一时期共发刊 44 篇。代表性的有:陈茂康著《平面数学》(第 1 卷第 1 期)、胡明复著《算学于科学之中之地位》(第 1 卷第 2 期)、胡明复译《近世纯粹几何学》(第 1 卷第 3 期、第 5 期)、何运煌著《几何学史略》(第 1 卷第 12 期)、何运煌译《代数学之基本理论》(第 2 卷第 1 期)、茅以升著《中国圆周率略史》(第 3 卷第 4 期)、何鲁著《治算学方法》(第 3 卷第 11 期、第 12 期)、周美权著《世界最大悬赏之数学问题:费马定理》(第 4 卷第 3 期)、何鲁著《算学名词商榷书》(第 5 卷第 3 期)、曾世英著《二次方程式计算器》(第 5 卷第 3 期)、吕谌著《西算余史》(第 5 卷第 6 期)等。李协更是在《最小二乘式》(第 4 卷第 4 期)中指出"科学以精密观察为事者也,不以平差之术介绍给国人,而欲令其研究精微之科学,胡可得耶?"体现了传播者对数学在建构科学理论基础地位的认识。

"物理"学作为近代科学理论的最大变革理论之一,相关文章共发刊 76 篇。代表性的有胡明复著《万有引力之定律》(第 1 卷第 1 期)、杨孝述著《欧姆定律》(第 1 卷第 1 期)、胡明复著《近世科学的宇宙观》(第 1 卷第 3 期)、胡明复译《伦琴射线与结晶体结构》(第 1 卷第 8 期)、饶毓泰译《能力(能量)不变定律原论》(第 2 卷第 6 期)、胡明复译《磁学上最近之学说》(第 2 卷第 10 期)、顾元译《物理学之基本概念》(第 3 卷第 5 期)、曹惠群著《宇宙新说》(第 5 卷第 4 期)、熊正理著《倍奴里水动学定理浅说(今译伯努利定理)》(第 5 卷第 7 期)、任鸿隽著《爱恩斯坦(今译爱因斯坦)之重力新说》(第 5 卷第 11 期)、杨铨译《爱因斯坦相对说》(第 6 卷第 3 期)、王琎译《物理学之历史》(第 6 卷第 10 期、第 12 期)、王琎著《物理学史》(第 6 卷第 10 期)等,可以说,19 世纪最新的物理学知识和理论都可以在杂志中看到。"化学"共发刊 77 篇文章,被称为 20 世纪最大科学发现的"镭"的介绍就有 3 篇,分别是吴广著的《说镭》(第 4 卷第 12 期)、王质园著《镭之奇迹》(第 5 卷第 8 期)、潘祖述著《镭与理化界》(第 5 卷第 10 期)。

以进化论为基础的生物科学思想也占据传播的主要方面,"生物"类共有

122 篇文章。代表性的有秉志著《生物学概论》(第 1 卷第 1 期)、《古今生物学名人考》(第 2 卷第 9 期)、钱崇澍著《生物论》(第 1 卷第 5 期)、钟心煊译《食物保存与微生物之关系》(第 2 卷第 7 期)、罗世巍著《治生物学通意》(第 3 卷第 8 期)、钟心煊著《下等动物与人类疾病之关系》(第 3 卷第 12 期)、姚家诂著《后天性质可否遗传》(第 5 卷第 5 期)等。特别是胡先骕述译《达尔文学说今日之位置》(第 1 卷第 10 期)、《试行法律及应用寄生物防卫害虫之问题》(第 4 卷第 7 期)、《美国哈佛大学中美植物木本植物之比较》(第 5 卷第 5 期)、《有益之微生物与生活质》(第 6 卷第 3 期)4 篇文章,分别介绍了遗传学说的建立和生物突变论等内容,这些内容很多都是在英美等西方国家发表的科学新成果。

传播科学的目的最终就是为了应用,对科学应用技术类知识的传播也占据大量的篇幅。有关实业、冶金、化工、铁路、航空、矿业矿产、机械工程、土木工程、电机工程、电气等几乎所有应用型知识都在传播中有所体现。代表性的有李垕身著《水泥制造法》(第 1 卷第 1 期)、高恬著《化学工业概观》(第 4 卷第 6 期)、《化学工业概论》(第 5 卷第 2 期)、王文培著《欧美之纸业》(第 5 卷第 4 期)、谢坚著《煤炭浅言》(第 3 卷第 4 期)、陈德芬著《勘路要义》(第 3 卷第 12 期)、刘寰伟著《水利刍言》(第 5 卷第 7 期),这些文章分别涉及建设、工程、造纸等技术,都是当时工业发展和实业发展急需的科学知识。中国农业国的现实情况和丰富多样的农林资源,是生物科学发展的最为优越的条件。因此"农林"类文章发刊达到 123 篇,代表性的有李积新译《蘋(苹果)果树害虫种类与防治》(第 6 卷第 2 期、3 期、5 期、6 期)、祁天锡著《江苏植物名录》(第 6 卷第 2 期、3 期、4 期、6 期)、胡先骕著《江西植物名录》(第 6 卷第 11 期、第 12 期)、《江西浙江植物名录》(第 6 卷第 12 期)等,这些内容都是各地农林学发展的开创性成果,前期已经有过专门的论述,这里不再赘论。

5.2.3.2 科学本质观念和思想的全面传播

《科学》非常注重对科学精神、科学方法等的传播,这是科学的根本所在。这些思想主要体现在"普通"类的 96 篇文章中,以任鸿隽、胡明复、饶毓泰等早期代表人物的相关论述最具代表性。其中,任鸿隽围绕科学知识的全方位价值和特征,分别撰写了《解惑》(第 1 卷第 6 期)、《论学》(第 2 卷第 5 期)、《科学精神论》(第 2 卷第 1 期)、《吾国学术思想之未来》(第 2 卷第 12 期)、《科学与近世文明》(第 4 卷第 4 期)等文章,全面阐述了科学精神、科学方法等的内涵和思想。胡明复则连续撰写《科学方法论一》(第 2 卷第 7 期)、《科学方法论二》(第 2 卷第 9 期)、《科学方法论三》(第 3 卷第 3 期)等文章,对科学方法、科学定理等进行全面的阐述,特别呼吁国人应该采用归纳、演绎等科学方法去获得知识,求得科学真理,指出这对科学发展非常必要。饶毓泰则在《科学范围与方法》(第 2 卷第 3 期)中,从科学与哲学的关系问题入手,认为自然主义者用科学方法去研究自然的秩序,也就是用科学定理去解析哲学,但这种研究成果与哲学的不同之处在于,对科学描写的最终目标是精确分析的结果而已。

随后,探讨科学进步、科学应用、科学分类的文章大量出现,从多个方面和角度宣扬科学的应用功能和价值。赵元任的《科学与经历》(第 1 卷第 2 期)、唐钺译《最近四世纪科学进步之大略》(第 1 卷第 11 期),分别论述了 16—19 世纪近代科学各学科发展进步的简明历程。江履成译《科学历史之时代》(第 1 卷第 12 期)、唐钺译《科学之分类》(第 2 卷第 8 期)、金玄九的《科学之分类》(第 1 卷第 9 期)等,分别介绍了科学的各种分类标准和划界问题。叶建柏则在《科学应用论》(第 3 卷第 2 期)中,以"爱迪生认为世界各国皆对科学有所发明,惟中国没有"的论断发出诘问,分析中国之所以科学不能兴盛的原因是国人将科学视为"奇技淫巧",没有认识到科学应用对人类社会的重大作用,为此提出科学应用上的七条具体建议,首先在于弥补政府科学知识的缺失,从科学应用做起,从工商和应用科学做起,将推进中国科学发展的重任放在政府的带头行动之上。唐钺则在《科学与德行》(第 3 卷第 4 期)一文中,分析科学有益于德行的五个方面,指出科学虽然不能直接成就善人,但是科学有益于我们成为善人。何鲁则在《科学与和平》(第 5 卷第 2 期)一文中,指出科学是真理的化身,呼吁社会各界都去追求真理,指出科学真理对社会的五大社会功能,分别是:科学能够改善人类生活、能利用外力、能抵抗外害、能使人群接近者,同时科学还能够导致和平。因此,科学知识不但可以为人谋幸福,而实在其能与人为善者也。在这里,科学知识"正德利用厚生"的全方位价值得到全面体现。

针对中国近代国人普遍存在的迷信思想,《科学》的传播主体以科学方法和态度为标准,进行科学精神的培育,这也是科学本质观念和思想的体现。特别是通过简明易懂的科学知识介绍性文章,传播科学的新知识、新观念。代表性的有胡明复著《说虹》(第 1 卷第 12 期)、张准著《论水》(第 2 卷第 8 期)、竺可桢著《钱塘江怒潮》(第 2 卷第 10 期),以及胡刚复著《大地电象》(第 2 卷第 5 期)、严庄著《地面之剥蚀》(第 2 卷第 5 期)、唐钺著《雷电说》(第 2 卷第 7 期)等解释自然界各种现象的文章,以及钱治澜、廖慰慈著《吾人常梦之证》(第 2 卷第 11 期)等破除迷信思想和陈陋观念的文章,指出了国人的错误认识。

5.2.3.3 科学社会建构知识和思想的全面传播

《科学》在传播新知识的同时，还针对性地传播科学研究、科学教育、科学社会建制、科学与中国社会等实践内容，为中国科学化和科学中国化的具体行动打下思想基础。

从传播科学知识到推进中国学术发展，再到推进科学研究，最后到大力推行科学教育，科学救国的社会目标在科学教育的推行中找到了一个坚实的落脚点。1912年，中华民国先后颁布了一系列的教育法令，具体规定了各学科的教学目的和学习科目，初步构建了一个相对合理、科学的教育体系。[7]随后，通过一大批热心教育的政治家、革命家和教育家的共同推进，特别是大量的留学生回国，带来最新的科学思想和视野，使教育发展呈现出良好的发展势头。在创刊的1915年，任鸿隽刊发《科学与教育》（第1卷第12期）一文，首先将"科学"与"教育"并称为"科学教育"，主张"应用科学方法于教育上"，指出科学教育不仅仅是科学知识传授，还是科学方法、科学精神在教育上的应用，开创从科学角度推进教育改革的先河。随后，胡明复在《教育之性质与本旨》中，从教育如何适应科学的角度，对教育的本质进行分析，认为"教育者用经验以改良与发达行为之谓也"，指出中国古代传统教育是以"形而上"的修身治国平天下的伦理教育，其教育的含义和内容与现在普遍使用的"教育"完全不同，当前应该大力推行以科学内容为主的科学教育。任鸿隽则在《科学家人数与一国文化之关系》（第1卷第5期）一文中，从科学教育与国家民族、文化的角度论述科学、文化对国家强弱的重要性，指出"一国国政之整紊，与人民生计之乐苦，与科学家之数成正比例"，要"欲富强其国，先制造科学家"，意即要使国家富强，就必须重视自然科学的教育和科学人才的培养。

在科学教育概念和理论分析的基础上，有关西方科学教育和科学的组织建构的文章开始大量出现，主要体现在"科学教育号"刊发的22篇关于科学与教育的文章。此外，围绕科学与教育的关系、作用、各个阶段科学教育的重点等范畴，分别刊发胡明复译《教育之性质与本质》（第1卷第6期）、李垕身著《职工教育》（第2卷第4期）、杨铨著《生计与教育》（第2卷第6期）、任鸿隽著《实业教育观》（第3卷第6期）、王文培著《德国实业振兴溯源》（第3卷第8期）、郑晓沧著《科学教授改进商榷》（第4卷第2期）、《童子军与理科教育》（第4卷第3期）、朱文鑫著《中等教育算学新论》（第5卷第2期）、李协著《化学工业与职业教育》（第5卷第6期）、班乐卫著《班乐卫氏关于中国教育之言论》（第5卷第12

期)等,对推行科学教育的内容、重点、分类、人才等进行了全面系统的探讨。

随着科学教育的发展以及中国近代科学事业的进步,独立的科学研究成为一个科学发展的中心议题。但要实现真正的独立研究,科学研究机构的成立是最基本的条件。《科学》大量刊登介绍如韦斯特实验所、法国巴士台(今译巴斯德)研究机构等的文章,希望在推进实业发展的同时,更多地促进科学研究事业的进步。杨铨则从科学和研究的重要关系入手,刊发《科学与研究》(第5卷第7期)一文,明确提出"无研究则无科学,无科学则无以立国"的论断,进而提出要发展中国自身科学研究事业的呼声。随后,《科学》有计划地刊发介绍西方科学体制和研究机构的内容,主要是介绍国外的实业机构和研究所等。如黄昌穀的《美国哈穀制刚公司》、威尔逊的《国家气象台建设及设备》、谢家荣的《记美国之国立地质调查局》(第6卷第9期)等,为中国科学发展所需的社会体制机制组织提供借鉴。在介绍科学研究机构的同时,《科学》还重点传播了中国科学社在南京分社所设立的科学图书馆,并进行公开展览,以及设立南京生物研究所,推进科学研究实践等具体内容。

《科学》传播的最终目的是在"中国科学化"基础上进而实现"科学中国化",就是中国的科学界有自身的新研究、新发明、新成果,并为世界科学知识的发展做一点贡献。从创刊起,《科学》就陆续刊发运用科学方法研究中国古代科学和探索中国古代科学史的原创性成果。在这方面,最早运用近代科学方法研究中国科学具体问题的当属过探先,他在创刊号中发表了《中美农业异同论》,并翻译《永久农业与共和》(第4卷第8期)一文,主张"中国最大的问题,所应注意者,在乎保守其生产之量,而减少其工作之人数,增多每人生产之能力,及其经营之资本,普及科学之知识,促进经济上及社会之自由",最终的目标是推进由农业国到工商国的转变,进而达到共和的目标。过探先对"共和"概念也做了全面介绍,他指出"故共和云者,非政治之形式,乃社会中人人德智之发育,公共事业之自动,所致之现象",指出共和应该是自上而下的培养模式。针对中国农业国的现实情况,过探先认为要真正实现农村振兴,就需要诞生更多的科学家、政治家,进而达到平等之权利,要素之自由流动、社会之平均分配的目标。这种将科学与民主、共和联系在一起的科学传播思想,表明了传播者在科学思想观念认识上的深入。杨铨则在《中国之实业》(第3卷第3期)中,通过对中国的铁路、工厂、贸易、煤矿等贸易进出口数字进行分析比较,指出中国实业不发达的现实情况。随后,他在《中国实业之未来》(第3卷第7期)中,首先从中国文化角度对中国实业发展凋敝现状进行原因分析,然后根据世界实业的发展历史和趋势,将世界实业发展的历史分为自然时代、封建时代、独做时代、协作时代,进而指出推进中国实业发展的两种途径,认为要实业救国就需要推进从封建时代到独做时代,进而到协作时代的努力。并举英、德、美三国的实业发展历史予以论述。这一时期,竺可桢译《中国之煤矿》(第3卷第5期)、侯德榜著《中国油业之前途》(第4卷第4期、第5期)、何鲁著《中国科学的前途》(第5卷第8期)等文章,都认为推进中国科学发生、发展的前提条件首先是开展科学研究,当前基础是需要图书馆、教材杂志等科学资料,用以解决当前中国面对的根本问题。李垕身著《中国铁路及电话电报材料问题》(第4卷第9期)、《规定国内铁路建筑法及车式标准问题》(第4卷第11期)、钱天鹤著《中国蚕桑研究》(第4卷第11期)、邹钟琳著《中国菌病闻见录》(第4卷第12期)等,都是关注中国现实问题之后采用科学方法研究提出的应对举措和实用建议,将科学社会实践的最新成果向社会大众传播。这一时期,《科学》还陆续发表了李俨、茅以升、赵元任、王琎、竺可桢等有关中国科学史研究的最新成果,开创了运用科学方法对中国科学史研究的先河,也奠定了他们学科奠基人和开创者的社会地位。

5.3 传播范式形成到优先解谜转变的《科学》(第7～18卷)

《科学》(第7～18卷)主要在1922—1934年由王琎和任鸿隽担任编辑部长编辑并刊发。1923年,随着"科学与人生观"论战的不断展开,科学的权威和价值在社会上的逐步确立和体现,科学开始向思想、社会、政治、教育等领域延伸。1927年,随着南京国民政府的成立,以《科学》为代表的科学传播理念获得广泛的社会认同并得以实施。随后在1932年开展了以中国科学化为主题的社会实践活动。从科学传播与社会的互动视角来看,《科学》的传播活动经历了一个从传播范式形成到优先解谜实践的转变。

5.3.1 出刊概况

1922—1934年的13年间,《科学》共发行了12卷、144期。以1927年为界限,又可以分为两个时期:1922—1926年的第7～11卷,60期内容,主要是在南京编辑发行;1927—1934年的第12～18卷,84期内容,主要在上海编辑发行。经笔者统计,每卷页码为1747页左右,每期平均146页左右。内容厚重的发刊内容也从侧面说明,这个时期《科学》传播活动在国内的发展正逐步走向成熟,走向中国社会的活动中心。

1922—1923 年,第 7～8 卷 24 期正常出刊。1924 年 1—5 月,出刊第 9 卷 1～5 期后,延误半年后直到 11—12 月,才出刊第 6～7 期。1925 年是出刊最为丰硕的一年,共出刊了第 9 卷第 8～12 期、第 10 卷第 1～12 期共 17 期,其中 4 月出刊第 9 卷第 11～12 期,5 月出刊第 10 卷第 1～2 期。1925 年 11 月起,当月出刊第 10 卷第 8～9 期,12 月出版第 10 卷第 10～12 期。1926—1927 年,第 11 卷、第 12 卷的第 1～12 期均实现正常出刊。1928 年 1—7 月,出刊第 13 卷第 1～7 期后停刊,直到 1929 年 3—7 月,出刊第 13 卷第 8～12 期,再次延误一个月后,9—12 月出刊第 14 卷第 1～4 期。1930 年 1—8 月,出刊第 14 卷第 5～12 期,延误 2 个月后,11—12 月出刊第 15 卷第 1～2 期。1931 年 3 月,开始恢复正常出刊第 15 卷第 3～12 期。1932—1934 年,第 16～18 卷每年都能够正常出刊。

综上可知,《科学》在这一时期的前两年(1922—1923)和后四年(1931—1934)都能够正常出版。但在 1924—1930 年的 7 年间,时有延误现象发生,这应该和当时杂志编辑部长、编辑群体都是兼职办刊,且承担越来越多的教学和社会事务有很大关系。第 7～18 卷具体出刊统计情况见表 5-5。

表 5-5 《科学》(第 7～18 卷)具体出刊情况

编辑部长	出刊时间	卷 数	期 数	页 数
王 琎	1922 年 1—12 月	第 7 卷	1～12	1 353
	1923 年 1—12 月	第 8 卷	1～12	1 344
	1924 年 1—12 月	第 9 卷	1～7	1 606
	1925 年 1—4 月		8～12	
任鸿隽	1925 年 5—10 月	第 10 卷	1～7	1 572
	1925 年 11—12 月		8～12	
	1926 年 1—8 月	第 11 卷	1～8	1 784
王 琎	1926 年 9—12 月		9～12	
	1927 年 1—12 月	第 12 卷	1～12	1 826
	1928 年 1—7 月	第 13 卷	1～7	1 756
	1929 年 3—7 月		8～12	

续　表

编辑部长	出刊时间	卷　数	期　数	页　数
王　琎	1929年8—12月	第14卷	1~4	2 057
	1930年1—8月		5~12	
	1930年11—12月	第15卷	1~2	2 072
	1931年1—12月		3~12	
	1932年1—12月	第16卷	1~12	1 866
	1933年1—12月	第17卷	1~12	2 037
	1934年1—11月	第18卷	1~11	1 702
刘　咸	1934年12月		12	
总　计		12	144	20 975

注：据樊洪业《〈科学〉杂志与中国科学社史事汇要(1928—1935)》中所述："因印刷拖延,第13卷1期延至8月出版,第6期约于年底出版。封面署记出版时间与实际不符。"鉴于《科学》出刊多有延误,且本文研究从文本分析角度,此处仍采用封面标注的出版时间。

5.3.2　出刊内容

1929年,任鸿隽在第十四次年会中曾经指出："科学杂志内容,应注重通俗方面,每期应有两篇特约文章。"副总编辑赵元任则将"通俗"解释为："凡中学教员大学学生不觉得太专,而大学同行读之不觉得太浅显。"[8]可以看出,这一时期的《科学》在继续推行科学知识普及的同时,开始尝试采用"特约"这种主动建构的传播方式来开展自身的传播活动,体现出科学传播从自发行动到主动建构的转变。《科学》(第7~18卷)按照卷末索引数量统计情况如表5-6所示。

表5-6　《科学》(第7~18卷)目录索引统计情况

分　类	篇　数												总计
	第7卷	第8卷	第9卷	第10卷	第11卷	第12卷	第13卷	第14卷	第15卷	第16卷	第17卷	第18卷	
通　论	16	13	7	0	11	8	8	6	15	5	1	8	98
心　理	2	1	0	0	0	0	0	1	1	0	0	1	6
教育、科学教育	14	0	0	0	4	0	3	1	7	0	6	13	48

续 表

分类	篇 数												总计
	第7卷	第8卷	第9卷	第10卷	第11卷	第12卷	第13卷	第14卷	第15卷	第16卷	第17卷	第18卷	
算 学	5	6	4	8	4	14	10	9	22	20	5	8	115
天文、气象	4	0	14	6	18	19	13	20	16	3	6	43	162
物 理	9	7	0	8	23	17	19	44	35	15	13	35	225
化 学	21	8	0	10	30	28	40	36	38	26	40	48	325
地质、地学	4	15	18	9	26	18	19	39	25	4	15	18	210
气象学	5	0	0	0	0	0	0	0	10	9	32	17	73
实 业	15	8	6	10	17	9	5	4	0	17	11	5	107
经济、生计	2	2	0	8	2	0	0	0	0	0	0	0	14
铁路、水利	9	0	3	0	0	0	0	0	1	4	0	0	17
电机工程	3	0	7	19	0	0	0	0	5	10	9	4	57
矿业、矿产	4	3	0	0	6	3	4	2	3	3	3	1	32
生 物	26	16	11	4	15	34	33	37	41	20	39	43	319
农 林	10	110	10	7	11	5	5	6	10	17	21	17	229
生理卫生、医学药学	7	3	0	1	13	19	16	16	18	13	36	38	180
传 记	1	6	0	6	0	4	3	6	9	8	8	9	60
调 查	15	0	0	0	0	0	10	5	10	5	0	0	45
杂俎、杂件	18	0	58	31	57	66	33	48	7	16	7	10	351
来 件	6	0	0	0	3	2	5	10	0	0	0	0	26
记 事	5	5	2	9	21	26	44	14	7	3	0	0	136
工 业		8	6	10	17	9	5	4	0	0	11	5	75
工 程		6	11	4	2	11	7	12	0	0	0	0	53
飞行、航空		2	2	1	2	2	0	0	1	0	12	11	33

续 表

分类	篇数												总计
	第7卷	第8卷	第9卷	第10卷	第11卷	第12卷	第13卷	第14卷	第15卷	第16卷	第17卷	第18卷	
电信、无线电	3	7	19	0	0	0	0	9	0	9	20		67
科学名词	4	0	0	4	1	2	3	3	9	3	4		33
琐 闻	65	92	32	0	0	0	0	0	0	0	0		189
社 论		11	3	0	1	0	0	0	0	0	0		15
人种、人学		4	0	0	0	0	0	8	5	1	8		26
附 录		3	5	3	8	5	4	0	0	0	0		28
科学史					14	14	9	7	4	0	10	9	67
插 图					22	19	25	27	22	19	19	19	172
书 评					2	0	6	1	5	1	0	7	22
科学新闻							109	88	0	0	0	0	197
社 闻							43	21	7	0	0	0	71
科学咨询								4	9	2	2	0	17
机械工程									10	2	4	5	21
土木工程									5	6	6	6	23
化学工程									9	22	20	21	72
哲 学									1	0	0	0	1
社会科学									1	1	0	1	3
国内科学											17	23	40
总 计													4 060

注：对部分栏目进行了合并调整，如生理、卫生。

按照《科学》(第7～18卷)的传播内容，主编和编辑者按照各学科标准共分为55个大类，相比上一时期增加了11个大类。从发刊的数量分析来看，排在前十位的分别是：杂俎(351)、化学(325)、生物(319)、农林(229)、物理

（225）、地质地学（210）、科学新闻（197）、琐闻（189）、生理卫生（180）、插图（172）；紧跟其后的是天文气象（162）、记事（136）、算学（115）、实业（107）、通论（98）。发刊数量多少的背后是中国近代科学各学科发展的现状和科学社会发展的总体反映。

一是科学基础理论知识仍占大量篇幅，如"算学"（115）、"物理"（225）、"化学"（325）、"天文"（162）、"地理"（210）、"生物"（319）6 个基础学科，发刊1 356 篇，占总发刊数的 33% 以上。其中，化学类文章最多，这应该与这一时期主编本身的学科背景有关系，也应该与化学对生产生活发展的重要性有关。二是对科学本质观念和思想的探讨也是关注的重点，如"通论"发刊 98 篇，主编将"社说"与通论类文章进行了合并，以及"科学史"（67）、"社论"（15）、"社会科学"（3）、"哲学"（1）等共计 184 篇，占总发刊数的 4% 左右。三是科学应用技术知识类的内容传播比重增加。如机械工程（21）、土木工程（23）、电机工程（57）、化学工程（72）、实业（107）、矿业矿产（32）、农林（229），以及工程（53）、电信（67）、工业（75）、飞行（33）、铁路水利（17）等共计 786 篇，占比在 20% 左右。四是科学新闻和通讯类的内容占大量内容，"杂俎、杂件""统计""调查""记事""名词讨论""国内科学""科学新闻""社闻""琐闻"等，占比在 40% 左右。

《科学》大量刊发介绍国内科学发展的新闻和消息，以及有针对性的调查研究文章，这与当时《科学》配合推进中国科学化运动的社会环境密不可分。与第 1~6 卷相比，从 1922 年第 7 卷开始，一直到第 14 卷，近 8 年间，《科学》完全没有刊发应用工程类知识（如"机械工程""土木工程""化学工程"）等方面的内容。一直到 1930 年第 15 卷，这类文章在《科学》的传播内容中才开始重新出现。1922—1929 年为什么没有这方面的文章刊发？是杂志编辑和科学人才方面的缺乏？还是科学的学科分类导致这些学科自身的学会和社团的发展及传播有了其他专门的平台？限于笔者的学识，对这一问题的答案还需要进一步的研究。

总的来看，《科学》发刊的分类变化，客观反映了中国近代相关学科的实际发展情况。1922 年，第 7 卷在"地理"内容刊登 4 篇文章后，以后不再单独分类，可能是随着对地理学认识的深入，应该是将相关内容并入了地学的范围。1923 年，第 8 卷开始新设了"工业""工程""无线电""航空"等栏目，后期每卷中几乎都有所涉及，特别是"无线电""飞行航空"栏目，1933 年、1934 年发行的第 17 卷、第 18 卷内容，总共刊发了 21 篇和 31 篇，显示在战争等社会问题一触即发之际，科学传播主体为应对战争进行了有意识的知识传播。1925 年，《科学》

第 9 卷开始刊发"人种、人学"的内容,在杂志上再看到这类文章要等到 6 年以后,即 1931 年的第 15 卷,这应该与当时纳粹德国的人种学理论有一定关联。第 11 卷"生计"刊登 2 篇文章,以及"铁路"刊登 1 篇文章后,都不再单独分类列出,表明这些内容已经被其他栏目所吸收。第 12 卷第 10 期把《物质之分子沸腾》等内容单独开辟通讯栏目,并将消息和通讯区分开来。1931 年,第 15 卷出现"社会科学"内容,刊发《统计学的组距问题》《算学在社会科学中运用》《美日人口之比较》3 篇采用数理统计的方法来研究社会问题的文章。《爱因斯坦赴美讲学》被列入哲学内容,似乎编者认为爱因斯坦本人的社会角色应该还是一个哲学家,他的相对论思想在当时首先应该归入哲学思想的范畴。在"生理卫生"等分类上,出现了医学、药学、生理、卫生四个栏目,表明随着科学的传播和发展,对这些学科的认识越来越深入。

1924 年,第 9 卷重新出现"社论"内容以示和"通论"内容的区别。1929 年,第 13 卷开始编发"科学新闻"内容,并将其与"社闻"作了区分,分别在第 13 卷、第 14 卷分别刊发了 109 篇和 88 篇后停止。特别是"社闻"内容,自 1931 年第 15 卷起不再出现,表明《科学》逐渐从中国科学社自身的"社刊"向推进中国科学发展的全民性的刊物转变。1933 年,从第 17 卷起出现"国内科学"分类,用以记录国内科学发展状况,这一时期正是中国科学化运动蓬勃开展的时期,《科学》对各地的推进情况都予以重点关注,并及时报道各地的动态,体现了科学传播刊物的责任和担当。

5.3.3　传播特点:中国科学化和科学中国化的传播实践思想

伴随着立足中国科学传播的科学共同体的建立、完善以及科学传播范式在中国社会的逐渐形成,《科学》开始围绕优先解谜的科学传播活动,主要体现为注重应用型科学技术知识的思想传播、注重运用科学方法和精神推进中国科学研究走向实践的思想,以及注重科学教育、科学体制改造中国社会文化和结构的思想传播。这种传播实践的转变,既是中国近代科学发展阶段的现实需要和必然要求,也是中国近代社会对《科学》传播活动提出的新要求。

5.3.3.1　注重应用性科学技术知识的传播

随着科学社会地位的不断确立,《科学》的传播内容开始更多地关注科学的应用性知识和思想。其中,"化学"作为近代实用性技术的代表,共刊发 325 篇文章,其中大部分是近代中国生产生活中急需的化工类、工业化学的内容,每期杂志平均2.3篇,可见这一时期传播主体对应用性化学知识的重视。特别是专门刊发"食物化学专号"(第11卷第8期),分别刊登窦威廉著《中国食物之成分及其营养价值》《中国北部之食物习惯》、伊博恩著《食品与疾病》、吴承洛著《食物之热价》、王葆仁译《维他命之化学》、余泽兰著《维生素》、周厚枢著《食物化学与人口》、朱文荣译《吾人对于营养问题应增兴趣之故》等文章,充分论述食物化学对人类健康的重要作用;同时刊发方先之著《化学对于今日医学上之进步》(第14卷第11期)、罗登义著《蛋白质之营养化学》(第18卷第2期)、张泽卉译《胡蔗油加热变形时物理及化学性质之变异》(第18卷第4期)、孙卉译《吴茱萸成分之化学研究》(第18卷第7期)、许植芳著《海人草(鹧鸪菜)之化学研究》(第18卷第11期)等,分别从普通大众关心的生活角度,传播食品卫生和营养健康的知识,增加对大众传播的力度。

关于化学在工业、工程等的实际运用知识,刊发了赵承嘏著《化学工程之意义》(第8卷第4期)、《欧战时代之化学工业》(第8卷第7期)、徐宗涑著《工业中之化学——消热浅说》(第11卷第10期)、杨韦著《化学平衡中水伊洪之作用》(第12卷第9期)、程延庆著《研究与化学工业》(第12卷第10期)、顾毓珍著《化学工程》(第14卷第9期)等,论述工业化学在社会的现实价值和意义。在"有机化学百年进步号"(第13卷第12期)中,刊发了曾昭抡译《人造尿素》、薛培元译《新近解决之氮气问题》(第7卷第1期)、王义玨著《制革原料之化学分析》(第7卷第6期)、徐式壮著《论钢铁业与化学工业之关系》(第7卷第8期)、廖温义著《工业化学机械建造材料之新进步》(第18卷第6期)等文章,分别介绍了化学在钢铁、制革、化肥、建筑等行业的运用情况,论证化学工业在推进近代中国发展中的重要作用。特别是倪章祺著《科学的医学与化学》(第9卷第7期)一文,作者认为医学无中西之分,只要运用科学的方法去研究的医学就是科学的医学,提出将中国阴阳五行医术进化为理化式实验科学的医学主张。关于化学与中国科学实际发展研究的内容,刊发有窦维廉著《中国之化学工业》(第7卷第5期)、王琎《江苏凤凰山铁矿之化学成分》(第10卷第8期)、孙学悟著《考察四川化学工业报告》(第15卷第11期)、叶良辅著《中国名磐石之化学工业》(第18卷第12期)等文章。关于化学学科自身发展和研究的文章,刊发有王琎著《美国之化学研究》(第7卷第8期)、倪德基译《化学之将来问题》(第7卷第10期)、丁绪贤著《化学史引言》(第10卷第2期)、荣达坊著《生物化学的需氧量及其试定法》(第11卷第4期)等文章。

《科学》对实用性知识的传播还体现在刊发了数量众多的生物、农林和地质地学的文章,这与当时中国科学发展的实际情况和社会现实相吻合。要推进中国科学发展必须考虑自身的国情,丰富的生物资源和复杂多样的地质状况是生物科学最好的研究对象,且进行地质和生物资源调查不需要复杂的试验设备与巨量的经费,而且很快会取得成果。以中国地质学为代表,这一时期,其成果公认超过日本,甚至达到了世界领先水平。[9]这一时期"地质、地学"类共刊发210篇文章。从发刊时间来看,1922—1925年丁文江任社长时期刊发72篇,1926—1934年丁文江辞任之后刊发138篇,也从侧面说明随着丁文江社长的辞任,《科学》的传播主体对地理地质的研究的关注并没有减少,反而呈现逐步提高的趋势,这可能是中国地质科学发展的内部原因和社会因素等多种因素导致的。

工程类学科是推进中国科学发展的最实用的学科之一。从1930年第15卷起,"电机工程""机械工程""土木工程""化学工程"等应用类知识开始大量的出现,表明当时中国正处于一个科学技术和实业发展的黄金时代,特别是"电机工程",主要刊发《电气整流器》(第7卷第3期)、《用电话传送摄影之新发明》(第7卷第6期)、《美国无线电话应用之广》(第7卷第8期)、《电工学原理及实用》(第15卷第1~12期)、《有声电影的原理》(第15卷第1期)、《光电池之应用》(第15卷第2期)、《无线电传之有声电影——"德律杂相"》(第15卷第3期)等文章。

5.3.3.2 注重运用科学方法和精神开展中国实践研究的传播

随着科学方法运用向社会和大众的不断拓展、科学实证精神的确立以及中国科学化运动的展开,中国近代自然科学家群体开始采用西方天文、生物、物理等科学知识,有针对性地解决中国社会实践问题的科学研究成果大量涌现。

众多学者首先围绕如何推进中国科学化实践过程中产生的相关问题,对近代中国科学发展献言献策。杨铨从科学与建构中国文化的角度,刊发《社会科学与近代文明》(第8卷第6期)一文,文章从社会科学与人类文明的关系入手,认为随着自然科学的发展,人类在征服自然的同时,也被自然所奴化。作者认为,在推进自然科学大力发展的同时,社会科学的发展反而迟进,由此产生了贫富差距和两极分化。因此,在中国近代科学发展中要更多关注科学带来的"善"的价值追求,在推进自然科学文明发展的同时,也应该更多关注社会科学的发展,使之互相促进。大量的自然科学家也将研究的视角定位于中国科学发展的目标之中,王琎著《中国之科学思想》(第 7 卷第 10 期)、杨铨著《资本主义与中国之将来》(第 8 卷第 7 期)、翁文灏著《如何发展中国科学》(第 11 卷第 10 期)、秉志著《科学在中国的未来》(第 18 卷第 3 期)等文章,都把关注点着眼于如何推进中国近代科学发展,并分别给出具体的对策和建议。1930 年,葛利普在《中国科学的前途》一文中,对如何推进中国科学发展做了一个阶段性的总结。他认为要推进中国近代科学的发展,主要应该做三个方面的工作:"一是科学环境的造成,其道在唤起一般大众对于科学的兴趣及领会;二是科学教育的统一、普及及其范围的推广,并推进科学教育的改良;三是科学研究的奖励以及全世界科学家的合作。"[10]这三个方面中,他认为奖励科学研究是最为重要的工作,要实现中国科学发展必须从科学研究起步。

　　随着在中国科学发展的道路问题上取得共识以后,《科学》的传播主体认为,要避免"提倡科学之流为清谈",提出应把开展具体的研究工作作为推进中国科学发展的论断。其实,早在 1917 年中国科学社第二次年会上,任鸿隽认为要想振兴学术,除了"发行报刊"外,还需进行"实际研究"。他连续发表《发明与研究》《何为科学家》《科学研究之又一法》《科学与研究》等文章,分别从多个方面指出科学研究的重要性,认为科学应该在事实上、研究的材料上多下功夫,应该采用实实在在的观察、试验与研究方法,并提出要真正振兴科学,应该从振兴研究开始的主张。竺可桢也在《科学研究的精神》中认为,只讲科学的应用,不讲科学的研究是有问题的。但是,这些论述,都是从科学传播观念表达期间从研究的重要性和必要性角度去呼吁,在具体研究实践上还没有转化为整个科学共同体的统一行动。

　　真正将科学研究作为传播目标和实践是在 1922 年的南通会议上,中国科学社正式提出"联络同志,研究学术,共图中国科学之发达"的宗旨,标志着从科学宣传到科学研究发展的转向。随后,任鸿隽发表《科学与近世文化》一文中,指出中国人的科学研究多注重书本知识,应该从现实物质和自然中去找寻,去开展研究。他引用罗吉尔·培根(Roger Bacon)的名言"研究一天的天然物,胜读十年的希腊书"[11]来呼吁社会各界更多地关注实际的研究工作。1923 年,《科学》刊发社论《向研究路上去》(第 9 卷第 3 期),指出要实现科学发达,一方面提倡普及,一方面提倡研究,中国科学不能只做科学寄生虫。随后,再次发表社论《科学研究之准确程度》(第 9 卷第 4 期),呼吁科学工作者要采用科学实验方法的客观标准,以提高科学研究的公信力。李书田在《读九卷三期社论"向研究路上去"》(第 10 卷第 5 期)一文中,指出科学社为中国唯一有科学之组织的资格,以《科学》为传播言论与共同研究之媒介,有指导国人研究科学宜向何方之责任。中国科学发展不能寄生欧美科学研究,应该有中国独立的科学和独立的研究。任鸿隽也在《吾国科学研究状况之一斑》(第13卷第8期)中,对中国的科学研究状况做了总结,指出当前科学发展的主要任务是从科学宣传为主向科学研究转变。经过这一系列文章的呼吁和传播,推进科学研究成为这一时期《科学》传播的一个重要主题,并连续刊发探险与科学研究、科学研究与建设、科学研究组织等多篇提倡科学研究活动的文章,为后期《科学》专门的"注重研究报道"开启了先河。

中国科学发展应注重实用问题的研究理念确立以后,《科学》大量刊登国内科学界的科研成果。据初步统计,这一时期仅仅以"中国"为关键词搜索,相关的研究文章就有章鸿钊著《中国用锌的起源》(第8卷第3期)、谢家荣著《中国铁矿床之分类与其分布》(第8卷第5期)、《中国陨石之研究》(第8卷第8期、第9期)、钱宝琮著《中国算书中周率之研究》(第8卷第2期)、孙云铸著《中国寒武纪化石之研究》(第9卷第3期)、裘桂元著《中国桐油之研究》(第16卷第2期)、金开英著《中国石油成分之研究》(第16卷第7期)、窦维廉著《中国之化学工业》(第7卷第5期)、俞大绂译《中国农作物之病害问题》(第11卷第4期)、刘晋珏著《中国单位制刍议》(第8卷第11期)、唐凌阁著《中国机器纸业调查》(第11卷第3期)、赵元任著《中国言语字调的实验研究法》(第7卷第9期)、徐式壮著《中国地质史论》(第7卷第10期)、刘晋珏著《中国单位制刍议》(第8卷第11期)、邹钟琳译《中国南部经济植物病害志》(第9卷第3期)、翁文灏著《近十年中国地质学之进步》(第9卷第4期)、邹钟琳著《中国蝶类采集录一》(第9卷第4期)、唐启著《中国牧民之收入》(第9卷第7期)、李济著《中国人种之构成》(第9卷第11期)、胡范若著《中国井田制沿革考》(第10卷第1期)、葛成慧著《中国人与结核病》(第10卷第5期)、辛树帜著《中国鸟类目录》(第10卷第6期)、张其昀著《中国风俗论》(第11卷第1期、第2期)、秦仁昌著《中国蕨类植物研究之现状观》(第17卷第10期)等,分别涉及农学、植物学、地质学、人类学、动物学等多个学科领域。

1926年,第11卷第6期作为"中国科学史料号"发行,围绕中国的科学研究作了阶段性的总结,主要刊载了翁文灏著《近十年来中国史前时代之新发现》、王国维著《最近二三十年中国新发现之学问》、向达著《纸自中国传入欧洲考略》、新城新藏著《东汉以前中国天文学史大纲》、饭岛中夫著《中国天文学之组织及其起源》、竺可桢著《北宋沈括对于地学之贡献与记述》、唐启宇著《中国之土壤》等有关中国天文学、地质学的文章。这些论文关注中国科学问题,发掘中国科学元素,提出科学解决方案,都是中国近代各个学科内开创性的研究成果。

在中国宏观问题发展研究取得进步的同时,地方性的科学研究也开始起步,主要有杨惟义著《江苏昆虫局第三捕蝗分所治蝗报告》(第 13 卷第 3 期)、杨钟健著《论研究有地方性科学之基本办法》(第 18 卷第 1 期)、胡先骕著《四川农村复兴问题之讨论》(第 18 卷第 4 期)等文章。同时,在"杂俎"中,还刊发大量的有关中国机器厂调查、中国中等学校数学科教授状况、中国水泥实业前途、中国靛青业调查(印染)、中国八年中人口调查等非常具有实用性的介绍文章。

5.3.3.3 注重科学教育和科学体制改造中国的内容传播

随着科学教育观念和思想在社会的不断传播,相关研究开始更多地关注具体学科的应用和发展方面。1922 年,"科学教育专刊号"(第 7 卷第 11 期)发行,王琎在《发刊词》中指出,从 19 世纪科学昌明以来,在教育方法上也实现了全面革新,凡能够启发学习的道理,都应该符合科学的原理。他认为:"所谓心理测验,所谓设计教育,所谓自动主义等,无不以科学为依归,唯教育兴盛虽赖科学方法,而科学之传布亦不可违背教育原则,盖教育方法即科学方法。若科学方法为一般言教育者所采用,而真从事于科学者反不自行研究其教授之方法,墨守成规,阻滞进步,必渐至谈教育者将越俎代庖,斥授教育者为不谙教育原理,言科学者斥谈教育者为崇尚高调,不求切实。先因误解,渐至背驰,科学教育前途,遂难祁坦荡矣。"[12] 王琎从科学和教育结合角度对科学教育的发展做了详尽的说明,认为两者要实现有效的传播,必须符合科学和教育的双重原则,否则两者将互相不容。也就是说,科学教育应该是科学方法指导下的教育,科学传播应该是符合教育相关原则的知识传播。

在"科学教育专刊号"中,还刊发王岫庐著《中学之科学教育》、推士著《美国中小学校之科学教育》、杨肇濂译《科学之教授》、何鲁著《算学教学法》、王琎译《美国大学之化学教学法》、秉志著《生物学与女子教育》、胡先骕著《植物学教学法》、竺可桢著《地理教学法商榷》、谢家荣著《地质学教学法》等文章,分别从科学教育本质、科学教师培养、各个具体科学的教授等方面,论述科学教育如何遵循科学和教育原则来开展。为配合科学教育的发展,从第 14 卷第 12 期开始,《科学》编辑部专门设立了科学教育委员会,并开辟科学教育专栏以推进具体的科学教育发展。

自此,《科学》开始刊登大量推进中国"科学教育"发展和思考的文章。1923年,以推士著《对于中国中小学校科学教育法改进之意见》(第8卷第7期)为先导,随后由推士评论引出的任鸿隽《科学教育与科学》(第9卷第1期)一文认为:"吾国学界忽然有所谓'科玄之战'发生,其辩论之结束,至少足以证明吾国思想家之一部分,对于科学真意犹不免有所误会。故对于科学之价值,遂不能不加以怀疑。"[13]任鸿隽随后提出,有科学才有科学教育,科学的发展是第一位的论断,并首次从传播活动所起的社会作用角度,论述科学教育家和科学家的社会角色区别。吴承洛则著《理科教育著作之介绍》(第9卷第6期)、《全国科学教育设备概要》(第9卷第8期),论述科学教育教材和设备等发展中的具体问题。王琎著《初级中学之混合自然科学教育问题》(第13卷第8期)一文,论述专门的教育教学方法。关于科学教育发展的历史,在"杂俎"一栏,刊登《三十年前吾国科学教育之一斑》(第8卷第4期)一文,介绍福州船政学堂、江南格致书院的化学教育之法,以及《中华科学教育促进会暑假班》等相关消息。

《科学》还刊发大量从农业、工业、科技等多方面论述改造中国社会结构的文章。主要有董时著《科学的农业与中国社会之改造》(第9卷第7期),认为科学的农业,即农业的经营,应该合乎科学的法则,才能建立科学的中国,呼吁建立适应中国社会农业发展的运行机制。杨杏佛则在《工程师与中国改造》(第10卷第6期)一文中认为,孔孟之道不能救中国,要实现救国理想必须从科学做起。他从经济史观或者唯物史观的角度指出"仓廪实而知礼节",并呼吁工程师团体要做一个关心政治的工程师,进而推进中国社会的具体改造,推进社会发展。孙学悟则在《中国化学基本工业与中国科学之前途》(第14卷第6期)中呼吁建立适应化学研究和化学教育的环境,为中国科学发展做好铺垫。王琎在《训政时期与化学研究》(第14卷第10期)中指出科学和实业的关系,认为只有推进科学发展,促使老百姓"贫而富,富而教",才能真正实现中国的科学发展。

5.4 传播优先解谜到危机反应转变的《科学》(第19~25卷)

《科学》(第19~25卷)主要在1935—1941年由刘咸担任编辑部长编辑并刊发。1935年,伴随着中国科学化运动的深入开展,中国社会引发了关于中西文化道路的争论。在中国本位文化和"全盘西化"的激烈争论中,《科学》为维护科学取得的优先地位展开论述,但全面抗日战争的爆发,导致正常的传播活动被打断,进入传播活动的危机反应阶段。从科学传播与社会的互动关系来看,《科学》的传播活动经历了一个从传播优先解谜到危机反应的转变。

5.4.1 出刊概况

1935—1941 年,7 年时间《科学》共正常出版 7 卷。其中,1935—1938 年,第 19~22 卷正常出刊 48 期。从 1937 年第 21 卷第 9~10 期开始到整个 22 卷,为两期合刊共同出版。1939 年 1—2 月,又短暂恢复为月刊,出刊第 23 卷第 1~2 期后,第 3~8 期又是两期合刊出版,从 9 月起又恢复月刊,出刊至第 23 卷第 9~12 期。1940 年,正常出刊第 24 卷 12 期。1941 年,采用两期合刊,出刊第 25 卷 12 期。1942 年,在外部因素影响下不得已停刊,传播活动暂时中断。从每卷页码来看,1937 年全面抗战前的第 19 卷、第 20 卷,基本在 1 000 页以上;抗战爆发后的第 21~25 卷,最多的有 908 页,最少的仅有 600 页,每期平均只有 75 页左右。

刘咸曾在《编后记》的感言中说道,《科学》的发刊目标是确保每期不低于 80 页,对照来看基本上达到了这个目标。但是,全面抗日战争的爆发,让本来准备大干一场的《科学》和中国科学社各项传播活动陷入了艰难维持的阶段。第 19~25 卷具体出刊统计情况见表 5-7。

表 5-7 《科学》(第 19~25 卷)具体出刊情况

编辑部长	出刊时间	卷 数	期 数	页 数
刘 咸	1935 年 1—12 月	第 19 卷	1~12	1 959
	1936 年 1—12 月	第 20 卷	1~12	1 097
	1937 年 1—12 月	第 21 卷	1~12	877
	1938 年 1—12 月	第 22 卷	1~12	600
	1939 年 1—12 月	第 23 卷	1~12	808
	1940 年 1—12 月	第 24 卷	1~12	916
	1941 年 1—12 月	第 25 卷	1~12	728
总 计		7	84	6 335

5.4.2 出刊内容

面对中国科学化的蓬勃开展,《科学》面临各个专门学会的建立、科技类期刊增多的实际情况,开始探索选择走专业化和职业化的传播道路,在传播内容上逐渐增加科学研究类论文的数量。在全面抗日战争时期,为了"抗战救国"的需要和国家建设的实际需求,《科学》提出将传播重点转移到抗战救国服务方面的主张。在发刊的内容上,代表性的就是"无线电""航空""气象学"等与战争相关联学科的文章大量出现,客观表明中国近代自然科学家群体强烈的民族责任感和救国的决心,这也是科学传播活动在社会危机状态下的一个阶段性回应。《科学》(第 19~25 卷)按照卷末索引数量统计情况如表 5-8 所示。

表 5-8 《科学》(第 19~25 卷)目录索引统计情况

分 类	篇 数							总计
	第 19 卷	第 20 卷	第 21 卷	第 22 卷	第 23 卷	第 24 卷	第 25 卷	
通 论	14	32	9	5	9	8	8	85
科学史	6	18	36	23	10	6	3	102
传 记	8	9	14	20	6	7	4	68
算 学	11	14	13	4	7	6	8	63
天文学	20	18	25	14	17	18	27	139
物理学	53	43	47	39	51	62	64	359
无线电	11	6	0	0	0	4	5	26
航 空	60	15	35	14	16	12	9	161
化 学	60	74	81	50	48	46	58	417
地 学	70	52	63	40	28	24	27	304
气象学	38	21	32	21	17	13	5	147
生物学	69	117	134	62	59	64	61	566
生理学	12	27	8	11	12	1	2	73

续　表

分　类	篇　数							总计
	第19卷	第20卷	第21卷	第22卷	第23卷	第24卷	第25卷	
人类学	10	15	21	10	3	3	2	64
考古学	40	27	24	2	6	6	0	105
农　林	32	26	43	11	11	51	49	223
医　药	50	15	35	15	21	37	32	205
工　程	7	0	0	0	0	0	0	7
机械工程	15	4	6	3	2	3	2	35
电机工程	3	1	2	2	2	4	2	16
土木工程	30	13	9	3	7	12	7	81
化学工业	20	12	19	17	12	33	17	130
矿　业	21	9	20	7	5	12	14	88
科学教育	8	0	8	7	8	3	0	34
科学名词	4	1	2	0	0	1	1	9
杂　俎	142	69	91	29	58	92	58	539
插　图	20	0	0	0	0	0	0	20
心理学		8	11	0	1	4	3	27
卫　生		4	1	5	4	3	6	23
总　计								4 116

相比王琎担任编辑部长时期《科学》55项的发刊分类，刘咸时期只有29项。发刊内容分类的减少，体现了刘咸担任编辑部长专业化和职业化的办刊思路。具体以"物理学"为例，不仅有《原子中之原子》《电学一发现》《无线电波撰述》等最新知识的传播，同时将孙莲汀著《获得1938年诺贝尔物理学奖金之费美氏》、次仲译《伟大新型之战略轰炸机》等文章，都列入"物理学"的分类范畴中，体现出对《科学》的传播活动从关注物理学的知识和概念向实践问题研究的转变。

从这一时期的发刊数量上来看，排在前十位的分别是：生物学(566)、杂组(539)、化学(413)、物理学(359)、地学(304)、农林(223)、医药(205)、航空(161)、气象学(147)、天文学(139)；紧跟其后的是化学工程、考古学、科学史、矿业、通论等。传播内容的初步分析，可以分为四个部分。

一是科学本质思想观念的栏目内容，主要是在"通论""科学史""传记"栏目内，反映出编辑对科学的理解更加深入。二是科学基础理论和应用技术类知识，它们仍然是《科学》传播的重点。三是科学的社会应用和建构方面的知识，如航空、无线电、医药等内容。四是部分学科如"人类学"等的内容逐渐增多，这应该与第二次世界大战中纳粹德国的种族优越理论有很大关系。从第19卷开始，编辑将"考古学"作为一个单独的门类列出来，整个期间共发表了105篇文章，体现出这一时期中国考古事业的蓬勃发展。从第20卷开始，"心理学"和"卫生"栏目也开始出现。1935年，南京国民政府开展"工业建设"运动。这一时期，在推进工业发展方面，一些重工业和有色金属等产业的地位得到逐步加强。纺织、面粉、水泥、橡胶等以民营资本为主导的轻工业也得到快速发展。在社会建设方面，以公路、铁路、民航为代表的交通运输业也取得长足进步，特别是一些与抗战需要密切相关的航空、医药、化学、生物等行业得到快速发展。可以说，中国近代社会对科学知识的需求程度，与《科学》在这段时间的发刊情况基本吻合。

为纪念中国科学社和《科学》创刊20周年，《科学》以"二十年来科学进步"为主题策划了一系列文章，邀请当时各个学科的代表人物撰稿。从第19卷第10期作为"纪念专号"起，分别刊载李晓舫著《二十年来恒星天文学进步之一瞥》、王恒守著《近二十年原子物理学之演进》、曾昭抡著《二十年来中国化学之进展》、胡先骕著《二十年来中国植物学之进步》、王希成著《二十年来中国发生学之进展》、吴襄著《近二十年内分泌学的进步》、张其昀著《近二十年来中国地理学之进步》、吕炯著《二十年来中国气象学之进展》等文章，对天文学、物理学、化学、植物学、发生学、内分泌学、地理学、气象学进行总结和回顾。随后，又陆续刊载严济慈著《二十年来中国物理学之进展》（第19卷第11期）、刘咸著《科学史上之最近二十年》（第20卷1期）、卢于道著《二十年来之中国动物学》（第20卷第1期）、蒋丙然著《二十年来中国气象事业概况》（第20卷第8期）、杨惟义著《二十年来中国昆虫学之演进及今后希望》（第20卷第9期）等文章，这些文章为中国近代科学史的研究留下了丰富的史料。

5.4.3 传播特点："抗战救国"下的传播实践思想

面对国内抗日救亡运动高涨的社会状态，中国科学化和科学中国化的实践进程被迫中断。外部社会环境的深刻变化以及传播主体的颠沛流离,使中国科学发展陷入停滞阶段,与此同时,促使《科学》(第19~25卷)的传播活动开始进入为"抗战救国"服务阶段,主要体现在探索科学与战争的关系、科学本质观念认识的深化、科学家如何担当自身社会责任以实现"抗战救国"等内容。

5.4.3.1 科学与战争关系的探讨与实践转变

面对国难当头、民族兴亡,《科学》的传播内容开始转向科学与国防、科学与民族复兴、科学与社会等话题。推进科学发展对人类文明究竟是福还是祸?随着对战争与科学关系的讨论深入,如何更好地运用科学、发展科学引起社会各界的深入思考,在《科学》的发刊内容上也不断地体现出来。

实际上,早在第一次世界大战后,科学发展带来的后果就已经促使人们关注科学与社会的关系问题,但未能引起社会各方的高度重视。随后爆发的第二次世界大战对人类文明的摧残,才引起了全社会的充分反思,科学与社会发展之间的矛盾统一关系,日益成为学术界关注的焦点。《科学》在推进科学传播活动中,从原来只注重科学知识的传播,逐渐转移到科学与社会等的传播上,即科学与社会之间的互动关系上。

这种科学传播视角的转换,在《科学》的传播内容中有充分的体现。据初步统计,在第1~6卷科学传播观念表达时期,共刊发"战争"类文章40篇,分别讨论过科学与战争、科学与国力、科学与进步的关系问题。其中,1915年,《科学》刊发"战争号"(第1卷第4期),专门讨论科学与战争的关系及科学在战争时的作用。刊发杨铨著《战争与科学》、李垕身著《军事上运输与通信》、任鸿隽著《战争中的财政观和战争对工商业的影响》等文章。在"战争号弁言"中,杨铨论述了欧洲战争引起的原因,指出科学不仅不应对战争的罪恶负责,反而在人类社会政治生活中起到了"寡战"的作用;相反,战争推进了科学的发展,而不能说科学的目的就是为了战争。科学作为近世文明的总根源,在批判封建专制思想、建立"共和"的过程中发挥过重要作用,而只有在"共和"条件下,"百业兴,民智生"的社会局面才有可能实现。这里将发展"科学"的社会功能,从"共和"到"寡战"都看成了含有内在必然联系的合理过程,大大扩展了对科学社会功能的认知。1916年,胡明复译《欧战与实业之关系》(第2卷第4期)、1917年薛桂轮译《战时矿产与国防之关系》(第3卷第11期)、李寅恭著《森林在战时之关系》(第4卷第8期),分别从不同角度论述科学作为救亡之本、强国之基的重要性。1920年,杨铨在《战后之科学研究》(第5卷第9期)中认为，科学知识就是势力，科学发展不是与社会环境不相联系，相反科学发展与社会思潮是紧密联系的。

1935年，面对一触即发的战争形势，《科学》的传播内容更多地关注国家民族的现实问题。社论是其发表主张的重要窗口。第19卷第2期刊发《科学与国难》一文，提出推行科学救国的六条建议，文中列举科学家巴斯德运用一个生物学发现，挽救一个国家的鲜活事例，指出推进科学发展对民族、社会的重要性。1936年，又刊发《迎民国二十五年》（第20卷第1期）社论，提出要科学救国，共赴国难，必须做到政治科学化、推行科学年、设立科学实用研究部门，真正建立以科学为本位的文化主张。1938年，刘咸在《科学之厄运》（第22卷第7~8期）中，针对科学导致战争的责难，提出了科学发展的四个方面担忧，即科学被误解、科学被误用、知识被禁锢、学者被放逐，提醒人们正确对待科学的社会价值。在《科学与社会之关系》（第22卷第11~12期）一文中，刘咸还介绍了国外科学与社会关系委员会组织及其使命，以及科学与社会关系委员会（Committee on Science and its Social Relations，简称C.S.S.A）成立之经过，介绍其职责和工作计划，以及建立各国通讯员队伍要求，以及设立中国分会推进中国科学事业的发展相关情况。

通过对第19~21卷第8期相关内容的初步检索，公开讨论"科学与战争"关系的文章只有1篇，即1936年刘咸著《科学战争与战争科学》（第20卷第7期），文章主张从科学进步的角度，论述战争乃进化之重要动因，现代战争全为科学战争，其传播目的是呼吁加快推进中国科学化和科学中国化的步伐。与"科学传播观念表达"时期，对战争的关注更多的是为中国科学发展正名和确立地位不同，在全面抗战爆发前夕，《科学》更多的是推行具体的科学技术学科的发展，刊发诸如萧强著《同温层与飞行》（第19卷第5期）、黄超著《建设我国生化军队战之刍议》（第20卷第2期）等与战争相关的科学门类内容。在王普著《原质（原子）之人工转变述略》（第21卷第2期）一文中，重点介绍了德国国家研究院开展原子能研究的相关情况。

1937年7月，全面抗战爆发后，第21卷第9~10期一连串刊发郑万钧著《经济树木与国防》、卢开津著《耐火材料工业与国防》、吴珣著《胶体燃料》、次仲著《航空母舰之现势》4篇文章，分别从多方面论述如何采用科学提升国力，以应对到来的战争。随后，《科学》开始更多地传播与战争相关的技术和知识内容，如"无线电""航空"等亟须发展的科学技术，以服务科学应用实践的需要。面对抗战最为艰难的时刻，刊发陈燕贻译《科学与战争》（第24卷第1期）、张孝礼著《数学与战争》(第 25 卷第 3～4 期)等文章,论述科学各个具体学科在战争中的巨大作用。1941 年,"科学新闻"栏目刊发陈立夫著《科学与战后世界建设》(第 25 卷第 9～10 期)一文,指出当科学发展与人生社会进步不一致时,就会导致各种社会恶果。因此,必须重新确定科学的发展目标,科学的正常应用应该与人类的伦理观念进步一致,并做到并驾齐驱,才能为人类文明做出贡献。

5.4.3.2 科学本质思想观念传播的深化和发展

根据笔者的统计,这一时期关于科学本质观念类的"通论"文章只有 85 篇,在数量上只占总发刊量 4 116 篇的 2.06%。但是,科学本质思想观念作为科学传播的核心,开始从"科学是什么"转变为"科学应该是什么";在古典科学观、近代科学观和科学社会观等多重科学观念并存的情况下,《科学》开始对科学观念应该具有什么以及怎么传播进行探索,主要围绕科学与伦理、科学与理性、科学传播等话题展开。

在关于科学应该是什么的话题上,胡先骕从科学分类的角度,著《论社会宜提倡业余科学》(第 20 卷第 4 期)一文,说明在社会中存在着专业科学和业余爱好科学的区别,社会应鼓励科学作为业余爱好,诸如培育花卉等与人们生活密切相关的科学知识,以增加大众对科学的兴趣和认知。朱亦松从社会科学和自然科学关系的角度,著《社会科学和自然科学的比较(上)》(第 21 卷第 6 期)一文,指出两者的区别是社会科学的观点很多,但自然科学的答案则是唯一的。他进而认为符合科学精神的即是科学的观点。在对科学应该是什么的追问中,推进传播进入了科学认识论和方法论的探讨中。李晓舫、罗玉君著《时间之概念的演进》(第 19 卷第 2 期)中,从"时间"概念的产生入手,探索科学观念演变的三条定理。邓宗觉著《西方科学阐理之程序和方法》(第 24 卷第 3 期)一文,从希腊泰勒斯的科学知识谈起,指出近代西方科学开始于哥白尼,发展于开普勒,继承于伽利略、笛卡儿,最后完成于牛顿的科学史发展进路。他又将现代科学分为两部分:纯理科学和经验科学。其中,数学属于纯理科学,物理学、化学、生物学及其社会学等采用归纳、演绎法而来的知识则属于经验科学。因科学方法的不同而产生纯理科学和经验科学区分。从科学知识的发生入手,探索科学知识产生的先验的理性假设和方法论的进路,标志着对科学本质观念的认识更进了一步。李晓舫著《科学方法与治学精神》(第 23 卷第 10 期)一文,指出科学方法首要的是实事求是,就是对事实现象进行搜集、整理、归纳、求律、寻源、演绎、推阐、预测与验证的过程;科学精神的表现是诚实、真实、合理化，并将科学方法在社会中加以运用分析。将纯粹的科学精神具体细化为运用科学方法追求真理的过程，体现出与传统"格物致知"精神的本质不同，这是对科学方法认识的进一步深入。

在何为科学理性、科学与人生观的问题上，李晓舫著《天文学研究对于哲学及人生观之影响》（第 23 卷 5～6 期）一文，指出科学研究的方法分为实验与理论两个部分，并认为两者是互相消长的关系，理论引导实验，实验验证理论。他引用雨果的话对人的思想精神进行赞美，认为"有更大于海之境界者，天也；有更大于天之境界者，人之精神也。故宇宙一切，惟思想最不可思议"，在对科学理性价值加以赞誉的同时，也不忘突显人文价值的光辉。这里，由科学理性精神无限到科学精神与人文精神具有的共同价值，相比科学传播观念表达期对科学精神的绝对信仰有了一定的改变。在科学与理性方面，宋以方著《法国大革命时代的数学》（第 25 卷第 11～12 期）一文，指出理性与科学是人类最高能力之所在，在科学发展中亟须讴歌理性精神的价值。在科学传播中，科学自身的伦理价值也引起传播主体的重视。刘咸译康克令教授著《科学与伦理》（第 22 卷第 3～4 期）一文，指出："科学之宗教是谓伦理学，科学的新伦理学与宗教的旧伦理学，在内容上没有什么差别，不过一则从内心上接受宗教之教义，一则由外表发挥人类之天性。人类天性之进步不能与控制自然之学术保持同一步骤。虽然科学与社会进步不一致，伦理基本观念可以一致；政治和社会理想可以不同，但学理超越事实，理想先于实践，乃千古不刊之论。"提出了人类如何达到理想生活，如何化私为公，以德抱怨，以理制情等科学伦理问题。

在科学传播（大众传播）发展史的研究中，刊发吴绍熙著《日本的通俗科学》（第 20 卷第 3 期）一文，对日本科学传播活动进行了专门介绍，指出日本科学传播活动的形式主要有三种：一是通俗科学刊物；二是永久性的科学博物馆和国防馆；三是临时性的科学展览会，希望对中国的科学传播活动提供有益借鉴。阙疑生著《翻译西书与传布科学》（第 23 卷第 3～4 期）一文，指出书籍作为传播知识之利器，对科学传播、文化交流方面的重要作用。《科学》的传播从科学发展的探索到科学传播的中外交流，体现出近代科学传播在科学发展中已经作为一个专门的门类，在社会中的作用和价值开始凸显出来。

5.4.3.3　科学研究和科学教育服务抗战的实践转向

作为"科学救国"的主体，自然科学家群体最大的"救国"责任就是推进具体的科学研究，以服务现实抗战的需要。1935 年，秉志著《科学与民族复兴》（第 19

卷第 3 期)一文,以科学在中世纪的发展情况为例,呼吁广大科学家为真理而努力。在科学救国的大旗下,一时间社会中出现"飞机救国""钢铁救国"等各种思想。《科学》刊发冼荣熙著《钢铁救国与广西矿产之运用》(第 19 卷第 12 期)一文,就是这一救国理念的具体体现。在推进科学研究的具体实施路径上,中国科学化运动的开展,由民间社团层面的提倡上升到国家层面的重视。1937 年 1 月,《科学》刊发时任国民政府主席林森的《科学研究为建设国家的始基》(第 21 卷第 1 期)一文,要求科学工作者继承孙中山遗嘱,将科学研究与国家命运联系起来,真正使科学研究成为国家发展的基础。随后刊发刘咸著《科学研究与社会福利》(第 21 卷第 11~12 期)一文,指出科学研究在满足人类自身六大需要的基础上,还可以满足国家和社会的需要。他认为在研究过程中,应该充分借鉴德俄两方面推进科学发展的经验教训,并发出中国科学研究者不做亡国奴的呼声。

在推进科学研究的号召之下,一大批地方性研究也取得巨大的进步,《科学》刊发的主要代表性文章有:杨钟健著《新疆孚远兽形类化石之发现》(第 19 卷第 5 期)、陈朝玉著《中国数种常用食物中维他命含量之研究》(第 19 卷第 8 期)、张鸿吉著《中国东南沿海诸省重力加速度之测定》(第 19 卷第 1 期)、张曾惠著《北平水之分析》(第 19 卷第 3 期)、刘咸著《西南民族与国防建设》(第 19 卷第 12 期)、黄大著《厦门港附近海水一年内按月分析》(第 20 卷第 3 期)、彭谦、刘士林著《河南碱土之化学检验与改良研究》(第 21 卷第 1 期)、汤佩松、刘友铿著《云南蓖麻子之利用》(第 23 卷第 7~8 期)等。在科学研究大发展下,《科学》发刊的文章中开始出现关于科学研究的方法和规范的探讨。1936 年,袁翰青的《关于科学论文的管见》(第 20 卷第 11 期)一文,指出做科学研究的人,切忌对于前人或者同时代旁人的研究成果没有完全了解,以至于在暗中摸索重复别人的工作,失去了科学研究的意义。这些建议,对今天的科学研究工作者来说也是不无裨益的。

在发挥科学研究本职角色的同时,科学家自身应该承担什么样的社会责任也逐渐引起社会关注。1936 年,曾昭抡著《国难时期科学界同人应负的责任》(第 20 卷第 4 期)一文,认为世界上最大的科学贡献,他的价值都不可能超过殉国。文中号召科学界不能做特权阶层,应该担负平民应有的责任,为救国而努力。他将科学家的社会责任首先定位为平民的责任,其次是要担负科学家本身的特有责任,体现出科学家群体在国难时期的最基本要求。随后刊发的"七科学团体纪念号"(第 20 卷第 10 期)是科学家承担社会责任的全面展示。刘咸在"前言"中指出,这次聚会是科学界的大合作,选择在战争最为前沿的北平召开,就是为了表明科学界对国家前途命运的关切和重视。顾毓琇著《七科学团体联合年会的意义和使命》(第 20 卷第 10 期)一文，指出科学家要具有一颗爱国之心，这次会议不仅是科学的热心分子，更是科学的中坚分子的聚会，是科学界保卫华北、保卫北平的宣言。1939 年，在"科学新闻"中，刊发曾任《自然》主编多年的理查德·格里高利(Richard Gregory)的《科学家之责任》(第 23 卷第 3～4 期)的短篇消息，指出科学家之责任，"应协同建设国家调和的社会秩序……科学家今后未可回避社会问题，盖其结构之组成，彼等曾供给之材料也。"[14] 将科学家的责任首先看成是公民的责任，其次科学家的特殊责任是供给科学知识、调和国家秩序，并推进科学成为人类社会结构的一部分，以造福于人类为最终目的。

"科学救国"的具体实践还在于推行科学教育，培育青年科学人才。1936 年，刘咸著《国难教育与科学训练》，提出在国难时期的科学教育应该遵循的方针。第 24 卷第 2 期"科学新闻"栏目中，刊发重庆教育部电令，要求在教育中增加发扬中国固有文化的内容，这是中国本位文化和西方科学文化论战在教育发展中的具体体现。1940 年，戴安邦著《中国化学教育之现状》(第 24 卷第 2 期)、王志稼著《我国科学教育今后应具之方针》(第 24 卷第 5 期)等文，认为教育的目的，就是要训练人们如何适应生活的环境，并对科学教育的发展提出三个原则：首先是科学教育要注重生活化，其次科学教育应注重大众化，最后科学教育应注重中国化。并将科学中国化解释为："回应中国需求，解决中国问题。具体表现在科学教育教材上就是不能只说外国话、讲外国故事。"可以说，对中国科学教育的思考由教育科学化向科学教育吸收中国元素、回归中国本位转变。关于科学与青年人才的关系，1936 年，刊发涂治译《告俄国青年科学家》(第 20 卷第 5 期)、翁为著《赠大学生》(第 20 卷第 6 期)、《再赠大学生》(第 20 卷第 9 期)、《三赠大学生》(第 21 卷第 4 期)等文章，对社会上关于大学生与科学之间关系的思考，提出大学生在科学事业发展中应该努力起到自身的作用。骥千著《科学与青年》(第 24 卷第 2 期)中，将青年分为穷苦之青年和富有之青年两大类，依据青年自身所处的地位和社会关系，探讨如何因地制宜地实践科学问题，并在具体的实践中为服务抗战尽一份责任。

5.5 传播危机反应到理念转换的《科学》(第 26～31 卷)

《科学》(第 26～31 卷)主要在 1943—1949 年在卢于道与张孟闻担任编辑部长时编辑并刊发。1944 年底，中国科学工作者协会成立，其基本目的就是"全盘民主化"，而且民主化的主要责任落在科学工作者身上。[15] 从新文化运动时期提倡"科学"与"民主"的观念,到抗日战争的全面胜利后进入对科学与民主等具体关系的探讨阶段。从科学传播与社会的互动关系来看,《科学》的传播活动经历了一个从传播危机到传播理念转换的过程。

5.5.1 出刊概况

1943—1949 年的 7 年时间内,《科学》共出刊 7 卷、56 期。1943 年,在卢于道担任代理编辑部长期间,在第 26 卷第 1 期《编后记》中表示,"自本卷起开始季刊发行",但短暂发行第 26 卷第 1～2 期后,中断出刊。1944 年,第 27 卷第 1～4 期仍是月刊发行,而第 5～6 期、7～8 期、9～12 期则是合刊发行。1945年,张孟闻任编辑部长后,第 28 卷第 1 期出刊后又再次中断,直到杂志编辑部搬回上海后,开始正常出刊第 28 卷第 2 期至 31 卷,共计 41 期。其中,第 28 卷第 1 期为"三十周年纪念会专号",第 28 卷第 2 期为"青霉素专号",第 29 卷第 10 期为"联合年会专号",第 30 卷第 3 期为"葛利普教授纪念号"。

平均来看,每卷平均在 480 页左右,每期也仅有 36 页左右,跟辉煌时期的上百页相比,可以说有天壤之别,内容上更是不可同日而语。第 26～31 卷具体出刊统计情况见表 5-9。

表 5-9 《科学》(第 26～31 卷)具体出刊情况

总 编	年 份	卷 数	期 数	页 数
卢于道	1942 年 1—12 月	0	0	0
	1943 年 3—6 月	第 26 卷	1～2	358
	1944 年 1—12 月	第 27 卷	1～12	403
张孟闻	1945 年 1 月	第 28 卷	1	83
	1946 年 2—12 月	第 28 卷	2～6	214
	1947 年 1—12 月	第 29 卷	1～12	480
	1948 年 1—12 月	第 30 卷	1～12	466
	1949 年 1—12 月	第 31 卷	1～12	480
总 计		7	56	2 484

注:由于《民国期刊全文数据库》,没有收录第 26 卷第 1～2 期、第 28 卷第 1 期、第 26 卷第 1 期、第 28 卷第 1 期是笔者比照上海图书馆《科学》影印版、国家图书馆古籍本整理所得,第 26 卷第 2 期据目录预告按照杂志自身"刊发上期预告下期"的出版惯例分析整理所得;同时,第 31 卷第 6～12 期统计数据与颜燕《张孟闻时期的〈科学〉杂志》[16]的内容相互对照,特此致谢。

5.5.2 出刊内容

根据《民国全文期刊数据库》的收录内容来看,第 26 卷、第 27 卷、第 28 卷未刊发内容索引,笔者根据第 29 卷、第 30 卷、第 31 卷的索引内容,并结合《科学》以前的分类原则,按照科学本质观念和社会建构两个方面将发刊内容划分为五大类:一是科学文化类的栏目,主要包含"通论""科学史""传记";二是科学基础知识类的栏目,如"数学""物理""化学""天文""地学""生物";三是科学应用类的栏目,主要是"工业""工程""农林""医药""气象""心理";四是科学消息类的栏目,如"书报评介""文献集萃""消息";五是其他栏目,如"社说""编后记",共分为 20 项内容。《科学》(第 26～31 卷)按照卷末索引数量统计情况如表 5-10 所示。

表 5-10 《科学》(第 26～31 卷)目录索引统计情况

分 类	篇 数						总 计
	第 26 卷	第 27 卷	第 28 卷	第 29 卷	第 30 卷	第 31 卷	
通 论	6	12	11	17	13	14	73
传 记	1	1	4	2	6	2	15
算学(数学)	1	1	6	12	38	3	61
物理学	0	1	31	13	14	13	72
化 学	0	2	18	9	7	4	40
天文学	0	0	3	8	3	6	20
地 学	0	1	0	2	7	26	36
气象学	1	1	10	28	16	24	80
生物学	12	6	151	29	37	55	290
实业、工业	0	2	0	2	1	5	10
农 林	1	3	16	2	0	3	25
卫生、医药	2	9	16	5	10	17	59
通讯消息	34	92	148	424	559	392	1 649
书报评介	2	67	0	6	13	0	96

续　表

分　类	篇　数						总计
	第26卷	第27卷	第28卷	第29卷	第30卷	第31卷	
文献集萃	0	0	0	16	4	15	35
心理学	0	1	23	0	0	0	24
社说、宣言	0	3	0	2	0	0	5
考古学	0	0	1	0	0	0	1
悼念专集	0	0	7	0	0	0	7
编后记	2	4	1	10	7	4	28
总　计							2608

从这一时期的发刊数量上来看，排在前十位的传播内容分别是：通讯消息(1649)、生物学(290)、书报评介(96)、气象学(80)、通论(73)、物理学(72)、算学(数学)(61)、卫生医药(59)、化学(40)、地学(36)，紧跟其后的是文献集萃、编后记、天文学等。

对发刊内容的初步分析来看：一是对科学本质和观念的探讨仍然是重点，特别是科学史、科学与社会的关系等议题，引起了众多科学家的关注和思考，并形成文字在杂志上发表。二是关于科学基础知识的内容，主要是算学、物理、化学、生物等基础理论的研究与应用知识，是传播的基本方面。三是关于科学通讯消息类的内容，占文章总数量的70%以上，体现这一时期《科学》构建国内科学交流平台，传播最新科学消息和知识的定位。与前期发文分类的比较分析可知，有关工程类的内容在这一时期几乎消失殆尽，似乎表明当时国内整个工程建设和研究几乎陷于停滞的现实情况。这一时期，最大的特色是有关通论类的文章发刊数量占比跃升到第五位，内容主要是论述科学发展的社会条件等方面，表示中国近代的科学家开始真正认识到，要推进中国科学的发展，实现救国的理想，靠埋头于具体的科学传播和研究、在科学上做出成绩，是远远不够的，还需要一个稳定的社会环境。

1946年，《科学》对中国近代科学各学科三十年来的发展和进步进行总结和思考，陆续刊发吴承洛著《三十年来中国化学之进展》(第28卷第5期)、黄汲清著《三十年来之中国地质学》(第28卷第6期)、戴运轨、刘朝阳著《中国三十年之物理学》(第 29 卷第 1 期)、李晓舫著《三十年来天文学之主要进步》(第 29 卷第 2 期)、李仲珩著《三十年来的算学》(第 29 卷第 3 期)、李俨著《三十年来之中国算学史》(第 29 卷第 4 期)、张肇骞著《中国三十年来之植物学》(第 29 卷第 5 期)、洪式闾著《三十年来中国人体寄生虫之鸟瞰》(第 29 卷第 6 期)、陈遵妫著《三十年来之中国天文工作》(第 29 卷第 7 期)、吴福桢著《三十年来我国农业之改进》(第 29 卷第 11 期)、杨钟健著《三十年来之中国古生物学》(第 29 卷第 12 期)、茅以升著《三十年来之中国工程》(第 30 卷第 1 期)、涂长望著《三十年来长期天气预报之进步》(第 30 卷第 2 期)、任美锷著《最近三十年来中国地理学之进步》(第 30 卷第 4 期)、魏景超著《三十年来中国之真菌学》(第 30 卷第 5 期)、李善邦著《三十年来我国地震研究》(第 30 卷第 6 期)、卢于道著《三十年来国内的解剖学》(第 30 卷第 7 期)、许世瑮著《三十年之畜牧兽医》(第 30 卷第 8 期)、伍献文著《三十年来中国鱼类学》(第 30 卷第 9 期)、吴襄著《三十年来国内生理学者之贡献》(第 30 卷第 10 期)、张昌绍著《三十年来中药之科学研究》(第 31 卷第 4 期)等。这是科学传播主体主动设置议题,进行有针对性传播的积极尝试,为相关学科的发展和科学史研究提供了宝贵的资料。

5.5.3 传播特点:"科学建国"思想的全面表达

伴随着科学建国成为科学发展的主旋律,《科学》(第 26~31 卷)的传播视角和目的也发生了变化,逐渐把科学的社会基础、文化建设作为传播重点。这一变化主要体现在传播主体开始有意识地刊发科学社会功能的重新诠释、科学家与政治家的相互关系、中国科学化和科学中国化的社会条件等内容,目的是将中国近代自然科学家群体对中国科学发展的新观点、新理念传播给国人和社会,为科学建国创造基础和条件。

5.5.3.1 在科学与社会功能的传播中推进科学成为国策

随着对科学与社会关系的认识越来越深入,推进科学成为国策便成为传播主体观念表达的首选。在这个科学传播理念之下,最能体现科学发展的最直接成果的工业技术与科学的关系便成为传播的中心议题。在抗战胜利前夕的 1944 年,倪尚达著《自然科学与工业之关系》(第 27 卷第 2 期)一文,指出多年来中国科学化进程以全盘西化为标准,科学教育主要以抄袭西方的理念为主,科学研究也是抄袭西方为主,很少有中国自己的特色和优势,进而发出在未来的科学中要具有自身特色的呼声。这与早期任鸿隽提出的在解决"中国科学化"之后，要更多地思考"科学中国化"，为世界科学做出中国自身的贡献相呼应。卢于道著《工业建设与科学发明》(第 27 卷第 2 期)一文，论述工业建设对科学发明的促进作用，并对科学家和科学发明家的内涵作了区分。他从社会的需求角度指出，科学家重于理论知识的建构，科学发明家则重于理论知识在工业中的运用。他呼吁，在推进科学发展中，应该更加关注与工业社会之间的紧密结合，培养更多的科学发明家。1946 年，任鸿隽著《关于发展科学计划的我见》(第 28 卷第 6 期)一文，认为五十年的中国科学发展，其实真正的只有三十年而已，要实现中国科学的发展，必须要有切实的计划与准备，而当前首要的政策就是将科学发展与国家政策紧密结合起来。这种前瞻性的思考奠定了后期科学成为国策的基础。

要实现为世界科学做出贡献的"科学中国化"目标，科学研究和科研机构的社会作用发挥必不可少。1947 年，卢于道从科学研究机构的社会组织存在出发，发表《研究单位的组织问题》(第 29 卷第 2 期)一文，认为科学研究组织是否以学科为单位开展应该有讨论的必要，因为科学研究的目的就是解决问题，科学组织和机构应该以问题为中心，而不一定要以学科为中心，建议科学的研究结构可以有多个样式，不仅是以学科为主构建，还可以问题为主构建。李晓舫则著《建国与科学》(第 29 卷第 12 期)一文，从整个社会科学化的角度指出中国当前三万万文盲是科学精神在中国推进的障碍，为此要大力推进科学教育深入民间的行动，才能真正推进社会科学化建设，着力培育社会化的道德，从而建构具有公共事业的社会科学化精神。张孟闻则从科学社团应该在建国中担负的社会责任角度，著《科学社团的效能》(第 30 卷第 1 期)一文，他在追溯科学社团在中国发展历史的基础上，呼吁科学家在科学与社会关系中，应积极承担应有的社会责任。

这些问题的实质都是思考"科学建国"下的中国近代科学发展的走向问题。1948 年，《科学》刊发赫胥黎之孙著《今日自由之危机》(第 30 卷第 2 期)一文，指出 19 世纪以来的工业文明都是建立在资源消耗之上。随着人口增多、资源危机和自然破坏，如何使工业文明的根基更加稳固，根本困难不在工业的技术，而在于哲学和道德领域，也就是科学应具有人文追求的价值。1949 年，曾昭抡著《1949 年的中国科学家》(第 31 卷第 2 期)一文，认为科学家群体应该在科学的社会化建设中提出自己的建设性主张。随后，吴有训、陈望道、任鸿隽、许君达等在《科学与社会(座谈会纪要)》(第 31 卷第 5 期)一文中，将科学与社会的关系归纳为两个方面：一是近代科学发展走得太快，把社会发展远远甩在后面,为此需要重新评价科学的价值和意义、科学家的社会责任和价值追求等问题。为此在一个理想社会中,要逐步搞清楚科学的地位应该是什么、科学工作者的地位是什么,同时应该以何种态度对待科学和科学工作者的问题。二是科学家逐渐认识到,科学发明的条件不一样了,个人发明的时代结束了,要实现科学发展需要集体合作,并认为"现在推进科学的有效办法,就是要把科学当作国策"。在中华人民共和国成立前夕,任鸿隽则明确发出将科学当成国策的呼声,为《科学》的科学传播活动做出了一个阶段性的总结。

5.5.3.2 在科学和政治之间强调"科学家"对"政治家"的影响

要推进科学成为国策,科学与政治之间、科学家与政治家的关系就成为传播主体思考的中心。1944年,卢于道著《两种科学》(第27卷第1期)一文,从科学发展具有的两种不同的社会属性角度出发,认为科学与政治是不可分割的,不存在无政治追求的科学。他指出在科学发展中存在福利的科学、权力的科学、王道科学、霸道科学的区分。在区分的基础上,他呼吁中国5万科学家和技术家,应当尽他们自己的力量,争取发展福利的科学和王道的科学,反对权力的科学和霸道的科学。为纪念中国科学社成立30周年,《科学》刊发《中国科学社成立三十周年宣言》(第27卷第9~12期)一文,指出:"吾人承认科学为智能权力之源泉,为建设现代国家,必须全力以赴;吾人承认科学在我国特别落后,为求与先进国家并驾齐驱,必须以人一己百,人十己千之精神进行;吾人承认凡世界文明人类,皆有增加人类知识之义务,因此吾人对于科学必须有独立之贡献;吾人坚信科学系为人类谋福利快乐而非为侵略残杀之工具。"[17]宣言全面阐释了中国科学社对于科学发展和应用的主张,要求科学发展必须认定善恶标准,并具有伦理的价值标准。可以说,这是中国科学社推进中国近代科学发展,推进科学救国、科学中国化、科学伦理发展的宣言书和倡议书。宣言通过《科学》的大力传播,在当时的科学界和社会上都产生了积极和深远的影响。

1947年,张孟闻以科学界在原子能时代应该担负什么责任为主题,发表《原子能与科学界的责任》(第29卷第1期)一文,指出科学家应该积极承担责任,绝不能只是在实验室里搞研究,而应该为人类免于灭亡承担起更大的道义和实际的责任。随后,他提出要用科学方法和科学精神来处理人类自身的事情,用科学的原则和方法来主导政治,而不能让科学屈从于政治之下。卢于道著《科学工作者亟需社会意识》(第29卷第5期)一文,认为科学家本身应该有独立的人格和追求，但科学研究不能是独立的工作，特别是现代科学的发展来看，需要政府来引导支持才能完成。因此，需要在大科学的发展环境中找到科学家存在的意义和价值。

从科学家在新时代应该承担社会责任入手，到科学家的大联合主动承担伦理责任；从确保科学在社会中得以正确的运用，到科学对政治的指导，自然就引出科学家与政治家之间的关系问题。1948年，张孟闻著《科学与政治》（第30卷第5期）一文，认为科学不能与社会孤立起来，需要相匹配的环境和条件，科学家与政治家的关系主要表现为两方面，即科学家是否应当过问政治，以及政治家是不是应该先有科学训练。张孟闻认为，如果让没有政治素养的政客们决定人类的安全，还不如让科学家多花点时间和精力来，帮助政客解决社会中遇到的各种问题。

1948年，《科学》刊发林文·培凯著《科学与政治》（第30卷第5期）一文，指出在当前的科学时代下，科学家不过问政治，但是政治家是否过问科学的问题。作者认为科学的态度应该是政治家有计划地促使科学为人类大众服务。随后又刊发林文节译《科学家与社会进步》（第30卷第12期）一文，从科学在将来给人类的福利，与科学家在世界社会机构中的地位和作用论述起步，指出科学可以减少贫困饥饿，为此提高物质生活水平是科学发展的应有之义。随后作者比较分析东西文化后指出，东方哲学重抽象的精神生活，与西方社会注重物质生活不同。但实际上，东方人对于物质生活未尝不欣赏，因为在东方人看来，要改变外在的环境非人力所能胜任，当外在的物质生活不能满足于抽象的精神生活来做食粮时，就应该采用安于现状的态度。作者进一步指出，东方的哲学是建筑在失败主义上面的一种被动的接受哲学；相反，西方的哲学是建筑在成功主义上面的一种主动的进步哲学，正是对自然的主动征服和对物质生活的进取之心，促进了西方资本主义的兴起、大工业的发展和科学技术的进步。文章最后指出，科学本身是无善恶的，而科学的运用则是一个社会学问题，要推进科学发展在政治上保持中立几乎是不可能的。随后，他对具体的科学发展提出自己的建议，指出科学家如果仅仅意识到科学发展只需要科学的内部结构，没有意识到科学与社会的关系，其最终结果应该是不尽如人意的；科学应该对政治有所反应，这是科学与社会结合的一个重要组成部分。但科学究竟该如何介入政治，是直接地介入还是间接地介入，其最终的结果都具有双重性，要根据具体实际情况来决定。作者最后提出，让不具备政治素养的政治家来管理社会，还不如让具有科学素养的科学家来管理社会更为合理。这里,将科学家的社会责任和伦理价值不仅限定于"利用"的生产力功能,它还具有对政治、政治家等的"正德与厚生"的社会价值功能,对改造社会结构、政治结构、提升社会文化修养有其自己独特的贡献。从科学的社会地位确立来看,科学实现了与政治同等的地位和价值,甚至某种程度上还要主导政治、主导政治家的决策和行为。

5.5.3.3 在科学的社会实践中关注中国科学化和科学中国化的社会条件

将科学与民主联系起来,是新文化运动以来以中国科学社为代表的科学共同体秉持的最基本的思想之一。随着原子能时代科学带来的巨大社会后果,传播主体需要对科学与民主、科学与道德等新文化运动时期提出的问题进行重新审视和再次讨论,进而提出科学社会化的构建问题。1947 年,李晓舫著《中国科学化的社会条件》(第 29 卷第 7 期)一文,认为科学传入中国 80 年的时间,似乎并没有扎根,在发展阶段也只是萌芽时期。因为中国科学化不仅仅是个技术过程,还是一个社会的发展过程。科学发展不能单独归功于科学技术的发展,亦是近代社会化道德和精神的产物。因此,中国科学化对社会的要求,首先要有官僚政治的澄清和民主政治的建立;其次是建立近代科学公共事业,废除经济管制。文章最后呼吁,科学必须成为争取社会正义、和平和自由的同盟军,而不是他们的敌人,要促使科学成为进步的力量,就必须使社会的领导人和大众真正理解科学的重要性以及社会的需要。

毫无疑问,推进中国科学发展的基础需要一个民主的、稳定的社会环境。1948 年,杨钟健著《科学家是怎样养成的?》(第 30 卷第 3 期)一文,文中回顾了中国科学的发展历程,并与国外比较后,认为中国科学发展当前虽有大量人才,但无大家和权威的产生,指出这种现象的根本原因是中国缺乏产生科学大师的好的环境,即缺乏科学进取的新精神与恒心。陈立著《科学与民主》(第 30 卷第 6 期)一文,指出科学与民主并不是毫无联系的两个方面。科学是超个人的客观化的知识,科学的社会化是将社会客观化,最终可能的结果就是将"客观"当作"物观",其本质上是违背科学精神的。作者认为,科学与民主应该具有同一种社会条件,民主的法治精神即是科学的客观精神,两者应该是统一的。他指出一切向权威低头的精神既不是科学精神,也不是民主精神,只有推进民享、民有和为人民的科学,才有真民主,才是健全的科学。

良好的科学发展离不开科学教育这个基础条件,对科学教育的传播一直是《科学》的重要内容之一。彭光钦著《学校中的科学训练》(第 30 卷第 8 期),

对科学和科学教育的作用做了如下表述:"战争因科学而支撑,和平要科学来保障,生活靠科学来增进,健康需科学来维护。科学不发达的国家不会富强,缺乏科学头脑的领袖不会伟大,没有科学管理的事业不会发达。归根结底,人的科学训练重要。"[18]针对学校科学训练面对的因陋就简情况,作者分析原因为:一是必需的图书、仪器、药品、材料、场地缺乏;二是重讲授而轻实验的传统;三是科学的师资缺乏。为此,学校科学教育,必须有充实科学的设备,并不断提高科学师资的能力。秉志著《理想之大学教育》(第 30 卷第 9 期)一文,提出"课程完备、教材优美,学术自由、打破牵制,机会均等,富于弹性,注重研究、促进学术"的大学教育目标。针对科学教育教材的缺乏,提出应该成立科学教育课程开发委员会,提倡从书本走向自然和社会的科学教育。吴学周则认为关注科学教育,应该多了解物与物的关系,少研究人与人的关系(譬如三纲五常等),真正把关注自然作为科学教育的重点。

中国近代科学发展的社会条件还需要良好的国际环境。1944 年,任鸿隽著《国际科学合作的先决条件》(第 27 卷第 1 期)指出,科学是有国际性的,科学的繁荣发展要受制于科学研究结果的不公开、科学文字的不同和国际科学合作组织的缺失。为此,他呼吁在中国应该有对等的科学研究机构、有地方性的科学研究中心和对应的国际合作组织,以实现科学的国际化交流。随后,李约瑟著《战时及平时之国际科学合作》(第 27 卷第 2 期),再次论述科学国际合作对科学发展的重要性。卢于道也发表《科学的国际组织》(第 27 卷第 4 期)一文,指出科学的国家性、国际性及政治性等问题,并呼吁中国科学家应该积极发挥自身作用,为中国科学与世界科学的互动发展创造良好的环境。

5.6 小结:"全方位"的科学普及与启蒙

本章统计了《科学》的发刊目录和内容,目的是对科学传播活动的发展过程与社会思潮、中国传统文化之间的真实情况做一个简单的梳理和分析。通过数量化的比较分析,基本为中国近代科学发展和科学传播活动勾勒了一个总的缩影。一个初步的论断是:《科学》(第 1~31 卷)的发刊内容,全面记载了中国近代科学界与思想界、文化界、教育界、政治界推进中国科学化和科学中国化方面所做的努力和思考,在科学传播与社会发展之间,经历了一个科学知识持续普及、科学研究不断开展、科学本质观念变迁、科学社会结构变化、科学兴趣中心转移的短时期内起伏的互动过程。

从科学的学科分类角度去分析，自然科学、社会科学、人文科学等各方面的内容在《科学》的传播内容中均有所涉及。其中，以自然科学类的内容居多，发刊文章在总体文章数量中占比达90%以上。社会科学和人文科学内容主要是运用科学方法开展社会研究的文章，以及一些科学通讯、新闻以及中国科学社社务的相关内容。这充分表明《科学》的传播活动首先是推进自然科学家共同体之间相互传播和交流科学知识，是近代科学家群体为推进中国科学化和科学中国化具体实践中，解决科学难题、发表科学成果、交流科学信息的重要平台和载体。从科学知识的全面角度来看，国内外最新的科学理论成果以及科学发展的最新思想和动态，包括科学的应用层面、精神层面、社会建构层面都得到了全面的传播。可以说，《科学》的传播内容是那个时代知识分子所能理解的最为全面系统的科学思想，在整体上形成了一个完整意义上的多元的科学形象，为国人全面、系统的科学启蒙起了重要的作用。

首先，科学知识启蒙是基础。《科学》将世界上最新的各科知识以及科学研究的成果传播到中国。但在具体的科学传播过程中，受中国社会政治情况的制约和传播者自身条件，各学科内容也有多寡之分。从发刊数量上看，基础科学如数学、物理学、化学、天文学等学科所占篇幅最多，这些都属于纯理论科学内容。紧随其后的是生物学、农林、地质这些属于应用性较强的学科内容，这应该与早期《科学》传播者的专业背景有关。由于受中国科学化实践运动、战争等社会因素影响，工程、航空、电信、矿业、实业、医学（生理、卫生、医药）和工业化学等内容，也在不同的社会时期得到较快的发展。这是科学传播在社会现实的迫切要求下，激发了对科学技术的强大需要所带来的转变。

其次，科学思想启蒙是根本。《科学》深入探讨科学本质和观念等内容，向国人介绍全面的科学思想，致力于传播真正近代意义上的科学观念。从科学思想的内涵角度，着力阐释科学精神、科学方法、科学价值、科学态度等，并着重说明科学与形而下的技术以及形而上的哲学之间的区别，指出科学成为一个相对独立的学科和知识体系的特征，从科学社会学的内涵角度，将"科学与民主"相关联的理念贯穿始终，着力阐述科学与民主、科学与政治、科学与伦理等方面，着力纠正近代以来科学传播过程中对科学的种种误解和不足，以推动近代科学观念在中国社会的最终确立。

最后，科学实践启蒙是目的。围绕如何实现中国科学化和科学中国化，《科学》积极开展科学普及活动、大力推行科学教育、不断推进科学研究，呼吁国人积极引进西方国家的科学研究体制，立足科学在社会的真正确立和中国科学的具体发展,以扎扎实实的科学研究和科学传播活动,不断推进科学在中国社会的最终确立和作用的全面发挥。

总的来看,通过对《科学》传播内容与社会之间关系与演变过程的考察,可以看出不同时期科学本质观念的理解、科学传播对象的选择、科学传播范围的限定、科学社会功能的认识等方面,都呈现出多样化和复杂化的态势和传播特征。这种多样化和复杂化的传播特征昭示一个基本规律,就是在中国推行科学传播活动不论用什么科学观念做指导,也不论传播主体从什么角度去推进科学发展,只有将科学的本质观念和中国社会的具体实际和实践紧密结合,其科学传播的最终目标和中国科学化及科学中国化的理想才能顺利实现。

参 考 文 献

[1] 小莫里斯·N·李克特.科学是一种文化过程.顾昕,张小天译.北京:三联书店,1999:10.
[2] R·K·默顿.科学社会学(上册).鲁晓东,等译.北京:商务印书馆,2003:136.
[3] 任鸿隽.《科学》三十五年的回顾[A].樊洪业,张久春编.科学救国之梦——任鸿隽文存.上海:上海科技教育出版社,2002:718.
[4] 卢于道."科学"的新生.科学,1951,32(增刊):80.
[5] R·K·默顿.科学社会学(下册).鲁晓东,等译.北京:商务印书馆,2003:633-634.
[6] 中国科学社编辑部.中国科学社重要启事.科学,1917,3(3):3.
[7] 张岂之.中国历史:晚清民国卷.北京:高等教育出版社,2001:256.
[8] 编者.记事.科学,1929,14(3):448.
[9] 张岂之.中国历史:晚清民国卷.北京:高等教育出版社,2001:303.
[10] 葛利普.中国科学的前途.任鸿隽译.科学,1930,14(6):766.
[11] 任鸿隽.科学与近世文化.科学,1922,7(7):632.
[12] 陈首,任元彪.《科学》的科学——对《科学》的科学启蒙含义的考察.自然科学史研究,2003(增刊):23.
[13] 任鸿隽.科学教育与科学.科学,1924,9(1):4.
[14] 姚国珣.科学家之责任.科学,1939,23(3-4):216.
[15] 任定成.在科学和社会之间——对1915—1949年中国思想潮流的一种考察.武汉:武汉出版社,1997:117.
[16] 颜燕.张孟闻时期的《科学》.科技传播,2001,1(下):75-76.
[17] 中国科学社编辑部.中国科学社成立三十周年宣言.科学,1944,27(9-12):3-4.
[18] 彭光钦.学校中的科学训练.科学,1948,30(8):225-226.

第6章
《科学》传播方式的策略选择

默顿从科学共同体具有的共同的态度、感情和观念等角度出发,将"科学共同体"概念定义为"约束科学家的有情感色彩的价值观和规范的综合体"。[1]从这个角度出发,任定成认为:"《科学》广泛表达了中国第一个严格意义上的'科学共同体'的信念、准则、价值观和方法论,反映了当时的科学潮流。"[2]他们以推进中国科学化和科学中国化为实践目标,构建了政府、社会、大众和《科学》传播主体为一体的科学共同体。

科学传播基于科学社会价值实现的特征,决定了科学共同体不能强迫社会接受他们的思想和理念,他们必须让社会公众更多地理解科学的成就和发展的可能性,他们需要把科学的威力和价值从科学界扩展到社会和经济领域中去,这就需要重视传播手段和方法的运用。从维护科学传播活动的"合法性、权威性、科学性、必要性、正当性、可行性、思想性"等社会价值标准入手,科学传播活动必须接受科学共同体内部、科学与大众以及其他所有科学传播参与者的评价和反馈,并根据他们在思想认知、态度行为、方式方法等的反馈信息,来调整自己的传播方式和发展策略,进而实现自身预定的传播理念和目标。

6.1 《科学》传播活动社会行为的合法性建构

科学传播要实现科学社会地位最终确立的目标,自身的传播活动需要得到社会的合法化认可及其各种形式的支持。这就要求《科学》的传播主体主动建构自身推崇的这种社会行为,在社会层面拥有传播活动的必要性、传播知识的全面性和传播理念的先进性。

6.1.1 传播活动的必要性：对"中国有无科学"问题的多维度解答

《科学》的传播主体既然把"科学"作为解决中国社会根本性问题的方法和工具，首先就应该把中国近代社会的根本性问题、基础性问题提出来，引起社会公众的思考。与前几次科学传播主体秉持的传播视角一样，《科学》的传播主体在开始就把中国传统文化和精神视为阻碍近代社会发展的根本性问题。要实现救国的理想就必须除旧布新，必须确立科学的思想和观念，必须对中国传统的伦理价值进行针对性地批判。从 1915 年创刊之初，任鸿隽著《说中国无科学之原因》开始，到 1949 年第 28 卷第 3 期竺可桢著《为什么中国古代没有产生自然科学》收尾，大量的文章都围绕中国传统文化开始批判立论，延伸或者深入到如何发展中国科学、推进科学普及、推行科学教育、建构科学体制等问题的解答和回应，并积极组稿、约稿，编排各类文章，对这些问题进行深入解读、全面分析、主动解题。毫不夸张地说，《科学》的传播过程就是围绕"中国无科学"这一传播问题的"提出—解决—再提出—再解决"的破题史。

考察《科学》的传播主体可知，他们大部分出自书香门第，在留美之前大都有科举时代受教育的背景，早年中国传统文化的教育经历和熏陶已深深地根植于他们骨子里；留美后接受的科学的系统化训练，使他们具有现代文化的基因，养成科学的思维和习惯。在中西两种文化系统地学习和熏陶中，他们身上表现出具有新旧兼学、学贯中西的特征，对中西文化的优劣异同也具有切实的体会。因此，《科学》把"科学"作为救国真理传入中国的第一步，就是对中国传统文化深刻反思的开始起步。在《科学》创刊号的首篇论著《说中国无科学之原因》中，任鸿隽首先对中国传统学术思想的根基进行了反思批判。

> 今夫吾国学术思想之历史，一退化之历史也。秦汉以后，人心梏于时学，其察物也，知其当然而不求其所以然；其择术也，骛于空虚而引避乎实际，此之不能有科学不待言矣！……周秦之间尚有曙光，继世以后乃入长夜，沉沉千年，无复平旦之望。何彼方开脱之易，而吾人启迪之难也？……一言以蔽之，曰未得研究科学之方法而已。[3]

任鸿隽明确认为中国古代是没有科学的，他将中国的发展历史称为一部"退化"的历史，认为秦汉以后的儒道思想，以其"知其然、不知其所以然"的研究传统，缺乏实验精神的氛围，使科学难以有自身的生存空间。随后，他分析造成这种情况的内在动因是:"吾国贫弱之病,则必以为无科学为其重要之一矣。然则吾国无科学之原因又安在乎。是问也,吾怀之数年而未能答;且以为苟得其答,是犹治病而抉其根,于以引针施砭,荣养滋补,奏霍然之功而收起死回生之效不难也。"[3]他认为如能找到中国近代科技落后的原因,就可对症下药。在经过中西文化对比后,他认为中国无科学一不是缺乏人才,二不是社会环境特别严酷,而是传统文化方面的差别,即"吾国学者之病,端在不恃官感而恃心能""骛于空虚而引避乎实际"。就是说中国古人尚玄谈,不务实际,没有运用科学方法,不善于通过观察实验来探索客观规律,而主要是通过内心的感悟来实现自身的超越。这与默顿从语言角度分析后得出的结论非常相似,他认为"中国的语言是具体的和会意的一样,古代中国人思想的最一般的观念也始终是具体的,其中没有一个与我们的抽象观念相类似"[4]。另一位创始人杨铨在中国无科学的认识上与任鸿隽的观点几乎一样。

> 中国四千年来不重科学之国也。不特不重,并未尝有。说者固尝以黄帝之指南针、容成之浑天仪自豪矣。虽然,此科学之蘖(萌芽),非科学之实也。世界科学史中之发明有两种,一顺自然,一出研究:中国南方知造船,北方知制车,此自然发明之显例也。空中之电,苟无弗兰克林其人者考其性,求其用,则虽更亿万年,电灯电报不能自见。此科学发明之出于研究者也。衣食居处,圆颅方趾者皆知之。暂种之始祖,其生活未尝有异于美洲之红人、非洲之土著也。自有研究之发明,而文明与野蛮始界限划然,相去日远矣。中国未尝无研究科学之人也。隶首作算数九章,《禹贡》言九州山川河源水势。降而至《山海经》之谈怪异,《博物志》之志生物,皆有科学的趋向,而卒以嗣响无人,遂成陈迹。故中国之无科学,责不在先民,而在后世。[5]

杨铨认为中国传统中的科学知识,是源于"自然"本身,而不是靠科学方法"研究"自然所得的,应该来说只是具有"科学的趋向",严格来说还不能算作"科学"。将中国古代没有科学归于中国传统文化的缺陷,与早期西方科学首次传入中国,士人普遍认同的"西学补益王化"的传统优越论,到"中学为体、西学为用"的相互补遗论的逻辑思路是一样的,都是将对中国传统文化的反思作为开启传播活动的第一步。

但是,与前几次科学传播活动对传统的反思不同的是,早期由传教士引进的科学,被中国士人引申为"西学中源",这个时候中国传统还是高高在上的评判标准;到"中学为体、西学为用"的洋务运动阶段,中国士大夫则在认可科学全面价值的基础上,更多地发挥其"致用"的社会功能;到任鸿隽为代表的《科学》的传播者们,与前人对中国传统文化的反思完全不同,是非优劣的评判标准已经转换为科学,分析研究的对象则是中国传统文化。这种"范式"的转换,表现在社会大众的心理状态上,就是对西方科学的绝对认同和对中国传统的全面解构;在思维方式上,实现了一个"由客到主"研究视角的互换;在现实社会中,越来越多的科学信奉者用西方科学方法来研究和解构中国传统文化,并将科学推进到教育学、中医、文学、心理学、管理学和哲学等研究领域。

在中国无科学的基本论调下,首先运用科学研究方法对"中国古代科技"进行个案分析研究的当属王琎。他在《中国陶业之科学观》(第 6 卷第 9 期)一文中,认为陶业是研究中西交流的一个媒介,进而从中国古代陶业之美术观与科学观谈起,通过中外陶业的发展演变,认为中国陶业无科学之名,有科学之价值。他进而指出对中国古代陶业技术应该从"科学"的价值层面及实用层面去开展全面的研究。为了进一步表明自己的观点,王琎在《中国之科学思想》(第 7 卷第 10 期)中,充分肯定中国也不乏探索宇宙物质结构、实验探求天然能力的利用精神,以及致力于制造、技术等科学方面的表现,某种程度上具有科学思想的因子,但受吾国历史与民性之影响,而未能发扬光大而已。与同时代的其他社会活动家群体从传统文化角度展开论述不同,作为自然科学家群体代表的王琎采用科学研究精神和方法,从中国的传统中挖掘具有科学思想和价值的基因,对全面认识中国古代科技中所具有的科学思想具有开创性意义。

围绕中国无科学这个传播的首要问题,1946 年竺可桢发表《为什么中国没有产生自然科学?》(第 28 卷第 3 期)一文,对这一问题进行了阶段性的总结。他首先指出对中国古代没有产生自然科学这个问题,大部分的观点认为并不是中国人先天没有发现科学的能力,而是由于我国历史上社会和人文环境不适宜的缘故,也就是社会条件和环境不允许所造成的。随后,他通过对陈立的《我国科学不发达之心理分析》、钱宝琮的"我国古代科学不发达的原因"的演讲、李约瑟在"中国科学社成立三十周年纪念大会"演讲、德籍犹太人维特福格尔(K.A. Wittfogel)的相关论述以及苏联人拉狄克(Радек Карл Бернгардович)在《中国历史上的根本问题》中的相关论述,展开关于中国无科学问题的分析,进行一一评判,并总结论述。

上述四位作者对于本问题的结论，统归根到中国旧社会之不适宜于产生自然科学。钱宝琮、李约瑟和维特福格尔三位先生一致主张是农业社会的制度在作梗；陈立先生的意见是由于宗法社会的组织，两者的意见实是二而一。因为宗法社会只有以农业为经济核心时才能维持，才能发展。[6]

对中国无科学的原因探讨，中外学人分别从科学本质观念的缺乏扩展到科学发展的社会基础缺失。但竺可桢显然并不满足于这个答案，他对中国传统社会基础的缺失进行再次反思后指出："承认了中国古代自然科学不发达的原因，是中国社会农业占据压倒性的势力，与工商业处于劣势地位，接下来引发了第二个问题：为何在中国历史上农业社会能保持这种压倒的势力如此之久？"[6]他得出的结论是：科学进步和发展与社会进化有关，与经济生产活动有关，即科学发展受经济社会的原驱动力所致。因为中国传统社会的价值具有伦理特征，首先考虑的是利害价值，而不是科学所推崇的是非价值。一般人们对待科学，也只是从科学的实用价值上去倡导。最后，他感叹道："到目前为止，我们倡导科学已接近八十年，而仍有人主张'西学为用，中学为体'或类似的谬论。希望原子弹之发现，能打破这班人的迷梦，而使中国科学于光明灿烂的境界。"[6]可以说，这是对国人在科学发展中仅仅重视利害，推崇实用价值的做法进行的有针对性的批判。

1947年，朱佰康发表《论中国科学技术之发展与中断》（第29卷第4期）一文，他首先认为近代科学是"欧洲近代之科学，以对自然之认识为中心"，并将科学的发生归功于欧洲的入世文化和城市文化。他认为，人的一切行为均以人的理智为依归。换句话说，人的行为，是非善恶，全取决于人本身及理性，不受任何教条所束缚。人对理性的信仰，结果就是人类思考了解自然、控制自然，并思考自然为我所用的逻辑。在对西方科学产生的过程进行论述后，他也把论述指向中国的传统文化，在历数中国在天文、历法、算学上的贡献，张衡的发明创造以及四大发明等技术成就后，他指出："不能认为中国古代无科学技术。但中国人对于近代之科学和技术，除贩卖西方外，自身并无贡献。中国只有古代的科学技术，而无近代的科学技术。中国何以无近代科学技术，一言以蔽之，中国并无发展科学技术之条件及有利之环境。"因为近代科学需要文艺复兴以来的思想解放，需要城市文化，而中国只有乡村及伦理文化。中国为什么没有把物质生活进步继续进行下去呢？因为社会机构不需要了，也就是推进科学发展的社会原动力缺乏所致。

随着科学社会地位的确立和对中国传统文化的反思的深入,科学也征服了社会人文学者的内心,逐渐改变了传统的学术研究范式。梁启超在《先秦政治思想史》中,专门列出"研究法及本书研究之范围"一章,体现了科学方法的运用自觉,并直接表明自己秉持的是"客观的研究精神"。他说:"科学所以成立,全恃客观的研究精神。(从事社会科学研究)最易惹吾人主观的爱憎,一为情感所蔽,非惟批评之于正鹄,且并资料之取舍变减其确实性也。"[7] 1959年,胡适发表了《中国哲学里的科学精神与方法》,对这个问题进行再次思考,驳斥中国传统文化"天然阻止科学发达"的看法。他指出中国并不缺少科学求真精神,只是缺乏对自然的求知精神。中国传统对自然现象几乎很少通过理性思维的方式,对其发生的规律和原因进行深入的分析,往往只是停留在感性分析阶段,不是因为中国人天生缺乏对于自然现象的求知欲和好奇心,而是因为社会政治环境不允许而已。

据笔者初步统计,《科学》以"中国无科学问题"立论,运用科学方法对中国科学现状和发展提出建议的通论类文章,从第5卷第8期何鲁著《中国科学之前途》,到第29卷第4期朱佰康著《论中国科学技术之发展与中断》一文,其间竺可桢、翁文灏、张云、葛利普、秉志、胡先骕、卢于道、李约瑟、杨铨、王琎、胡博渊、刘咸、李晓舫等人,分别在不同的时期,从多个角度对中国有无科学技术问题进行解答。同时,运用科学方法对中国古代科学技术开展专业研究的论文,从第6卷第9期王琎的《中国古代陶业之科学观》,一直延续到第31卷第4期赵橘黄的《国药人参三七生药学之研究》,包括了大量的论文、研究和调查报告,通过对这些问题进行探讨和深入研究,使《科学》能够始终保持传播的必要性基础。

在科学史上,解释为什么没有某种发现,比解释为什么有这种发现要难得多。[8]可以说造成中国古代没有发展出西方近代科学的原因是多方面的。直到今天,还不断引发新的思考。中国古代有无科学问题,实际就是一个科学优先权问题,主要反映了一个民族的意识问题。从地域角度来划分科学很早就引起人们的质疑,王琎在《一年来之中国科学界》(第15卷第6期)文中说:"科学是无国界的,不能说是什么法国科学,也不能说是中国科学。"[9]在科学的概念和运用上,笔者倾向于按照时间来划分,中国有古代科学,还有技术,而没有近代科学和技术;同理,希腊科学是西方古代科学,我们今天看到的科学则是西方近代科学。

《科学》的传播主体们将中国科学发展的缺失瞄向传统文化,并揭示了其弊端。在科学传播的具体路径中,传播主体通过各种方式,一步步引导社会大众从中国传统中人伦道德的陈言旧说,转向鲜活的现实世界和自然事物,推动认识的出发点从单纯的价值判断向注重事实判断转变,着力弥补中国古代科学中只凭经验忽视理论的缺陷,把直观性、臆测性的思维转变为运用严格逻辑方法的理性思维,着力推进中国传统文化向现代科学文化的有机转换。从这点来看,如何评价《科学》的传播活动都不为过。

6.1.2 传播知识的全面性:对"整个科学"本质观念的全面传播

对科学本质观念的传播并不是从《科学》开始的,但《科学》开启了对国人"整个科学"的传播和全方位的科学启蒙,这是《科学》传播的最大特色,也是与其他传播活动的最大区别之处。《科学》始终标榜自己传播的是"整个科学",以表明自己对科学本质观念理解的"全面性和科学性"。

在中国,最早对科学的传播可以追溯到明末清初的传教士的学术传教活动,代表人物是利玛窦,他将科学命名为"格致",传入了当时西方的数学、天文、地理、力学等自然科学知识,传播目的是为自己传教活动的顺利开展铺路。关于这段科学传播的反思,金抗风在《西洋学术的输入之萌芽时期》(第18卷第9期)一文曾展开论述,认为基督教的传教士往往作为帝国主义侵略中国的先驱,传教士的传道方法则往往从宣传科学入手。可见,最初的科学是作为宗教的附属品而传入中国的,目的是通过科学的实用价值来吸引国人的认可,最终是要求国人认可上帝的权威和西方文化的优越。在利玛窦以传教为目的推进介绍"西学"的同时,徐光启也在做着传播西方科学的工作,他从解决历法编制问题出发,学习西方科学,并将其命名为"格物穷理之学"。从方法论上来看,格物穷理与格物致知的方法一样,只是两者要达到的目标不一致而已。"格物穷理之学"也就被定义为"格致"。从此之后,只要是与西方科技相关联的著作,包括西方传教士所撰写的一些科学著作,也都将其归为"格致"一科中去。这一时期的科学传播,从价值和功能角度上是有选择性的,主要以一些科学知识和观念为主,传播范围仅限于中国当时的士大夫之间。

1840年,鸦片战争的炮声推进了国人从介绍和学习层面的科学传播到实践层面的进程。在经历战败的严重打击后,一批有识之士开始走出国门,发现西方科学革命、技术革命和产业革命的巨大威力和价值,这种反思的直接结果就是倡导中国应该学习"格致",并把"格致"视为实用的工具、富国强兵的法宝。一时间,西方代表性的科学技术成果,如最新式的织布机、转炉和平炉炼钢法,以及电报、轮船和火车等,都随着洋务运动的兴起而相继传入中国。他们以"中学为体,西学为用"作为传播科学的思想基础,以"师夷长技以制夷"作为传播的最终目标,其主要传播的是科学实用层面的内容,重点是科学技术的知识运用及其价值。

据考证,最早将"科学"一词从日本传入中国的是康有为,但将其发扬光大的则是严复。严复在民族危机日益加剧的背景下,将《天演论》中的"进化论"思想,加以泛化和推演到社会科学和哲学领域,进而从历史观和宇宙观的意义上接受和理解科学,迅速赢得当时社会活动家和人文思想界的关注,并加以使用和传播。自此,"科学"一词在社会文化界迅速普及。后经蔡元培等人的积极宣传和提倡,"科学"一词逐渐在近代中国社会各界中传开。直到民国成立,虽然有大批新式学堂的建立,以及科学组织和科学研究机构的诞生,但对科学的认识仍然抛不开知识和方法的范畴。

对科学观念更深一步传播的历史责任落到了《科学》的传播主体身上。在中国科学社"联络同志、研究学术,以共图中国科学之发达"的宗旨下,《科学》发布"以传播整个科学为帜志"的宣言,这里"整个"科学的认识,在逻辑上推演就是以前的传播可能是片面的、部分的,并没有把握科学的本质,目的是向国人表明《科学》传播的科学是全面的科学、准确的科学。

任鸿隽在发刊词中首先说明"整个"的内涵:"所谓科学者,非指一化学一物理或一生物学,而为西方近三百年用归纳方法研究天然与人为现象所得结果之总和。……欲效法西方而撷取其精华,莫如绍介整个科学。盖科学既为西方文化之泉源,提纲挈领,舍此莫由。绍介科学不从整个根本入手,譬如路见奇花,撷其枝叶而遗其根株,欲求此花之发荣滋长,继续不已,不可得也。"[10]任鸿隽的这一表述说明,科学是指近代科学产生以来通过科学方法来获得的整个知识体系,不是那些零散的具体而微的知识,也不是所谓的分门别类的学科。

通过对科学知识的全方位传播,任鸿隽描述了一个整体的科学观念,让国人在一个个具体"分科之学"的表象后面,看到了科学方法和精神的本质。他明确强调:"科学者,智识而有统系之大命。就广义言之凡智识之分别部居。以类相从。井然独绎一事物者皆得谓之科学;自狭义言之,则智识之关于某一现象,其推理重实验,其察物有条贯,而又能分别关联抽举其大例者谓之科学。"[10]杨铨也对科学的本质观念进行了说明,他认为"科学之定义吾闻之矣,泛言之,为一切有统系之知识,严格言之,惟应用科学方法之事物乃为科学"。

黄昌毅也指出："到了二十世纪，科学的范围，不但是专说自然现象的学问，就是把一切哲理与政治诸学问，都包括在内。"[11] 把科学首先定义为有系统的知识体系，在内容上包括自然科学和社会科学，这与我们今天所提倡的科学观点基本相符合。对这一科学概念的广泛传播和诠释，是通过《科学》的传播主体率先揭示的。

与前几次科学知识传播不同，《科学》对于科学传播的独特之处，是对科学精神和科学方法的推崇。围绕科学精神，传播主体反复论述，以证明科学精神才是科学的核心内容。1916 年，任鸿隽发表《科学精神论》（第 2 卷第 1 期）一文，第一次运用"科学精神"一词，指出了科学的本原是科学精神。他从自然科学出发，认为科学虽然缘附于物质，但物质却不能等同于科学，科学来源于方法，而方法也不是科学。在物质与方法之外还有一个"不可学而不可不学"的东西，这就是科学精神，继而一语道破"科学精神者何？求真理而已"。1935 年，竺可桢在《利害与是非》（第 19 卷第 11 期）一文中指出，我们追求科学，要有科学的空气和土壤，就是要培育科学精神。如何建构科学精神，要追求是非、求真，而不是只考虑厉害等。1937 年，朱亦松在《社会科学与自然科学之性质的比较（上）》（第 21 卷第 6 期）中也指出，只要符合科学精神的就是科学。1939 年，李晓舫在《科学方法与治学精神》（第 23 卷第 10 期）中，将科学精神进一步细化定义为"诚实、真实、合理化"。梁启超、胡明复、张孟闻等，也都从不同方面阐述科学精神的作用和价值，这也从侧面表明对以前科学传播只关注科学工具性的否定。对科学精神的追求，也就是对真理的追求，前文已经做了详细的论述，这里不再赘述。下面重点说明《科学》对科学方法的推崇。

《科学》对科学方法论领域的传播，表现为大力推崇以归纳和演绎为代表的科学研究方法。任鸿隽在具体介绍了归纳法的特点及其与演绎法之间相互补充的关系后，认为归纳法得到结论是可靠的和确信的，因为"出于事实之归纳，而非由悬拟之演绎，故从事归纳则不得不重实验，有实验而后有事实"，可以纠正演绎法在推导过程中，遇到特殊情况不能成立的弊病。所以科学方法是"演绎和归纳相互为用的，忽而归纳，忽而演绎，忽而又归纳，时而从具体事物到全体的法则，时而由全体的假设到个体的事实，都是必不缺少的"。任鸿隽认为，如果只是照搬国外的文化，即使能够复制他人所长，也只是模仿，终身依附于别人的脚步，毫无自身特有的长进，必须从科学方法入手建构自身的科学文化。

从科学的源头和根基上建构中国科学，就是要"吾人今日之从事科学者，当不特学其学,而且学其为学之术,术得而学在是焉",所谓"为学之术"就是指科学方法。任鸿隽曾经非常形象地阐述归纳法和演绎法对于科学的意义,把其比作"车之两轮、鸟之两翼",并给予同样的高度重视。事实上,他更加突出归纳法的重要作用。他认为归纳法要求一切从实际出发,强调观察和实验的方法,得出的结论是站得住脚的;演绎法从预定的前提出发,而前提正确与否,演绎法是无法得到确定的答案的。他指出:"归纳逻辑不能包括科学方法,但总是科学方法根本所在。"因此,在探讨中国为何未产生近代科学的问题中,他认为在科学方法上最大的问题是未使用归纳法。但《科学》的另外一些传播者则强调演绎法,如赵元任在译介《海王行星之发现》(第1卷第12期)时特加说明:"人谓近世科学重实验,此言良信,然非谓理论可忽也,归纳演绎,唇齿相依,二者相须之。殷于天文学尤显著,海王星之发现,实近世演绎科学收功之最大者。孰谓纸上空谈,为科学家所不齿乎?"《科学》对科学方法论的探讨,进而探究科学知识的来源问题,某种程度上涉及科学认识论的"经验论"和"唯理论"的层面。

这种对整个科学本体论、方法论和认识论的传播,与以前传教士、开明官僚和职业革命家对科学的传播完全不同。它不停留于器物、制度层次的科学认知,而是深入于思想层面的科学启蒙,推崇科学方法,弘扬科学精神。最先发出了探讨中国没有产生近代科学之因的呼声,引发了社会对中国科学发展的历史、现状与未来的多维思考,从而促进了对科学认知和科学实践的深化。这种对"整个科学"的传播,顺应了当时的社会思潮,深刻地影响着科学传播的深度与广度,也反映了中国近代科学发展的逻辑必然。

必须客观地说,《科学》对科学方法和精神的全方位传播,虽然具有巨大的价值,但科学本身具有的求真理性精神并没有完全达到。蔡元培说过:"虽然我们无疑地认识到科学探索的价值,认识到它对中国的物质、文化进步来说是最重要的因素之一,可是科学精神对我们的影响究竟有多深,科学精神在现实中究竟有多少体现,这还是有问题的。"[12] 为此,如何破除国人对科学的功利观念和工具属性价值的信仰,真正全面认识中国传统文化和西方科学文化的价值,实现对科学主义的超越,达到有机的融合,时至今日仍然需要科学传播者们共同努力。

6.1.3 传播理念的先进性:对科学的"科学"思想的传播

20世纪前期,在中国思想界流传最广、影响最大的西方哲学学说依次为进化论、实用主义、马克思主义。[13]在近代传入中国的科学思想中,进化论思想无疑是近代中国知识分子最为推崇的科学思想之一。但作为科学知识的达尔文进化论思想在中国的传播,更多地被作为文化和意识形态特点的进化论思想所取代。张汝伦认为,中国近代以来倡言进化论者尽管都会提到达尔文的名字,但对近代以来中国意识形态影响最大的并非达尔文的进化论,而是具有哲学或形而上意味的进化论思想,对中国人影响最大的则是与达尔文同时代的斯宾塞的社会达尔文主义。[14]众所周知,达尔文进化论思想主要关注于自然领域的物种演化及其规律,而斯宾塞将进化论更多运用于社会领域,强调竞争在社会进化和发展中的作用。

《科学》的自然科学家群体与其同时代的社会人文学者不同,他们坚持从科学知识传播的角度,对达尔文及其《物种起源》一书抱着极大的热情加以传播。1915 年,《科学》创刊号即刊发秉志著《生物学概论》(第 1 卷第 1 期),从专业的生物知识论方面,来阐述进化论的内容和重要意义。随后,又刊发《新天演学说》(第 1 卷第 2 期)、《达尔文动植畜养论》(第 1 卷第 2 期、第 3 期)、《天演新义》(第 2 卷第 2 期)等文章,分别介绍了拉马克、达尔文、外斯曼等人的生物学说的沿革历史。胡先骕译《达尔文学说今日之位置》(第 1 卷第 10 期)、唐钺著《达尔文传》(第 1 卷第 10 期)等文章,从科学普及的角度介绍了达尔文个人及其学术思想,及其近代发展情况。可以说,作为中国最早受过西方科学训练的生物学家群体,他们以自身的专业背景和学术素养,采用专业通俗的形式介绍达尔文进化论思想,为进化论理论在中国的传播做出了应有的贡献。

随着进化论知识的大量传播,运用进化论观点对中国科学、社会问题的研究论文则大量出现。不同学术背景的思想家更是结合自己的专业优势,发表西方运用进化论学说的新成果。1916 年,孙学悟著《人类学之概略》(第 2 卷第 4 期),介绍进化论在人类学上的研究成果。随后,关于以进化为思想的各种编著、译著、专著层出不穷,如蔡堡著《进化论的历史》(第 7 卷第 10 期)、《脊椎动物之由来及其进化》(第 9 卷第 7 期)、李赋京译《病理学的进化史》(第 9 卷第 8 期)、黎智常著《电学进化简史》(第 11 卷第 7 期)、王兆垍著《图解相对论》(第 11 卷第 7 期)、杨仲建著《中国猿人与人类进化问题》(第 15 卷第 9 期)等。人文思想家则把进化论扩展到社会思想领域,胡适著《先秦诸子进化论》(第 3 卷第 1 期),将进化论的思想扩展到思想领域,他在分析老子、孔子、列子、庄子、荀卿、韩非子、李斯等的进化论后,指出他们的进化论思想,进而否定神创论,推崇天道自然,并认为这些成果是哲学和科学胜利的结果。在社会思想家的不断推崇下，达尔文进化论思想逐渐支配了自然、人生、社会的种种现象，从天体演化到生物进化，从自然变化到社会变革，进化论思想成为具有世界观和方法论的哲学思想而获得社会的普遍承认。1925 年，《科学》更是将第 10 卷第 10 期作为"赫胥黎纪念号"出刊，对赫胥黎的进化论思想进行系统性的传播和介绍，对进化论思想的探讨做了一个阶段性的总结。

作为近代科学观念哲学基础的实证主义思想，无疑是科学传播的另一个中心议题。17 世纪以来，科学革命和工业革命的巨大成功，把科学推广到政治、经济、社会领域，也极大地改变了人们的思想观念。人们开始相信，人的实用理性能力可以控制一切力量，作为理性精神和能力代表的科学逐渐成为具有一种普适性的文化因素。李醒民教授认为，任鸿隽将科学知识看作绝对理性的知识，认为"科学作为正确知识之源"，具有鲜明的实证主义特征。1919 年，任鸿隽在《科学方法讲义》（第 4 卷第 11 期）一文中，从科学的起源、方法讲起，进而指出与逻辑的关系，介绍了归纳逻辑和演绎逻辑的内容，讲到知识的起源，分析了唯理论和经验论的观点，探讨有效的科学知识何以产生，对这些知识的传播都属于实证主义方法论的范畴。同时，关于人类知识增长和进步的发展历程，任鸿隽在《五十年来世界之科学》中，把世界知识的发展历史分成三个阶段。在他看来，随着科学发明的大量出现，19 世纪为"科学世纪者也"。并且把世界知识发展的历史划分成三阶段：迷信时代、经验时代和科学时代。这种知识阶段的划分与法国实证主义哲学家孔德提出的三个不同的理论阶段密切相关。孔德在考察人类智力活动的发展历史后认为："他发现了一条伟大的根本规律，就是我们的每一种主要的观点，每一个知识部门，都先后经过三个不同的理论阶段：神学阶段又名虚构阶段，形而上学阶段又名抽象阶段，科学阶段又名实证阶段。"[15]

在实证主义哲学的大旗之下，以数理逻辑为基础的机械论宇宙观弥漫在那个时代每一个人的心灵之中。胡明复在《算学于科学中之地位》（第 1 卷第 2 期）一文中，认为"科学者，研究宇宙中事物种种关联（不限于数量之关系）之学"，将科学定义为研究自然各种关系的学问。随后，在《近世科学的宇宙观》（第 1 卷第 3 期）中，胡明复把自然界看作一架机器，科学正是研究自然世界的利器，只要能够掌握它的运行规则就可以知道如何驱使它。文章以牛顿三大定律发现为例，认为："故欲有科学，则不可不先假设科学自己之可能为其起点，即不能不先假设宇宙之有三特性，是以先有科学的宇宙观，而后有科学，有科学而后科学的宇宙观有真正价值，则科学的宇宙观，科学之结果，亦科学之起点也。"[16]

胡明复把自然看作一种机器装置,把整个宇宙看作一个大钟表,它们都服从自然规律的认识,这是一种典型的机械论自然观。他对科学的认识路径就是"科学假说—观察实验—验证论证"的传统经验论认识论模式。观察实验作为揭示或者验证规律的一个重要手段是需要科学方法的。胡明复则在《科学方法论二:科学之律例》中,对科学律例的认识做了进一步说明,他指出科学律例是在人的观察、试验后的感觉所把握的,是科学研究对象自身蕴含的律例与通过科学方法掌握的科学真理之间的关系,科学律例与事物自身蕴含的真理之间是互相对应而已。从传统的认识论来看,胡明复认为科学观念是先于观察和实验的,科学律例只是人通过理性认识事物本身所拥有的真理的反映而已。可以看出,《科学》传播者们所大力推崇的归纳和演绎的科学方法,基本上是弗兰西斯·培根和笛卡尔的近代实验科学方法,这些都是传统认识论背景下的实证主义观念的具体体现。在实证主义科学体系中,实验只是验证真理的一个根本标准。但是为什么实验?或者说验证的前提信念是什么?这是科学理论的前提和出发点,人们首先相信自然是可以认识和理解的,自然界具有一种天然的可以理解的秩序,这是对科学方法验证的前提假设。但是,前提条件并不能引出科学的发展,必须具有对自然的持续兴趣,以及运用经验和理性的方式去找出这种自然秩序,也就是科学规律和定理。

这种注重逻辑分析与事实并举、大胆假设与无证不信的思想,与中国本身固有的实用理性传统相结合,迅速得到了中国近代知识分子的接受和传播。他们确信,自然规律不是超验的本体和先验理念,而存在于经验现象之中,是自然的本真和实在,只要采用逻辑和科学方法,就可以使自然规律被人类所掌握,掌握了这些规律就可以驾驭外在的现象,甚至一切社会现象都可以用科学来解释和说明,哲学、艺术、宗教等也最终会被科学所替代。随后,饶毓泰译《科学范围与方法》(第2卷第3期)中,认为自然主义者是哲学的科学通意也。换言之,也是要求用科学定理去解析哲学。王琎译《哲学与科学》(第6卷第4期),指出近世哲学与古代哲学不同之处,即在其能根据科学达到科学学说之圆满,又必赖哲学为之解说。他认为不谈研究而谈科学,科学已落空;不言科学而高谈哲学,则哲学更虚无。

与科学征服哲学同步进行的是,哲学的科学化也在同步推进。1922年,哲学家杜里舒(Hans Driesch)受邀来中国科学社发表演讲,《科学》将其演讲整理为《科学与哲学之关系》(第7卷第12期),文章认为哲学若没有科学便是空虚,科学若没有哲学变是盲瞽。卢于道著《赫胥黎与不可知论》(第10卷第10期)一文指出,科学有益于哲学,而哲学方法又过于迂阔,科学家要保持足够的野心去实现哲学的科学化。在具体论述中,卢于道从休谟的批判经验主义和孔德的实证主义出发,认为实证主义的一个基本特征就是坚持反对形而上学的实证主义原则,认为一切确证的知识来自人类经验的范畴,对于经验之外的问题,由于超出了人类本身,所以拒绝讨论;另一个特征就是推行科学主义,竭力把自然科学推广应用于一切人文学科领域,开启了哲学科学化的进路。这些科学与哲学相互关联思想的传播和探索,都拓展了科学传播的理论深度和层次,确立了科学传播活动社会行为的合法性地位。

6.2 《科学》传播活动社会地位的权威性确立

在科学普及传播阶段,传播主体和客体之间对待科学的态度主要存在着一种权威说服模式,包含知识的权威、导师的权威、科学组织管理的权威、博学的权威、技术发明权威、政府官员权威等多方面。《科学》科学传播活动社会地位的权威性确立,首先表征为建构科学的话语权威、科学的知识权威和科学的制度权威等在社会的形成和完善。

6.2.1 积极回应社会热点,建构话语权威

"话语"这一术语最早在语言学领域出现,现已被不同学科、不同领域和思想所广泛使用。在语言学领域,乔纳森·波特(Jonathan Potter)认为它"涵盖了各种形式的正式和非正式的言语互动及各种形式的书面文本"。[17]在引入微观政治和权力之后,"话语"更是成为解释社会意义、身份建构和时代变迁的方法之一。话语的权力和霸权已经成为日常生活、国际政治中最常见的词汇之一。

《科学》科学话语权威的建立,最突出的表现是根据中国科学发展的实际情况,对一定时期的科学热点事件和议题专门组稿,以专刊的形式予以传播讨论。在350期内容中,根据社会热点和科学传播的推进情况,分别围绕战争、经济、无线电、中国科学史料、科学演讲等主题,刊行了近30期的专号文章,在科学理论知识和社会实践层面上专门予以传播和研究。这种对科学热点的敏锐把握和及时回应,使《科学》在同类刊物中始终能够保持一个权威的地位。一个最突出的表现就是《科学》自觉担当推进中国科学发展的责任。1925年,刊发李书田著《读九卷三期社论"向研究路上去"》一文,认为:"以科学杂志为

传播言论与共同研究之媒介,有指导国人研究科学宜向何方之责任。"[18] 作为诞生在新文化运动时期的《科学》,对中国近现代科学文化发展史上著名的思潮,如"科玄论战"、中国科学化运动、中国本位文化建设运动、科学建国等热点话题,都以自身巨大的使命感和社会责任感投入其中。

当"科学破产"的言论与"科学万能"的社会价值在多样化的传播主体的相互碰撞中,爆发了近代中国思想史上著名的"科玄论战"。这场论战从科学与人生观的关系问题引起,逐步扩大到科学与中国传统文化、科学与哲学、精神文明与物质文明等多个领域。对于这场争论,李申教授认为:"这是新学与西学内部的争论。人们把中学与旧学丢在一旁、弃之不顾了。它标志着中国传统旧学时代的结束,一个新的科学时代的真正开始。从此以后,中国的学术奠基于西学、新学之上。中学旧学的价值也要由它来裁决了。"[19] "科玄论战"实际上对科学预设了一个前提,就是论战双方都是在承认科学无上尊严的前提下再展开讨论。经过论战以后,科学的社会价值与功能得到更广泛的接受,科学方法、科学精神及科学思想迅速向社会其他领域延伸,科学在科学界、思想界的权威最终得以确立,宣告了科学时代在中国的真正到来。

从传播角度分析,《科学》的传播主体对这种社会思潮和热点的关注,不太像是对科学真理的探索,而更像是一种科学权威地位的确立之战。有学者所言,两派争论的主题实质是"科学是否具有超出科学知识体系范围的文化功能"。科学派在相信科学方法万能的前提下,将人生问题置于科学控制能力之内;而玄学派则对此予以否定。胡适对两派的观点作了研究后认为,双方争论的重心只是集中在科学能不能解决人生观问题,而不是否认科学的价值。实质上,科学与人生观的问题是科学与人文问题的一个具体表现而已。从科学知识认识论角度,科学作为一种文化现象具有人的属性;从科学知识本体论角度,科学作为一种客观实在,具有物的属性。正是作为科学文化主体的"人"与作为科学知识"物"的双重属性,决定了科学传播发展之间存在着一种内在的悖论。

通过笔者考察,《科学》在这一时期直接刊登的有关"论战"的文章不多。在"科玄论战"之前,刊发的文章主要集中在宣扬科学对社会的"善"的价值上。1917年,唐钺从科学的伦理价值角度撰文《科学与德行》(第3卷第4期),讨论科学与人生观的关系,认为科学虽然不能成就善人,但是科学有益于我们成为善人。1921年,杨铨著《科学的人生观》(第6卷第11期)一文,认为将达尔文生物学说推广到人类社会领域的观点,是战争的人生观。科学的人生观应该是"客观的、慈祥的、勤劳的、审慎的人生观也"。欲明科学的人生观,先明科学的精神,那就是"求真、敏捷、勇于为是"。科学的人生观特色应该具有"民主、实事求是、淡泊"的人生观念。1924年,杨铨刊发《科学与反科学》(第9卷第1期)的社论,指出为物质文明羡慕科学,为物质破灭而诘难科学,非真精神也。"科玄论战"发起后的一段时间,《科学》关于科学与人生观问题的探讨主要是反思科学与哲学之间的关系来展开。1930年,"社闻:本社上海社友新年同乐会记事中"(第14卷第7期)记载蔡元培讨论科学与快乐的关系的演讲,认为应该区分积极和消极的两类人生观。1939年,李晓舫著《天文学研究对于哲学及人生观之影响》(第28卷第5~6期),指出科学实验与科学理论之间,存在一个互相消长的关系,反映在人生观的问题上,他以雨果的"有更大于海之境界者,天也,有更大于天之境界者,人之精神也"作为结尾,赞叹科学精神的价值。总的来看,科学与人生观问题一直是《科学》关注的话题之一。

通过对张君劢主编的《科学与人生观》一书中相关作者的考察,可以看出"科玄论战"的所有参加者,如胡适、丁文江、任鸿隽、王星拱等都是《科学》和中国科学社的代表人物,而《科学》也一直是作为他们科学活动的重要舞台。但是,他们有关科学与人生观问题的直接探讨,并没有在《科学》中直接刊发并加以传播,而是通过其他传播渠道和媒介来进行。这可能跟杂志自身的定位有关,在他们看来,《科学》应该是一个严肃的推行科学知识普及、交流和科学研究的一个专业期刊吧。

1945年,当科学发展进入"原子能"时代,《科学》也始终保持足够的关注,指出科学本身无善恶,而对科学的正确运用则是一个社会学问题,需要社会各界共同承担责任。随后,《科学》联合科学期刊界发表宣言,刊发一系列有关科学与政治、科学与民主的文章,为"科学建国"而努力,某种程度上也是科学界在建构自身科学话语权上所做的努力。

6.2.2 推进科学信息交流,建构知识权威

科学名词作为承载中西方知识、文化交流的基础和媒介,是实现科学传播的基本条件。科学名词本身作为一种社会规范,是科学共同体一致同意的科学话语体系。但随着科学在中国的传播,普遍存在着同一科学名词或者术语在不同的文章或不同译书中以不同的中文名出现的现象,甚至在同一本书中也前后不一,严重影响科学传播和交流的效果。在早期科学传播活动中,科学名词的审定主要来自留学生个体的努力;后来随着具有"科学共同体"色彩的

各个学会和科学社的成立,科学名词的审定进入民间推进时代;直到南京国民政府设立专门的机构推进科学名词的审定,并以国家行政机构的权力推行、推进具有国家主义特征的"科学普及"时代。

中国科学社在成立之初,便深刻认识到科学名词审定在传播和交流中的重要作用。在《科学》"例言"中特别指出:"译述之事,定名为难。而在科学,新名尤多。名词不定,则科学无所依倚而立。本杂志所用各名词,其已有旧译者,则由同人审择其至当,其未经翻译者,则由同人详议而新造。将渴鄙陋之思,藉基正名之业。"并且在编辑中专门设立"名词员"一职,负责科学名词的审定,准确把握科学名词的解释权和说明权。1915年10月,中国科学社改组后,社章明确规定"编订科学名词,以期划一而便学者"。1916年,第一次科学社年会上,把科学名词审定功能看作是"传播思想之器也",认为要传播科学,必须从审定科学名词开始,不然不可能成功。任鸿隽则进一步说明道:"我国科学遍及之难,原因多端,而名词之难定,实为障碍之一……足为科学定名者,其惟科学杂志乎。何则,科学杂志旁罗百家,著述既多,收名自富,其便一。一名既定,有专员以司其事,凡社中著述,皆当遵用。姑置杂志影响所及于不论,而社中已收试用之效,乃汇集所得而刊布之,待海内学者之公议,其便二。凡名有初经行用,后以为未善者,得杂志为机关,得随时宣告改易,其便三。"任鸿隽从多个方面阐述《科学》承担科学名词确定和推广的便利与优势,并在会后发表《统一科学名词办法管见》。提出统一科学名词的三个步骤和程序:首先做好名词征集工作,其次明确选定名词的标准,最后是公开表决后推行到社会进行传播。

1919年,中国科学社回国发展后,一直把统一科学名词作为一项重要的基础工作。为了将自身对科学名词的主张变为整个科学界、教育界和社会上的统一行动,中国科学社积极与江苏教育会、中华医学会等组成的科学名词审查会合作,开展科学名词的审定工作。1918年,科学名词审查会发布的科学名词审查程序,可以说几乎完全采纳了中国科学社提出的科学名词审查步骤和程序。《科学》在早期也专门辟出专栏,刊登科学名词的审查结果,供科学界的各位专家学者进行讨论。

1932年后,随着国立编译馆成立,科学名词审查工作的主导权开始从民间正式走向官方。《科学》始终保持对这个问题的关注,1937年,在中国化科学运动的深入推进过程中,针对官方标准的采用存在着不尽如人意的地方,《科学》在"科学论坛"栏目刊登阙疑生著《统一科学名词之重要》(第21卷第3期)一文,在总结过去二十年来科学名词审定工作得失的基础上,认为:"我国自兴科学以来,关于科学名词之采用,向不一致,习英文者以英文之名词呼之,习德法语者,则以德法语之名词称之。至于译名,或抄袭日本旧有,或重加新译,会意行声,既已漫无标准,而工商学各界之采用,更属见仁见智,各行其是,甚且随地而异。此于普化科学知识,提倡科学教育,发展科学建设,均为莫大障碍,非力谋统一,不足以策我国科学之进步。"[20]针对科学名词使用过程中存在的弊端,《科学》提出如下建议:一是对各国文字进行全面的审查评估,不可以英文为独尊。二是落实专家和编译馆的责任,做好名词审查工作,统一审查办法,提高工作效率。三是科学界要切实做好已审查科学名词的统一应用。在文中,《科学》首先提出科学名词的审查和翻译不应以英文为唯一的标准,体现出传播主体对科学名词来源多样性原则的充分认识。

在做好科学名词审定的基础上,《科学》从创刊起几乎每期都翻译或者推荐了大量的原版著作,其中"译者总数是供稿者总数的1/4,译介文本总数均占总刊文数的1/4,平均每期所发表译介作品数为2篇左右"。[21]这些科学原版书籍的发行和刊登,不仅促进了科学思想在中国科学界内部的传播,而且对促进科学事业的发展和交流也起到了巨大的推动作用。在《科学》的传播后期,又通过介绍科学社图书馆新到图书,以及"书报评介"栏目,大量介绍西方原著的书籍翻译情况。其中,还有不少的纯英文著作,为全面准确地传播科学知识而努力。最具有代表性的是对《科学大纲》的译述工作,当时《科学》的14位编辑中,有唐钺、胡先骕、竺可桢、杨铨4人参与翻译工作;中国科学社董事会11人中,有任鸿隽、杨铨、胡明复、孙洪芬、胡刚复、王琎6人参与翻译工作;其他的中国科学社社员如陆志韦、钱崇澍、秉志等参与具体的翻译工作。《科学》在第8卷第1期开辟专栏"介绍科学大纲",称赞此书可贵之处在于"传述科学之方法",并能使国人对"艰冷无生气之智识"产生兴趣,阅读后"不但了然于科学之进步,且将奋起其自行研究之心"。同时配发宣传广告,郑重向国人推荐,为科学知识的权威性和客观性的传播做出了自己独特的贡献。

要全面准确推进科学信息交流,必须有适合的科学教育教科书。《科学》感于"国内所用的教科书,大半浅陋不堪"的现状,与商务印书馆合作,刊发一系列文章,讨论科学教科书的使用问题。主要有:《科学教授改进商榷》(第4卷第2期)、《推士对于中国中小学校科学教学法改进之意见》(第8卷第7期)、《我国科学教育今后应具之方针》(第24卷第5期)、《改进我国科学教育之途径》(第 29 卷第 10 期)、《理想之大学教育》(第 30 卷第 9 期)等文章。后经过任鸿隽等对学校科学教科书的实地调查后发现,大学一年级和高中阶段的科学教科书,除了中学生物学科外,其他各学科大都是英文原版教材。这种现状对《科学》的自然科学家群体的触动是非常大的,促使他们编写好的科学教科书来推进科学教育。基于此,从 20 世纪 30 年代开始,自然科学家开始直接撰写和编译科学教科书。据霍益萍等初步统计,以《科学》编辑部和中国科学社为主体组织编译大学科学教材 72 种,其中翻译教材 41 种;编译中学科学教材 18 种,有 3 种通过教育部的审定成为全国通用教材;以中国科学社社员,即自然科学家为主编写的大学科学教材有 58 种,编写的中学科学教材为 30 种。这些教材的撰写者很多都是我国某些学科、专业和课程的开创者,由他们编写的教材更具有示范性的意义,后期一度成为"权威教材""经典教材"。以《现代初中教科书·植物学》为例,一版再版,从 1923 年 7 月出版至 1930 年 7 月,短短 7 年间再版 117 次。[22]

6.2.3 创设科学传播机构,建构体制权威

要使科学更好地为社会服务,就必须对社会的经济、政治组织和机构进行适当的变革。科学传播机构的创立和完善,是社会建构自身传播权威的重要环节。

《科学》探索创办以中国科学社为主导的科学共同体来推进科学传播,是近代中国科学体制机制上最大的创新举措。考虑当时国内"刊行的期刊,大半有始无终"的现状,中国科学社采用股份公司形式,打算将传播科学当作一个生意去做。在具体传播活动中,为更好地传播整个科学,将原来经营性质的公司转变为学会性质的学术组织,开展刊行杂志、著译书籍、筹备年会、设立图书馆等多项科学传播业务活动。归国以后,为使《科学》传播活动具备更广泛的政治经济基础,广泛吸纳社会名流组建新的董事会,以扩大中国科学社的传播话语权。理事会则具体主管中国科学社的各项社务活动,为《科学》的传播发展提供必备的人员、资金和设施保障。经过此次改组,中国科学社的社外事务与社内事务实现了有机的分工,理事会能够更有效地协调社内各方面的工作,为《科学》传播活动营造良好的内外部环境。

中国科学社创设的共同体传播模式,随着中国科学各个学科的具体发展,后期被各专门学会纷纷效仿,20 世纪二三十年代成立的各专门学会中,如中国地质学会、中国天文学会、中国气象学会、中国生理学会、中国物理学会、中国

化学会、中国植物学会、中国动物学会、中国地理学会、中国数学会等基本参照中国科学社的运作模式,有明确的章程,分工明确的组织机构,董事会、理事会或评议会等;有明确的业务目标,如发行会刊、举行年会、推进学术交流等。一直到1928年国立中央研究院的成立,从筹备、建立乃至发展基本参照中国科学社开创的建构模式。

从科学传播机构创设到现代科学研究机构的建立是科学传播效果最直观的显现。《科学》在早期,就刊发任鸿隽介绍美国韦斯特研究所的文章,在《杂俎》栏目介绍"议员建议创立国立科学研究院"的新闻。1922年,任鸿隽在《发展科学之又一法》(第7卷第6期)中,盛赞法国巴士台(今译巴斯德)研究所的设立是谓科学发展的好模范。因此设立科研机构一直是中国科学社科学传播活动的一个重要内容,只是当时苦于经费短绌无法实现。1922年8月,经过中国科学社众社员的共同努力,在南京成立了生物研究所,后逐渐发展成为中国近代生物学中心和科研机构典范。首任所长秉志对研究所的目的和任务阐述为:"注重研究精神不可因无造次之得而自阻,亦不可专重应用,因科学家目的在求真理故也。就本所为基础,一面当求达到研究高深问题,一面求能通俗,以期普及。""提倡研究科学,可以提高个人道德,增强国民性,尤为吾国今日救弱之急图。"在推进具体科学研究的同时,生物所还设立生物陈列馆并对外开放进行科学普及,将各种生物标本、科学材料进行公开展览,一时间参观者络绎不绝,"皆诧异叹服而去。"还不定期举行生物展览会,宣传科学知识。根据生物所的研究定位,主要是分类、调查、研究生物资源,其研究的足迹"北及齐鲁,南抵闽越,西迄川康,东至于海"。可以说,科学调查研究到哪里,科学传播的种子就到哪里。经过数十年的发展,生物研究所不仅在推进中国近代生物学科发展上取得了举世瞩目的科研成果,还培养了大量的生物学专门人才,为后期中国生物学的发展奠定了坚实的基础。生物学科也成为民国时期发展最快的学科之一,取得了国际科学界的认可和尊重,成为中国科学走向世界科学共同体最为重要的通道之一。

探索开放公共图书馆以传播科学是对中国传统社会藏书楼的创新。中国传统社会的藏书楼是读书人的专利,一般社会大众很难进入。如原来的浙江藏书楼,据记载,从1908年成立起到1914年,6年时间来看书的不超过1500人,平均每天仅有4人。早期科学在中国的传播也局限于士大夫阶层,科学图书馆主要集中在大学和少数研究机关,对普通民众不开放。面对科学对社会大众传播的窘境,刘咸对图书馆的科学传播职责提出建议,认为在设置某种前提条件下,科研院所和大学的图书馆可以向社会大众开放,并且推行图书馆与图书馆之间的馆际借阅制度,以利于书籍的流动,让社会中一般爱好科学的人士、科学研究专家来借阅交流,达到书籍作为科学传播工具的目的。这种设想开创了对社会大众传播科学的先河。1921年元旦,中国科学社南京图书馆正式对公众开放。在阅览时间安排上,明确节假日和星期一外,其他时间每天下午2—6时均对外开放;在阅览对象上,除中国科学社社员之外,非中国科学社社员交2元押金即可,促使图书馆由少数人的专利向社会公众开放。1931年1月,中国科学社上海明复图书馆开馆,到1949年为止,馆内共收藏各类书籍杂志中文3万余册,西文2万余册,其中,装订成册的西文杂志7 000余册。可以说,图书馆对社会公众的开放,对近代中国科学知识普及和传播具有重要的标志性意义。

6.3 《科学》传播活动社会实践的渐进性拓展

《科学》一度被认为是中国科学社的社刊,是中国科学社对外发布主张的喉舌,主要定位于科学共同体内部的传播和交流的平台。但随着近代中国科学传播的发展,《科学》的传播也面临传播主体和范围的拓展问题。为此,1946年10月,张孟闻在《科学》(第28卷第5期)《编后记》中呼吁道:"希望成为中国科学界的《科学》,而不是中国科学社的《科学》。"1948年,更是直接提出要做开放的《科学》,做全中国科学界的《科学》的主张。总的来看,从1915年创刊到1949年,《科学》的科学传播活动经历了一个从科学共同体内部到外部、再到国际传播的发展过程。

6.3.1 推进科学共同体内部的传播交流

《科学》开启的科学传播,本质上是一个相信科学并致力于科学的社会文化利用价值的思想和行动的共同体的传播。在这个科学共同体中,最突出的就是中国科学社社员群体,因此广大科学社社员之间的科学信息交流和传播,是形成共同科学信念的思想基础。

通过对传播主体来源的分析,《科学》早期的传播主体主要是留学生群体。这些成员当中接近2/3是出生于我国的沿海地区,也就是浙江、福建、江苏以及广东等地。据任鸿隽《中国科学社之过去及将来》一文介绍,1920年,共有社员503人。其中,国内共有17省276人,国外6个国家227人,国内外两者人数基本平均。到了20世纪30年代，随着中国科学化运动的深入，在1 200多名社员中，对有详见记录的764人分析表明，安徽、四川、湖北、江西、湖南、河北、河南、山东、贵州、陕西、广西、山西、辽宁、甘肃、吉林等省份的科学社社员也大量出现，逐渐打破此前沿海诸省占绝对优势的局面，出现了全国发展的趋势。同时，中国科学社在美国、英国、日本等地还有一定数量的海外社员。从传播活动的地域转移范围来看，《科学》的传播活动形成了从科学共同体内部到外部、从国外到国内、从沿海到内地、从中国到世界的传播格局。

《科学》传播主体内部之间的多学科的交流，主要体现在其多学科的背景上。据任鸿隽《中国科学社社史简述》记载，从1914年的35人到1949年的3 776人，中国科学社的社员绝大多数是国内从事科学工作与工程技术且有成绩的人才。1917年，《科学》对279名社员教育背景的分析表明，学习工程技术类的社员有135人，几乎占社员总数的一半。1932年，从《科学》对社员教育背景分析来看，专攻社会科学者达229人，达到社员总数的18%，体现出传播领域从自然科学溢出的趋势。据范铁权对1916—1932年科学社社员的学科背景分析，自然科学爱好者最多。但是，《科学》的传播内容不仅包含自然科学领域，如气象学、地质学、生物学、医学等，还包含人文社会科学领域，如社会学、经济学、精神分析学和心理学等。社员的多学科背景使传播容易打破学科壁垒，实现知识在各个领域的自由流动，从而实现传播的社会价值拓展目标。

传播主体内部之间的交流还体现在年会的举办上。1916—1948年，中国科学社共举办年会26次。年会开到哪里，科学传播活动就开展到哪里，那里的政、军、文教界的政要都来承担年会的筹备工作，荣膺赞助社员之列。随着中国近代科学的发展及各科专门学会和专门科学研究机构的建立，针对各学科之间画地为牢、缺乏沟通和交流的现象，《科学》还多次就举办多个团体的年会，从"整个科学"的发展视角，阐发了联合年会推进科学发展的意义。1936年，在北平的"七团体联合纪念号上"，任鸿隽认为随着科学的发展，纯粹科学和应用科学之间有分开的必要；就是在纯粹科学和应用科学中，也需进行分科的研究。这是"因为研究愈深奥，分析就不能不愈精细，于是科学的门类就不能不愈来愈多"。如过去的博物学，现在却要分成动物学、植物学、矿物学、地质学和生理学等。但是"科学原是整个的"，如果划分得过于细微，同样会影响到科学的发展。因为"一个题目，一种材料，有用某种方法得不到的结果，用另外一种方法往往有意外的收获"。他还列举具体事例说明，化学分析方法没能解决的原子构造问题，却用物理学的 X 光线解决了；运用牛顿定律，得不到获得重力的运算方法，但是我们可以通过爱因斯坦的相对论得到这个结果。要想使科学的思想和知识得到沟通和交流，举办学术成果讨论年会是《科学》必不可少的内容，同理，开展多个学术团体联合举办年会则更为重要。

可以说，《科学》在科学共同体内部的传播活动中，在传播主体数量上，体现为社员每年几乎都实现一定量的增长；在传播空间范围上，从江浙沪地区向全国延展，同时向国际扩张；在传播知识的学科背景上，包含的范围越来越广，呈现出时空立体式的传播态势。

6.3.2 推进科学向共同体外部传播交流

1929 年，国民党中央宣传部颁布的《识字运动宣传纲要》中指出："当时中国人口中不识字者约占总人数的 80%，其中占总人口 80% 的乡村居民中有 90% 的不识字者，而占总人口 20% 的城市居民中有 60% 的不识字者。"[23] 可见，科学传播要取得在中国社会真正的全面的胜利，必须推进大众的科学化，推进传播范围从科学共同体向社会公众等延伸。1947 年，《科学》刊发李晓舫著《建国与科学》(第 29 卷第 12 期)一文，指出"我国三万万文盲，是科学精神的推进的障碍，为此科学教育深入民间，推进真正的社会建设。"将科学的社会大众传播问题，作为推进中国科学发展的最大障碍，表明推进科学传播向社会公众传播的艰巨性和必要性。

在《科学》早期科学传播活动中，从发文作者与发刊内容来看，其传播主体和受众主要是中国科学社社员和一些科学工作者，以及留学生群体。其主要目标也是发展社员、完善组织机构、开展科学活动，都与普通大众无关。据笔者统计，在科学传播观念表达最为突出的《科学》第 1～3 卷内容中，论文涉及的领域有化学、物理、地质、天文、生物、电子、矿冶、农业等，对传播受众本身的素质要求比较高。只有"杂俎"栏目发表一部分通俗易懂的短文。从发刊的数量上看，共刊发各类文章 949 篇，扣除社说、普通、历史、传记等外，各学科的专业论文有 748 篇。在这些专业论文中，运用了大量的数学、物理、化学等专业性的科学知识。别说在 100 多年前的中国，就是今天，笔者这样一个文科毕业生读起来都颇感吃力，更别提当时普通的社会公众了。

1929 年，葛利普在北平年会中，提议要在中国形成一种全社会尊重科学的氛围，必先使一般民众了解科学的重要性。他认为中国科学社的首要任务，就是向社会公众宣传科学的重要性，并使他们对科学产生兴趣。为解决社会公众对科学理解不足的问题，20世纪30年代初，以中国科学社为主导在近代中国社会开展了一场轰轰烈烈的中国科学化运动。为此，《科学》的传播主体积极奔走于全国各地的学校、商会、企业、乡村等，发表科学演讲，积极鼓吹科学的重要性，大力倡导工业和农业在内的科学教育，使人们切身认识到可以造福人类的科学的重要作用。中国科学社通过轮流在各地举办年会，以"使内地比较偏僻的地方的许多科学专家莅临"，并把"科学的新发现或当前的科学问题，作成讲题，向当地公众讲演"，开设科学咨询处专栏，努力为社会各界提供一个咨询的平台，争取社会公众对科学的理解和支持，并在《科学》专门开辟"科学新闻"栏目，重点记载各地科学化运动中的进展情况，以及刊发学会演讲活动内容等。

随着中国科学化运动的深入开展，1933年，中国科学社决定编辑出版通俗性的《科学画报》，为了实现错位发展，《科学》的专业性的地位就显得更加突出。由于《科学》的专业属性和读者定位，刊载多为专业性文章和论文，普通读者很难读懂，主要订户是国内中等学校、图书馆、学术机关、职业团体，每期销路大约不超过3 000份。[24]直到20世纪30年代，王云五在上海社友联谊大会上发表的讲话仍然认为："现在一般民众还在迎神赛会，求拜菩萨，实在可怜。我们必须把科学先生抬出来，像迎城隍老爷的样子常常到各处游行，请民众认识认识他的面目，做他们的好顾问，那么事事都可有起色了。"[25]这一番话也从侧面反映了以《科学》为代表的传播主体们在科学社会大众传播工作上开展的还不够广泛。

要使科学成为真正的大众文化，必须尽力扩大科学教育的受众范围，设法增强普通民众的科学知识接受能力。《科学》对科学教育的大力提倡和实施，标志着科学与社会公众传播从社会讨论层面进入体制探索阶段。1915年，任鸿隽在《科学与教育》一文中，指出科学的真正目的是"在发挥人生之本能，以阐明世界之真理，为天然界之主，而勿为之奴。故科学者，智理上之事，物质以外之事也"，而应用只是"科学偶然之结果"，并不是什么"科学当然之目的"。[26] 1922年，《科学》又刊发"科学教育专号"。此后，《科学》刊登了很多有关科学教育的研究文章、科学教育状况调查、与商务印书馆的教科书广告等，为科学教育发展助力。随后，任鸿隽又著《科学教育与科学》(第9卷第1期)一文，指出有科学才有科学教育，认为社会上从"科玄论战"开始，对科学的真意存在误解,应该恢复科学的真意。因此,社会上应该有大量的科学教育家,这有区别于科学家的概念。任鸿隽在这里首次提出科学教育家的概念,对这位《科学》的创始人看来,科学的传播应该属于科学教育家的事情,真正的科学家应该把科学研究放在第一位吧。

在《科学》的大力推动下,成立科学教育委员会,增设"科学教育"专栏,编印中小学科学教材,举办暑假科学教育教员培训班,围绕科学教育所需设备、条件等,不断在实践层面上推进科学教育活动的全面开展。可以说,科学教育实践问题的探讨一直伴随着《科学》从开始到结束。在科学共同体外部的传播探索上,经历了一个从科学知识普及到推进科学教育实践的一个线性的传播过程。

6.3.3 推进科学向国际社会的传播交流

科学是国际的和开放的。只有形成与国际学术界交流的良好机制,并借鉴其最新研究方法与成果,才能促进中国近代科学的健康发展。任鸿隽等创办《科学》的最初目的之一,就是让它成为中外科学界交流的媒介和平台。作为相当长一段时期内中国近代唯一的综合性科学刊物,《科学》为促进中外学术交流起过重要的作用,获得了外国学术团体的重视。从国与国的关系角度来考虑科学传播的过程,《科学》不仅是科学知识传播的平台,也是中西方科学交流的平台,并试图搭建国内科学知识交流的平台和科学社会功能诠释的平台。某种程度上,《科学》作为中国近代科学的权威代表,不仅服务于中国科学家群体,还服务于国际科学共同体。

为推进科学传播的国际交流,中国科学社利用一切机会延揽海外名人来社讲学,以推进学术交流活动,开展与国际学术界的交流与合作。其中,主要的国际交流活动大都集中在刚迁回国内的时期。1920年,《科学》和中国科学社分别邀请了美国渥海渥大学(渥太华大学)教授推士演讲"科学事业与科学团体";邀请法国著名算学家班乐卫(Paul Painlevé)演讲"中国科学与教育问题";邀请英国学者罗素(Bertrand Russell)演讲"爱因斯坦引力新说"。通过与国际知名专家、学者的交流,《科学》迅速在国内确立了专业、权威、国际化的形象。1922年,《科学》刊载美丽尔博士(Merrille)的演讲,介绍菲律宾科学局设立经过,并详论菲律宾、马来西亚、爪哇及太平洋诸岛的植物分布及其地质特征。1929年,航空学家西奥多·冯·卡门(Theodor Von Karman)应邀演讲,阐述航空发展的历史及其与各种科学的关系。与此同时,中国科学社也主动参与国际学术交流活动面,最具代表性的是多次派员参加太平洋国际学术会议,推动中国科学走出国门并为跻身于世界科学之林而努力。

但是,单凭《科学》和中国科学社之力尚不足以达到科学传播国际交流之目的。为了适应国际学术交流的需要,必须成立一个专门的国家学术机关。1926年,在法国留学的张云向国人介绍了国际学术研究会议的目的与功用,并致信给任鸿隽说"近世以来,科学研究的范围日广一日,国际间共同科学的问题亦日渐繁多",欲求科学之发展,决不能再"闭门造车,作自了汉也"。中国科学界应该发挥自身的主观能动性,"一方面要力谋科学研究的进行,一方面要联合国内从事科学研究的团体,成立一个代表学术的机关,然后慢慢地向世界学术界联络与发展。"后期经过《科学》传播主体们的共同努力,终于促成了代表国家的科学组织——国立中央研究院的成立。

推进外国科学家、学者与中国科学家之间的传播交流,并且组织中国科学家走出去参加国际科学界的交流活动,不仅将西方的科学原理、科学知识传播到中国,也在世界科学界传播了中国的声音。这种双向的交流和互动,不仅使《科学》的传播具有了专业化、国际化的特征,也帮助《科学》确立了在国际和中国科学界的专业权威地位,使科学传播实现了从思想观念传播、组织体制传播到文化传播的跨越。这个传播过程既符合传播学的基本规律,也是中国近代科学自身发展的需求所致。

6.4　小结:科学传播的方法学派特征评价

《科学》在创刊之初主要是在中国科学社社员之间进行传播,开展社会宣传也只是引起科学界相关人士的注意。回国以后,《科学》开始逐步吸纳社会贤达,成立新的董事会,传播范围也是关注科学和支持科学的人士而已。在中国科学化运动期间,以《科学》为依托,通过致力推动科学研究、科学教育和科学体制机制的建构,不断促成科学各学术团体的互动和交流,最终将其变成了一项社会共同参与的科学传播事业。从抗战救国到科学建国时期,在科学传播的范围、深度和广度上,科学共同体逐步深入到普通大众,从东部沿海扩展到西部内地,从国内交流走向了国际传播合作。

吴国盛教授对当代中国科学传播现状提出了"科学普及形态""科学传播形态""科技传播形态""三种形态"理论。如果说,"科学普及"模式更多的是关注"传播什么"的问题,"科学传播"模式更多的是关注"传播应该是什么"的问题,那么"科技传播"模式则更多的是"如何传播"的问题,即如何实现快速、高效、准确达到传播目标的问题。

从"三种形态"理论去观照《科学》的科学传播活动,从科学传播形态来看,本书第 4 章从分析多元化传播主体具有的科学传播理念入手,梳理了《科学》的科学传播理念的形成和演化路径,指出其科学传播活动某种程度上具有"公众理解科学"等新观念的萌芽。作为一个民间社团主导的传播媒介,把"传播整个科学"作为目标,在思想上具有"科学普及形态"的各项特征。主要体现为科学传播观念表达、科学社会权威确立、中国科学化和科学中国化实践等各个阶段的内容传播,在本书的第 5 章已经展开了详细的论述。本章则是从"科技传播"的角度,对《科学》在传播活动上,探索运用科技传播的各种方法手段进行的研究,即如何实现快速、高效、准确达到传播目标而进行的分析。

从科学传播的内部结构来分析,近代科学在中国的发展,不是由中国古代科学的内源演变而来,主要靠外力不断引入、吸收和传播的结果。这个传播实践过程即"Science Communication"到"科学传播"的过程,不仅有"Science"到"科学"传播,更有"Communication"到"传播"本身的传播,两者之间的互动和交融,构成了一个对科学信息与传播信息的再创造过程。这种再创造过程,必然受中国近代社会文化因素的多重影响。严复在翻译学中提出"信、达、雅"的标准,在近代思想界具有很深的影响。为此,如何做到"Science Communication"到"科学传播"的"信、达、雅"效果,对于传播整个科学的《科学》来说,就需要充分考虑中国传统文化、现实环境、社会政治等各种因素的制约,对"科学"的传播也需要采用一定的传播方法和手段,进而建构传播的必要性、权威性和可交流性,最终达到可信、可行、可能的传播效果和目标。

根据本章的研究,《科学》从传播科学本质观念的社会行为合法性建构入手,持续追问中国古代有无科学问题,从科学方法、科学精神、科学的社会建构、科学的"科学"等方面进行具体分析,不断建立传播的必要性基础。《科学》以传播社会地位的权威性确立为主,积极回应社会热点,把握科学热点话题,主动参与科学信息交流,创立科学传播机构,推进科学传播权威性在中国近代社会的确立。从传播社会实践范围的渐进性拓展入手,通过建构科学共同体内部、科学与大众、科学与国际的交流平台,不断推进科学传播从思想观念传播到文化传播的跨越。通过这些有效的传播方式方法的探索,《科学》开创了一个科学传播的基本路径,就是引进、传播、吸收、研究和应用科学的传播方法范式。

参 考 文 献

[1] R·K·默顿.科学社会学.鲁旭东,林聚任译.北京:商务印书馆,2003:363.
[2] 任定成.在科学和社会之间——对1915—1949年中国思想潮流的一种考察.武汉:武汉出版社,1997:8.
[3] 任鸿隽.中国古代无科学之原因.科学,1915,1(1):8-9.
[4] R·K·默顿.科学社会学(上册).鲁晓东,等译.北京:商务印书馆,2003:34.
[5] 王扬宗.杨铨与"中国无科学"问题.广西民族学院学报(自然科学版),2006,12(3):35.
[6] 竺可桢.为什么中国没有产生自然科学?科学,1946,28(3):137-141.
[7] 梁启超.先秦政治思想史.天津:天津古籍出版社,2003:17.
[8] J·D·贝尔纳.科学的社会功能.陈体芳译.北京:商务印书馆,1982:439.
[9] 王琎.一年来中国科学界.科学.1931,15(6):834-835.
[10] 任鸿隽.发刊词.科学,1915,1(1):3-7.
[11] 邱若宏,陈曦.五四时期自然科学家的科学宣传——以《科学》月刊为中心.安庆师范学院学报(社会科学版),2002(7):78.
[12] 李思孟.近代科学的传入与中国人对科学的误解.自然辩证法研究,2003(6):18.
[13] 彭国兴.20世纪前半期中国关于科学社会功能的认识研究[D].兰州:西北大学,2004:41.
[14] 张汝伦.现代中国思想研究.上海:上海人民出版社,2001:5.
[15] 刘放桐.法国哲学的现代转型.甘肃社会科学,2013(10):49.
[16] 胡明复.近世科学的宇宙观.科学,1915,1(3):260-261.
[17] 乔纳森·波特,玛格丽特·韦斯雷尔.话语和社会心理学.肖文明等译.北京:中国人民大学出版社,2006:10.
[18] 李书田.读九卷三期社论"向研究路上去".科学,1925,10(5):553.
[19] 李申.科玄论战70年祭.自然辩证法研究,1984,10(1):36.
[20] 阙疑生.统一科学名词之重要.科学,1937,21(3):181-182.
[21] 田希波,石春让.中国科学社《科学》译介文本简评.中国科技翻译,2018,31(4):59.
[22] 霍益萍,侯家选,蒯义峰,等.科学家与中国近代科普和科学教育——以中国科学社为例.北京:科学普及出版社,2007:103-104.
[23] 佚名.运动宣传纲要[C].天津特别市十字运动宣传委员会会刊.天津:华北新闻社,1930(7):15.
[24] 任鸿隽,著.樊洪业,张久春,选编.科学救国之梦——任鸿隽文存.上海:上海科技教育出版社,2002:718.
[25] 范铁权.民国科学社团发展变迁的多元透析——以中国科学社为中心.天津社会科学,2006(7):23.
[26] 任鸿隽.科学与教育.科学,1915,1(5):126.

第 7 章
《科学》传播活动的效果评析

传播学经过近百年的发展，主要形成了经验学派和批判学派两条研究进路。从传播效果来看，经验学者主要考察"效果是什么"，批判学者则对"效果应该是什么"更感兴趣。关于《科学》的传播效果和历史功绩，樊洪业、范铁权、张剑等学者从传播经验学派的角度，分别从多个方面进行了论述。他们普遍认为，《科学》和中国科学社的科学传播活动和内容是极其丰富多彩的，传播实践和效果的影响是极其广泛深远的。作为近代中国科学传播活动的首倡者和实践者的代表之一，《科学》和中国科学社不仅在中国近代科学史、科学社会学、科学文化建构等思想方面具有重要的地位，而且在科学研究、科学教育、科学传播、科学体制机制建立等实践方面也做出了突出的成绩。

近年来，随着科学传播研究进入新的阶段，特别是"公众理解科学"等理念的深入，一大批传播学学者开始关注科学传播的"科学"问题，他们主要从传播批判学派的角度，通过对信任、价值、伦理等因素的考察，对科学传播活动中存在的对"科学"的误解以及"科学主义"倾向进行研究。特别是过去对科学传播现象不够重视的传播学者，运用当代科学哲学、社会科学、心理科学和行为科学的新理论，试图以人类普遍的行为规律来解释科学传播的特点和规律，进而提出科学传播的现实解决方案。[1]本章就是从科学传播批判学派角度，从科学传播活动中面临的当代危机入手，探讨《科学》传播过程中对科学的重构现象，以及科学知识理念与人的传播理念之间的冲突和互动分析，希望为当代中国的科学传播活动提供一定的借鉴和启示。

7.1 当代科学传播活动的双重危机

科学与传播是科学传播的两翼。传统科学传播以科学知识为核心,随着科学知识确定性和真理性在传播过程中遇到的实践困境,当代科学传播活动对如何传播科学知识、传播什么样的科学知识提供了新的课题。传统科学传播秉持单向度的传播观念,传播实践过程中主体与受众合一、价值和信念导致的认知偏见和认知公正等引发的困境,给当代科学传播活动如何实现社会有效传播提供了新的视角和方案。

7.1.1 "科学"在传播活动中的危机

传统认识论者认为,科学知识总是等同于真理、正义和正确性,它被认为是人类智慧和理性的典范,在社会公众传播中享受着一种毋庸置疑的公信力和权威性,某种程度上科学知识就是真理的化身,这也是《科学》传播主体普遍秉持的传播理念。虽然科学知识在大众社会的传播过程中,在具体的运用和效果上也遭遇到社会的质疑和大众的反对,如第一次世界大战带来的"科学破产"的言论,但人们很快就沉浸在新的科学知识带来的伟大成就之中而继续选择相信科学。

特别是 19 世纪以来,随着科学技术带来的巨大成果在社会的显现,更加强化了科学知识"永真"的社会地位。但是,20 世纪中叶以来,以托马斯·库恩(Thomas Kuhn)为代表的科学社会学和后现代主义认识论的兴起,传统科学知识的"永真"形象开始受到社会公众的质疑。后现代主义者从对认识论的本体解构起步,对科学知识所谓的客观真理信念进行肢解,最终将科学知识的权威形象拉下"真理"的神坛。他们认为科学知识同宗教、文化等其他人类知识一样,都只不过是人类生活的一种话语而已。随着解构的深入,在更加激进的后现代主义者看来:"中心问题已不再是科学中的陈述是否是真正的知识,而是人们已开始将科学看作是科学史及文化史中的一个现象,因而亦是与对世界的总体看法紧密相关。"[2]将科学知识的解构观念扩展为一种发展观、世界观的转变。在他们眼中,科学知识跟人类其他领域的成就一样,不一定完全具有真理和客观性的属性。相反,科学知识标榜的所谓客观性只是一种错觉而已,他们只是人的一种设计和换向而已。在建构主义者看来,当代科学知识和理论很多采用一种"隐喻"的手法,在理论建构更多是使用科学模型,某种程度上与客观世界相一致。因为,这种建构的科学模型只是基于观察者自身的观察和逻辑数学方法所得,是否完全符合客观世界的"本原",我们不得而知,但它可能只是适用于可观察到的某种现象而已。

在这些科学知识社会建构者看来,构建科学的理论模型只是适合描述现象而已。科学家可以在不同的语境之下,对科学理论模型不断进行所谓的"证实"或"证伪",但客观世界或者说客观的实在似乎从未改变。我们能够做到的是不断完善或者修正科学理论或者模型,但我们不能确信这就是事物本身所具有的本质规律和特征。现代科学理论的进步、科学知识的增长就是在与现象的冲突和互动中不断调整而实现的。为此,建构主义者坚持认为科学知识不是外部世界的一种反映,只是科学共同体内部协商和妥协的结果,是一种社会选择的结果,是政治和经济利益相互协调的结果。伴随着科学知识和理论的真理性与确定性的消解,科学最终与哲学和艺术一样,都不表达或反映客观世界,而只是一个"文化风格和谈话的声音"而已;与它们不同的是,科学知识和理论可能在实用性上显得更加可验证而已。在后现代主义和社会建构论对科学的不断解构中,科学知识和理性精神在社会中享有的风光不再,一大批伪科学、反科学学者借机对科学进行所谓的批判,特别是宗教也声称其理论自身也是一种科学,给社会大众思想带来了一定的混乱。因此,科学在重新审视自己的价值和意义的同时,科学传播活动的价值和意义也需要某种程度的重新建构。

具体来说,如果认同科学的本质是作为一种社会活动和社会建构的概念,那么反映到科学传播领域就将带来一系列的实践难题。如果社会大众从逻辑性的角度去相信或者反对科学,随着科学知识和方法的真理性的消解,科学知识的自身价值显然不能满足社会大众的需要;如果从非逻辑性的角度去相信或者反对科学,即从情感层面认为科学是作为一种科学共同体的社会行为,科学自身应该具有的精神特质和社会属性显然也可能无法满足所有社会大众群体的期待。在这种情况下,如何应对传统科学认识论的瓦解,重塑科学的社会形象,如何正确看待科学活动在人类社会发展中的作用,如何使科学与其他社会现象一样与人类社会和谐相处,如何发挥科学的积极因素,并化解科学的消极因素,允许社会大众以何种形式和角色参与到科学发展的各项活动中,就开始变得十分必要。

7.1.2 "传播"在传播活动中的危机

"传播"的内涵和外延也经历了巨大的变化。早期以哈罗德·拉斯韦尔为代表的传播学者,注重强调传播主体的社会角色,强调说服和宣传,忽略了传播受众的主观能动性,认为社会大众仅仅是一个接受的客体而已。但随着近代传播学研究的深入,特别是传播心理学和社会因素的引入,传播逐渐将研究的注意力转向对传播受众的研究,认为传播受众在整个过程中也不是一味地处于被动接受的阶段,传播受众自身秉持的价值追求在很大程度上影响着传播内容和方式以及传播效果。传播学研究也从传播的单向度输出,即传播主体向传播受众的信息流通,转向传播主体与客体之间交互式的双向信息传递,从而推进了从传受分离转向传受合一的传播发展逻辑演进。

最早将心理学引入传播学研究的保罗·拉扎斯菲尔德认为,传播对象通过传播获取信息,了解自己和环境,但也可以被误导,甚至产生意想不到的后果。在错误信息的引导和相互作用下,导致社会群体做出错误的决策和不恰当的行为,最终可能给社会带来一定的混乱和恐慌。在不同文化之间的传播交流活动中,在增强认知、促进国际社会融合交流的同时,也可能因为传播不当而带来认知的误解,甚至在传播过程中带来不同文明之间的冲突。特别是在极端传播心理学分析下,越来越多的传播媒体在传播活动中导致与现实世界的不断分离。更不幸的是,由于传播主体具有的"看门人"的传播特征,他们决定了传播信息生产和交流的整个过程中,哪些信息可以通过,哪些信息不能通过。除了直接的把关人外,还有诸如文化习俗、意识形态、宗教信仰、经济利益、伦理价值等社会文化因素的影响。换句话来说,社会公众能够看到的知识和内容,某种程度上应该是传播主体或者媒介想让他们看到的。

特别是全媒体时代下,科学知识无所不在,由此催生出科学时代的社会大环境之下,大量的信息传播让普通大众很难区分真正的社会环境和模拟环境。特别是在模拟环境的社会结构之中,传播受众被信息欺骗就变得在所难免。一旦人类社会进入一个由权利、利益和价值观冲突而形成的风险社会,这种模拟环境给传播带来的巨大挑战就更加突出。虽然人类在过去的发展中也克服了各种各样的风险,但与人类历史上其他各个时期面临的风险的不同之处在于:过去风险主要由人类社会以外的因素所产生,而现代人类社会所面临的风险主要由人类自己产生,即各种风险逐步的"人化"。约瑟夫·阿伽西(Joseph Agassi)对这个问题指出:"科学最引人瞩目的成就也给我们的生存带来了威胁,至少从表面来看,这个威胁是源于以科学为基础的技术的发展。"[3] 这些"人化"的风险伴随着相关的科学和技术的发展而逐渐显现,如核能危机、核战争、生态危机、环境污染、温室效应、人口爆炸等困扰人类发展的共同的社会问题。

从传播的社会属性来看,这种现代科学技术发展的危机,实质是科学知识传播在社会上的不当运用所致,是由人的创造能力和人的智力发展的后果所致,是人的理性精神本身所具有的"边界"属性所致。某种意义上说,这也是科学传播造成的危险,是忽略了科学和技术在社会扩散中所造成的负面影响的传播所导致的。科学技术成果本身作为一种物化的知识力量,是通过人类的理性和智慧而创造出来的服务于人的工具。但是,科学在传播过程中,存在着科学共同体内部、科学与大众、科学与社会传播等多个渠道,由于科学信息掌握的不对称、科学风险评估的缺乏、社会公众参与科学传播活动的缺失,以及高高在上的专业化的科学共同体使普通大众望而却步,最终带来的一个社会现状就是:人类社会一边享用着由科学快速发展所带来的好处,如交通更便捷、通信更发达、生活更舒适、寿命更长;一边不断地埋怨科学技术的滥用所带来的后果,如空气质量越来越差、环境生态越来越糟糕、疾病越来越增多。这种科学传播的两难处境给科学传播活动提出了新的要求和挑战。如何在传播活动中应对传播主体与受众合一的最新情况,如何解决科学传播活动在面对不同价值追求导致的社会实践上的两难处境,确保传播活动的正当性和权威性,如何确保传播的预期效果在某种程度上最终得以完全实现,所有这些对科学传播发展来说都是一个全新的话题。

7.2 《科学》传播活动中对科学的重构

7.2.1 从传统传播理论视角审视《科学》传播下的"科学"

从传统传播理论来观照《科学》的科学传播活动,在传播主体的反复强调下,科学知识具有的权威和绝对正确原则以及"救国"的社会价值需求,是推行科学传播活动的逻辑基础和理论前提。

通过前文对《科学》传播活动进行的全面考察可知,向国人传播科学的第一步是从"知"字入手。在科学知识普及过程中,大力宣扬科学知识的社会价值和作用;在多元化传播主体的推进中,与中国社会自身和中国传统文化实现了有机的融合,在传播效果上体现出"科学主义"的特征;以"行"的社会实践起步,大量推进科学研究、科学教育,推进中国科学体制化和自然科学家群体专业化、职业化,为中国近代科学技术的传播和发展,做出实实在在的努力。

《科学》传播主体作为科学传播活动的发起者,又是科学普及、科学研究的具体实施者,他们本身具有极大的能动性,可以选择和控制科学传播的内容和形式。在传播信息的选择过程中,传递什么科学信息,该如何传递,会受到其所在的社会环境、文化和制度的制约。其中,传播主体自身的这种社会价值属性以库尔特·卢因(Kurt Lewin)传播的"把关人"理论最具代表性,他认为"信息的传播网络中布满了把关人"。[4]具体来说,就是《科学》的传播活动不仅受到外在社会环境因素制约,还受到内部的管理者和具体操作层面的多种因素制约。当《科学》在科学传播活动过程中,将中国传统文化和前人的科学传播作为自己批判的基点,将科学认识论和科学价值作为传播基础,在论证自己的科学传播必要性的同时,又通过信息媒介交流平台、体制机制平台、国际交流平台的搭建,在论证自身科学传播的专业性和权威性特征的过程中,不同程度地将传播主体对科学的崇信、认同、建构的科学主义观念传达给中国社会,并在与社会的不同互动中,使科学具有中国传统社会的内在基因,从而在某种层面重新建构了"科学"。

在前文对多元化传播主体的个案分析研究中,笔者对丁文江、任鸿隽、刘咸等《科学》的代表人物研究分析后得知,他们身上不同程度地具有"科学(方法)万能"的思想。通过对《科学》的传播内容检索,在具体传播活动中,最先喊出"科学万能"口号的当属中国科学社董事蔡元培。他在1918年《为科学社征集基金启》中,开宗明义的点出:"当此科学万能时代,而吾国仅仅有此科学社,吾国之耻也。"以此论述开题,作为支持《科学》和中国科学社进行募捐的科学背景和社会因素。另一位董事范源濂则在《为中国科学社敬告热心公益诸君》中呼吁道:"今之世界,一科学世界也。交通以科学启之,实业以科学兴之,战争攻守之具以科学成之。"[5]也是从科学具有社会价值角度,作为自身支持《科学》科学传播活动的一个原因。可以说,作为那个时代最先接受西方科学系统训练、最早接触西方科学思想的自然科学家群体,普遍存在着对科学理性至上、科学方法万能、科学价值无限的认同,使其身上不可避免地具有"科学主义"的色彩。政治哲学家哈耶克(Hayek)曾经对这种科学主义的产生背景做了深入的分析研究,做了以下论述。

> 当人们沿着一条给他们带来巨大胜利的道路继续走下去时,他们也有可能陷入最深的谬误。对自然科学成就的自豪感,以及对其方法万能的信念,在十八世纪末十九世纪初有着无与伦比的正当性,在几乎聚集着当时全

部大科学家的巴黎尤其如此……在十九世纪改变了社会思想的两股强大的精神力量——现代社会主义和我们更乐于称为唯科学主义的现代实证主义——是在巴黎形成的一个专业科学家和工程师团体的直接产物。[6]

某种程度上,我们可以说《科学》传播最终呈现的社会效果所具有的"科学主义"的特征,是由一批笃信科学方法万能的科学家与具有中国传统实用价值和理性精神的知识分子,在中国科学化和科学中国化实践中的具体产物。传播主体在推进科学知识在社会的传播和扩散中,与中国传统社会文化之间,经历了一个从感性到理性、从局部到整体、从排斥到理解、从有益到融合、从融合到提升的过程。正是这种特殊的社会文化选择和实施路径,最终导致在科学传播效果上具有"科学主义"的某些特征。

郭颖颐在《中国近代思想中的唯科学主义(1900—1950)》一书中认为"中国科学社的成员为普及科学精神而做的努力最能昭示一种唯科学主义的兴起",[7]并认为丁文江、任鸿隽、唐钺等都是唯科学主义的代表人物。从传播的方法论上讲,《科学》传播主体所具有的科学主义特征,应该是传播主体为推进传播活动有效开展的一个合乎理性的选择;从传播媒介角度分析,郭颖颐"唯科学主义"责难,实质是把对《科学》部分传播主体的责难,过渡到作为传播媒介的《科学》身上;从科学传播理念角度来看,是依据《科学》传播主体和效果的评判,而不是基于《科学》的传播内容和自身秉持的科学传播理念。

7.2.2 从现代传播媒介视角审视《科学》传播下的"科学"

1987年,美国学者奈尔金(Dorothy Nelkin)提出,当科学能强化主流社会价值,则能在媒介中畅通。[8] 20世纪90年代起,英国《独立报》前科学专栏编辑威尔基(Wilkie)对媒体在科学传播活动中的作用进行总结后认为,媒介在科技传播中发挥的作用越来越重要,甚至传播本身都变得媒介化了,以前的研究只注重科学—公众关系的双向研究,而忽略了科学—媒体—公众的整体研究。[9]

这与传统传播理论对媒介的认知存在着巨大的差异,因为以前对传播的研究只关注传播主体、传播受众两个层面,对于传播媒介本身则缺乏研究。这种对传播媒介的传统认知,并没有注意到媒介本身对科学公平公正的传播假设前提是否可靠。在传统传播理论中,《科学》自身可能只是科学传播过程中的一个中介和管道而已,把客观公众的科学形象作为自身的精神追求,如果在传播过程中有所谓的"歪曲"现象,那也不是传播媒介的责任,而是传播主体对科学知识本身的责任而已。但是,从作为传播主体和渠道合一的现代传播理论来看,传播什么样的科学,也必然受到中国科学社社员群体的社会背景和学术背景的制约。在传播过程中,作为传播媒介的《科学》对那些能够强化科学价值和科学社会发展的信息就加以大力传播,在社会价值的驱动和引导下,科学最终上升为自然、社会和人生的唯一法则的"科学主义"。

科学传播的社会本质,决定了科学传播下的科学只能是社会科学的一部分,而不是自然科学的一部分。现代传播学理论吸纳了传播政治和经济文化等因素,对传统传播学理论中传播媒介的客观公正价值预设提出了批判。认为在科学传播的过程中,传播媒介为了社会现实的需要,可能迎合社会传统的价值观和受众需要,使科学丧失其自身及其伦理价值,使作为自然科学知识的价值延伸到社会科学的知识。换句话说,传播媒介为了传播的需要,也可能迎合社会和受众的感受,从而构建了另外一个"科学"。温加特则将关于传播媒介价值取向的问题发展到极端,认为科学传播某种程度上已经媒介化。人们从传播媒介的科学传播中很难找到科学本身的东西,在某种程度上,媒体在具体的传播活动中"重新建构了科学"。

《科学》传播主体的着眼点和定位是站在国家层面上的科学普及思想的传播,目标是通过传播科学思想、科学方法,进行科学启蒙。他们弘扬科学精神、宣传科学思想、提倡科学方法,依照科学的怀疑、批判和创新精神,专注近代整个国家科学水平的提高,专注科学价值的传播利用,最终目的是推进科学发展,惠及整个社会。作为承载中西两种文化的传播媒介和平台,对科学的传播不仅受到社会学、心理学、经济文化等社会因素影响,还受到传播主体秉持的具有"泛国家主义"特征的功利主义、科学主义、国家主义等原则影响,加之传播主体本身在科学救国思潮和社会革命的急迫性影响下,某种程度上导致其在实践中最终具有了"科学主义"的传播特征。

但是,必须指出的是,按照传播学理论,传播主体和传播效果表现出的"科学主义"特征,与作为传播媒介的《科学》之间也存在着不同之处。在科学传播理念的指引下,针对全社会普遍存在的"科学主义"思潮,《科学》则能够秉持一种相对客观、公平、公正的立场,发出对中国科学发展的相对"另类"的声音。针对"科学万能"思想,在科学权威确立前夕的 1920 年,"杂俎"栏目中刊发《科学缪谈》(第 5 卷第 3 期)一文,对科学万能、科学黑暗、新科学、真科学等言论进行了分析后,认为这些实质上是中国固有的玄学家思想在作怪,某种程度上存在着对科学的一种误解。杨铨则直接以《非"科学万能"》为题目(第 5 卷第 8

期)明确指出,说科学万能者只是初涉科学人士为了传播科学所言,说科学研究万物可以,但不能说科学万能,更不能以科学不能万能来诘难科学。他认为科学就是"就事言事",科学在事物的价值中则自己显现出来,能与不能都是玄谈而已。虽然这些文章短小,但在那个时代和环境之下,却能够反映出《科学》传播者对科学的真正态度,敢于发出"另类"的理性声音,就显得非常难能可贵。就连被称为科学万能代表的任鸿隽本人,在对科学大力推崇的同时,也为人的精神世界留有一片天地。他在《科学方法讲义》(第 4 卷第 11 期)一文中指出:"我们在这里赞赏归纳哲学的美果,叹异归纳方法于物质世界非常成功的时候,不要想我们就把那理智及精神的一面抛弃了。"在这里,他仍然强调精神因素在科学知识和社会中的巨大作用,在科学理性至上的时代中,给人的精神世界留下足够的空间和地位,与同时代的其他学者相比,其对科学与人文共同发展的认识就显得相对理性和客观。

从《科学》传播活动的角度上看,笔者统计了 35 年间《科学》的传播内容,具有"科学主义"特征的科学通论(含社说)类文章只有 258 篇,平均下来每期不足 1 篇,传播内容和篇幅不及总文章量的 1/40,其余的都是大量的科学知识普及、科学具体研究类的专业文章。这里似乎存在着一个科学主义传播特征与传播媒介价值选择的矛盾。这实际由科学知识传播的独特因素所致,因为当传播媒介将科学知识扩散到社会、大众之中以后,科学知识作为社会科学的一种,在发挥自身知识功能和社会功能的同时,也在社会力量的多重作用下产生了独特效果。

作为诞生于这一时期的《科学》,虽然始终秉持"求真致用"的科学传播理念,但在传播思想和实践上不能不受到这种科学主义思潮的影响。但是,与同时代的其他人文思想家和社会活动家群体对科学的认识相比,他们对科学本质观念和社会功能的认识则显得更加清醒、更具理性。下面将从科学理念和传播理念的冲突和融合角度进行分析研究,试图对科学传播重构科学的问题给出一个合理的解决方案。

7.3 《科学》传播活动的哲学反思:科学理念与传播理念的冲突与融合

从理念论的角度来分析《科学》传播的社会现象,科学和传播都作为人的一种社会活动,科学知识存在科学知识的理念,传播实践存在传播的理念,两者之间存在着相互重叠、合并或者分离甚至矛盾的可能性。当科学与传播理念相互统一时,科学传播活动就可以顺利开展;当两者理念出现相互抵触或者分离时,科学传播活动就会陷于停顿或者停滞。

7.3.1 科学理念与传播理念的冲突

当把科学理念作为传播的根本价值时,在科学传播中就会过分强调科学知识具有的"真善美"的价值,而忽略了传播理念本身所具有的社会价值规律,最终导致将科学本身看作一种狭隘的教条,反过来对科学传播活动本身的发展也产生了反作用。特别是随着科学传播中的科学转化为科学万能、科学至上的社会价值追求和效果时,必然会在科学知识内在价值的主导下产生变革社会秩序的要求,这样就会与作为维持社会的传播实践本身的理念发生冲突,进而对科学传播活动本身产生一定的抑制作用。《科学》在中华人民共和国成立后的停刊、复刊很好地诠释了这一冲突的必然性。

1951年5月,《科学》在出版第32卷增刊号后宣布停刊。学者许为民从科学与政治的角度分析了停刊原因。

> 一是认为科学跟社会政治制度一样,应当进行大刀阔斧的改革。二是对科学界"大团结"认知有误,他们认为只有杂志合一,科学团体合并,科学才能得以发展。三是因为科学社同仁没有弄清楚党的科学事业方面的政策方针,既然全国科联有意接办,他们顺理成章地认为是党的决定,开始执行。四是当时人力、财力都比较紧张,办刊确实存在很多困难。[10]

随后,《科学》和《科学世界》两刊合并,并交由当时的全国科联出版,并重新定名为《自然科学》。1952年,《自然科学》杂志在发行12期后,又合并到中国科学院主办的《科学通报》中。至此,原《科学》的编辑群体和发行机构彻底不复存在。1956年,在"百花齐放、百家争鸣"的方针指引下,《科学》在上海重新组织编辑力量进行出刊。接续原《科学》的卷首排序,定名为33卷第1期,并以季刊形式复刊。但这次复刊也只坚持了4年,在出版了4卷12期后,于1960年再次停刊。在停刊近25年之后,1985年,在中国科学技术协会的大力支持下,在原《科学》的老编辑、作者与读者的共同努力和推动下,新时期《科学》由上海科学技术出版社负责编辑出版,得以重新复刊。

《科学》在中华人民共和国成立后的两度停刊与复刊表明,一个成功的科学传播活动不仅要适应时代的要求,更受制于时代和社会,同时与社会的政治、文化、经济形势息息相关。《科学》之所以能够在纷繁复杂的社会环境中生存下去,成为我国历史上出版时间最长的科学类刊物,从传播理念和方法角度分析,是因为《科学》的传播者能够不断学习、创新,能够跟随时代和社会的发展,在不同的历史时期对不同的文化现象、社会需求和大众需要,主动抉择与积极作为的结果。从科学理念的视角去分析,随着在传播过程中将科学异化为"科学主义"的价值追求,传播自身秉持的自由发展理念必然要受到社会中"科学主义"价值追求的限制,停刊与复刊也就存在着一定的历史必然。

《科学》在1951年停刊时,创始人之一的任鸿隽心情是十分复杂的。他在《〈科学〉三十五年的回顾》中说道:"《科学》的问世,不过出于一班书呆子想就个人能力所及对于国家社会奉呈一点贡献。他们做文章,做事务,不但不希望物质的报酬,有时还得自己贴补一点费用。"[11]言语中无不透露出他对《科学》停刊的无奈。这种无奈不仅仅是因为情感因素,可能更多的是因为在推进中国科学发展的理念和认识上的不同所致。

推崇"科学"与"民主"并行的科学传播观念是新文化运动的主要特征之一。从科学"求真致用"的理念分析,科学与民主不是截然不同的两个方面,两者之间可以说是互融共生的,科学必须在民主的氛围中产生,民主需要对科学发展提供必要的保障。关于这个问题,1922年,任鸿隽在《科学与近世文化》(第7卷第7期)一文中,分析了近代社会组织具有平民倾向的原因是来自科学的发展。将平民主义与科学发展联系在一起,认为科学发展是导致社会结构产生"平民主义"的关键,这比将科学简单地看作一种知识体系来说要深刻得多。1923年,任鸿隽又在《中国科学社之过去及将来》(第8卷第1期)一文中认为,科学精神、共同组织和社会资助是科学发达的三个必要条件。他又特别强调指出科学的纯洁性,强调独立之民主精神才能成长出科学,强调科学得以产生的民主环境,也可以说社会条件的重要性。1948年,在科学建国的观念表达时期,《科学》再次回应新文化运动时期"科学"与"民主"的呼喊,刊发陈立著《科学与民主——为37年五四而作》(第30卷第6期)一文,指出科学与民主并不是毫无联系的两个方面。民主的法治精神就是科学的客观精神,提出向权威低头的不是科学精神,也不是民主精神的论断;认为科学与民主具有同一种社会条件,即民享、民有与为人民的科学,才有真民主,才是健全的科学。1948年,任鸿隽在《科学与社会》一文中说:"国家用全力来发展科学,科学的进步固然愈可预期。但我们不要忘记科学的国家主义,和其他国家主义一样,将不免狭隘、偏私、急功近利等种种毛病。与科学的求真目的既不相容；也与大道为公,为世界人类求进步的原则亦复背驰。"[12]可以看出,以任鸿隽为代表的《科学》和中国科学社对科学传播理念与"科学的国家主义"理念之间存在着不同的理解之处,或者说是矛盾的地方,既渴望科学成为国策,但又担心"科学的国家主义"违背科学自由民主的原则。《科学》的传播主体多次对科学背后的民主精神和自由精神的强调,以及对科学精神与民主精神的论述,与《科学》的传播效果最终对科学的重构产生了一种必然的矛盾。

《科学》以"求真致用"的科学传播理念这个预设开展传播,在传播实践中进行了"纯科学知识"的公正客观的理论探索,推进了科学知识的社会化进程,在与社会的互动和选择中,最终使科学成为一种具有特殊功能的"社会化的科学"。当"社会化的科学"的产生,也就部分地失去自然科学知识本身具有的相对独立功能,也就背离了其自身所秉持的"求真致用"的传播理念。两种"理念"之间的冲突造成作为社会实践活动的《科学》的最终停刊。这种科学传播的最终结果,可能是《科学》的传播主体从来没有考虑到的。在当时的社会条件下,他们没有认识到推进科学与社会的紧密结合,使科学成为一种"社会科学"的时候,某种程度上就导致科学本身的重构,重构的科学反过来对科学传播所具有的"求真致用"理念进行新的定位,使科学传播活动在某种程度上失去了"为科学而科学"的绝对自由。

科学传播的社会属性,决定了其要求的自由应该是具有行动的自由和思想的自由两方面特征,或者说理念的自由与可见的自由两个方面。当科学理念与传播理念发生冲突时,就导致科学本身具有的精神特质与其自身社会制度的精神特质之间的冲突,现实的后果就是《科学》本身的停刊。如果说,在传播观念表达期的《科学》相对于中国社会本身来说,曾经是一种自由自在的外部力量而存在；但当《科学》将科学融入中国社会之中,作为一种传播"范式"试图改变着中国社会的结构和功能的那一刻起,其科学传播活动本身在成为中国社会一部分的同时,其传播科学的社会功能必然要受到社会的影响。从这个意义上讲,《科学》的停刊复刊也是科学传播活动本身造成的。在科学传播过程中,忽视《科学》自身传播作为人的社会活动的根本属性,结果两者之间就存在一种特殊的张力,最终决定着作为传播媒介本身的《科学》的命运。

7.3.2 科学理念与传播理念的融合

通过对《科学》的传播过程的考察可以看出,科学与传播之间始终存在着一种内在的张力。在科学传播的社会化过程中,当科学逐渐取得了"君临天下"的地位,并一步步取代了传播本身,或者说当传播本身也在走向科学化后,就导致传播本身丧失了与科学具有的"平等、互动、交流"等应有的价值理念,传播就必然走向消亡。因此,科学传播活动的社会价值和意义,不仅要满足社会的物质需要和人的精神需要,还要关注社会自身结构和功能的需要;反之,社会则对科学传播活动进行一定的抵制与反对。

从科学传播活动过程来看,在科学传播的观念表达时期,科学对社会的改造作用还没有充分发挥出来,科学的社会功能主要是满足人类和社会的基本需要。因此,科学具有的"求真致用"的社会价值与传播具有的"真善美"的价值,两者在社会实践中存在一种统一的可能性。当科学传播的"范式"地位确立以后,人们对科学的接受,也就意味着对社会现状的一种内在的改革动因,这种动因则蕴含着一种改革社会的可能性,这个时候的科学传播某种程度上就要受到社会原有结构和功能的阻碍或者影响。当传播意识到社会的这种阻碍以后,传播主体就要去探索甚至改变控制科学传播发展的这种社会因素,譬如推行科学教育、致力科学研究、建构科学机构、呼吁科学建国等。通过各种努力和尝试,最终为促使传播主体的倡导的理论变成公众、社会的一致社会力量而行动。在保守和变革之间,科学传播活动的现实发展结果就存在着多重的可能性和不确定性。

按照理念论的原则,作为理念世界的冲突与融合必然会在可见世界中有所体现和反应。当科学理念与传播理念相一致的时候,在现实世界中科学传播活动就会顺利开展,科学就可以完全发挥自身的"真善美"的价值;当科学理念与传播理念相冲突的时候,现实世界中的科学传播活动就会被弱化,甚至消亡,最终在科学知识社会化的过程中导致对科学的重构。特别是将科学重构为具有"科学主义"特征的传播形态,使科学的社会发展进入片面的、扩大化的误区,导致科学传播的社会功能招致各方面的质疑,最终损害科学传播本身。传播主体为了改变科学传播的这种重构状况,为了使科学传播能够为人类的福利而自由地发展,反过来又需要对社会结构和功能进行改造。这就是科学传播的逻辑悖论,即科学传播中科学理性与传播非理性的冲突,导致在科学社会功能的发挥中产生维护社会与变革社会的悖论,只有承认这种悖论的必然性,才能达到科学传播在可见世界的自由状态。因此,如何在实践层面上、在可见世界中,摒弃传播与科学的二元对立,实现科学和传播之间理念和价值的融合统一,应该是当代科学传播活动着力解决的问题。

但可见世界下,科学变革社会的多重可能性,以及对社会所施加的力量和影响所带来的效果的盲目性和不确定性,使科学传播活动所带来的影响就显得特别的无情和无奈。特别当我们希望科学可以保证明天太阳会升起的时候,理性告诉我们太阳可能在任何时间都存在着爆炸的可能性,科学技术带来的"污染"可能会像时间的流逝一样不可逆转地改变人类的生态圈。传统社会的结构和秩序将不可逆转地被令人生厌的新的社会结构和秩序所取代。科学和科学传播中的"社会科学"之间的误解似乎越来越深,两者之间的差距正在扩大。特别是当"一切都必须在理性的法庭面前为自己的存在作辩护或者放弃存在的权利。思维着的知性成了衡量一切的唯一尺度"的时候,科学也试图用自己的方式建立一个新的、统一的、有秩序的社会政治经济体系时,最终将科学传播活动中的一些非理性的因素和存在逼进了死角,导致科学传播活动上的左右为难。

但是,科学传播的传播属性又告诉我们,传播作为具体的人类的一种实践活动,最终要回归具体的可见世界。具体的可见世界在时间维度上是指向未来的,因而在本质上具有开放的性质和特征。在这个逻辑基础上,科学离不开传播的推动,传播又需要科学源源不断地提供动力,两者在实践着的可见世界中达到了一种统一。当代科学传播活动的蓬勃发展很好地说明了这一点,特别是随着以科学认识论为主体的实证主义、后现代主义、相对主义等科学观念的兴起,源源不断地为科学传播提供了各种各样的材料。另一方面,随着将社会文化心理等因素不断纳入科学传播领域,推进了科学传播从灌输理念到平等、包容、对话等多样性传播理念的转向,也促使科学传播本身形成了新的观念和形态,这些都要求我们重新审视科学传播的方式和价值。

7.4 小结:科学传播活动,回归"科学"与"人文"

科学传播的实践历程就是科学传播与社会秩序之间互动发展的历程。当科学传播作为一种社会实践行动的时候,就蕴含着一个本质性的内在矛盾:即科学传播若把追求科学价值完全实现作为目标,最终会致使科学本身的某些价值遭到抛弃。从传播的角度上分析,传播作为一种社会实践活动,与科学知识所具有的理性价值之间存在一种内在的张力,即科学知识的理性价值需要社会接受其控制,但又需要社会的支持。科学的理性价值作为一种变革社会的力量,当科学价值的传播产生了人们并不希望的社会结果的时候,或者当科学传播理念直接触及社会的基本价值时，社会就要对科学传播活动提出修正的需求；反过来，当一切政治主张、宗教思想、意识形态的权威扩展限制科学知识的自主性时，以及反科学主义者对科学的传播和价值提出质疑和反对时，科学与传播之间的冲突就会出现。科学传播正是调和这种社会张力的必备要素，这也是科学传播的根本价值所在。

从科学传播理念本身来看，"善"是所有科学传播活动可以参照的标准和原型。理念世界的"善"存在于具体的、鲜活的、现实的传播活动中，科学知识之善、传播过程之善、传播效果之善等一个个单一的善的具体形态，构成理念世界"善"的本质。从科学传播理念本质上来看，理念作为"真善美"的统一体，"从善"就是"求真"，"求真"就是"从善"，从而实现"美"的价值，只是在现实世界的表现中，导致不同的理念相分离而出现的一种表象而已。这就决定了未来科学传播活动必须把科学价值理念与人的传播理念的融合互动作为根本的发展方向。因此，科学传播活动要以"真善美"相统一融合的传播理念为根本模型，着力体现科学知识"真善美"的价值取向，在具体的传播实践过程中，要不断摒弃科学话语霸权、科学主义等特征，推进"多元、平等、开放、互动"的科学传播理念，走一条科学与人文并重的传播之路，这或许是下一步科学传播活动应该坚持的方向。

回顾《科学》的传播实践活动，当科学理念与科学传播理念实现统一的时候，就能共同推进中国传统文化反思、认同、融合和建构的进程，促使科学传播的内在价值和外在社会价值得以中国化，最终推进中国近代科学的发展；当科学理念与传播理念在实践中不统一的时候，特别是科学理念和传播理念相冲突时，科学传播的社会价值和作用就会被弱化甚至会消亡，因为社会可能不需要传播了，科学本身就具有可以统领一切的价值。因此，本书从科学传播理念视角，考察《科学》在传播过程中，如何从科学知识"求真致用"的角度，从倡导科学与社会互动的传播路径出发，最终在具体的传播过程和效果中，对科学知识传播到"科学主义"的重构过程进行整体挖掘和全面梳理，对当代科学传播活动具有一定的理论价值和借鉴意义。

必须要说明的是，对《科学》的这种科学传播活动的哲学反思和社会考察，并没有削弱《科学》的多元化传播主体的历史功绩和本身所具有的巨大价值。著名科学史家李约瑟曾经给《科学》以极高的评价，他认为那个时代的中国最主要的科学类期刊就是《科学》，其地位与英国的《自然》和美国的《科学》相比也毫不逊色，是世界科学期刊的代表之一。2015年，在上海举办了《科学》创刊

100周年纪念大会,时任中国科学院院长、《科学》编委会主编白春礼,对《科学》的百年历史功绩给予了高度评价。他指出:"中国科学社在上海创刊的《科学》是中国历史最悠久的综合性科学刊物,开启了中国科学传播的新纪元,在中国百年出版文化史上创造了多项第一,也在中国近代科学文化史上留下了民族觉醒的深刻印记。"这是对《科学》和中国科学社科学传播事业的高度认可和评价,更是对《科学》的多元化传播主体本身、传播理念和传播成效的高度认可和评价。

参 考 文 献

[1] 贾鹤鹏,刘立,王大鹏,等.科学传播的科学——科学传播研究的新阶段.科学学研究,2015(3):330.
[2] 汉斯·波塞尔.科学:科学是什么.李文潮译.上海:上海三联书店,2002:239.
[3] 约瑟夫·阿伽西.科学与文化.郎晓燕译.北京:中国人民大学,2006:58.
[4] 张国良.传播学原理.上海:复旦大学出版社,1995:155.
[5] 任鸿隽.中国科学社社史简述.中国科技史料,1983(1):5.
[6] 高力克."以科学代宗教":陈独秀的科学主义宗教观.史学月刊,2017(1):89-90.
[7] 郭颖颐.中国近代思想中的唯科学主义(1900—1950).南京:江苏人民出版社,1989:11.
[8] 刘兵,等.多视角下的科学传播研究.北京:金城出版社,2015:41.
[9] 刘兵,等.多视角下的科学传播研究.北京:金城出版社,2015:39.
[10] 许为民.《科学》的两度停刊与复刊.自然辩证法通讯,1992(6):26.
[11] 任鸿隽.《科学》三十五年的回顾[A].樊洪业,张久春编.科学救国之梦——任鸿隽文存.上海:上海科技教育出版社,2002:682.
[12] 任鸿隽.科学与社会.科学,1948,30(11):324.

第 8 章
《科学》传播活动的启示与研究展望

本书从传播学理论的角度,将《科学》置于中国近代科学发展与时代变动及社会历史变迁的大背景之下,以 1915—1949 年《科学》的传播内容和活动作为研究对象,围绕传播与社会互动这条主线,在分析《科学》自身传播实践历程的基础上,从传播主体多元化的社会角色的形成和变迁入手,指出传播主体具有的先验价值特色的传播理念的思想来源和演化路径。在此基础上,分析传播主体和理念推动下的传播实践与传播内容之间的互动变迁关系,以及为实现传播目标需要采用的传播方式和策略选择,最后运用科学传播理论对传播实践过程中产生的效果进行评价。本书目的是通过对《科学》传播实践和内容的全方位考察,力争全面展示科学本质观念在中国社会中的互动变迁、中国科学化和科学中国化的实践发展,以及从知识价值传播入手到科学文化建构的演变,为当代科学传播活动提供一定的借鉴。

8.1 《科学》传播活动的启示

《科学》的科学传播活动是在"科学救国"的大背景下,由留美学生为主体的自然科学家群体发起,由政治家、实业家和社会活动家共同参与并推动的一场致力于科学启蒙的中国科学化和科学中国化活动。多元化的传播主体作为传播活动的具体组织者、管理者和实施者,在共同具有的"精神特质"指引下推进科学传播活动发展的同时,自身科学家的角色也得以在社会确立并普遍实现了角色转换。科学传播理念作为传播主体先验的价值追求,在科学传播过程中,将传播所具有的"真善美"的追求与科学知识"正德利用厚生"的价值相统一,最终形成具有中国传统特征与科学特征相统一的"求真致用"的传播理念,并在具体的演化路径上,推进了科学本质观念在中国的变迁,以及中国科学化和科学中国化的实践。科学传播内容作为传播主体在传播理念下的具体产物,在科学传播活动和理念演化之间,经历了一个从传播观念表达到范式形成、范式形成到优先解谜、优先解谜到危机反应、危机反应到理念转换的多重变迁过程,具体呈现出全面的科学普及思想、中国科学化和科学中国化的实践思想、"抗战救国"思想和"科学建国"思想等不同的传播特征。在科学传播活动方式和策略选择上,通过对"中国无科学"问题的多维度探讨、"整个科学"本质观念的传播和科学的"科学"的思想交流,构建科学传播社会行为的合法性基础;通过积极回应社会热点、推进科学信息交流、创设科学传播机构,构建自身传播社会地位的权威性基础;通过推进科学在共同体内部传播、科学向共同体外部传播和科学与国际传播交流的实践,实现科学传播在社会实践的渐进性拓展。从科学传播活动的效果来考察科学传播的"科学",通过对《科学》在传播中产生的科学重构现象的分析,指出重构后的科学忽视了传播作为人的社会活动的本质,从而使科学自身与传播发展之间存在着一种必然的冲突。这种内在的冲突启示当代科学传播必须回归现实世界,实现科学理念与传播理念的互动融合,走科学与人文互动交融的传播之路。

总的来看,《科学》的科学传播活动,并不只是简单诠释西方的科学知识和文化,而是在与社会的互动过程中建构了中国近代的科学知识和文化。从知识传播起步到学术建构再到中国科学化和科学中国化的实践,从留学生为主体到民间共同体为主体再到多种社会力量的结合,推进科学成为国策的传播过程,是科学知识价值不断发挥和传播主体自身主动作为的结果。在多元化传播主体推进科学本质观念在社会的确立以及中国科学化和科学中国化的过程中,在科学传播理念、科学传播内容、科学传播方式和策略上存在着一个与中国传统文化、社会思潮和精神价值的融合互动过程,最终在传播效果上产生了具有中国传统价值特征的"科学主义"。因此,当代科学传播活动必须秉持"真善美"的理念,走科学与人文相互统一融合的科学传播道路。

8.1.1 科学传播的媒体使命:推进科学与人文的反思性平衡

科学传播作为科学社会化的实践过程,传播活动本身必须接受公众和社会的认可和检验。从社会对科学的哲学反思维度出发,任何科学传播活动的动机、内容、机制和后果都应该与社会的价值追求相符合。特别是在当代中国,全媒体时代下的科学传播活动存在着多种理念、多种阶段、多种途径、多样化内容并存的社会环境，传播主体该坚持什么样的价值追求就显得非常重要。《科学》的科学传播根本价值追求是"科学救国"。今天，虽然科学传播的社会实践条件和内容发生了根本性的变化，但科学传播活动推进社会进步发展的价值趋向并没有变。特别是当前"科学的社会建制与社会活动性质日益凸显"[1]的时代，科学传播活动在秉持真理性价值追求的同时，还要关注社会和公众的态度和变化，建构一种公正、自由、平等和理性的交流方式，保持科学主义与人文主义之间的反思性和适应性的均衡，这应该是当代科学传播媒介的根本使命所在。

8.1.2 科学传播的主体责任：建构对科学和科学共同体的合理化信任

科学不是一成不变的真理，也不是完美无瑕的定论，而是和人类社会一起处于动态发展中。[2]特别是当代科学在推进社会发展中的不确定性因素，给社会公众的生活带来诸多风险，一定程度上要求科学传播活动必须重新审视科学家与社会公众的关系。《科学》以"传播整个科学为帜志"，凝聚了中国最早的一批自然科学家群体来推进科学传播活动，取得了非凡的成绩。从科学知识历史发展来看，最新的科学知识某种程度上是正在形成的知识，或者说正在走向成熟的知识，它们对科学传播主体的能力和素质的要求也是越来越高。如果科学家不直接面向公众传播，而是借助新闻记者、政治家之口来传播信息，科学信息可能被误解或扭曲。[3]为此，科学共同体应该充分认识到科学传播的内容和条件的变化，清醒地认识到自身在科学传播中的主体责任，在推进知识生产的同时，应以更大的热情和力度参与到科学传播活动中来，帮助公众理解真正的科学，向社会公众传播有关科学知识形成的前提条件和理论假设等科学哲学和伦理学的相关知识，引导社会公众正确理解科学，并消除对科学活动的误解，从而建立对科学和科学共同体的合理化信任。

8.1.3 科学传播的实践目标：形成科学发展与社会公众的适应性互动

科学传播作为科学社会实践的一个重要环节，要解决科学发展过程中真实世界的问题，就必须重视社会公众知识的提升，并理解和重视社会公众的想法，形成科学与公众之间良好的关系。《科学》在推进中国科学化和科学中国化的实践历程中，无论是在常规科学传播时期，还是由于战争等社会因素导致的危机科学传播阶段,科学传播活动都高度关注科学社会化过程中的痛点、难点和热点问题,来开展自身的科学传播活动,其根本目标是营造有利于科学发展的良好社会环境。当前,公众的科学知识与理性之间的关系存在悖论,传播过度理想化的科学会给公众增加认知负担,新技术和科学研究中的风险、伦理与不确定性在传播时遇到的认知偏见和认知公众等困难,极大地挑战了以知识为核心的科学传播模式。[4]尤其在当今时代,关于食品安全、气候变化、公共卫生疫情等关乎人类安全的核心热点问题上,公众的科学认知与所属群体价值追求认同的复杂关系、全媒体时代虚假信息与去中心化等,都需要科学传播活动时刻关注并回应社会的这种关切,创造科学、社会对话的有利环境和条件,建构科学发展与社会公众理解的适应性互动机制,从而推进社会公众理解科学并做出理性的行动。

8.2 《科学》传播活动的研究展望

从科学传播的角度去分析《科学》的传播活动方面,本书只是做了一些基础性的、前瞻性的简单梳理工作。《科学》作为一个横跨"新文化运动""科学与人生观论战""中国科学化运动""中国文化出路论战"和"全盘民主化运动"等多个历史时期的代表性刊物之一,其自身丰富的传播活动和内容还可以从科学思想史、科学技术史、科学社会学、科学哲学等多个层面深入开展研究。

8.2.1 传播内容的深度挖掘

《科学》刊载的内容众多,为便于查找,每一卷基本按照科学各个学科刊发索引。可以说,这些索引反映了一定历史时期的科学发展和传播的关键词。为此,可以从科学思想史、科学技术史等方面,围绕一个索引主题,做更全面和更深层次的文本解读和研究。如"物理""化学""生物"等各学科内容与思想的发展与演变研究,以及工程史、技术史、航空史、人类学史的研究。这些研究由于需要专门学科思想史的研究背景,很多涉及文理交汇、学科交叉,目前来看,这些专业性内容的研究还比较缺乏,只有关于"卫生"知识传播的研究文章,其他的各主题几乎很少有人涉及。

8.2.2 传播主体的全面梳理

《科学》的传播主体包括组织管理者群体、编辑群体和撰稿科学家群体等,在这些众多的传播主体研究中,目前学界关注的只是少数几个核心人物。还有大量的各个学科的代表性人物,如赵元任、周仁等,对其科学传播思想的研究都没有系统地开展。这些传播主体的思想脉络,可以从人物思想发展角度开展单独的研究,也可以对比其自身思想发展情况开展系统的比较研究等。

8.2.3 传播效果的比较研究

以《科学》本身作为研究对象,结合同时代的其他科学类刊物,围绕某一时期的科学兴趣中心和社会热点问题,如科学与民主、科学与政治、科学与革命、科学与进步、科学与教育等主题,从科学社会学角度做系统的深入和比较研究,力图展现近代中国科学发展的一个真实画面。目前,这方面的研究还十分缺乏。

习近平总书记指出:"一切向前走,都不能忘记走过的路;走得再远、走到再光辉的未来,也不能忘记走过的过去,不能忘记为什么出发。"回首以《科学》为代表的中国近代科学传播发展历程,我们绝不能忘却老一辈知识分子推进中国科学发展的初心和使命。他们筚路蓝缕的拼劲,报效祖国的赤诚,值得后人永远学习和借鉴。

参 考 文 献

[1] 陈伟.科学传播逻辑维度:辩护一种批判的理性主义精神.自然辩证法研究,2022,44(8):95.
[2] 王悠然.不断强化公众对科学的信任.中国社会科学报,2022.
[3] 和鸿鹏.公共危机中高端科学传播挑战及其应对——基于拉奎拉事件的反思.北京航空航天大学学报(社会科学版),2023,36(2):112.
[4] 朱晶,姜雪峰.科学传播的哲学与科学哲学的传播.社会科学,2023(7):35.

参 考 书 目

原始文献

《科学》(1915—1949)的全部文章.民国全文期刊数据库.

中文著作

[1] 张国良.传播学原理.上海：复旦大学出版社,2005.
[2] 郭庆光.传播学教程.北京：中国人民大学出版社,1999.
[3] 司有和.信息传播学.重庆：重庆大学出版社,2007.
[4] 司有和.科技编辑学通论.合肥：中国科技大学出版社,2007.
[5] 宋林飞.社会传播学.上海：上海人民出版社,1994.
[6] 陈力丹.精神交往论.北京：中国人民大学出版社,2008.
[7] 黄宗甄.十年来的中国科学界.上海：民本出版公司,1948.
[8] 席泽宗.科学史十论.上海：复旦大学出版社,2003.
[9] 陈旭麓.五四以来政派及其思潮.上海：上海人民出版社,1987.
[10] 金吾伦,张超中.科学的中国化与中国化的科学.北京：科学出版社,2007.
[11] 任定成.在科学和社会之间——对1915—1949年中国思想潮流的一种考察.武汉：武汉出版社,1997.
[12] 董光璧.中国近现代科学技术史.长沙：湖南教育出版社,1995.
[13] 吴雁南.中国近代社会思潮(第三卷).长沙：湖南教育出版社,1998.
[14] 葛兆光.中国思想史.上海：复旦大学出版社,2009.
[15] 任鸿隽,黄昌穀,梅加夫,等.科学通论.上海：中国科学社,1934.
[16] 翟启慧,胡宗刚.秉志文存(第一卷).北京：北京大学出版社,2006.
[17] 卢于道.科学概论：科学通论.上海：中国文化服务社,1946.
[18] 刘咸.中国科学二十年.上海：中国科学社,1937.
[19] 李俨.中国算学史.上海：商务印书馆,1937.
[20] 张君劢等.科学与人生观.沈阳：辽宁教育出版社,1998.

[21] 张孟闻.现代科学在中国的发展.上海：民本出版公司,1948.
[22] 竺可桢.竺可桢文集.杭州：浙江文艺出版社,1999.
[23] 中国社会科学院近代史研究所.胡适来往书信选(上).北京：中华书局,1979.
[24] 冯契.中国近代哲学的革命进程.上海：华东师范大学出版社,1997.
[25] 李申.中国科学史——宋元科学至清代科学.桂林：广西师范大学出版社,2017.
[26] 杨国荣.科学的形上之维——中国近代科学主义的形成与衍化.上海：华东师范大学出版社,2009.
[27] 杨国荣.现代化过程的人文向度.上海：上海古籍出版社,2006.
[28] 王荣国.中国思想与文化.长沙：岳麓书社,2004.
[29] 孙隆基.中国文化的深层结构.桂林：广西师范大学出版社,2011.
[30] 李醒民.中国现代科学思潮.北京：科学出版社,2004.
[31] 江晓原,刘兵.科学的历史研究.上海：上海交通大学出版社,2007.
[32] 吴国盛.什么是科学.广州：广东人民出版社,2016.
[33] 刘华杰,等.科学传播读本.上海：上海交通大学出版社,2007.
[34] 刘兵.多视角下的科学传播研究.北京：金城出版社,2015.
[35] 范铁权.体制与观念的现代转型——中国科学社与中国的科学文化.北京：人民出版社,2005.
[36] 樊洪业,王扬宗.西学东渐——科学在中国的传播.长沙：湖南科学技术出版社,2003.
[37] 樊洪业,潘涛,王勇忠.中国近代思想家库·任鸿隽卷.北京：中国人民大学出版社,2014.
[38] 樊洪业,张久春.科学救国之梦——任鸿隽文存.上海：上海科技教育出版社,2002.
[39] 刘钝等.中国科学与科学革命——李约瑟难题及其相关问题研究论著选.沈阳：辽宁教育出版社,2002.
[40] 冒荣.科学的播火者：中国科学社述评.南京：南京大学出版社,2002.
[41] 王大珩,于光远.论科学精神.北京：中央编译出版社,2001.
[42] 张剑.科学社团在近代中国的命运——以中国科学社为中心.济南：山东教育出版社,2006.
[43] 李侠.断裂与整合——有关科学主义的多维度考察与研究.太原：山西科

学技术出版社,2006.

[44] 邱若宏.传播与启蒙——中国近代科学思潮研究.长沙：湖南人民出版社,2004.

[45] 段治文.中国近代科学文化的兴起(1919—1936).上海：上海人民出版社,2001.

[46] 曾近义.中西科学技术思想比较.广州：广东高等教育出版社,1995.

[47] 李丽.科学主义在中国.北京：人民出版社,2012.

[48] 谢清果.中国科学文化与科学传播研究.厦门：厦门大学出版社,2011.

[49] 王奇生.中国留学生的历史轨迹(1872—1949).武汉：湖北教育出版社,1992.

[50] 霍益萍,等.科学家与中国近代科普和科学教育——以中国科学社为例.北京：科学普及出版社,2007.

[51] 侯春燕.科学诉求与人文视域——任鸿隽科学文化思想研究.太原：三晋出版社,2012.

[52] 胡适,张君劢,丁文江,等.科学与人生观.长沙：岳麓书社,2012.

[53] 李华兴,吴嘉勋.梁启超选集.上海：上海人民出版社,1984.

[54] 何方昱."科学时代的人文主义"：《思想与时代》月刊(1941—1948)研究.上海：上海书店出版社,2008.

[55] 中华文化复兴运动推行委员会.中国近代现代史论集.台北：台湾商务印书馆,1986.

[56] 张岂之.中国历史：晚清民国卷.北京：高等教育出版社,2001.

中文译著

[1] 施拉德,波特.传播学概论.何道宽译.北京：中国人民大学出版社,2010(2).

[2] 詹姆斯·坦卡德,沃纳·赛佛林.传播理论：起源、方法与应用.郭镇之等译.北京：华夏出版社,2000.

[3] 丹尼斯·麦奎尔.大众传播模式论.祝建华译.上海：上海译文出版社,2011.

[4] 艾伦·查尔默.科学究竟是什么.邱仁宗译.石家庄：河北科学技术出版社,2010.

[5] 库恩.科学革命的结构.金吾伦,胡新和译.北京：北京大学出版社,2003.

[6] 亚历克斯·罗森堡.科学哲学：当代进阶教程.刘华杰译.上海：上海科技

教育出版社,2006.

[7] J·D·贝尔纳.科学的社会功能.陈体芳译.北京：商务印书馆,1982.

[8] 乔治·萨顿.科学的历史研究.刘兵,等编译.上海：上海交通大学出版社,2007.

[9] R·K·默顿.科学社会学.鲁晓东,等译.北京：商务印书馆,2003.

[10] R·K·默顿.十七世纪英国的科学、技术与社会.范岱年,等译.北京：商务印书馆,2000.

[11] 李约瑟.中国古代科学思想史.陈立夫译.南昌：江西人民出版社,1999.

[12] 郭颖颐.中国现代思想中的唯科学主义(1900—1950).雷颐译.南京：江苏人民出版社,1989.

[13] 夏绿蒂·弗思.丁文江——科学与中国新文化.丁子霖,等译.长沙：湖南科学技术出版社,1987.

[14] 本·戴维.科学家在社会中的角色.赵佳苓译.成都：四川人民出版社,1988.

[15] 乔治·萨顿.科学史与新人文主义.刘兵,等编译.上海：上海交通大学出版社,2007.

[16] 费耶阿本德.反对方法.周昌忠译.上海：上海译文出版社,1992.

[17] 巴格迪坎.传播媒介的垄断.林珊,等译.北京：新华出版社,1986.

[18] 小莫里斯·N·李克特.科学是一种文化过程.顾昕,张小天译.上海：三联书店,1999.

[19] 苏珊·哈克.理性地捍卫科学.曾国屏译.北京：中国人民大学出版社,2008.

[20] 哈耶克.科学的反革命.冯克利译.南京：译林出版社,2003.

[21] 丹皮尔.科学史及其与哲学和宗教的关系.李珩译.桂林：广西师范大学出版社,2009.

[22] 詹姆斯·E·麦克莱伦第三,哈罗德·多恩.世界史上的科学技术.王鸣阳译.上海：上海科技教育出版社,2003.

[23] 西尔贝克,伊耶.西方哲学史——从古希腊到二十世纪.童世骏,译.上海：上海译文出版社,2004.

[24] 迈克尔·马修斯.科学教学——科学史和科学哲学的贡献.刘恩山,郭元林,黄晓译.北京：外语教学与研究出版社,2017.

[25] 约翰·齐曼.真科学.曾国屏,匡辉,张成岗译.上海：上海科技教育出版

社,2002.

[26] 约翰·齐曼.知识的力量:科学的社会范畴.许立达,等译.上海:上海科学技术出版社,1985.

[27] 史蒂文·夏平,真理的社会史——17世纪英国的文明与科学,赵万里,等译,南昌:江西教育出版社,2002.

外文著作

[1] Peter Buck. American science and modern China, 1876 – 1936. Cambridge: Cambridge University Press, 2010.

[2] LeeAnn Kahlor, Patricia A. Stout. Communicating Science: New Agendas in Communication. New York: Oxford University Press, 2010.

[3] Andrew Pickering. Science as Practice and Culture. Chicago: University of Chicago Press, 1992.

[4] Dorothy Nelkin. Selling Science: How the press covers science and technology. New York: Freeman Press, 1987.

[5] J. B. Conant.On Understanding Science. New Haven: Yale University Press, 1947.

附录
《科学》第10卷索引详目(示例)

第十二期　　　　本　卷　索　引　　　　　　Ⅰ

本　卷　索　引

(以下索引中,左爲題目;括弧中數字爲期數;右數字爲頁數)

社　論

九卷三期社論"向研究路上去"
　書後(5) 553
工程師與中國改造(6) 758
本社設立無線電研究所緣起(7)
.... 801

算　學

商餘求原法(附錢寶琮考證)(2) 174
科學名詞審查會　算學名詞(2)
　(3)(4)(5)(6)(8)
　　255,400,521,660,769,1030
三等分角又一法(3) 349
李儼所藏中國算學書目錄(4) 54₂
算學整理天文之成績(6) 688
文字方程式之新解法(8) 1001
三等分角之又一法(9) 1171
軍力集中之算學解說(12) 1489

天　文

南宋時代我國氣候之揣測(2) 151
天體測量(2) 236
日中黑子與世界之氣候(6) ... 681
算學整理天文之成績(6) 688
日面經緯度測量簡法(8) 994
晚近天文學進步之大概(11) 1317

物　理
(無線電另見無線電門)

原子構造論中應解決的問題(3) 357
電傳照相(5) 597
由溶度推證電點互吸論之實驗
　報告(5)(6) 629,738
地質學與相對論(9) 1047
一九二四年之科學狀況　電子
　(9) 1077
長岡研究室之見聞(10) 1234
美政府之石油研究(12) 1332
美國標準局之熱學研究(12) 1503

化　學

化學史的引言(2)(3)(4)(9)	
	200,331,445,1150
水銀變黃金說的復活(2)	210
發酵劑和牠們在有機體內的工作(2)	214
原子構造論中應解決的問題(3)	357
接觸作用(5)(6)	556,718
江蘇鳳凰山鐵鑛之化學成分(8)	951
肥皂滌污之原理(8)	982
濃度作用及溶度乘積之比例(9)	1145
德國原子檢定委員會所定一九二五年實用原子量及同位原子合表(11)	1413
洋碱之分析(12)	1526

工　程

工程師(5)	567
電機工程與研究(5)	637
工程師與中國改造(6)	758
工程教育(11)	1387

工　業

十年後之銅荒(2)	219
福建省發現豐富之銅鐵(3)	362
中國黃銅業全盛時代之一斑(4)	495
震華製造電機廠概況(4)	511
帽稈漂白法(5)	653
潤滑料(9)	1081
近年歐美各國對於燃料之研究(11)	1338
水泥業與混凝土構造之由來及其發展(11)	1362
近世美合衆國電力事業之進步(11)	1375
PH價與製革術(12)	1528

飛　行

飛機(6)(8)(9)(10)	693,958,1095,1274

無　線　電

歐美各國無線電機工廠及大無線電臺實習紀略(4)	504
編輯引言(7)	799
電工能之發射輸送(7)	802
無線電反射(7)	815
眞空管傳遞上所需之高壓直流檢集法(7)	818
短電波之收發(7)	824

第十二期　　　　　　　本　卷　索　引　　　　　　　III

魏根氏消滅天電無線電接收機
　　之裝置(7) 855
無線電界之大障礙(7) 862
法國巴黎愛非爾鐵塔無線電臺
　　紀略(7) 882
雙橋大電臺兩年來試驗及其進
　　步(7) 893
收音機三極眞空管病及其治法
　　(7) 898
上海法國電臺無線電標準時刻
　　之記號(7) 904
膠澳商埠觀象臺氣象無線電電
　　碼(7) 905
全國無線電臺一覽表(7) 910
各式小號無線電眞空管使用紀
　　錄參照表(7) 918
無線電報發明史(8) 1007
無線電短電波之收發(9)(10) 1110,1240
桿式電站將改革無線電傳訊乎
　　(11) 1398
法國里昂無線電臺紀略(12) 1485

地　學

南宋時代我國氣候之揣測(2) 151
黃河河道成因考(2) 165

惠氏大陸漂移說(3) 281
美國自然歷史博物館之亞洲旅
　　行(3) 294
江蘇鎮江高資附近地質調查報
　　告(4)(5) 452,601
山陝地文發育史略(8) 929
地質學與相對論(9) 1047
雲南洱海附近地震述要(12) 1468
研究北京附近鹹土之撮要(12) 1514

生　物

美國自然歷史博物館之亞洲旅
　　行(3) 294
金魚的變異與天演(3) 304
細胞概論(4) 427
中國鳥類目錄(6) 745

農　業

愛字棉馴化育種報告(3) 366
常陰沙棉育種報告(4) 476
最近江蘇省水稻螟害狀況(6) 713
昆蟲與土壤(8) 939
江蘇省水稻害蟲錄(10) 1289
孟姜氏檢查牛乳之新法(11) 1407
東南諸省森林植物之特點(12) 1477

醫　學

中國人與結核病(5) ... 587

經　濟

編輯引言(1) ... 1
無確抵押品之內外債問題(1) ... 3
個人主義之經濟的機能(1) ... 15
治經濟思想史發凡(1) ... 43
經濟學的幾個根本觀念(1) ... 59
晚近英美兩國經濟思想之趨勢
　與各經濟學家有名之著作(1) ... 68
重農派之經濟學說(1) ... 118
中國井田制沿革考(1) ... 132

傳　記

林耐傳略(2) ... 225
馬可尼傳(7) ... 879
赫胥黎(10) ... 1179
赫胥黎與不可知論(10) ... 1196
赫胥黎生平著作一覽(10) ... 1203
赫胥黎年譜(10) ... 1228

項　聞

新式銅之發明(2) ... 269

人造脂肪可作食品之證實(2) ... 270
紐約研究日蝕之狂熱(2) ... 271
中國月食之推算(2) ... 272
國際同盟會之科學事業(3) ... 417
考察昆蟲學家返華(3) ... 417
聾者之救星(3) ... 418
中國淡水海綿之種類(3) ... 418
相對論再行試驗之提議(3) ... 419
美國亞洲旅行隊之入蒙期(4) ... 538
科學名詞審查會本屆審查之科
　目(4) ... 538
美探險家之尋訪北極大陸(4) ... 539
德人建設偉大風車之計畫(4) ... 539
非洲發現人類之頭骨(4) ... 540
無線電電影將成事實(5) ... 670
美國無線電之發達(5) ... 670
達爾特教授與 Taungs 顱骨(6) ... 785
Radon 活動力之巨(6) ... 786
美加注意北極新覓土地(6) ... 786
菲島發現中國古陶器(6) ... 786
萬國非職業無線電聯合會(7) ... 920
英國與澳洲在日間通無線電已
　成功(7) ... 920
美國無線電報廣播站之新發展
　(7) ... 921

| 第十二期 | 本 卷 索 引 | V |

美國第二屆無線電展覽大會(7) 921	受精作用與園藝(5) 673
國貨礦石收音機出現(7) 921	萬國無線電大會之議決案(5) 674
科學名詞審查會開會略誌(8) 1039	世界最大之燈塔(5) 674
杭州淡水水母之新發見(8) 1039	人造金之趨向(6) 787
治療鉤蟲之新藥劑(8) 1040	放射作用與地球之年齡(6) 789
俄人在蒙探險之所獲(8) 1040	灰質成分與葉中氮量之變更(6) 790
米丹氏最近對於人造金之意見	日月交食時期(6) 790
(11) 1418	無線電之前途(7) 922
Santa Barbara 之地震(11) 1418	談廣播無線電事業(7) 926
Maud 與北極探險(11) 1418	吾國無線電界之大疑問(7) 927
	黴菌在偏向光中之生長(8) 1042
雜 俎	嬰兒號哭之消耗(8) 1043
	山脈構成之新學說(8) 1043
風力之應用(2) 273	水星過日時期(8) 1044
水銀變金說之討論(2) 275	出口蛋品之研究(9) 1175
時錶之特別功用(2) 276	紫外線殺菌之作用(11) 1420
紫外線與物類生活之關係(3) 420	硼素之原子量(11) 1420
年輪與氣候(3) 422	無線電場之強度(11) 1420
錦之組織(3) 423	以太流動之實驗與愛恩斯坦之
轉動電流計中電線圈之磁力性	學說(11) 1420
(3) 424	
1926年之日食時分(4) 542	附 錄
兩代聾男配聾女之家庭(4) 542	
汽油之新發明(4) 543	論工業教育應注重實習(2) 278
甜於糖之化合物(4) 545	李儼所藏中國算學書目錄(4) 542
中國黃銅之分析(5) 672	毒氣篇正誤(5) 679

| VI | 科　　學 | 第十卷 |

請求國民援助禁用白燐的運動(6) ……………………… 796	中國科學社駐美分社消息(5) 675
中西科學藝術文化歷史編年對照表(11)(12) ……… 1425, 1534	中國科學社駐美分社章程(5) 675
	科學演講之舉行(6) 793
	生物研究所報告(6) 793

紀　事

中國科學社九次年會及十週紀念會記事(1) ……………… 141	第三次太平洋學術會議之籌備(12) 1561
中國科學社記事	北京博物學會成立(12) 1565
	中國天文學會改選 1567
	中國地質學會秋季大會(12) 1567

后　　记

　　七年磨一剑。呈现在读者面前的这本书是笔者在博士论文基础上，七年时间不断打磨和修改的结果，虽然还不够完美，但总算对自己是一个交代。这七年过得极为不易，在书稿付梓出版之际，心中满怀感激和感恩，感谢这七年来给予我关心、帮助和支持的各位朋友！

　　致敬我的母校上海师范大学，18年前，正是她以海纳百川的胸襟接纳了我，奠定了我成长的基石。作为一名1997年毕业的中师毕业生，能够在10年以后到上海师范大学学习，心中感到万分荣幸；更没有想到在硕士毕业10年之际重返校园读博士。读博士对我来说确实是个高难度的挑战。写这段话的时候，脑海里不由得浮现出鲁迅先生的话："真的勇士，敢于直面惨淡的人生，敢于正视淋漓的鲜血。"套用到学术研究来看："真的博士，敢于直面惨淡的论文，敢于正视淋漓的学术。"做一名真真正正的博士，既是外部因素的要求，也是我自己的奋斗目标。正是带着这样的追求，从2017年起，我以"抄经者"的心态和毅力，在一年半的时间里完成了近3000万字的《科学》(1915—1949)的内容浏览和阅读，并写下近10万字的读书笔记，为当时的论文写作打下坚实的基础。但这只是本书万里长征写作路上的第一步，还有数量众多的前辈学者的已有研究资料等着我去消化、吸收、运用。要在这浩如烟海的资料中找到写作的头绪和脉络，需要深厚的学术背景、广阔的学术视野和严谨的学术修养，对于我这个学术青椒而言，简直是一个无法完成的任务。非常幸运的是，每当我遇到困难时，特别在本书选题、史料搜集、谋篇布局、课题申报、论文发表、付梓出版等阶段，我的导师王幼军教授总是及时给我提出指导性、启发性和有针对性的意见，并多次创造机会让我向上海交通大学、复旦大学、东华大学等前辈大咖请教，使我受益匪浅、收获颇丰。可以说，本书的每一个环节都凝聚着导师的指导和教诲。在此，向我的导师王幼军教授致以崇高的敬意和衷心的感谢。与此同时，感谢本书成稿过程中，东华大学杨小明教授、邓可卉教授，上海交通大学萨日娜教授，以及上海师范大学何云峰教授、樊志辉教授、崔平教授、张允熠教授、毛勒堂教授、张自慧教授、张志平教授、孔庆典副教授、王一雪老师等的指导和帮助。你们的宝贵意见和独到见解使我的研究思路更加清晰、目标更加明确。目前，本人已经尽最大的努力对书稿加以修改和完善，对于现在可能还领悟不够之处，希望在以后的学术道路中慢慢提高。还要特别衷心感谢何云峰教授，不仅在学业上对我予以悉心的指导，还在生活中给予我无私的帮助和关怀，为您全心关爱学生的情怀再次表示诚挚的谢意。

值此，还要对我硕士阶段的研究生导师李申教授，以及上海师范大学陈卫平教授、柳延延教授致以崇高的敬意。你们在学业和人生道路上给予我的鼓励和关怀，我永远铭记在心，并作为我立身行事的行动指南。感谢华东师范大学周瀚光教授，上海交通大学李侠教授、纪志刚教授、穆蕴秋副教授，东华大学徐泽林教授，中南大学张功耀教授在本书成稿过程中给予的无私指导和帮助。感谢上海师范大学哲学与法政学院的陈松老师、沈鸿雁老师、高雪芳老师对我的关心和帮助。感谢叶枫、张二远、牛涛、陈东丽、王连冬、王岩、张蕾、李志惠、宋凌琦、黄黎明、胡小波、高飞、范朋希、李品保、张爱秋等同学，在学习和生活上给予的帮助，再次道一声谢谢。

感谢我的安身立命之地湖州市、湖州南太湖新区和湖州职业技术学院的各位领导和朋友，你们的理解、关心和帮助，激励和鞭策我一步步完成书稿。特别要感谢湖州市图书馆刘伟馆长、井景文馆员，在查阅电子文献资料等方面给予的大力帮助，没有你们，很难想象能够完成这本书稿。向你们这些公共文化的推广与传播者致敬！感谢湖州职业技术学院科技处的大力支持，此次书稿出版，得到了浙江省哲学社会科学后期规划课题的资助，同时也是浙江省开放大学"312"人才培养工程项目、湖州职业技术学院高层次人才课题激励下的成果。

最后，还要致敬我含辛茹苦的父母，不远千里来湖州照顾儿孙，特别是伟大的母亲，一直为家庭操劳，您坚强独立、勤劳善良的品格和精神值得我永远学习。感谢我的两个宝贝："棍棍"和"枝枝"，你们的到来是上天给予我的最好的奖赏，在读书写作之余，给我增添了很多快乐和笑声，老爸也希望以这本书艰难曲折的写作过程，作为你们未来人生路上最好的榜样。

另外，本书的个别章节和内容已经以论文的形式发表，主要涉及《科学》的传播活动历程、重点人物的贡献和科学传播理念的建构等内容。在此，向给予我支持的杂志和编辑们表示衷心的感谢！特别要感谢上海科学技术出版社的王娜编辑为本书出版做的大量工作,以及给予我的无私帮助和支持,并特别邀请到中国科学社研究专家张剑研究员为本书审稿。张老师严谨的学风、深厚的专业知识素养给我留下深刻的印象,在指出一些基础性、常识性的错误之后,对未来研究也提出了非常好的意见和建议,在此深表谢忱!

我从中原大地的小村庄走出,作为村子里第一个硕士,第一个博士,是读书改变了这一切。为什么读书,因为没有其他爱好,仅此而已。

向生我养我的黄土地致敬!向给予我关心帮助支持的每一个人致谢!

王 伟

2024 年 6 月 3 日于浙江湖州